缘石物语

——讲述八千年的古玉爱情传奇长篇小说

衣宝泰◎著

当代世界出版社

图书在版编目（CIP）数据

缘石物语 / 衣宝泰著. -- 北京：当代世界出版社，2014.3

　　ISBN 978-7-5090-0963-5

　　Ⅰ. ①缘… Ⅱ. ①衣… Ⅲ. ①长篇小说－中国－当代 Ⅳ. ①I247.5

中国版本图书馆CIP数据核字(2014)第000624号

书　　名：	缘石物语
出版发行：	当代世界出版社
地　　址：	北京市复兴路4号（100860）
网　　址：	http://www.worldpress.org.cn
编务电话：	（010）83908456
发行电话：	（010）83908409
	（010）83908455
	（010）83908377
	（010）83908423（邮购）
	（010）83908410（传真）
经　　销：	全国新华书店
印　　刷：	北京兴星伟业印刷有限公司
开　　本：	710毫米×1000毫米 1/16
印　　张：	17.5
字　　数：	330千字
版　　次：	2014年3月第1版
印　　次：	2014年3月第1次
书　　号：	ISBN 978-7-5090-0963-5
定　　价：	35.00元

如发现印装质量问题，请与承印厂联系调换。

版权所有，翻印必究；未经许可，不得转载！

前 言

　　"石"之美者称之为"玉"，而称之为"玉"的美石，又是喜石人士们的最爱。有个传说：尤其是喜欢美石玩玉的人，都说玉结有缘人。也许是今世的情，前世的缘，对于那称之为"玉"的美石我又有一种特殊的情感，尤其是被古人崇拜、使用和抚摸、盘玩过的老玉件（古玉），我简直是爱之成癖。玉是上天赐予大地的最美好的礼物，玉是自然万物中最最美丽的石头。在开天辟地之时，她就历炼成并包含了天地之精华和灵气，她是最具有生命力的。美玉是可与天地同存，与日月同辉并有着强大信息场的世间圣物。她能给拥有者带来好运和平安，总之，自古至今赋予美玉的神秘传说太多太多……爱玉的人能把发生在自己、亲人和朋友身上的美玉的神秘和奇妙之事，向你神乎其神地道来。初次听来你未必会信，可我一听，就愿去探究去追寻：这是真的吗？只这一追，便使我不能自拔，我直追寻那近万年的玉文化……进到了美石、玉（古玉）的神秘世界里，她使我知道了中华八千年玉文化的博大精深，奥妙无穷……

　　手握一件古玉，古玉那精美无比的纹饰，常常使我震撼，久久不愿放下；眼观一件古玉，那奇妙心舒的神韵与感觉，常使我闭目遐想，久久不愿睁开。古玉那历经千百年，被古人、被巫师、被部落首领、被帝王将相、被达官贵人，神养精伺，常年盘玩，而形成的耀目的玻璃光和那厚重的包浆、莹莹的宝光，还有古玉身上那千变万化的沁色，使人一辈子都欣赏、喜爱，而爱不释手，琢磨不透，愿去探究。她们的内里充满了大量信息和能量，我一接触到她们，便使我顶礼膜拜，跪伏于地。对古人，对古玉，更对那些琢玉大师，他们流传于世千古不朽的杰作，那丰富的想象力，精美的雕琢，都令今人无法相比。她们令我长跪不起，以至于泣泪磕头致谢。她们太伟大了，伟大得难以用语言和文字来加以形容和赞赏。

　　神秘的古玉，身戴、眼观、意盘、手玩，她能为我带来好运与平安，使我神清气爽、耳聪目明，更给我带来了健康的身体，清晰的思维，还有那硬朗朗的体魄。她真的就这么神奇与神秘吗？真的！不信，您也试试，古玉（玉）能为您的身体与家庭带来意想不到的效果，平安与吉祥！使您的身体更加健康！

正因为此,我的追寻使我与古人、古玉拉近了距离和时空。月下夜深人静时,闭目盘腿坐于古松老柳旁,伴随那习习微风,手盘一块古玉,我便会和美女般的美玉进行情人般的对话和交谈,直至雄鸡报晓,晨曦微露。天亮时,我们还有个约定,如果明晚月光再出,你我还要继续长谈,有很多很多的话,再向你来倾诉……

　　老子在《道德经》的首篇第一章讲道:"道可道,非常道;名可名,非常名。无,名天地之始;有,名万物之母,故常无,欲以观其妙;常有,欲以观其徼,此两者同出而异名,同谓之玄。玄之又玄,众妙之门。"

　　老子在说玉吗?一个字,一句话,可能与玉有某种关联与联系,我是这么认为的。至少,可用老子的《道德经》来探寻古玉带给我深奥、神奇而又奇秘的玉的史歌与八千年的玉文化史诗。尤其是那千年古玉给我们带来古人的信息、神学、宗教、玄学、美学、雕塑……古玉那优美而又古朴的造型,夸张而又美到极致的纹饰,使今人都无法比拟和超越,望古兴叹。古玉的神韵、古玉的沁色,令我倾倒,令我崇拜……玉!你真是上天赐于人间的宝物,我会继续追寻下去,让美石天之玉来涤荡我的灵魂吧,于是我写下了《缘石物语》这个题目,并翻开从引子又读了下去。之所以写下了这样的文字作为我长篇小说的题目,缘自于开天辟地,女娲炼石补天……

宝泰于月下

目录

引 子 ································· 001

开 篇 ································· 003

第一章　彩石落人间 ····················· 005

第二章　玉秦山　玉龙河 ················· 013

第三章　黄玉古佩 ······················· 019

第四章　河边奇事 ······················· 031

第五章　白玉缘 ························· 051

第六章　别情离殇 ······················· 061

第七章　为学 ··························· 075

第八章　出游 ··························· 087

第九章　学艺 ··························· 093

第十章　路漫漫 ························· 127

第十一章　回家路上 ····················· 157

第十二章　穿越时空走近远古 ············· 181

第十三章　归根 ························· 227

第十四章　其修远兮 ····················· 241

后 记 ································· 269

引 子

　　似人间，似梦中，恍恍惚惚如一粒尘埃随风飘动。飘过海洋，飘过河流，飘向森林，引向昆仑，落地生根。原来漂漂浮浮几千年是为了一种追求，一路走来，一路风尘。累了，或躺或坐于绿草茵茵的草地上歇息歇息，沐浴沐浴那明媚的阳光；渴了，站在潺潺流水的小溪旁，掬水喝一口流淌的小溪清泉；饿了，林中找一找能充饥填肚的奇花异果。几多轮回已记不得，只记得落草于玉泰山里的茅草棚中。

　　玉泰山，莽莽苍苍绵延几千里，横亘于昆仑山系，这里原是一片汪洋。盘古开天辟地，避退海水、抬升陆地，生命就此开始繁衍生息。玉泰山如是乎在风神雨婆的努力下披上了绿装，一片生机。这里古藤绿松、翠柏异木、奇崖怪石、仙花异果、树树成荫，潭泉相连，碧波荡漾。这里河水清清，溪水潺潺，四季分明，一片仙境。春天莺歌燕舞，鸟语花香。夏日蜂绕蝶恋，蛐唱蝈鸣，蝉儿捧场。秋天仙果露笑脸，仙草香飘千里。冬日银狐飞鼠在银装素裹的世界里追逐嬉戏。这里不是仙境，胜似仙境，别有洞天。

开 篇

远古，忽一日地动山摇，天塌地陷，洪水泛滥，飞沙走石，一片生灵渐于涂炭。佛祖慧眼半睁，不能成眠，挥慈悲手，命女娲娘娘炼石补天拯救生灵。女娲遵命，用灵巧的双手日夜苦战，取天火废寝忘食炼五彩石补天。

天补齐，地整平，剩下的五彩石被女娲娘娘随手扔下。抛下的五彩石飘飘洒洒飞向昆仑山，奔入玉泰山的怀中。

稍作休息的女娲娘娘放眼望去，大地一片荒凉，人间没有了生灵，没有了歌声和鸟叫，没有了鲜花、绿叶和青草。一切沉寂了，只有在玉泰山最高峰的岩石上有海蛎壳紧紧地依附在那冰冷的石头上，似乎在向后人诉说，这里原来是一片生机勃勃的海洋。

重任又落在了女娲娘娘的身上，遵佛旨意，重新造就生灵。花草树木，飞禽走兽好办，生灵之塔尖难弄，那就是人，怎么办？

于是女娲娘娘灵机一动，用黄土和天上的无根仙水调和，照样子捏出了一个又一个小泥人，有女人有男人，她造了一批又一批，造好后放在空地上晾晒。干透后就变成了一个又一个鲜活的生命，蹦啊跳啊欢乐无比。女娲娘娘看后十分高兴，继续做她的事——造人，并曰："这下可好了，天下有人了……"

忽一日，电闪雷鸣、风雨交加、雨滴如瓢泼，把女娲还没晾干的男女泥人搅做了一摊泥浆。

女娲娘娘望着眼前的烂泥浆，她犯愁了，何时能把这摊泥重新捏出人样儿来？女娲眼望云天，愁眉紧锁，唉声叹气。忽然彩云飘飘，霞光万道，一个声音在莲花状云中响起："切莫叹气锁愁眉，有天必有地，有地必有人。你快折枝柳条，沾满泥浆，把它们一点一点地洒在大地上……"

没等祥云消散，女娲娘娘赶紧折柳枝沾向泥浆，挥手洒去，奇迹出现了，一点一滴的泥浆洒在大地上，都变成了人。女娲娘娘一看犯愁了，全是女人："这可怎么繁衍生息？"

祥云中声又起："你不要愁，愁、愁、愁，不是头。弯下腰低下头，把那女人集中手搅起，合而分，阴阳定，阴阳结合能生息……"

于是女娲娘娘遵旨走遍了神州大地，一路走来一路洒，而后再分阴与阳。其中有一些人被分在了昆仑山系玉泰山脉，于是乎玉泰山就有了一些人在此繁衍生息。

第一章　彩石落人间

落草于玉泰山茅草棚中的婴儿已八岁有余，成天和一些小伙伴们到河里捉鱼摸虾，搂草打兔。但他不会游泳，只能在浅水里瞎扑腾。有时他坐在河边低头沉思，有时仰望长空似鹤驾云放思追逐。他的名字叫四儿。听娘说生他时是站生、难产，娘差点没了命。接生婆却说坐生娘娘站生官，四儿长大后能当大官。

娘怀四儿时常常做梦，经常梦见一员武将闯进家门，可生四儿时风雨交加，电闪雷鸣，四儿来到人间的时辰是亥时，属牛，批八字的先生说四儿是霹雳火命。相面先生和批八字的都说四儿是武将。命中有，面相带，看这孩子的面相天庭饱满，地格方圆，将来必是大富大贵之人。

在四儿娘看来，不求将来儿子做什么大官大将，只要孩子平平安安地长大，不闹病不闹灾，那就托观世音菩萨的福啦！

四儿娘为什么这么说？因四儿刚四岁时，四儿的爹就因打猎而受伤去世了。没有了男人的女人又拉扯几个孩子过活是多么地艰辛。四儿之所以叫四儿是因他排行老四，刚生下时，接生婆说："又是个小子，给起个名吧。"

病中的父亲就说："他排行老四，就叫四儿，好叫又好记，将来孩子长大了，四处无家，到处是家，四海为家，周游四方吧！"

可四儿生下时就体弱多病，隔几个月就病几天，有时几天昏睡不醒，每逢这时娘就从老辈人那儿听说的一个治病药方，到河里捡几块小白石头，压碎研细给四儿灌下去，说也怪，喝下后四儿就会很快好起来。病好了的四儿就告诉娘："我到什么什么地方了……"娘在这时总是抬手摸摸四儿的头，嘴里叨咕着："四儿病得不轻，烧得说胡话了。"

四岁的四儿对爹的死，他一点不记得了，给四儿印象最深的是：院子里放了口大棺材，娘哭着给纸人纸马嘴里喂草喂米，晚上四儿被人领到一座庙前按着跪在三哥的后面，哥哥姐姐都在哭，四儿也哭。四儿觉得干嘛放把火把那些纸人纸马，还有那辆大马车烧了，既然烧了，还扎它干吗？四儿还记得，被姐姐领到马车前，听大人们指着铺了一层草木灰的椅子说："这个脚印就是爹上车时留下的。"

四儿瞪着一双大眼听大人们说话，四儿弄不懂，既然爹上车到西方去了，

干吗还要哭？那时的四儿对爹的死，对爹死后将不会再回到身边，将永远失去父爱，一点儿也弄不懂。死为何物？死意味着什么？四岁的四儿一脸的茫然。

玉泰山下有条河，叫玉龙河。玉龙河宽不过半里，蜿蜒曲折顺玉泰山脚流向远方，雨季河宽水深可达几丈，旱季水最浅处挽裤腿可过。河水清澈甘甜，喝一口立刻使人神清气爽，沁人心脾。

听娘的娘说，玉龙河水来自遥远的昆仑山，是昆仑山顶那千万年冰封的雪水融化而成，它犹如一条巨龙，穿出昆仑山，绕过玉泰山一路向远方奔去。不信，你到昆仑山上去看，穿山而出的玉龙河就像一条四爪飞舞，生机盎然的玉龙，扭动身躯在大地上舞动。但四儿小，到不了昆仑山，也不可能从高山上俯视玉龙河，更谈不上看玉龙河究竟像不像条龙。但他知道玉龙河里出一种石头很值钱，可以当钱花，还可以拿石头换东西。这种石头就是娘从玉龙河里拣来的白玉籽儿，也正是这种石头，治过四儿的病、救过四儿的命。原来这种石头，就是女娲当初补天时剩下的五彩石，被始祖抛下飘飘洒洒落向昆仑山脉和玉泰山中，有的就随那洪水流淌于玉龙河里。正是这种彩石几千年来伴随着玉泰山的一支人脉，沿着历史的长河，划桨唱歌，流传开来……

四儿有事没事好琢磨，不管什么东西到了他的手中，四儿都想摆弄摆弄探个究竟。

一天，四儿在河边玩，正值夏天天气格外地热，河边的大树上几只知了在有气无力地弹唱，那"命……命"声传出老远。一丝风也没有，树叶一动也不动。河水清澈见底，能见到小鱼小虾在卵石间穿来穿去。说来也怪，平时热闹的河滩，此时已不见一个来游水的小伙伴。

沿着河边，四儿边走边想着什么，一边脚踢着河滩上的卵石，有时手拣块圆而扁的石片儿使劲向河里扔去。圆片的石头借力贴着水面"嗖嗖"地前行，身后留下一个个圆形的涟漪。四儿不断地数着漂儿：一个、两个……六个，哈！哈！哈！四儿乐了，这一次打出的漂儿这么多！

突然，四儿被脚下的一块拳头大的石头吸引住了。四儿把它捧在手里左看右看，怎么看怎么像只青蛙。白白的石头有一大半红红的石皮，并发出幽幽的光，对着太阳看，光好似从石内发出。四儿越看越觉得奇怪，拿起石头连蹦带跳地跑回了家，找了把斧头，对准石头砸去，一下、两下，他想把石蛙砸碎，看看石光怎能从石中发出，要一探究竟。"砰砰"声传到了里屋做针线活的娘的耳朵里，娘急忙跑了出来："四儿，你在砸什么？"

"娘，这个石头真怪，会发光，我把它砸开看看里面有什么东西。"四儿边回答娘的问话，边举起斧头又一次砸向石蛙。

"别砸！"娘边跑向四儿边制止，"让娘看看，你再砸！"

"砰！"的一声，斧下的石蛙已碎成数块，娘的制止为时已晚。

四儿丢下斧头，捡起其中的一块，拿在手里还在左看右瞧。

"啪！"娘抬手给了四儿一巴掌，"唉呀！可惜了这块东西。"娘嘴出此言，也俯身捡起了一块碎石。

四儿摸了摸脑袋，边看娘边说："娘，这块石头真怪，长得像个青蛙，油渍渍的，还发光。"

"四儿，"娘边看手中的碎石边说，"你不给娘看看就砸，可惜了，可惜了，你个野小子，该送你去念书了，不然你什么也不懂。"

四儿抢下娘手中的碎石，低头把砸碎的其他几块在地下拼凑了起来："娘，你看像不像？"

娘不看则已，看后连声哀叹："四儿，你知不知道你砸碎的是什么？"

"是什么？娘！"四儿问。

望着拼好的石块，娘心痛不已。只见其石似一只蹲伏在地上的青蛙，又似三条腿的金蟾，油脂般地发出幽幽淡淡的莹光："四儿，你砸碎的是上好的羊脂玉奇石，千里难寻，万金难求。也罢，真金不发第一家，哎……"

四儿眨了眨眼睛，起身一溜烟地蹿出了门外。

"四儿，你又要到哪儿去？"四儿娘紧喊。

"我再去找一块！"丢给娘一句话后，四儿已跑得没影了。

"傻儿子，"听到四儿的话后，娘也扔了一句，"你认为那是块普通的石头啊！说捡就能捡一块？这是羊脂白玉，玉中的极品啊！"娘叨咕着，弯下身把四儿砸碎的玉蟾捧在手中，"唉！懂玉的人捡不到，不懂玉的傻小子却能碰到，好好的一块宝玉就这么被无知的四儿给砸碎了。罪过啊！罪过，老天爷啊！你真会安排……这要是让懂玉、识玉的人捡到多好。哎！可惜了！可惜了……"

四儿的娘，出身书香门第，知书达理，小时念过私塾，四书五经背得滚瓜烂熟，并能写一手好毛笔字。其父，也就是四儿的姥爷，是经商出身，用当时的话说是个买卖人，走南闯北，见多识广。闲时爱好古董收藏，什么钱币、字画、瓷器、玉器都好收藏一些，尤其懂玉。

四儿的娘从小在父亲的调教和耳濡目染下，也懂得一些古董知识。加之又在玉龙河边居住，这里的人们常年采玉捞玉，于是四儿的娘对玉的认识就有了一知半解的功夫。

四儿的爹也是中等人家出来的，念过书，学过医，也是绝顶聪明之人。

爱好打猎，枪法可以说是百发百中。每次带着猎物回来，四儿的娘和爹就大吵一场，而每次吵架都是娘泪流满面地败下阵来。爹不听娘的，我行我素。

对于爹这样杀生，娘总是抱怨不停，背地里烧香摆供，吃斋念佛，超度被爹打死的生灵。娘也常说种什么种子结什么果，因果报应啊，是早晚的事。可是爹就是不听，在实在没有办法的情况下，瞅着爹没在家，娘请了个游方的老和尚来家，背着爹爹对爹爹的猎枪念上了咒语，封了关，灭了火。

过后一日，爹又出去打猎。娘在家烧香念叨，祈求上苍保佑众生灵，让它们快快躲避以免遭到爹的杀戮而丧生。

说来也怪，往日玉泰山林中，狐跳兔蹦，鸡鸣鸟叫，狼獾穿行，今日却连个影子也没了，林子里死一般寂静。

四儿的爹提着已被作了法的猎枪，漫无边际地在林中游荡，寻找猎物。心中也在犯着嘀咕：真他娘的怪，自从好上打猎以来，从没遇到如此情景。林中连只鸟叫声都没有，难道今天连个野鸡都打不到……真会空手而归。还是自己今天眼睛有病，看不见东西？四儿的爹忙用手揉了揉眼睛，听不到鸟叫还是自己的耳朵出了毛病？四儿爹用手使劲揪了揪耳朵，感到很痛。俗语说林子大了什么鸟都有，林大藏百鸟，林子深百兽跑。可是今天，此时此地愣是啥也没有看见。

难道今天要出什么事？学医出身的四儿爹，对人生的生与死，直至生命的终结，他看得再透不过了。可以说他是个鬼神不信的人。

不过，四儿的爹这时也不由得想到每一次打猎时的出行与归来，四儿的娘都会和自己吵嘴和打架。尤其是自己把那些打伤后的鸟往地上摔，置它们于死地时，四儿的娘就像一头发狂的母狮向自己冲来。终归是个女人，怎敌得过膀大腰粗的壮汉。四儿娘最终是落花流水般地败下阵来，只能以泪洗面，烧香拜佛，盼望有朝一日，自己的男人能放下那支猎枪，早日结束那杀生的营生。甚至四儿的娘在梦里都诅咒那造枪的人，将来不得好死。

四儿的爹，这时的心里有些说不出的滋味，屋里的从来没和自己因其他事情红过脸，只是在打猎这个事上毫不让步，每每都是主动冲击，每次都是头破血流，自己就是听不进四儿娘的一句话。

对四儿娘的忠告和劝戒、引导和说教，自己一点也听不进去，气急了的四儿娘有时也会粗野地骂一句："好话说了一堆一筐你不听！耳朵里塞进驴毛了！你这么杀生你会得到报应的。"

"这么杀生会得到报应吗？"四儿的爹有时自己问自己。

想到自己为了打猎，苦练枪法，练到后来可以说无论飞禽走兽，只要能看见的目标，在射程之内无需瞄准，抬手一枪，枪枪命中，死在自己枪下的生灵有多少？自己已记不清了。

对于四儿他娘自己觉得有些对不住她。对于死于自己枪下的生灵，有时觉得有些可惜。

同在人世间一起生活的这些飞禽走兽，没招他没惹他，何必非得置它们于死地，自己未免有些太残酷了吧！

同在一个蓝天下，同在一个大地上生存应该说是一种缘。四儿的爹心中有些愧疚。只是几天不打枪四儿爹手就有些痒痒。

"手痒痒了，自己拿枪打自己。"四儿娘曾这样说过自己。

如果和动物的位置做一互换！如果自己拿枪向自己的胸膛和头颅自射！如果自己能够灵魂出窍，看到自己的肉体被射后那痛苦挣扎的情状，还能够举枪瞄准那些和自己一同生活在一个大地上的飞禽和走兽吗？是否还能扣得了扳机？想到此，四儿爹提枪的手不禁有些发抖，头皮阵阵发麻。

放下屠刀，立地成佛！

苦海无边，回头是岸！

一个声音，来自天籁。

"咔嚓！"一声，一个惊雷在林中炸响。

一道闪电从天际射向寂静的森林，像一条飞舞的银蛇，直直地扑向四儿爹。四儿爹一个寒战，一个哆嗦，豆大的汗珠从额上冒出，淌下。

四儿爹企图躲过飞向自己的银蛇，可浑身一点动弹不得，像被钉住了一般，身似千斤重。飞舞的银蛇并没有射向自己，而是绕四儿爹三圈后向林中深处窜去。

银蛇过处，百鸟争鸣，一群白兔在林中蹦跳。

四儿的爹似梦中惊醒，又恢复了常态。

一只银白色的狐狸，在这群白兔前蹿来跳去。

四儿的爹瞪大了眼睛，一脸的茫然，这是人间，还是在梦中。前后为何不同？

四儿爹定了定神，看了看那群白兔和银狐，把猎枪抬起指向白兔群中的一只。可是那只银狐一跳，挡住了那只白兔。

四儿爹不想打那只银狐，人们都说千年黑万年白，这只银狐在世间不知修炼了多少年，就凭那一身银白色的皮毛在阳光下泛出的一圈白荧荧的光芒，就令四儿爹不忍心下手了，至少这是极其稀少的生灵。况且多少年多少代都流传下诸多关于银狐的传说。

银狐是大山的精灵。

猎枪指向了另一只白兔。

银狐一蹿又挡住了枪口，四儿爹再一次挪动枪口和目标。可那只银狐一而再、再而三地挡在白兔前。

烦躁的四儿爹把枪慢慢地指向了银光闪闪的银狐的脑袋。我不想打你，可你老是挡我的枪口，我今天只打一只兔子回家，你挡来挡去，可是你撞到了我的枪口上。四儿爹心里想。

四儿爹扣动了扳机。只听轻微的一声"啪！"是扳机的撞击声，子弹并没有出膛。

"臭弹！"四儿爹嘟囔了一句。

随着四儿爹扣动扳机的瞬间，银狐已蹿出很远，但还在射程之内，可那群白兔已不见了踪影。银狐晃来晃去，并与四儿爹保持一定的距离，若即若离。

退出子弹，四儿爹拿着看了看，子弹的顶火儿好好的。重新子弹上膛，他大步流星地向银狐追去。你快它就快，你慢它就慢，银狐在前，四儿爹在后，可就是追不上。眼瞅着这次与银狐的距离拉近，四儿爹举枪再一次扣动了扳机。与上次一样，又是臭弹。

再看银狐，离自己只有两丈有余，这次银狐是面对着自己蹲在那里，两只滴溜溜转的眼睛死死地盯着自己，两只尖耳不停地摆动，尾巴横扫地面扫过来扫过去。

四儿爹气不打一处来，换了颗新弹，提枪向银狐追去。今天的事太蹊跷了，打猎从没有遇到这样的事，竟连续两颗臭弹。再说眼前的银狐，在前边蹿来蹿去，似道道银光一晃一晃。

只顾追银狐了，眼前的景物似乎有些熟悉，抬头望去，前面的院落竟是自己的家。几个时辰下来，银狐把四儿爹已引到了四儿家的后山坡上。

日已渐落，余晖映红了西天。

起风了，风吹向银狐，只见银狐迎风而立，银毛后披，两只前爪抱在了一起，似作揖状面向四儿爹。

离银狐只有丈余，枪口再一次指向银狐，可银狐一动也不动，似一座雕像。

抬手就打枪的四儿爹这时大口地喘了喘气，端枪瞄准。奇怪，透过准星看到的并非银狐，而是一团银光，似乎有个光源在一圈圈地发光，难道自己因长时间地追跑，眼睛出了毛病，有幻觉发生。

顾不得那些了，四儿爹扣动了扳机。只听"嘭！"的一声，似炸雷传出老远。子弹没能射出，在枪膛内爆炸了。四儿爹随着爆炸声，仰面倒地。

爆炸声不但没能惊走银狐，银狐反而跑向躺在地上的四儿爹，眼瞅着四儿爹，绕身一周慢步向林中深处走去。

"啊！"四儿爹大叫一声，只觉得胸口一阵发热，一股腥腥的东西向上涌来。"噗！"的一口鲜红的血从四儿爹口中喷出。血红血红的有些发烫的鲜血，染红了四儿爹身边的绿草、黄土。

四儿爹只觉得胸口痛，他挣扎着坐了起来，一手捂胸，想到了腰带上拴挂的一块玉佩，另一只手伸向了腰带握住了腰中的玉佩。此时，四儿爹似乎悟到了什么，可惜为时已晚。

第二章　　玉泰山　玉龙河

玉泰山是昆仑山大家族中的一员，往远古追溯，是当年女娲补天把剩下的彩石抛向人间所致。

这里物华天宝。

这里别有洞天。

这里盛产美石。

这里是北方神玄武镇守之地，因为甚？只因这里的彩石有灵性，能通天入地。只因这里有条玉龙河，佛祖才把玄武派到这里镇守。

玉龙河发源于昆仑山系，是上亿年来接受日月精华养育的雪水所变，玉龙河水如瑶池中的玉液琼浆。

她似一条巨龙绵延舞动几千里，一路欢歌从玉泰山脚下穿过，奔向远方。

玉龙河流经之地，草绿羊肥，稻蜀丰盈。这条河流金淌银。这里盛产的彩石，金银怎能与她相提并论。暂时把这一话题放下，一起去追寻史前玉泰山下那一族人。

这一族人依山傍河而居，过着刀耕火种的生活。每天晨起，大家都聚到一个大草棚前的场地上听一个叫石的首领的旨意和安排劳作。

场地的正中央有块能坐下四五个人的大圆石，有刚刚学步、孩子般高矮的石头，围绕大石一周，似太阳光放射状地摆放，这些于大石略矮一半的石头上，能坐下一至两人。

这里是部落议事的场所，也是部落里添丁添口的庆祝之地，更重要的是祭祀神灵的地方。

一日，东方天际刚刚露出一点曙光，石就敲响了摆在草棚入口处的一段挖空了内里的树桩。

"咚！咚！咚！"随着石那宽大而有力的手掌碰撞树干的霎那间，一声声粗犷而低沉的响声传出很远。紧接着石又拿起了挂在项下的用犀牛角做成的一个号角，对着东方天际，站在那块大圆石上，深深地吸了口气，嘴对着犀牛角的最尖处，"噗噗"地吹出。

犀牛角发出的"呜呜"声，伴随着那树干发出的"咚咚"声的余音，在山间随着滚滚的晨雾在滚动、传播，传播、滚动……

声音传播滚之处，散落在各林间、草地上草棚里的人们，都停止了一切活动，

包括吃饭在内，扶老携幼向大草棚走去。

那是石发出的声音！

那是部落首领发出的召唤！

那是神借大巫之口发出的命令！

部落里有大事要商量，部落里有大事要部署，部落里有大事要发生！

草棚前，广场上的人们越聚越多，年长者坐在了大石周围的矮石上，或三或俩，其他人在外围席地而坐。

场面显得庄重而肃穆，只能听到婴儿在母亲怀抱中，嘲奶时发出的吱吱声。

"昨夜子时，梦中受神的指示，"站在大石上的石看到人们都已到齐，向部落里的男女老幼发出了命令，"今夜里是月亮最圆最亮的时候，神告诉我，在神龙出没的玉龙河里，将有一批奇珍异宝来此洗澡，到时我们可去打捞。神说：'月光映照能从水下发出荧光，能与月光对接的，你尽管去捞，捞出后用公鸡血染红的布盖住，她就不会跑了，宝物就归你了。她能传承千万年，要善待她们……'"

人们遵照石的指示和命令，各自回去做着准备。

部落里的人们太相信石的话了，不仅仅是石力大无穷，更因为石能看天象，能知道何时刮风下雨，到什么季节该种什么东西，何处能打鱼，哪个地方能捞虾，狍子待在哪儿，什么地方能捉鸡……反正石没有不知道的。部落里的人生病了，他到林中剥块树皮，捋把青草，在一起捣吧捣吧，用汁液给病人灌下，病人立马就好。

石生下时就与众不同，十几岁时随大人打猎没了踪影，部落里的人都以为这孩子丧生虎口熊掌之下，没了指望。岂不知几天后，他捉了两只大孤野猪赶了回来。那孤野猪凶悍无比，凶猛的老虎都得避让它，让它三分。可是居然让他降服，并且捉回了一双。稍大一些后，他曾孤身一人与一只大犀牛搏斗，最终犀牛死于他的掌下，犀牛角被他做成了一把号角。

他的姓与名是被一老者手指草棚前的大石而成。

于是这个孩子就被部落里的人推崇为首领，他就是石。人们信他，听他，一切听他安排，他的话一言九鼎。按石说的话去做吧，一切没有错。

夜，月光如银，大地一片白。玉龙河水被月光映照，粼粼碧波，静溢舒缓。

男人们沿河寻找能发出荧光的地方。女人们早已做好了准备，用玉龙河水沐浴干净后跟在男人们的后面，确切说这是一群未婚的美丽少女。

石说只有她们能够打捞到宝物，宝物只要被她们摸到就不会跑掉，只有和她们一起才能把宝物抱上岸。

更确切地说，这是一群沐浴干净后，赤身裸体的美丽仙女，足有十六七个，正如她们的年龄般，含苞待放，亭亭玉立。

只见这群仙女，修长的身材，乌发披肩，乳房尖挺，肥臀柳腰，那优美的人体曲线，可谓在这群仙女身上体现的淋漓尽致，那白皙的皮肤在月光下显得洁白无暇，似涂上了一层油脂，璀璨生辉。她们似一群美丽的精灵在河滩上跳跃前行。

忽然，沿河边前行的队伍停止了脚步，走在这支队伍前边的是石和部落里最年长的老者。

老者有多大年纪，谁也记不得，部落里七八十岁的老人都说自己儿时经常听老者谈天说地。有个不知趣的后生有时问老者："爷姥，你年长几岁？"

爷姥"嘿嘿"一笑，用手持的丈余的三叉鹿角指向天宇："有物混成，先天地生。"

部落里的人弄不懂爷姥的话。

爷姥之所以叫爷姥，就这么一直延续地叫了下来，其根其源，谁也不知道。部落里的人只是听奶奶的奶奶讲，部落里的首领是由爷姥来指定。

部落里的一切大事，都是由石来决定，可一切大事都是由爷姥辅助石来完成。爷姥在部落里举足轻重。

此时，只见爷姥手持鹿角指向河中央流水较缓的一个深潭，向旁边的石耳语了几句。

石向后边招了招手，后边的几个壮汉紧步上前，躬身弯腰，围在石的左右两边，石用左手拍了一下左边的人的左肩，用右手拍了一下右边的人的右肩，又分别用左右手摸了摸二人的头。

两名壮汉抬头挺胸，转身跑向后边，边跑边做各种手势。

跟在石身后的队伍散开了，又慢慢聚拢，在河滩上围成了一个圆，有人向圆圈内抱进了翠竹和松枝，又牵来了两只公羊。一坛用玉龙河水和今年收成的第一筐谷子酿成的米酒。

爷姥不知在何时已钻木取火并把火种点亮，也不知他何时离开了人群，只见远处一个火球向人群中飘来，时远时近飘飘忽忽，忽明忽暗，似天火。

这时，月光更加明亮，月光下不见爷姥只见一团火，近了近了，只见这团火越过人们的头顶，直扑圆圈内的翠竹和松枝。

"嘭！"的一声，一股气浪向四面碰撞，飞来的火球，引燃了翠竹和松枝。

大火在熊熊燃烧。

翠竹在劈啪作响。

松枝发出阵阵松香。

石和四周的人们这时都一个姿势，跪在地上，两手上举，似向上苍祈求什么。

隆重的祭神仪式开始了。

爷姥又出现在火堆旁，双手高举三叉鹿角，鹿角上挂着那坛敬神的米酒。

石起身走向火堆旁的两只公羊，一只手举起了一只。

现场一片寂静、肃穆，只能听到火燃翠竹松枝的声音。

"万物的神啊！您给我们送来了火种，送来了光明，我们才能在黑暗里穿行。您给我们送来了雨水，我们才有了好收成。"石向四周的人群说，石向苍天说，石向大地说，"您给我们送来了牛羊，送来了丝麻，今晚您又给我们送来了奇珍异宝，叫我们享受、欣赏，我和我的子民将永远铭记您的恩德，祈求您永保部落里的人们长寿健康，部落昌盛，人丁兴旺！"

伟大的万物之神，无影无形。

说来也怪，举在石两只手上的公羊，竟一动不动，没有半点的痛苦与挣扎之状，大有视死如归之感。

说完祭词的石，把两只羊投入大火。

紧接着，爷姥把挂着酒坛的三叉鹿角连同酒坛也一起投向大火。

投入大火的两只公羊只"咩！咩！"地叫了两声，像睡着了一般，蜷缩在火中，蜷缩在大火的怀抱里。公羊只这"咩咩"的两声，打破了夜的寂静，直冲云天，传出老远老远。

敬神的米酒洒向公羊，洒向大火。

火更旺了，火更亮了！

火烧公羊大吉祥！

一群少女出现在火堆旁，绕着火堆跳起了祭神舞。这群全裸的少女，个个天仙般美丽，曼妙的舞姿，加上神酒和着公羊燃烧的肉香向四周飘散。

翠竹声响震九天，松香弥漫香神州。

月光，火光映照下的美女，是人见人爱。所见之人，内心没有半点非分之想，只觉得大自然太神圣了，怎能生出如此般美妙的精灵，人体竟能如此般美丽无比，包括我们自己。

月光、火光、目光。

天、地、人、神，共同雕琢少女那美丽的冰清玉洁的胴体，每一寸，每一分，与大自然一起分享。

火熄灭了，肉香酒香犹存。

"孩子们，到河里最亮的地方去吧！"爷姥发出了指令。

也许火光熄灭的缘故，或是这时的月亮直至中天，还是有了神的旨意，这时的月亮特别的圆特别的亮。

只见河里到处白光一闪一闪，尤其那深潭处，最白最亮。

明明看见爷姥的三叉鹿角连同祭酒一起投向大火燃烧，可这时又真真切切地拿在爷姥的手中，在发号施令。

飘散开来的少女们，随着爷姥的指令奔向河中一处处发光地，弯腰捞宝，时不时地扎入水中。

月光下，岸上的翘首观望，河里的在用双手双脚踩摸。

"我摸到了！"

"我也摸到了！"

河里传来少女们那银铃般的声音，此起彼伏。

当石听到少女们摸到宝物的信息，摘下了挂在脖子上的犀牛号角，右手擎号，左手食指与中指并拢指向天穹，面对东方。

"呜！呜……"犀牛号角又一次吹响。

石在向神传达一个声音，告诉神，宝物已经找到。

东方天际露出了鱼肚白，曙光即将显现。

玉泰山下玉龙河，绵延几千里向远方流淌。这里盛产一种石头，有大有小，大的上百斤，小的几钱几分。形状似鹅卵，有圆、有扁。它们都来自玉龙河最上游的昆仑山，是经长年累月的风吹日晒和冰霜雨雪的洗礼，加之上千万年吸收日月精华，被电砍雷劈从山上巨石之母体崩下来的碎块，又历经昆仑山冰雪融化后的巨大山洪冲刷、搬运、互相撞击、修磨，滚淌几万年直至玉龙河。

到达玉龙河后，这些碎石已被昆仑山的冰雪之水修磨的没了棱角，没了火爆的脾气。稍有脾气爆裂者，自然神力教之洪水再次互相碰撞，大块碎成小块，并去其糟皮腐肉，最后只剩下坚实的内核，这样的石头叫籽石。

籽石静静地躺在玉龙河的怀抱里，接受玉龙河甘甜的乳汁滋润，吸收日月之光，润之肌肤。有的被玉龙河的乳汁慢慢地披上霞衣霓裳，有红色、枣红色、黑色……这件石衣别看薄薄的一层，玉龙河水编织它也得千万年。

这样的籽石叫皮子石，也只有到玉龙河的下游才能找到。

当太阳升起时，少女们捞到的宝物已集中到石的草棚里。

展现在人们眼前的宝物是大小不一，各种颜色的石头。

此为何物？

搬到草棚前，广场上，阳光下。

在太阳神的光照下，这些石头发出了不同的光，每一块石头都被一种光环笼罩，显得那么纯洁温润。用手触摸，似婴儿皮肤般光滑娇嫩。其中有一块大如鸡卵，白如截肪，特别滋蕴光润，质地极为细腻，柔中见刚如羊脂。石把它拿在手里，对着阳光照看，似透不透。

只见此石，滋润无比，洁白无瑕。拿在手里油滑而细腻，油油发光，掂在手里觉得有种沉手、压手的感觉。

石拿在手里爱不释手。

这块石头太美了！

石把这块石头别在了鹿皮腰带上。

爷姥说："石是我们的首领，是我们的王，那块美石，别在了王的腰带上，是王者之石，我们就叫这些美石为玉吧！"接着爷姥又指了指光照下那些大小不一的石头，吩咐道："把这些玉搬到咱们王的屋里去吧！屋里有玉才为宝啊！"

各色石头，不，现在爷姥已给它们起了个很好听的名字——玉石。被搬到了部落首领石的草棚里的彩石，真是五颜六色，有白、有黄、有碧色、有青色、有黑色。

人们欢呼了，因为这些彩石有了流传千古的名字。

人们跳跃了，因为首领得到了这些宝物。

这是上苍的安排。

这是神的旨意。

更为叫绝的是石手中的那块白玉，白如羊脂，呈半透明状，光照下有晨起山涧薄雾般絮状物，极为均匀，可以说是无一点瑕疵。拿在手里抚摸给人一种刚中见柔特别滋蕴光润的感觉。它就是玉中极品——羊脂白玉。

在河里捞到这块羊脂玉的姑娘被带到了石的面前，只见姑娘长得亭亭玉立，纤纤玉手下垂，玉肩微露，长发飘飘，好一个金枝玉叶般美丽。

爷姥说："把捞到这块宝玉的姑娘许配给我们的首领石吧！让玉为媒，以玉传情，以玉定终身。大王的名字叫石，姑娘的名字就叫美玉，石配美玉，天定的姻缘，部落从此以后会更加兴旺！"

玉促成了玉泰山下古老民族的一段姻缘。

这真是美玉良缘。

玉泰山百兽欢腾，百鸟歌唱！

人们跳起了欢快的舞蹈！

长长的玉龙河，碧波荡漾，流向远方。河岸边居住着的千家百姓靠玉龙河水繁衍生息。长长的玉龙河千万年来几次摇头摆尾改换河道，可每次都曲曲弯弯地绕过百姓，绕过村庄静静地流淌，从不伤及两岸的人们。

自从人们发现了玉龙河里藏美玉，这条河，每年、每月、每日都在流金淌银。

雄伟壮观的玉泰山，碧波荡漾的玉龙河，美丽的石头，蕴藏着丰富多彩的故事令人传唱。

第三章 黄玉古佩

四儿一溜烟地蹿出了院外，直向河边跑去，娘喊他，他似听非听。

听娘说他砸碎的是个宝，宝是个什么东西？四儿不懂，他更弄不懂娘所说的什么羊脂玉，什么奇石。但他知道他砸碎的像个青蛙的石头是个好东西，要不然娘是不会打他的。四儿记得娘从来不随便打他，除非闯了大祸，娘才打他。

娘打他时，嘟囔了一句，该叫自己念书了，对呀，该念书了，和自己同龄的小伙伴都念书了。四儿晚了一年，原因是哥哥姐姐都念书了，念书时的费用拿不起，干脆就叫四儿晚一年再去念吧。

对于念书，四儿并非十分向往。他看到平时吃完饭就一起玩的小伙伴，这时都捞不着玩了，吃了饭就得背着书包上学堂。下学后，去找他们玩，都不像以前那么自由了，还得完成先生给的作业任务以后才能和自己玩，太没劲了。

一次四儿忘了小伙伴们去上私塾了，吃完饭他又去找他们玩，到了他们家，才知道都去念书了。他知道学堂在村子的最北边，他追寻着小伙伴们，一路到了学堂。外面一个人也没有，都在屋里读书。四儿就一间屋一间屋地找。四儿的个儿小，每到一个屋子的后面窗下，都得费好大劲儿搬几个石头垒起来，才刚刚够到窗台，刚一伸头，就被先生发现，吓得赶快趴下。没办法，他就在操场上等，等他们下学。

一阵"叮当！叮当！"声传来，四儿顺声望去，只见一个大人拿个圆乎乎的东西，一边顺着房前走，一边摇，那个叮当声就是从那个圆东西里发出的。四儿觉得好奇，声响过后，只见小伙伴们从一个房门口涌了出来，其他几个门口也都涌出了小孩。这时小伙伴们也看到了四儿。

"四儿！"小伙伴们喊。

"小发、小六……"四儿也边答边向小伙伴们跑去。四儿同小伙伴们拥在一起，像几天没见面似的。

小伙伴们告诉四儿，现在是休息时间，这个时候是尿尿和玩一会儿的时候，过一会儿铃一响就得回屋里继续读书。

对于时间的概念四儿懂，姥姥教过四儿。姥姥说一更到二更、二更到三更，一个时辰是一更。村里有个打更人，手里拿个木梆子，到几更打几下就是几更天了，听响数数就知道是到几更了。

"这些小伙伴，他们真笨！"四儿有时也这样想过。四儿有时去找他们玩，看他们算算术，几加几都算错。四儿瞧不起他们："甭看我没念书，姥姥教过我，

什么天、地、人，东、西、南、北、大、小、多、少，我全会写。就是姥姥没像先生给小伙伴们在有的数后边用红笔划上×，再就是那个叫先生的人拿的那个叫铃铛的东西，姥姥没跟自己讲过，这个小伙伴们知道的好象比我多，姥姥没教过。"休息的功夫马上就要到了，四儿现在没空儿多想了。他和小伙伴们有了个约定，主意是四儿出的，小伙伴们都举手同意。

"叮当！"声再一次响起，小伙伴们排队进了屋子，外面只剩下四儿一个。此时四儿心里有点不好受，心里酸酸的，眼看小伙伴们走进学堂，有的还扬起了小手和四儿打着招呼，四儿觉得应该和他们在一起了。只是四儿弄不懂，人饿了要吃饭，渴了要喝水，困了就睡觉，憋了就放屁，要尿尿时就尿尿，干吗还得听铃铛响？憋尿了铃铛不响怎么办？

"世间事，干吗还要听人安排？顺其自然多好。"

四儿不懂，人从生下的那天起，就被赋予在掌束之中。要不然婴儿不会在一生下来就嚎啕大哭，他更不懂世间事并非都顺乎自然。这时的四儿更不懂"书中自有黄金屋，书中自有金香玉"的深奥道理。

在四儿出生前夕，四儿的家就已经败落了。父亲原来是学医的，又是爷爷的老儿子，常年在外。四儿的爷爷想儿心切，就编出各种理由叫四儿的爹回家尽孝。四儿的爹百般无奈之下，只好弃医回家务农，在爷爷的身边转悠。

回家务农的四儿爹，百无聊赖之下，爱好上了打猎，也从此走上了一条不归路。

爹死后，四儿的爷爷因想儿心切，看四儿娘年纪轻轻的拖了一大帮孩子，今后的日子可怎么过？自己也老了，帮不了什么忙，还拖累了四儿娘。没过半年，急火攻心，随四儿爹撒手远去，永不回归了。

至今四儿也回忆不起爷爷的音容笑貌，在四儿的记忆深处，只有一个穿着蓝布长袍的老者到四儿的姥姥家去干什么，四儿记不得。只记得四儿和哥哥在姥姥家的炕上玩，印象中有这么一位老人，究竟是不是爷爷，四儿至今也不敢肯定。

爹去世后，娘拖儿带女回到了娘的娘家。

白天娘到地里干活，晚上在油灯下给孩子们缝补衣裳。四儿总是在灯下陪伴娘，坐在娘的身旁，一是四儿小，哥哥姐姐不带四儿玩，另一个原因是四儿娘那永远也讲不完的故事深深地吸引了四儿。什么孔融让梨、司马光砸缸、孟母三迁……

更让四儿不解的是，娘说："玉有灵，玉通神，如果有人戴块古玉，就能保平安，并能挡灾祈福。大灾大难，大事化小、小事化了，玉可辟邪。如果老人带上，出门走路不小心摔倒，只伤皮肉，不伤筋骨。"

并说："人常戴玉，有什么事，玉能先知，佩带玉的人能先知道。"

更让四儿觉得神奇的是，娘说："玉被人死后带到地下，出土一次带块血丝。如果某块玉带三块血丝即为宝，证明此玉已入土三次，世间难找。"

四儿不懂什么叫玉，更弄不明白，都是石头，都是在地里长的，为什么偏偏被人带过随后葬入地下的石头有红血丝？

四儿糊涂了，四儿什么也不懂。

听故事的四儿有时听着听着就趴在娘的膝盖上睡着了。

四儿有时就问娘："娘，什么叫玉？你说的是真的吗？"

每逢这时娘就放下手中的活，认认真真地告诉四儿："娘说的都是真的，不过带红血丝的玉，娘没见过，是听你姥爷讲的。"

"姥爷见过吗？"四儿瞪大了眼睛紧追着娘不放。

"见过，你姥爷什么都见过，有些事我都是听你姥爷讲的。"

"玉真那么灵吗？"

"真那么灵！"娘毫不含糊地说。

"我也要一块玉！"调皮的四儿开始缠缠娘了。

"上哪儿去弄呀？"娘说。

"给我弄一块，给我弄一块！"四儿不依不饶。

这时娘总是摸摸四儿的头，安抚说："快别闹了，娘还得干活，等弄到了，就给你。你还记得你爹身上带的那块玉吗？摸一摸就能保平安……"

娘支走了四儿，紧忙着干自己的活去了。

四儿记得爹腰上的那块石头，上面好像刻着什么东西，黄黄的颜色，油光锃亮，表皮好像有点似红非红的，好像是块能吃的糖。可爹从来也不给自己拿一下，只让四儿摸一摸。听娘说这块叫玉的东西，是爷爷给爹的。

"怎么爷爷不给我？"四儿有时也这么想过。

四儿娘忘了告诉四儿，四儿一有病就到河里捡小石头砸成面，给四儿喝的，就是玉石，只不过没有被人雕琢和盘玩。

四儿爹身上带的是四儿爷爷的爷爷们几代人传下来的传世古玉，极为难得，是和田玉中的极品，可与羊脂白玉一比高下，是黄玉中的最高等级栗色黄。古人王逸在《玉论》中说玉之色时就提到：赤如鸡冠，黄如蒸粟，白如截脂，墨如纯漆，谓之玉符。而青玉独无说焉。今青白者常有，黑色时有，而黄赤者绝无。而清人陈性说玉有九色：玄如澄水，蓝如靛沫，青如鲜苔，绿如翠羽，黄如蒸粟，赤如丹砂，紫如凝血，黑如墨光，白如割肪。这里提到的黄如蒸粟就是四儿爹现在带在腰上的那块玉佩——黄玉古佩。

娘之所以给四儿病中灌石粉并非自己的发明，而是依照从老辈人流传下来的秘方。我国古代上至帝王将相，下及民间百姓，都非常珍视和崇尚玉，认为玉石是天地间阴阳二气的精纯合而为一，并相信玉石对人体的健康有着神奇的

疗效和作用。古人很早就将玉石应用于医疗方面。如在《神农本草经》和《本草纲目》等古医药典籍中就记载：玉石有"除中热，解烦懑，润心肺，助声喉，滋毛发，养五脏，安魂魄，疏血脉，明耳目"等疗效。并记有：玉屑是以玉石为屑。气味甘平无毒，主治除胃中热，喘息烦懑，止渴，屑如麻豆服之，久服轻身长年。说玉能促进人们的身心健康，能达到祛病、保健、益寿之功效。

反正在四儿的眼里和心目中，娘知道的太多太多，好听的故事总也讲不完。有时娘闲下来就教四儿认字、写字。四儿的姥姥也教四儿简单的字。别看四儿没念书，认的字比现在念书的小伙伴还多，光数数就能数到好几千，还不用叫什么"先生"的人管，多好啊！

见到小伙伴们的第二天，早晨哥哥姐姐吃完饭后都背着书包走了。吃完饭后的四儿跟姐姐的腚后也溜出了门外。

"四儿，你又要到哪儿去？"四儿被收拾饭桌的娘看到了。

"我出去玩一会儿就回来。"四儿答道。

"别跑远了，"娘叮嘱着四儿又说道，"四儿不念书不行了，早上连玩的人也没有了。"

"可不是，"接娘话的是四儿的姥姥，"四儿娘，我看来年就叫四儿去念书吧，都快十岁了，别耽误了孩子。"

"唉！"四儿娘后边的话没有说出来。

说出去一会儿就回来的四儿，并没有玩一会儿就回来，而是向学堂的方向跑去。原来，头一天他和小伙伴们约好了，今天早上在离私塾不远的一家人家的房后见面。

等四儿来到见面地点时，小伙伴们已来了三四个。几个小伙伴们在一起，像几天没见面似的，你搂我抱，那个亲热劲儿，就甭提了。

小伙伴中有一个叫小发的很仗义，今天首先提出："四儿没能和咱们一起上学，成天挺孤单的，今天咱们陪四儿好好玩玩，怎么样？"

"同意！赞成！"其余的异口同声。

四儿好一顿感动，他们为了能陪四儿一起玩，竟然集体逃学了。

他们一行五人绕过学堂，一起向学堂的后山走去。他们好长时间没能在一起了，上学的成天家——学堂、学堂——家的循环，回家后还得看书写字。现在看来就数四儿最自由了，成天自由自在，无拘无束，想怎么玩就怎么玩。"不上学真好！"四儿有时这样想。

小伙伴们在一起，跳啊蹦啊，尽情地玩耍。一会儿捉蜻蜓，一会儿捕蝴蝶，他们一路玩一路讲很多四儿从来没听说的东西。他们都是从先生那儿听来的。

"先生怎么知道那么多东西？难道比姥姥还厉害？"四儿心想："有些姥姥没跟自己讲过。"

四儿他们不知不觉转到了四儿家的后山坡上，在这儿可以看到四儿的家。猛然间小伙伴们想起现在是该下学吃饭的时候了。不知不觉就玩了大半天，时间过得也太快了。

　　小伙伴们这时才感到逃学的严重性来，学堂里冷不丁少了四个人，谁也没向先生请假，先生肯定要到每一家去问的。村子太小了，抬头谁都认识谁，谁家有个大事小情的没有不知道的。

　　说起这个村子来，并不算小，有近千户人家，大都依山傍河而居。这一家和那一家沾亲，东一家与西一家带故，反正是，不是远亲就是近邻。现在逃学的这几个孩子只嫌村子小的原因是：先生无论找到谁，都可以把这几个没来上学的事，捎给他们的家长。孩子们抬头看了看天，太阳正中午，反正肚子饿了，回家吃饭再说。小伙伴们拿着书包，有的还吹起了口哨，各自向山下的家奔去。

　　四儿没往家里走，反而走向了林中的一座坟地。坟地里寂静无声，虽然是在林子里，也许是大晌午的，平时爱叫的蝈蝈这时也没了声响，鸟儿也不知到什么阴凉的地方休息去了。只有阵阵微风吹来，还觉得有些许丝丝的凉意。

　　四儿在爹的坟前坐下，手里拿了根草棍在地下胡乱瞎划，至于小伙伴们回家后的下场，四儿才不管呢！反正与自己没什么相干。

　　望着眼前的土坟，四儿一点儿不觉得害怕。在常人看来，空旷的林地，眼前没有一个人，空落落地只有几座坟头、土丘，那是死人长眠的地方，是多么的可怕。可四儿一点儿也不，他每年祭日都随娘来给爹和爷爷上坟，清明节啦，来上把土；鬼节啦，随娘来送刀纸。

　　四儿听娘说，那座大坟是爷爷的，爷爷前边的这座是爹的。爹之所以埋在这儿，是因为这里是爹打猎时炸枪受伤的地方。

　　听娘讲：那天娘正在做饭，双手正在和面贴饼子，一边往灶里添柴，一边忙着锅上。突然间一声巨响，从后山传来。娘说她还从来没听到这么大的响声，娘觉得地都在动，房梁上的尘土都在哗哗地落。

　　四儿娘顺声望去，看到一只银白色的狐狸在后窗不远处向娘摇头摆尾，似有什么事在向娘打招呼。

　　四儿娘觉得有什么事要发生，今天早上四儿爹提枪出门后，四儿娘就心神不定，眼皮老在跳，掐了根笤帚篾贴在眼皮上也压不住。四儿爹每次打猎，四儿娘都处在矛盾中，这边祈祷着佛祖保佑众生灵，那边祷告着自己的男人别伤着碰着。自从背着四儿爹请老和尚给枪做了法后，四儿娘就一直提心吊胆。

　　听到响声后，四儿娘忙把灶火用水泼灭，向后山跑去。那只银色的狐狸在前，四儿娘在后。前边的狐狸跑几步停一停，像是等四儿娘，看看后边的四儿娘快追上时，银狐又向前跑去，一直把四儿娘引到了坐在地上的四儿爹身旁。

　　瞪大了双眼的四儿爹，眼瞅着银狐，嘴里只"啊！啊！"地发出声音，却

缘·石·物·语

不会说话。

银狐又是围着四儿爹和娘绕一圈儿后，慢步向林中深处走去，不时地回头望一望这对夫妻——四儿爹和四儿娘。

四儿爹明明看到枪炸响后，银狐是向林中深处走的，怎么又把四儿娘领到了自己的眼前。

看到四儿爹后，四儿娘眼也不跳了，三脚并着两步冲到四儿爹身边，跪下扶住了四儿爹。

四儿爹似梦非梦，似醒非醒。

"孩儿他爹，你怎么啦？"四儿娘直了嗓子地喊。

"啊！啊！"四儿爹只会"啊啊"，却说不出下文。

四儿娘一手扶着四儿爹的背，一手紧搓四儿爹捂着的胸口。口中紧喊："孩儿他爹，你说话呀！孩儿他爹！"

四儿爹醒了，也许是四儿娘揉搓的关系或是四儿娘那一声声揪心裂肺的呼喊。四儿爹用手解下了腰中的玉佩，紧紧地握在左手心里，用右手指了指四儿娘还在揉搓的胸口，说："四儿他娘，我这里痛！"

四儿爹说完这句话后，又觉得胸口一阵发热，他慢慢地抬起了左手，手指慢慢张开，一股腥腥的东西向嘴边涌来，"哇"的一声，一口鲜血喷向手中的玉佩，喷向四儿娘的前身。

四儿娘的衣服上和手上、脸上溅满了四儿爹鲜红的血花。

再看四儿爹手中的玉佩，已被鲜血沾满，断为两截，静静地躺在手掌里。

又喷出一口血后，四儿爹觉得胸口不那么痛了，好像顺畅了一点，也能说话了："孩儿他娘，我这是罪有应得啊！悔不该当初不听你的话，这是杀生所致。种什么种子结什么果，这是千古不变的道理，只不过是早晚的事。"

可惜，四儿爹悟到得太晚，世间一切万物皆有灵，做一切事都不要太过，别等到病入膏肓再拜佛，再行善积德，那时已经晚矣。

再说四儿爹腰中的黄玉古佩，是几代人传承下来的家传之宝，是一件传世古，极为难得，不知是哪一代得到的。原来这件东西是四儿爷爷佩戴的，老人闲下没事，就用旧白布来蹭玉，并把这块玉佩的前后左右反复地蹭，直到把玉佩蹭热为止。然后老人手拿发热的玉佩在脸上，额前蹭来蹭去。有时四儿的爷爷把玉佩拿在两手间用十个指头反复磨搓，动作极快。饭后老人用热水烫完脚后，手拿玉佩，眼睛半闭，左脚心上下搓九十九下，右脚心上下搓九十九下。完后，老人长出一口气，身子半躺，再把玉佩放到肚子上以肚脐为中心，顺时针九十九下，逆时针九十九下。有时四儿娘就问："爹，你这么做干啥？"

"这叫盘玉，养玉健身。"四儿的爷爷"嘿嘿"一笑。

"你拿玉搓脚心，揉肚子也叫盘玉？"四儿娘问。

"是啊，这叫盘玉健身，是养护古玉健体的一种方法，玉这东西有灵性，得以人气滋润古玉，才能使古玉更好的获得人性。"四儿爷爷讲到这儿顿了顿，又接着说，"四儿他娘，玉这东西就是怪，我一天忘戴了，就像少了点什么，心里空落落的，如果不是玉的护佑，前年我从梯子上摔下来，早就腿断胳膊折了。"

是啊，公公提起了前年的一段往事，至今令四儿娘后怕不已。

前年的一个早晨，吃过了早饭，四儿的爷爷搬了个梯子要上房打烟囱（打烟囱是用一重物拴根绳子在烟道里上下疏通）。吃饭时，四儿娘说这几天做饭烟往外返，可能是烟囱堵了，该打打了。四儿娘的话被公公听到了。这活本该四儿爹去做，可拖了几天四儿爹也没干，四儿的爷爷着急了，吃完饭后，就独自上房了。

待四儿娘看到公公时，四儿的爷爷已经登上了高高的梯子，手把房檐就要上房了。

"爹，快下来，等四儿爹回来，叫他打。"四儿娘紧喊。公公毕竟是七十多岁的老人了，一旦有个闪失……四儿娘心想。

"不要紧，你等四儿爹……"公公的话还没说完，突然脚下的梯子一歪"嗯嗵！"一声，四儿的爷爷和梯子一起倒下了。

"爹！"四儿娘声都直了，直奔公公而来。

只见公公躺在地上一动不动，木梯斜压在四儿爷爷的身上。

四儿娘搬开梯子，伸手去扶跌倒在地上的公公。

"别扶，"公公阻拦了四儿娘，"四儿他娘，你记住，老人摔倒了，别马上去拽去扶，让他自己慢慢地起来，实在不行了再扶也不迟。"

"是，记住了，爹！"四儿娘答应着，看到公公慢慢地自己爬了起来，又站起，就去拍公公身上沾的土。边拍边说，"爹，吓死俺了！"

"不要紧。"站起的公公伸了伸胳膊，蹬了蹬腿。七十多岁的老人从那么高的地方跌下，竟完好无损，只是膝盖处碰破了点皮，并无大碍。

四儿的爷爷掏出了腰间拴的那块黄玉古佩。

公公与媳妇的眼睛紧紧地盯着这块家传的玉佩，只见玉佩的一角，磕掉了一小块。

"黄玉古佩替我挡了一灾啊！"公公说。

"古玉真的这么神奇吗？"媳妇想。

这块黄玉古佩是四儿爷爷最后传给四儿爹的。因为啥？就因为四儿爹经常进山打猎，谁劝也不听。四儿娘气急了骂四儿爹："你耳朵里塞进驴毛了。"骂的就是四儿爹太犟了，犟得像头驴。

在自然界里，人们驯化使用的牲畜中，有牛、马、驴、骡……而驴的脾气据说是最犟的，驴子也是最聪明的。千百年来人们一直驯化使用，可它的犟脾

气却一点儿没改,只知道前进,不知道后退。驴子的犟脾气上来,四腿撑地,你别看它毛皮光光亮亮的,任凭你喊破了嗓子打累了手,叫它往后退,它宁愿吃皮肉苦也决不后退半步。你想让它后退,用一匹马往后拉,你越拉,它越往前挣,四个蹄子能把地拉成四条沟。这就是驴脾气。

四儿爹就是这样的人,聪明而倔犟,认准的事情一干到底,不撞南墙不回头。待撞到南墙后,已经头破血流了。

四儿的爷爷希望这块黄玉古佩能给四儿爹出门打猎时保个平安,安全归家。

玉佩传到四儿爹手中时,四儿爹也是爱不释手。

玉能替人挡灾,这话四儿爹早就听说。

好玉能替人挡三次灾,这是传说。

可发生在四儿爷爷身上的事,是巧合,还是玉佩起了作用,谁也搞不明白,可黄玉古佩确确实实磕掉了一小块。

四儿的爷爷确信是古玉起了作用。

四儿娘也信,但她更信四儿的爷爷在盘玉时那静心静神的神态和虔诚。

四儿听娘说:"你爷爷成天玉不离手,身上哪儿不舒服就用玉搓哪儿。七十多岁的人,牙齿一个没掉,咬萝卜咔呲咔呲的,脸上满面红光,走起路来像四十多岁的人,胃肠特好,从不生病,要不是摊上你爹的事,你爷爷绝不会死的。"

问到用玉揉肚子,四儿的爷爷说:"肚脐是十二经脉所汇聚之穴,是人之元气所藏之地,轻揉静养,百病全无。揉的同时要想玉之美德,玉有仁、义、智、勇、洁的品德。这样玉盘起来变化就快些。"

对啊!自己的爹也曾对自己讲过玉的种传说,四儿娘想:爹曾说过,无论什么人,只要是一接触到古玉,一旦古玉上手盘起,那古玉神奇的变化就能使人摄魂震魄,爱不释手。

四儿的爷爷说:"用玉搓脚心,揉肚子,只要能天天坚持,强身健体妙不可言。"

公公说的看来是真的! 四儿娘想。

坐在爹爹坟前的四儿一点不觉得害怕,从娘带他来上坟那天起,他始终认为爷爷和爹在睡觉,只不过换了个地方而已。听娘说爹坟头前留了个门是不能用砖头和石头堵上的,必须是用黄土堵,那个门是供爹爹出入用的。

瞅着茔门,四儿又想起了爷爷传给爹的那块黄玉古佩。小时候四儿摸过、要过,爹就是不给。那块玉盘摸的像块糖,似透非透,四儿真想要到手,咬上一口。为了这块喜欢的古玉佩,四儿的屁股上深深地印上了爹的五个指印。

为了那块玉,爹给他的印象太深了,至今想起,腚片子上还隐隐作痛。"爹,你下手太狠了,不就是块黄石头嘛!"四岁的四儿不懂这块古玉佩在爹爹心目中的地位。

四儿又想起了娘的话:"那块玉佩传给你爹后,你爹无论到哪儿去,都把玉佩带在腰上,更不要说上山打猎了。有时候你爹拿在手里盘玩后放到枕头底下,出门忘带了,出去老远了也要跑回来把古玉佩重新带上。"

听娘说:在爹出事的前半个多月,这块古玉佩头天晚上好好的,爹盘完后临睡前把它放到了枕头下,早晨起来要上山打猎时,当拿起这块黄玉古佩时发现玉佩裂开了一道缝。娘说:"怪了,好好地没碰没跌的,怎么一晚上就裂了。你爹也觉得怪,说是不是自己睡觉压的,我说不可能。"

四儿娘冷不丁想起了一件事,听四儿的姥爷讲常年佩带在身上的古玉,无缘无故突然碎了,就是有事要发生,出门在外,衣、食、住、行,要注意点儿。当时四儿娘就问四儿的姥爷:"爹,是真的吗?"

四儿的姥爷答:"是真的,自古至今都这么说,尤其在古玩行当,特别是玉器行里人人皆知。"

"四儿爹,"四儿娘说,"这几天你就别去打猎啦,我求你了!你不用看天看地,我求你看在一家老小的份上,好吗?"四儿娘在求四儿爹。

"真能那么灵吗?"听四儿娘说后,四儿爹也在想:自己的岳父也曾对自己讲过古玉的传奇故事。岳父年轻时就走南闯北地经商做买卖,见多识广,并且也是个爱好收藏的人。来家后就讲些外面的所见所闻,更多的是讲些古董行里所发生的故事。自己只不过是茶余饭后当故事听听而已,权当消遣,当时并没有放在心上。今天看到黄玉古佩所发生的变化,再加上四儿娘这么一说,也有点将信将疑。自己的爹将玉佩传给自己时,也说过关于玉佩的传说。

可四儿爹还是有些不信,成天提枪打猎……不去想它。四儿爹又把那块已裂了一条纹的黄玉古佩拴在了腰间。四儿娘的话就像耳旁风,一吹而过。

四儿娘又跪在了佛前,烧香拜佛。

从看到黄玉古佩裂了的一瞬间,四儿娘的眼皮就开始跳动,并且一跳不止,心神不定。

四儿娘一边为众生灵祈祷,一边为四儿爹祈祷;一边求观音菩萨保佑众生灵逃出四儿爹的枪口,一边求观世音菩萨保佑四儿爹平安回来。

处在矛盾中的四儿娘求苍天,求大地,求神、求佛、求观音,真难为了她。

苍天啊!大地!

这样的事,你怎么能压在一个弱女子的肩上。

四儿娘能扛得起吗?

四儿爹一连几天打猎,都平安地归家,并没有什么事情发生。

黄玉古佩的预示,在以后的日子里,四儿爹就渐渐地淡忘了。

可四儿娘却一刻也没有放下,成天为四儿爹提心吊胆。每天从四儿爹出门

到四儿爹回家,可怜的四儿娘,不见到丈夫回家,她的心始终放不下。每次男人回来,四儿娘都要浑身上下地看看自己的男人,哪个地方伤没伤着,磕没磕着。而每一次四儿爹都极不耐烦,挥手推开了四儿娘。

你说四儿爹不信吧,可每次出门都把腰间的黄玉古佩看上两眼,看看玉佩上的裂缝是否增大,嘴里也不知咕噜些什么?反正只有四儿爹自己心里明白。

自从小伙伴们和自己分手后,四儿就一直待在爹的坟前,都后半晌了,四儿也不觉得饿。一个九岁的孩子,在荒郊野岭的坟地里,一点没有害怕的感觉,就这么愣愣地坐着……

回家的几个伙伴,没有到学堂上学的消息,像跟腚虫似的紧跟着到了各自的家。

逃学,那还了得,每个人都挨了打。在哭叫声中把矛头都指向了四儿,是没上学的四儿叫他们干的,四儿是整个逃学事情的策划者。此时的小发为了少挨揍,也把责任推到了四儿身上。

晌午该吃饭了也没见四儿的影子,说玩一会儿就回来的四儿到哪儿去了,到现在也没回来,四儿娘有些着急。

门外传来了讲话声,大门开处不约而同地进来了几个人,小发的奶奶领着小发,还有小六的娘,小六跟在他娘的后边。人家找上门来了,总的是一句话,小四自己不上学不要紧,不能教唆其他的孩子不念书,还领着其他人全体逃学。在一片责备声中,四儿娘一个劲儿地赔不是,说好话。安顿走小发奶奶和小六娘后,四儿娘越发觉得四儿不上学不行了。从小发的嘴里得知四儿在山上,肯定又到他爹的坟地去了,四儿娘想。

招呼好四儿的哥哥姐姐吃完饭后,饭桌也没收拾,四儿娘自己也没顾上吃饭就去找四儿子去了。

山、林、坟地。

四儿独坐坟旁。

四儿的心又追寻娘讲爹的故事里。爹出事的那天,一大早起来,娘就对爹说:"四儿爹,今天你别去打猎了,地里有些活也该干了,我昨天晚上做了个梦,你今天最好别去了。"

"你就是梦多,"四儿爹说,"哪儿那么多事,你就是白天想的,日有所思,夜有所梦。"

"不!"四儿娘说,"刚躺下时,朦胧中我就看有一个银须白发的老头来到咱家,拿你挂在墙上的枪看。完后,告诉我说,'你告诉你男人,从今往后不要再打猎了,他杀的生灵太多了,你看他枪上都在滴血。不为今生,还为来世。'"

"人真的有来世吗?"四儿爹听娘的话后在想。

想归想，四儿爹还是固执己见，到后墙挂猎枪处取枪。

枪挂在后墙处，一动不动。

四儿爹的手伸向了猎枪，瞬间伸向猎枪的手在原处不动了。

四儿娘此时眼光也随着四儿爹的手停住了。

娘和爹的眼睛一同盯向了挂着的猎枪。

挂在墙上的猎枪的枪口下，白墙上自上而下，三滴鲜红的血点有指甲盖大小，特别的醒目而鲜艳，似三朵小红花印在白墙上。

四儿爹拿枪的手有些发抖，但很快就镇静了下来："这全是四儿娘捣的鬼。"四儿爹心想：四儿娘是个好人，为了不让自己打猎，可谓煞费苦心，什么招都想到了，今天又用什么白胡子老头来吓唬我，真是妇道人家。

四儿娘看到墙上的血滴后，愣了老半天说不出话来。

"不为今生，还为来世！"四儿娘仿佛听到了这个声音来自房内某处。

这么响的劝戒声音，四儿爹愣是没听到。

四儿娘又燃起了长香，跪在了佛像前。

不省心的男人啊！你干什么不好，非得打猎，四儿娘为你操碎了心。

四儿爹被人抬回了家，全身上下并没有被枪炸伤，完好无损，只是胸口痛，并从此一病不起。全家的重担从这一时起，全压在了四儿娘的身上。

病中的四儿爹，经常被梦中的景象搅醒，梦中似有那么多的飞禽走兽在向他索命，每夜他都不能睡个安稳觉。有时在梦中大喊："四儿娘，快帮我赶一赶这些鸡鸭，它们在啄我，我好痛！"一会儿又大叫："快，快，这些兔子和獾在咬我……"

每当这时，四儿娘赶紧把似睡非睡的男人叫醒。醒后的四儿爹第一句话就是："四儿娘，你去替我上炷香吧！"

病中的四儿爹似乎悟到了什么！

碎了的黄玉古佩始终握在爹的手里。

四儿家的长香始终在佛前不灭，香烟缥缈。

"嘎！嘎！"坟地上传来了两声乌鸦的叫声，有些阴森森的。

四儿抬头看了看，暮色已经降临，听娘说爹在自责与懊悔中死了，死时扔下了一句话："孩子他娘，悔不该当初没听你的话。告诉孩子们，千万不要杀生啊！多行善积德……"

多行善积德可能就是四儿爹病中所悟到的吧！

平时四儿娘找四儿，娘一喊，四儿只要能听到，答应一声就会跑向娘的身边，和娘一起回家。今天四儿娘本来来到四儿爹的坟地附近，喊了几声，没听到四儿的回答，就到别处去找了。娘不愿到坟地里来，这是块让娘伤感的地方。岂不知，四儿就愣愣地坐在四儿爹的坟旁。

四儿娘到四儿平时能玩的地方都找了一遍，也没见到四儿。四儿娘想：能不能我找的时候四儿已经回家了？就赶回家来看，还是不见四儿。

　　最终四儿娘又一次来到了坟地，暮色茫茫，只见四儿愣愣地坐在那里。

　　"四儿！"娘大声地喊了一声。

　　四儿一动不动。

　　树上两只乌鸦还在"嘎！嘎！"地叫，林中不时传来一两声癞蛤蟆的"呱——呱——"声，坟地里显得那么的凄凉和阴森。

　　本想找到四儿，痛打他一顿的娘，教训教训四儿再不敢教别人逃学。可此时，娘心里有些酸楚，也不忍心下手打没爹的孩子，四儿那稚嫩的身体。

　　四儿娘想，四儿可能想他爹了，别人都有爹，可四儿爹却早早地走了，想到这儿，四儿娘淌下了两行热泪。

　　其实四儿并没想爹，爹并没能给四儿多少父爱，刚记事的四儿对爹没有多少感情，他追寻的只是那个黄玉古佩的故事。

　　听娘说，爹临死时一只手握着一块碎了的黄玉古佩，并且握得很紧很紧，掰都掰不开，最后随着棺材一起走了。

　　四儿又恍惚了，愣愣地。

　　娘背起了四儿，走向回家的路。

第四章　河边奇事

挨了娘一巴掌的四儿，丢给娘一句话："我再去找一块，就向河边跑去。"

被四儿砸碎的那个像青蛙的石头，是出自玉龙河里的羊脂白玉，产量极低，再加上它的形状似一只蹲着的青蛙，那更是极品中之极品。这种象形的石头，都是被大自然的神力，历经上千万年的雕琢，才能形成各种动物的形态，在赏石界里被称为奇石。就是这样一块象形的普通奇石，在收藏圈里已是价格不菲，更何况被四儿砸碎的是块宝石级的羊脂白玉，长的像个三条腿的金蟾样儿的东西。

四儿不知它的珍贵，只想探其究竟。

四儿记得娘曾经给自己讲过：刘海戏金蟾的故事。传说中的金蟾是一只长着三条腿的蟾蜍，谁要得到它，将会有钱而大富，从此就会不缺钱花。刘海的原名叫刘海蟾，号为海蟾子，是五代后梁时期陕西人氏，后成仙得道，后人称海蟾子为福神。刘海手中常拿一串铜钱，在和金蟾嬉戏，谁能得到金蟾不但有钱并且幸福长存。

对于其他的四儿不太感兴趣，最吸引他的是娘说得到金蟾能有钱花。有钱就可以买糖葫芦吃，过年就能买小鞭放。在儿时的四儿过年能得到这两样东西，那简直是最大的幸福啦。所以听娘说自己砸碎的是什么羊脂玉，金蟾长的不就是个青蛙的样子嘛。想到这里，四儿确实有些后悔了：应该先拿给娘看看再砸多好。

四儿越想越后悔，越后悔越想娘讲的关于金蟾的故事。

四儿的童年是不幸的，四岁没了爹。爹死后娘带着哥哥和姐姐还有四儿一起来到了姥姥家。

四儿的姥爷不久也去世了，姥姥家的日子也过得紧紧巴巴。钱对小时候的四儿来说，太重要了。有钱就不用年三十晚上到有钱的人家门口捡人家放过后没响的小鞭、炮仗啦；有钱自己也能买上一挂一百响的小鞭放放；有钱也能花一毛钱买个大火烧解解馋；有钱娘可能早叫四儿和小伙伴们一起上学啦。

四儿越想越急，加快脚步跑向娘说的刚才拣什么羊脂玉的河滩。

世上的事儿往往就这么怪，正如四儿娘所说：懂的人捡不到，不懂的却能碰到。

四儿一点不懂，可偏偏一块玉中极品被他捡到，还被砸碎了，所以四儿娘连说：罪过，罪过。

河边大树上那几只知了，还在有气无力地鸣唱，一丝风也没有。

四儿在刚才捡石蛙的地方，找来找去，就是找不到那种带红皮的并能发幽光的白石头。找累了的四儿头上冒汗，河边的卵石被太阳晒得有些发烫，眼越看越发花。四儿索性一屁股坐了下来。"哎呀"一声，四儿一高儿又跳了起来，热石头烫着了小腚巴。屁股被烫又听树上那知了烦人的鸣唱，气得四儿一弯腰拣起块石头向大树上鸣叫的知了打去。

几片树叶徐徐地飘下，知了停止了鸣叫，其中有一只可能受到了惊吓，"吱"的一声，撒下一泡尿，向别的树上飞去。

河里不知何时游来了一对天鹅，雪白的羽毛，朱顶鲜亮，在清澈的玉龙河里显得那么悠然自得，并在一起互相嬉戏。你啄我来，我啄你，真真是像诗中所说：鹅，鹅，鹅，曲颈向天歌。白毛浮绿水，红掌拨清波。

四儿看到了嬉戏的天鹅，也情不自禁地高兴起来，他扬起了左手，食指与大拇指捏在了一起，打成了一个圆，放到了嘴里并用舌尖顶住，深深地吸了一口气，并用力吐出。吸进四儿胸腔的这口气，随着四儿的用力，只见一股气流顺喉咙通过舌尖在两指捏成的圆圈内冲出："呜——啊！"一种带着旋律的颤音从四儿的嘴里进出。那悠扬而低沉的长笛般的口哨声，掠过河滩，掠过水面向四周扩散开来。

四儿打的这种口哨，一般都是夜行人走在荒郊野外为震慑野兽，或者是两山头间，迷失方向的人们或绿林好汉远距离联络之用。这种哨声能传出很远很远。

四儿的这种口哨，是跟村里的一个打更的老人所学。为学这种口哨，四儿下了两个多月的功夫。开始时，一是四儿小，气力不够。二是四儿不得要领，吸足了一口气，没能吞下，而是在口中，再加上嘴形不对，"呼"的一声吹出，了无声响。

为练口哨，直吹的四儿有些头昏眼花，肚腹胀痛，含在嘴里的两根指头都被四儿自己咬破了。跟四儿一起学的小伙伴们纷纷败下阵来，就剩下四儿自己了。打更的老人看四儿那种认真劲，誓有种不学会决不罢休的样子，有些不忍心。再托起四儿的小手一看，老人有些心痛，两根指头磕破处还在渗血，用手按按四儿的肚皮，手指按处，四儿直喊痛。

四儿告诉老人，手指痛不要紧，关键是有时吹的眼睛直冒金星，站都站不稳。

老人要把吹这种口哨的真功夫传给四儿并问四儿："你学会后，能保证不随便乱吹吗？"

"能，你老放心吧。"四儿歪着头瞪着眼睛认认真真地回答。

"为什么不能乱吹？"四儿反问老者。

"因为这种口哨，一般都是荒乱年间，绿林好汉们所用，你随便乱吹，尤其在夜深人静时，容易引起狗吠声，惹得人们心烦、恐慌，睡不好觉。"老人说，

"你必须到山沟里去练，或者把地挖个深坑，口对坑口而练。"

"记住了，请你老一百个放心。"懂事的四儿作答。

老者告诉四儿："吹这种口哨，要先练气，深呼吸，不要把气放在嘴里，要把气压至丹田，再提起，口形是上下唇内收，包住牙齿，把气拉长，拖匀。中途用喉咙里的小舌头调音，这样吹出的口哨，才能严而有劲，沉而传长，直捣耳鼓。"

聪明的四儿得老者的真传后，没用七天，就能把这种口哨吹响，只是还有些童音和稚气。

"呜——啊——！"此时站在树下的四儿接着第一声口哨的余音，又一次发出了长啸。

这一次四儿发出的啸声气足力长，比上一次发出的更长更远，一直飘向远方。

大树上的知了，禁不住那哨声的惊扰，撒下一泡尿后都"吱——吱——"地向别的树上奔逃。

再看河中的天鹅，不但没被四儿的口哨声吓住，反而奔着哨声向四儿游来。

四儿脱掉被娘洗得有些发黄的白小褂，搭在了肩上。滚圆的屁股上穿的是一条红裤衩。

四儿穿的衣服和裤衩是姥姥用姥爷穿的旧白士林布大褂改的。

娘和姥姥坐在灯下给四儿改衣服时，听姥姥和娘叨咕：姥爷这件旧长衫够做四儿的一套衣服，余下的给四儿做件小褂，剩下的还能做条裤衩，只是白裤衩不耐实，容易脏。四儿一个腚墩坐下去，就得洗，也没别的替换，不如买包红色来家煮一煮，染成红的，小子穿红的，又好看又耐实，还避邪。

娘照姥姥的话做了，两个晚上娘俩给四儿的衣裤做好了，如今套在了四儿的身上。四儿的姥姥针线活特好，针脚密密的，就像如今用缝纫机跑的一样，不仔细看，都看不出来。自从四儿爹走了以后，四儿娘忙上忙下，忙里忙外，山上地里操持着家务。四儿的姥姥就帮四儿娘带孩子，给别人家缝、补、浆、洗，以换取生活之需，贴补家用。

四儿以前穿的全是哥哥姐姐穿剩下的旧衣裳，娘给补一补再穿，对于这一套衣服四儿非常珍惜和喜欢。

再说这一对天鹅，一直游上了岸，一跩一跩地向四儿走来。四儿看天鹅奔向自己，也张开了一双小手扑向了天鹅。

这对天鹅伸着长长的脖颈，"嘎——嘎——"地叫着，头一会儿贴地，一会儿向天，有时抖落开一对大翅膀，一扇一扇，张开来比四儿两只胳膊伸开时还长。

四儿是第一次见到这样的天鹅，长着像仙鹤似的红头顶，黑黑的喙，鼻子两旁两块黄斑在阳光下一闪一闪，煞是好看。

河滩上这对天鹅在四儿身前身后地与他玩耍,不时地拍打翅膀,并把头伸到四儿的脸上。四儿搂搂这只天鹅的脖子,又揪揪那只天鹅的嘴。这对天鹅却一点不怕人与四儿一起玩耍,亲热着呢。

"是野天鹅,不能,野的怎能不怕人?"边和天鹅玩的四儿边想,"也许是谁家养的鹅吧,也不对,村子里从没见过这对鹅,可能是河对岸谁家的……"

这时有只天鹅把脖子又伸了过来,四儿伸手摸天鹅鼻子两边那黄黄的斑。那只天鹅任你抚摸,摸着摸着,又想起了爷爷传给爹爹的那件黄玉古佩:太可惜了,怎么碎了……

就在这时,有只天鹅叼住了四儿搭在肩上的那件白布小褂,径直向河边跑去。四儿一看,急了,忙忙推开了缠着自己的另一只天鹅,向叼着自己衣裳的那只天鹅追去。这可是姥姥一针针为自己缝的,决不能让它叼去,四儿往前追去。

可是四儿没跑两步,就觉得裤头被谁拽住了,回头一看,是自己刚才推开的那只天鹅叼住了自己的红裤衩,这只天鹅的劲还挺大,四儿甩了两下没甩开,直往后拽。

四儿更急了,眼看着叼衣服的那只天鹅已跑向了河里,开始向河里深处游去。

四儿的娘给四儿试衣服时,对四儿说:"无论是谁,只要穿过自己的姥姥亲自缝的衣裳,哪怕你只穿过一次,就是长大了,老了,不管你离家千里万里,都不会走丢,都会叶落归根,回到娘家来。"

"为什么?"四儿问。

"因为姥姥是娘家人,姥姥缝衣服的线是娘家的线,千丝万缕,不管你走到哪里,都能拴住。"娘说。

"有那么长吗?"四儿又问。

"有,想要多长有多长,这根线在心里。"四儿娘再答。

"有没有丢了的,没回来的?"四儿再一次问娘。

"那就是从小没穿过自己的姥姥缝的衣裳。只要穿过,就是人到了天边,他的心也得回来。"娘肯定地回答。

"天边在哪里?"四儿问。

"你大了就知道了。"娘说。

姥姥缝的衣裳可不能给弄丢了。四儿心想,可后边的天鹅叼住了自己,怎么办?

聪明的四儿,马上想到:"我脱了裤衩去追。"想到做到,他一屁股坐在了发烫的河滩地卵石上,也不管烫不烫。可那只叼住四儿红裤衩的天鹅,像跟四儿叫劲一样,就是不松口。四儿顺裤腿退出了两脚,用手摸了摸烫痛了的屁股蛋,两眼盯着一直不松口,叼红裤头的天鹅。

再看天鹅,叼着空裤头,摇晃着脑袋,红裤衩在天鹅颈下摆来摆去。

光着腚的四儿气不打一处来，又扑向了这只天鹅。

这只叼着四儿红裤衩的天鹅也不那么一跩一跩地跑了，而是扑楞着两翼，飞一样冲向河里。

两只戴着红顶的、四儿从没看到过的天鹅，一前一后。一只叼着白小褂，一只叼着红裤衩，把四儿引向河里。

四儿已经忘了自己不会游泳，平时和小伙伴们只能在浅水里瞎扑腾。

四儿想的是尽快把姥姥为自己做的衣裳从这两只可恶的天鹅嘴里抢回来。你们又不能穿，抢我的衣裳干嘛？四儿心想，自己长大了，丢了怎么办？

四儿向水里奔去，弯腰顺手捡起了几块卵石，河水已经淹没了四儿的大腿，在深水里的天鹅，这时也不往前游了，而是顺河而下。

河水淹到了四儿的肚子上，四儿并没停止，也顺天鹅的方向，深一脚，浅一脚地追去。

只见叼白小褂的那只天鹅，这时却向四儿游了过来，近了，近了，更近了。

四儿伸手就能够到，可就是够不到。气得四儿右手从左手里拿了块鸡蛋般大小的石头，一扬手，狠劲向眼前的天鹅打过去。

"噗！"的一声，打中了叼白小褂天鹅的身体，天鹅像没事一样。

"嗯，自己这次抛出的石头力道挺大，并打中了天鹅，怎么天鹅一点感觉没有？"心想着的四儿这次拿了块比上次大一些的石头。

再一次用力，向眼前的天鹅打去。

"噗！"的一声，天鹅头一甩，石头打在了白小褂上，天鹅口一松，向下游游去。

白小褂这时却逆水漂向四儿。

四儿好不容易够到了小褂，就着水穿到了身上，又向天鹅追去，还有姥姥缝的红裤衩没到手。

四儿抬头一看，叼着裤衩的那只天鹅和前一只一样又向四儿游了过来。叼着红裤衩的这只，这一次不是顺河而下，而是把四儿引向了河的深处。也是和上次一样，眼看能够到，可就是够不到。

四儿已走到了齐胸深的水里，可四儿全然不顾。这次四儿不拿石头打天鹅了，一心想的是红裤衩，抓到带红顶的大天鹅。

水已淹到四儿的脖子上，脚下，四儿觉得明显地不稳。

突然，四儿脚下一滑，"咕——咚！"一声，九岁的四儿没到了水里。四儿被天鹅引到了河床上的一条深沟里。

"咕咚！咕咚！"四儿喝了好几口水，四儿被水呛蒙了，张扬着两只小手，两只小腿乱蹬。这一次四儿是在玉龙河里真正地瞎扑腾开来。

四儿的脑子里一片空白。四儿是死是活，就看四儿的造化了。

四儿就觉得眼前一会儿白茫茫一片，一会儿是红红的，身体发飘，悠悠乎乎。眼睛怎么睁也睁不开。耳朵嗡嗡地响，在嗡嗡声中，隐隐约约似乎听到有人说话，可又听不清。四儿又觉得好像到了一个山里，看见了一座寺庙，又好像看到了一个比玉龙河还宽还大的湖，又觉得有那么多台阶，自己在往上爬，台阶之上是一个偌大的庙宇。一个老和尚身披袈裟，手持禅杖站在台阶上用手指着四儿，并说："回去吧，到时候我会去找你。"四儿听得真真切切。

四儿又觉得似有两个人在打架，就听一个说："快，快，你快去扶扶他。"另一个却不紧不慢地说："不慌，他还没踩到呢！"

四儿还在水里扑腾。

就听第一个声音在说："别灌着孩子，他还小，他还有事要做呢。"

另一个接着说："再叫他喝几口水，我好心好意，他却拿石头打我，下手那么狠。第二块石头我要是不躲得快，准砸到了头上。"

"小孩子家，你别跟他一样，你应上善若水，快去吧！"是第一个在催另一个。

"不急，他再喝几口就到地方了。"

四儿在落水的地方连扑腾加上河水的流动，已向下漂了十几丈。

四儿什么也听不到了，只觉得自己渴得要命，又狠狠地喝了几口，玉龙河水甘甜甘甜的。

四儿觉得自己的身体刚才还是往上漂，可这会儿却是往下沉，手脚没劲扑腾了，偶尔动一动。下沉的四儿，继续往下沉，沉、沉、一直沉到了河底。

什么也不知道的四儿在河底双手无意识地划了一下，好像触到了什么。

只这一下，四儿清醒了，在水底下的四儿睁眼一看，一个圆圆的白石头立在其它的各色卵石之中，比其他的高出了一大截。四儿出于求生的本能，喝足了水还那么有劲，一缩身，漂漂地在水下蹲了起来。四儿手扶住了这块白色的立石，一伸脚下，竟鬼使神差般双脚稳稳地踩在了立石之上，一躬身，"噌"一声，头露出了水面。在水下，四儿觉得像有一双手在扶自己。

刚露出头的四儿，身子不稳两手乱抓，只见眼前有个白白的东西，还没看清，两手就紧紧地抱住了这团白物，紧接着一口水从四儿的嘴里喷出。

吐出了第一口水的四儿，这时清醒多了，也看清了刚才用双手抱住的白物，原来自己抱住的是一只带红顶的大天鹅，像是叼走白小裰被自己打的那只，因为叼着红裤衩的那一只还在眼前游来晃去。现在四儿却一动也不敢动了，水深正好够到他的脖子，稍有不慎，就会像头一把一样，没入水中。

四儿双手抱着天鹅，白天鹅却一动不动，四儿觉得天鹅软软地，热热地。

四儿试探地用一只脚站在石头上，另一脚往下探了探。不行，够不到底。四儿用抱的姿势换成了双手扶着天鹅，就像平时洗澡时手扶着一块大木板那样，用腿在水里扑打，只要手不松，借助木板的浮力，就能缓慢地前行，就会灌不着。

那时四儿就想，什么时候手不用扶木板就好了，也像会游泳的小伙伴们那样，用双手在水里上下划动，那多好啊。唉！可惜自己不会，就为这，会游泳的几个小伙伴也瞧不起他。

四儿觉得肚子胀胀的难受，心想天鹅要是木板就好了。

世上的事，往往心想事成。

四儿心想，而那只天鹅还真的往外挣，像懂四儿的心思。加水流，天鹅在往外挣，四儿的一双小脚忽一下离开立石，双脚不由自主地扑打开了，只是不像手扶木板那样是双脚扑打水而形成的一种缓慢的推力在前行，却是一种往前拽的力在带动着四儿离开深水区。

"我不该打它。"四儿心想。

人与鹅，鹅与人，同游。

突然，天鹅一用劲，挣脱了四儿扶着的双手，四儿的脑袋一头扎进了水里，胀胀的肚子又呛进了一大口玉龙河水。四儿再一次没入水中，这次却与上一次明显不同。四儿自己都觉得双脚借助小腿的力在有规律有节奏地打击水面，而双手借助腰的发力在一躬一躬地刨击，身下像有双手托着自己。再看天鹅就在自己的跟前游动，并向四儿频频地点头。

四儿觉得天鹅就像母亲般在自己的身旁，四儿的心里一点不慌，在水中的四儿觉得心里很安稳。

"哎！过来。"四儿在叫天鹅。

还是那只叼白小褂的天鹅，像听懂了四儿话般游到了四儿跟前。

四儿伸手去抓，但没抓到。只见天鹅躲开四儿伸出的手，一伸头叼住了四儿的白小褂，没扣扣子的白小褂，像绳般套在四儿身上。带红顶的白天鹅，在水中叼着白小褂，傍着四儿前行。四儿也不抓天鹅了，尽情地在水里游开了，顺其自然地前行。

肚子胀胀的四儿，差点没灌死的四儿，要给娘再找块玉的四儿，在玉龙河没顶的水里竟没被淹死，傍着天鹅却学会游泳了。

四儿现在游的泳，是游泳中最简单的一种叫狗刨。

不管怎么说，四儿会游泳了，他随着天鹅游了一圈又一圈。天鹅有时叼着四儿的衣服，有时松开，傍在游泳的四儿身旁。松开时，天鹅瞅着游泳的四儿不注意，就把长长的脖子伸到水里，用黑黑的喙啄一下四儿那鼓鼓的肚皮。天鹅每啄一下，四儿就会"哇"的一声，吐出一大口水。每吐出一口水，四儿就觉得舒服多了，就这么三吐两吐，四儿竟把灌到肚子里的水吐了个一干二净。

肚子空了，四儿觉得有点饿，饿归饿，不过四儿的身体此时就觉得轻松多了。四儿憋了一口气，把头向水下扎去。只见四儿一躬身，屁股抬起，双腿一蹬离开了水面，手在水里划动，整个儿一个倒栽葱，冲向了河底。四儿睁眼看

看快到河底，立即调整身体，离河底一尺左右平行，脚蹬手刨竟前进了四五丈远。四儿边行，边吐着气泡，看看快没气了，四儿一躬身，双脚着地，头一抬，用力一蹬，整个身子浮出了水面。

还是那两只天鹅，在四儿跟前游荡。四儿看了看叼着红裤衩的那只向上游去，四儿也紧随其后，狗刨式的游姿也紧刨个不停。

四儿和天鹅一起游的时候，又顺流漂下来很长的一段距离。游着游着，四儿渐渐地没了力气，又是那只叼白小褂的天鹅，伸嘴叼住了四儿的白小褂，傍着四儿向上游游去。四儿就觉得像手把着前行的船帮，又像有一条绳子在拽四儿逆水向前。这只天鹅也不知哪来的那么大劲，拽着一个九岁的，刚刚学会游泳的孩子向前，向前。

前边一只带红顶的白天鹅叼着四儿的红裤衩慢慢地游着，后边一只带红顶的白天鹅嘴叼四儿的白小褂拽着四儿紧随其后。

近了，近了，四儿就要够到叼红裤衩的天鹅了，却见天鹅一个猛子扎到了水下。四儿正在发愣时，天鹅从水下冒了上来，天鹅嘴里没了红裤衩。嗯，你把我的红裤衩扔到了水里？四儿心想，我也下去，捡回姥姥给我缝的红裤衩。憋了一口气，四儿也一个猛子扎了下去。

在水下的四儿看到，红裤衩被放在一块白色的，高出河底其他卵石的大石头上，稳稳地一动不动。

水在流，四儿在游，放在白石上轻飘飘，布做的红裤衩却纹丝不动，四儿从水下钻了上来。

两只带红顶的白天鹅伴着四儿一前一后。

四儿想上来换口气，再潜到水下拿回红裤衩。四儿做了个深呼吸，憋足了劲，深深地吸了一口气，一抬屁股刚要扎下去，觉得又是那只天鹅叼住了白小褂。四儿想也不想胳膊一抬，两手一扬，身子往下一蹲，顺水脱下了白小褂，一个猛子扎了下去。

四儿潜到大白石旁，顺利地拿到了红裤衩，心里甭提多高兴了，又一头扎了上来。

刚冒出头的四儿，眼瞅着一只天鹅嘴里叼着自己刚脱下的白小褂，一头扎到了水里。

四儿傻眼了，好不容易才拿到红裤衩，又丢了白小褂。

四儿不假思索一抬左臂，手一伸左手从裤头的一个裤筒里捅了出来，红裤衩套在四儿的左肩上。四儿用右手往上撸了撸，憋气又一头扎了下去。

水下的景象令人迷惑了，白小褂稳稳地放在了白石头上，水在流，轻飘飘的白小褂像粘在石头上一样，纹丝不动。

左肩上套着红裤衩的四儿再一次从水下冲了上来，只见两只白天鹅在向四儿点头，并嘎嘎地叫着，一齐游向了水中的四儿。

才灌了一肚子水，又刚学会游泳，再加上这么一阵子折腾，四儿一点劲也没有了，身子软软地浮在水面上。四儿又"哎——"了一声，一抬手，两只天鹅似乎明白了四儿的意思，一左一右挟住了四儿，四儿一手扶住了一只天鹅。

人与天鹅一同向河岸边游去。

天鹅把四儿又带到了刚下水的岸边，那棵大树旁。

四儿又饿又累，在树荫下躺了下来。两只天鹅在四儿身旁也蹲了下来，一动也不动。

四儿有些困了，朦胧中闭上了眼睛，迷迷糊糊的似睡非睡，就听一个声音在说："别睡了，快回家叫你娘，把放小裆的那块石头抱回家。"

半醒半睡的四儿冷不丁一下子坐了起来。看四周什么人也没有，只有两只大天鹅在自己的身旁："这是谁在叫我？叫娘抱那块石头做啥？"

"对了，这是不是娘说的什么宝？"四儿似乎想起了什么。

四儿确实想起了娘讲的关于人参娃的故事。

在很早很早以前，这个村子没有几家人家。村子的北头靠山有三间草房，住着一户王姓人家。王家人有一六七岁的小孩，白天大人们都出去干活了，家里就剩下小孩和一条大黄狗为伴。日子久了，干活的王家大人们很放心，因为王家的这只大狗，非常忠实于王家，无论吩咐它什么事情，它都能准确无误地做到。叫它到几里地远的小铺打酒，只要把钱包好，把酒壶挂到它的脖子上，它就知道干什么决不误事。一件事，只要交待它一次，它就能牢记在心。王家人像对待人一样对待它，使唤它。它也非常忠诚地、勤恳地执行王家人交待自己的任何任务。王家看管小孩的事，就责无旁贷地落到了大黄狗的身上，大黄狗边为王家看家护院，边和王家的小孩一起玩耍。

一天，王家的大人们又都出外劳作去了，大黄狗照常和王家小孩在家。"汪——汪——汪——汪——"大黄狗突然叫了起来，只见院子里不知何时又多了一个小孩。小孩光着屁股，戴一件红肚兜，露着腚，乌黑的头发一边扎了个抓鬏，抓鬏下扎了条红红的丝带，粉红的脸蛋，黑黑的眼睛，长长的睫毛一眨一眨，眉清目秀，说话似铜玲般清脆，煞是可爱。

大黄狗汪汪了几声，看是个小孩，也并无恶意，再看家里的小主人，像遇到了熟人般和来者搅到了一起，好不热乎。

大黄狗这几天也太累了，小主人玩够了就骑到它的背上当马骑，每次骑到它的背上，大黄狗都小心翼翼地怕摔了小主人，自己没法交待。有时大黄狗被小主人缠得心烦："自己是为主人看家护院的，又不是驴呀马呀供人骑的，我是条狗啊，带孩子就不错了，偏偏拿我当马骑，唉！吃人家的饭，寄人篱下太不易啊！"

缘·石·物·语

　　大黄狗不满地"哼哼"了两声，看有人和小主人玩，就趴到了房门口，闭眼乘凉享清闲去了。

　　一连几天，戴红肚兜的小孩，早上来，吃晌饭就走。下午来傍晚走，每次来来去去总是避开王家的大人们。每次来玩都给王家小孩捎点什么山枣啦、榛子啦、山梨啦的山货。

　　后来，一连几天戴红肚兜的小孩都没来，王家小孩觉得空落落的没人玩。这天早上吃完饭大人们都走了，小主人就打发大黄狗去找。

　　傍下午时，一连几天没来的戴红肚兜的小孩又突然出现在王家的院子里，并带来了那么多好吃的山货。临走时告诉王家小主人说："自己要搬家了，待搬完家再来玩。"

　　"好好的，为什么要搬家？"小主人问。

　　"我被人踩了一下，我的家离人们太近了。"

　　"太近了多好，咱们能经常一起玩。"小主人说。远与近小主人根本不懂，只要能和自己一起玩就好。

　　戴红肚兜小孩告诉王家小子，搬家之前还能来一次。

　　傍晚时分，王家的大人们都回来了，吃饭时发现炕边放了那么多山货。你问我，我问你，都不知是谁弄回来的。

　　"是我的。"六七岁的小主人发话了。

　　"撒谎，怎么可能呢？"王家大人知道，弄这些山货得到很远的大山里，才六七岁的孩子，没大人领着，绝对不可能。大人们一边斥责，一边问："你说是你的，是谁领你去弄的？"

　　王家小孩一五一十地讲了是谁给的，是谁经常来玩……末了，王家小孩指了指大黄狗，"不信，你们问大黄。"大黄是王家为大黄狗起的名字。

　　"是真的吗？大黄？"大人问。

　　"汪——汪——"大黄狗似懂人语，汪汪了两声。

　　饭后的王家大人们犯了嘀咕，村里几家人家，没有这么大的孩子了，有的不是大，就是小。在往外想一想，方圆十几里的人家，认识的也没听说谁家有如此打扮的孩子。就是有也不可能跑十几里来玩。不信孩子的话吧，明明炕上放的那一小堆山货是怎么回事？

　　王家大人们越想越觉得事情有些蹊跷，便把邻里的一位金奶奶请了过来。

　　金奶奶何许人也？原是住在村西头的一位金姓老爷爷的婆娘，街坊邻居无论大小都随金姓叫其金奶奶。十里八村大事小情，婚丧嫁娶，都要讨教于事事到场的金奶奶。

　　金奶奶听了王家大人们把事情经过大致讲了讲，又详细地询问了王家小主人一遍，沉思片刻后说道："小孩子家不会撒谎，看炕上那些东西是真的。"

金奶奶又从东家数到西家,从村里数到村外,方圆的几个村子也数了一遍,也没有想起谁家有这般年纪,这种打扮的孩子。

王家小主人的话是真的。童言无忌,童眼也无忌。

这时就见王家小孩招呼大黄过来,并用小手拍了拍大黄的头,指了指院子里的一个地方。只一会儿工夫,王家的大黄狗叼回来一个用条子编的小筐,筐里也装了一些山货。王家小主人说:"这些东西都是穿红肚兜的小孩平时捎来的,吃剩下的,被我藏起来了。"

金奶奶说:"既然这事是真的,咱又不知道是谁家的孩子,等到他再来时,瞅他不注意要回家的时候,叫你家的孩子用根拴着红线的针,别在他的红肚兜上。任他不管怎么走,你这一边只管放线,到时候他到了哪里咱不就知道了吗?红线避邪,是什么东西也不怕它,也许是什么宝贝也不好说,是宝贝到时候有红线拴着也跑不了。"

王家人送走了金奶奶,连夜准备红线,可家里只有一桄线,算了算一桄线也没有多长,照金奶奶算来,孩子的家也不能近了,一桄线肯定不够,索性到村子里东家西家地去借。连夜借线,村人感到奇怪,问借线人借线干啥?王家人含糊其词地推托,也不说实话,只说急用。

红线借回来了,足足十桄线,缠成五大球,把一根缝衣针拴在了一球红线的一头,并打了个死结,又教会了孩子怎样做才能把针别在红肚兜上。

就等穿戴红肚兜的小孩来道别的这一天。

这真是:小孩本来无邪念,大人教会邪恶情,恩将仇报探究竟,满足王家那颗心。

有道是:画虎画皮难画骨,知人知面不知心,害人之心不可有,防人之心不可无。

戴红肚兜的小孩啊红肚兜,小小的年纪,也被小小年纪的王家小子所算计。戴红肚兜的小孩啊红肚兜,你岂不知王家小子是生活在食烟火的凡人间。

戴红肚兜的小孩没有失约,自己临搬家前来到了王家,并又捎来了比上一次更多的东西,和王家小子玩了一阵后,就道别要走了,并说:"这一次他们家要搬到很远很远的深山老林中,那里满山遍野生长着几抱粗的松树和柞树,绿绿葱葱,溪水长流。待安顿好后,再来玩耍,那时会捎来更多更好吃的东西。"

王家小子这时也觉得经常来陪自己玩的红肚兜要搬到很远的地方去啦,不能天天陪自己玩了,心里也是酸酸的,有些难舍难分。这时大黄狗汪汪地叫了起来,像是在提醒王家小主人。听到大黄的汪汪声,王家小子猛然想起大人们的嘱咐,瞅着戴红肚兜的小孩不注意和自己拥抱分手时,把拴着红线的针,别到了红肚兜的背带上。

大黄狗确实是听懂了人们的话语。

大黄的汪汪声也确实在提醒王家小子。

被人们驯化了的畜牲，与人们一起算计生活在一块大地上，接受同样的阳光，呼吸同一缕空气的大地生灵。

穿红肚兜的漂亮小孩，向门外、向院外、向深山走去，还不时回身转头向王家小子挥手道别。

红肚兜浑然不知，背带上被一个小小孩别上针，拴上了线。

红肚兜挥手："我还会来。"

王家小子在家放线："我知道了你家在哪儿住，你不来，我会和大黄一起到你家找你玩。"

一对天真无邪的孩童。

一只不会说人话的哑巴牲畜，帮人算计着红肚兜。

戴红肚兜的小孩拖着红线往前走，王家小子在家慢慢地放线。一个线球放完了，把线接上继续放，整整放完了十球线。

王家大人们回家时，见到的是倚在门框边手捏红线的小小孩，瞪着一双期待的眼睛。

王家大人们见此情景，饭也顾不得吃了，事不宜迟，顺着红线找去。

只见红线并非通向谁家，而是直上对面的山梁，向山谷走去，接着又转到了对面的一座大山。这里并没有人家，谷深林密，一片松柞混杂，滕条缠绕，山涧流水潺潺，松鼠在林间窜跳，鸟儿在树上啼啾。此地远离人家，人迹罕至，只有那猎户和采药人能够光顾。

王家人追踪顺线至此，甚觉得奇怪，怔怔中只见红线通向半阴坡处的一棵巨大的松树下。只见此松巍峨直冲云天，粗有丈余，像一只巨大的伞，荫盖住了半亩多地。再一细看，针和红线拴在一株红红的棒枣样的浆果上。

只见此物，四尺有余，绿绿的杆子上，掌状复叶青翠欲滴，层层叠叠。在青翠的叶子正中一蓬发出了两支像伞状花絮般的红红的浆果，通红通红的如宝石般亮丽。一根缝衣针就别在其中的　簇里。

怔怔的王家人中，不知谁喊了声："这是棒槌，大棒槌啊！"

一听是棒槌，王家人一齐奔向松树下，齐刷刷地把拴着红线的棒槌围在了中间。

棒槌是采参人对人参的通称，因人参长的似妇女们洗衣时用以槌衣服的棒槌，所以叫大的人参为棒槌。

围坐在这株大棒槌周围的王家人，面对着只听说过，第一次见到的这株奇珍异宝，嚎啕大哭。坐在那松松软软的，铺了厚厚一层的松针上，既舒坦，又解乏，任喜极的眼泪尽情地流淌。多少年，多少辈，靠的就是那面朝黄土背朝天的劳作，收入能有几何？如今见到，而且就要到手的宝贝，王家人怎能不哭？怎能不嚎？

王家人哭也哭过了，嚎也嚎过了。听老一辈人讲，挖参不能用铁器，而且以参为中心丈八范围内，转圈要用红线围住，以防人参跑掉。王家人按老一辈讲的做了，现在开始动手挖参了。

夕阳西下，太阳的余辉从林枝间斑斑点点地洒下，夜幕悄悄地降临，林中一片寂静，偶尔传来一两声猫头鹰那"嗷——嗷——"的叫声，林中显得阴森森的。

王家人生怕这样的棒槌在返家后，第二天再找不到，就连夜挖了起来。

围绕着这棵棒槌，王家人从四周用手轻轻地拨开了最上层那发硬的才落地的松针，往下的陈年松针足有几尺厚，再往下一层是有些发白的，用手轻轻一捻就碎了的陈腐松针，再往下就是黑黑的颗粒状的土了，捏在手里，狠狠地一扎，油油地发出一股松香般的味道。这厚厚的一层颗粒状的黑土是松树的落叶，堆积上百年被雨、露、霜、雪，养育所化，极富植物所需的各种养料。

月亮升起来了，王家人用手慢慢地拨拉着，一层又一层，渐渐地这棵大人参露出了头，像满月的孩子大腿般粗细。王家人大气不敢出一声，屏气凝神地双手忙个不停，月光映照下，大松树越发显得高大无比。地下一片银白，只能听到手拨土的刷刷声。

突然"嗷"的一声，是树下的人们惊动了树上的猫头鹰，还是猫头鹰发现了树下的人们所作所为。随着猫头鹰的叫声，挖参的人们屏息静听，觉得周围是有什么东西在走动，由远而近，"刷刷！刷刷！"这不是手拨拉土发出的声音，是有什么东西在草上行走所发出的。王家人抬头一看惊呆了，四周是一对对，在月光下发出绿幽幽光的绿灯笼，上下左右，前前后后地窜跳，一条条黑影窜来窜去。

"嗷！"随着猫头鹰再一次鸣叫，一个更大更长的"嗷"声响起，紧接着，一声接一声，此起彼伏，山涧、山谷、山梁，山顶都被这一声声的"嗷嗷"声震醒。

"嗷——嗷——"声沉长而有力，在林中巨石间穿行，震得人腿发软，心发酥，汗毛直竖。

挖参的王家人遇到了森林红狼。

随着狼嚎声的震荡，山风乍起，呼呼作响，落叶杂草随风飘起，满山遍野，枯枝乱棍咔咔作响。

月，隐到了云后。

王家人不知是谁，用火镰打出了火种，脱下身穿的衣服点燃，就近捡了些枯枝，投入火中，一堆篝火徐徐燃起。红狼群见到火后，往后退了退。

就着火光，挖参的速度加快了。

"嗷——嗷——"红狼的嚎叫也一声紧似一声。

下雨了！豆粒大的雨滴随风而降，滴到火堆上，吱吱作响，打到人们的脸上，有些痛。

人参挖到了一大半，像小孩似的，上边有鼻子有眼，还有两只像模像样的胳膊。

又是"嗷——"的一声，只见一只红狼迎着火堆向挖参人冲来，红光闪闪。

见此不怕火的狼向自己冲来，王家挖参人之一忙往后躲闪，其余的打着趔趄四仰八翻。

只听"哎哟"，"咔嚓"一声，王家一挖参人躲闪冲上来的红狼，往后退时脚插入一石缝中，身体侧倒，小腿被别断了。

雨越下越大，隆隆的雷声也从天边沿着山梁滚来。

火堆任你如何加柴，火焰已被越下越大的雨水吱吱地浇灭了。

雷停了，雨止，云散月出。

狼群随着声声嚎叫，渐渐地远去，向着王家的方向。

大地一片白。

人参的下半截被雨水冲刷而出，被月光一照，似躺在黑绒布被面上的婴儿，白白胖胖，翠绿叶片上的水珠，晶莹透亮。只是那红红的两枝浆果，也已散落，如红红的宝石，颗颗粒粒嵌入土中。

王家人折腾了一夜，清晨带伤捧宝而归。他们挖到了一个特大的人参，大棒槌。

人们都说七两为参，八两为宝。

可王家如今得到的何止八两，两个十六两也不止。

有人说这样大的棒槌，在此山中少说得上千年才能长成。

原来穿戴红肚兜的小孩确实是生长了上千年的人参所变幻而成，如今捧在王家人手中。

红狼群看看人参王被挖走已成定局，望着几代红狼所守护的宝贝在凡人们的眼前渐渐显露，看看已无可挽回，它们转向了王家。

王家的男人们都追随着红线而去，家里只有王家的女人和王家小主人在家。

风声雨声敲打着王家的前门、后窗，两头大肥猪在圈内哼哼着，拴在院门口的大黄牛，在咕噜咕噜地倒嚼。王家的大黄狗，也不时地吠两声。

山上的王家人在风声，雨声，狼叫声中挖参，留在家里的在风声、雨声中为山上的人担心。

忽然，圈内的肥猪哼哼声停止了，大黄狗却狂吠不停。王家的女人望向窗外，只见远处似隐似现的绿莹莹的光向自家靠拢，断断续续像排着长队，并不时传来一两声狼的长嚎。

是森林红狼向王家包抄过来，原来这株大人参是狼群长年守护的镇山之宝。狼群内误食了什么东西或者哪只狼有病了，就会到人参跟前，嚼片千年参叶，病立马就消，身轻体健。如今几辈子守护的人参王被王家人挖走，头狼看看已无指望，继而带队冲向了王家，要对王家施行可怕的报复。

世间事皆有因来才有果，莫道因果无人见，远在儿孙近在身。

森林红狼是森林的精灵，极为聪明，一般人们只要不侵犯它，就不会构成威胁。可是现在的狼群，已红了眼，暴怒到了极点。王家大人般高矮的院墙，在狼群看来如履平地。"噌——噌——噌"，齐刷刷地，如小毛驴般大小的红狼，瞬间都蹲在了王家的院子里。

狂吠的大黄狗被两只红狼逼在了墙角，猪圈的墙头上，四只红狼不知什么时候也蹲在上面。

银白的月光洒向大地，月夜如昼。

王家女人忙向后窗望去，房后一排蹲了六只，王家女人吓坏了，瞅向院门口，三只大狼已把家中的老黄牛紧紧地围住，黄牛一动不动，似被钉住了一般。

透过门缝看见一只大狼蹲在门槛外的石板上。

群狼已各就各位，似在等待着一个命令！

王家女人急忙倒掉铜脸盆里的水，拎在左手，右手忙拾起一截烧火棍，听说狼怕响声。

的确，红狼们在等待头狼发出的命令，就是那只蹲在门槛外石板上的红色母狼。

随着风声雨声，一声低低的狼叫，"嗷嗷"声从头狼嘴里发出。

狼群可怕的攻击开始了，王家女人见此情景，忙敲起了手中的铜盆。

"当！当！当！"铜盆敲打声不停而急促。

"哇！哇！哇！"吓坏了的王家小主人的哭声撕心裂肺。

两只大肥猪在直了声的"哼哼哼"的惨叫声中，被四只红狼很快地咬断了喉管，四腿乱蹬。

老黄牛也很快被三只红狼撂倒，一只红狼卡住了黄牛的脖子，一只咬住了牛的鼻子，另一只紧紧地咬住了黄牛后腿裆的牛蛋子儿，黄牛一点动弹不得。

王家的大黄一看，主人的牛、猪被咬，一头冲出被逼的窘境。它冲向猪圈，企图解救肥猪，没等冲出两步，后腿即被一只红狼咬住，大黄向咬住自己的红狼的脖子叉去。大黄的嘴巴还没到位，说时迟那时快，另一只红狼那钢牙利齿已咬住了大黄的脖子。

头狼的头一会儿仰起，一会儿低下，在一声声低嚎，像战鼓在催促着红狼们的战斗。

咬住大黄后腿的红狼一甩头，头一别，"咔嚓"一声，把大黄的后腿咬断了。咬住大黄脖子的红狼见到同伴已咬断了大黄的腿，头一低，再往外一甩，活活地将一条大狗甩到了蹲在门口的头狼跟前。

其余的几只红狼这时又一同扑向被三只狼们撂倒的黄牛。

奄奄一息的大黄,再一次挣扎着,爬向大黄牛,可没爬两步,又被头狼用两只有力的前爪紧紧地踩住。被踩的大黄一回头咬住了头狼的一条前腿。

黄牛在几条红狼的攻击下,只能"哞哞"地惨叫,叫声一次比一次低,一次比一次小……

除了黄牛,王家的鸡、鸭、鹅一个也没能幸免,在一片惨叫的大合唱中,个个毙命。

"当!当!当!"敲打的铜盆声。

"哇!哇!哇!"孩子的惊哭声,在风雨里的牛、猪、狗、鸡、鸭、鹅的垂死惨叫声中,是那么的微乎其微。

暴怒了的红狼们我行我素。

结果了外面的,红狼开始向屋内攻击。

头狼脚下踩着大黄,一条腿被大黄紧紧地咬住,它全然不顾,抬头向天一声长嚎:"嗷——"传出老远。

接到了头狼的命令,在后窗的红狼开始用前爪扒窗并低头啃咬窗框。

前面的红狼们则看头狼如何行动,都在静静地候着。头狼的一条前腿被大黄咬着,甩也甩不开。只见头狼拖着受伤的大黄撞向房门,"咚!"的一声,又拖着大黄退到了院中。大黄就是不松口,群狼们见此,"一"字排开,"咚!咚!咚!"撞向房门,王家的女人觉得房子都快要倒了,房土哗哗地掉。

头狼低头看了看大黄,一狠劲把被咬的前腿从大黄的嘴里拔出,头狼的腿上一大块连皮带肉血淋淋的留在了大黄的嘴巴里,痛急了的头狼,再一次伸头咬住了大黄的喉咙,用受伤的那条腿,摁住了大黄的头,狼头使劲一抬,利齿切断了大黄的喉管,像猪们被咬死时一样。但大黄咬在嘴里的那块血淋淋的狼王皮肉,却一直没有松口。

狼王带伤冲向房门,"咚"的一声,"哗"门扇连框一起倒向了屋里。

敲铜盆的女人怔在那里,一动不动,她被眼前的情景吓呆了,狼王扑向惊叫的王家小主人。

"唰!"的一道闪电。

狼王低头咬住了王家小主人的一条胳膊,刚要用劲。

"咔喳!"一声闷雷似在院中响起,一团火球从倒了的前门,滚向群狼正在撕咬的后窗,破窗而出。

狼王被雷声一震,松开了王家小主人的胳膊,掉头窜出了屋子,带着狼群,拖着伤腿一瘸一拐地窜出了墙外,在黎明中向远方遁去。

王家挖参人回来时,院内一片狼藉,死了的大黄眼睛圆睁,嘴里紧紧地咬着块带肉的狼皮。

红红的。

是红狼的皮毛红？

还是被狼血染红？

……

娘讲的故事惊心动魄，让四儿心动，听了一遍又一遍，总是听不够，尤其人参娃的事，四儿总惦记在心，用红线拴住人参娃……

对了，回家叫娘去！四儿心想就站了起来。不对，我走了，回来找不到大白石怎么办？我得找个红线给它拴上。偌大个河滩，上哪儿找红线？四儿摸起了小脑袋。

四儿猛然间想到了套在肩上的红裤衩：我把它撕成一条条的红布条接起来，那不比红线结实多了？四儿越想越对，那个石头要真是个宝的话，我就给它拴住，还能拿回我的白小褂。

四儿把套在肩上的红裤衩捋了下来，用两只手撕起了红裤衩。可撕了一下，没撕动，裤衩的褶边被姥姥那密密地针脚缝的忒结实。四儿顺手拿了块石头，把裤衩放在地上另一块石头上，对着裤腿的褶边狠劲地敲打了两下。布哪儿能禁得起石头的敲击，裤腿的褶边碎了个小口，四儿两只手捏着碎了的褶边处一前一后一用劲，只听"哧啦"一声，红裤衩被撕开个大口子，直至裤腰。

看到裤衩被撕开了，四儿心里一阵高兴，又拿石头开始砸裤头的褶边。砸开一个小口，顺手撕一下，撕着撕着，四儿的手不动了，眉头也随着皱了起来。看着姥姥亲手缝的红裤衩在自己的手里渐渐地被撕成了一条条的红布条，觉得有种说不出的滋味，自己太喜欢这条红裤衩了，娘有时给洗了还没等晾干，四儿就给套到了腚上。

这一次要不是怕河里的那个宝跑了，我才不会撕裤衩呢。四儿心想，不好啦，都撕成布条了，回家穿什么？对！我先给那个白石头拴住，拿回白小褂，就好办了，也不对，娘要打自己了，回家怎么跟娘说……

四儿心里是这样想的，可手又动了起来，终于把一条好好的红裤衩变成了一条条的红布条，又把一条条红布条接起来。四儿的绳结打得可好了，都是姥姥一手教的。如今，这门手艺可派上了用场。看看自己结成的一条长长的红布条，刚才撕裤衩的担心一扫而过，心里甭提多高兴了。四儿想看看红布条有多长，一伸手把红布条的一头递到了旁边的一只鹅的嘴边。这只天鹅很懂事地用嘴叼住了布头，四儿用手拍了拍天鹅的头，嘴里说道："别动，我看看有多长。"那只天鹅还真听话，叼着红布条一动不动。

四儿站了起来，赤裸着光光的身子，用手边捋着结成一个疙瘩一个疙瘩的红布条，边往后退着走，布条紧了，放到河滩上，用脚量了起来，一步、两步、三步……整整十步。这才从哪儿到哪儿，离家的距离还差老远了，这可怎么办？四儿挠了挠头皮，忽然他看到河边有一段枯树枝。有了，四儿忙跑过去，拾起枯枝拖了过来。他把树枝折了一大截，把红布条的一头紧紧地绑在了枯枝上。他又走到了红布条的另一头，还没等四儿到眼前，叼红布头的大天鹅站了起来，叼着布条拖着枯枝，径直向河里一跩一跩地走去。另一只也忙站起叼起了枯枝跟在前一只的后边也一跩一跩地前行。

四儿的心思与红顶天鹅相通。

光着腚的四儿也顾不得饿了，跟在红顶天鹅的后边，"扑通！"一声跳进了河里，用小狗刨的姿势游开了。

红顶天鹅在前游，四儿在后游。

只见前边的那只游着游着不动了，在前边打开了转转。四儿奋力游向前，靠近了那只天鹅，天鹅向四儿点了点头，把嘴伸到了四儿跟前，四儿一伸手接住了布条：怪了，难道天鹅知道我四儿要干什么？或许身子下的水里就是搁白小裤的那块白石头？

想到此，四儿一吸气一闭嘴，一个猛子扎了下去，睁眼一看，还真是的，白小裤稳稳地放在白石头上。四儿一手捏着红布条的一头，另一手抓住了白小裤，使劲一拽，拽不动，白小裤像紧紧地粘在了石头上一样。四儿又拽了一下，还是不动，头一抬，脚一蹬，蹿出了水面。换了口气，四儿再一次扎了下去。这一次他不拽小裤了，先把红布条拴在白石上再说。

四儿因为练吹口哨，练出了极大的肺活量，能有成年人的肺活量四升还多。潜到水里的四儿，摸到了白石，身子一沉，抬起了头，稳稳地蹲在了白石旁，拿手里的红布条绕白石根转圈一周，布条的头往里一别，顺着压着的布条一抽一挽一个漂亮的结打成了。四儿就手拎起了白小裤，双脚在河床上一蹬，身体借力上蹿，一头拱出了水面。白小裤也不像刚才那样拽也拽不动，而是轻轻地随手而出。

出水的四儿，看到拴着红布条的枯枝顺流斜斜地飘着，两只红顶天鹅在附近游着。四儿转头向河岸游去，经过这阵子折腾，小狗刨的速度明显地加快了。

拎着湿小裤的四儿又来到了大树下，光着腚怎么回家？要是晚上就好了，往家跑谁也看不见，这大白天的，叫谁看见了多么丢人。再说等到晚上回家，时候太长了，娘又好不放心了，到处乱找。那一次小伙伴们逃学和自己一起到山上玩，为找自己把娘累坏了，最后还是被娘背回去的。那一次娘没打四儿，等到四儿醒过来后，看娘的眼睛红红的，双颊挂满了泪珠。

"怎么办？可不能再叫娘操心了。"

九岁的四儿知道害臊了，可又想不出好办法来。想过来想过去，有了，四儿把白小裤往前边一挡，双手往后一拢，正好把屁股包住了："有条绳子就好了，把小裤系在腰上多好。"

四儿往河岸远处看了看，远处有一片草地，四儿三脚两步地到了地边，蹲下身捋了把长长的青草，像姐姐编辫子那样，边捋边分三股编了起来，一会儿一条绿绿的草绳编好了。

四儿用绿草绳围在腰上系好了白小褂，乐得蹦了起来。

高兴的四儿长长地吸了口气，把左手食指和拇指放到了嘴里，再使劲一吹"呜——啊——"一声，一声长长的口哨向远处传去。

"回家找娘啦！"四儿随着哨音向家的方向跑去。

第五章　白玉缘

　　从四儿跑了以后，四儿的娘在家也放心不下。四儿说再去找一找，对于这话，娘就觉得是小孩子家的话，谁知道四儿还真去找了。四儿娘不放心归不放心，总认为四儿是去找别的孩子玩去了，谁知他跑向了河边，并且还发生了那么多事情，差一点被河水淹死。

　　看看孩子这么长时辰没有回来，娘也有些着急，四儿的姥姥也催促四儿娘出去找找孩子。正在这时，四儿娘听到了四儿吹的口哨声，知道四儿没出事，快回来了。

　　四儿的口哨声，娘一下子就能听出来，因为四儿学口哨的全过程，娘是再清楚不过的。为学口哨，四儿的手指磕破过，娘曾抚摸四儿的小手好一阵子难过。给四儿爹上坟时，娘听过四儿的哨音，当时娘不相信这样的哨音是出自儿子的口，可确确实实从四儿的嘴里发出。娘当时边摸四儿的头，边流下了眼泪，不知娘心里想到了什么难过的事。也许娘是听到了四儿的哨声，觉得四儿已经长大了，还是想到了长眠于此的四儿爹，还有在黄土下陪伴儿子的老公公。反正是四儿看娘摸自己的脑袋落了泪，四儿瞪着一双小眼睛，再也不敢在娘面前打口哨了。

　　"娘！"随着叫声，四儿跑进了屋，一头扑进了娘的怀里，不知是差点被淹死，还是红裤衩撕了怕娘打，总之一股脑的委屈，这时扑在娘的怀里倾泻开了，眼泪成串地往下滴。

　　四儿这一哭，把四儿娘也哭蒙了，娘也跟着掉眼泪。平时娘就像母鸡护雏般，竭尽全力护卫着这一小帮没爹的孩子，生怕他们在外受到别人的欺负。

　　娘再低头一看在怀里抽泣的四儿，不觉一愣，湿湿的小褂缠在腰间，没了红裤衩，半个小腚巴露在了外面。

　　这一下可急坏了在炕上缝针线的姥姥，忙和四儿娘一起哄起了四儿。

　　四儿在娘的怀里吐够了苦水，边随着娘和姥姥的问话，一五一十地把河边发生的事，告诉了姥姥和娘。

　　听了四儿的话，娘是相信的，只是有些半信半疑，四儿从没在娘跟前撒过谎。对于儿子学会了游泳，差点没灌着，娘听了有些后怕。

　　四儿的姥姥则认为：是不是四儿洗澡时把红裤衩弄丢了，回家怕挨打，编给娘听的。想想也对，四儿这孩子不会说谎，再说了，就是把裤衩丢了，回家也不会挨打。自从四儿爹走了以后，孩子们无论做错了什么事，四儿娘从不轻易动手打孩子，万不得已动了手，自己也千方百计地袒护着这帮外孙们。

听四儿的讲述,娘俩犯开了合计,这是不是天意,玉龙河经常出玉,说不定真是块大玉被四儿碰到了。讲给四儿听的关于人参娃的事,四儿竟记得牢牢的,红裤衩肯定是被四儿撕了,绑在了石头上,要真是那样的话,一家大小过冬的衣服和过年也不用愁了,来年孩子们的学费和四儿上学所需也有了出处。

想到这里,娘俩不禁高兴起来,忙着去找村里的几位亲戚。

四儿娘是独生女,没哥没弟,更没有姊妹。叫来的这几位四儿叫舅舅的都是姥姥门上的侄辈们,他们平日里干些农活,待秋天河水少而浅时,都到河里踩玉捞玉,并且都是些踩玉相玉高手。四儿有一个德舅,在河里捞玉极有经验,有时凭脚趾头踩碰卵石的感觉就能知道脚下是石头还是玉,有时在清澈的齐腰深的水里就能捡到带皮的籽料。村里人都说德舅的脚趾头比人的手指头都好用,四儿的德舅却说:"自己踩玉是凭摸玉时的感觉而来。"

有人问德舅:"摸玉是什么感觉?"

德舅说:"你晚上睡觉时叫你老婆睡左边,右边放块玉,一起搂着睡,边摸玉边摸你老婆的圆肚皮,玉就是那种感觉,极像年轻女人的肌肤,滑滑的嫩嫩的,很是细腻。"

有人开玩笑:"搂块玉石,冰凉冰凉的怎么睡?"

德舅笑哈哈地说:"玉,越搂越热乎。"

"你行啊,你有福,找个女人又白又嫩又漂亮,越摸越爱摸,我们的女人粗皮老肉的,摸不出感觉来,嫂子能不能让俺们摸一摸?待摸到感觉后,和你一起去踩玉去。"

"去你娘的!"德舅不愠不火地笑骂道,"摸不出感觉,就摸你儿子的屁股蛋。"

玉龙河里的玉,确实像德舅说的那样,如婴儿的肌肤般光滑而细腻。德舅的女人年轻时也确实是美丽而漂亮,白而细嫩的脸蛋泛着红润,一笑两酒窝,手一戳即破似的。是远近闻名的美丽村姑,难怪众人羡慕不已。

四儿有时听德舅说:"摸玉似摸小孩的屁股蛋。"就把手伸进裤子里摸自己的屁股蛋,"没摸到什么感觉,感觉是什么东西?"四儿没弄明白。

四儿的弟兄姊妹几个都小,家里一切花销进饷,都靠四儿娘和姥姥的双手来维持,没有四儿德舅们家道富裕。四儿家生活所需没钱不行,而德舅们的生活所用进项大部分出自玉龙河里的玉石。

每逢集市,德舅早早地来到河边,边过河边踩玉,捞到几块到集市上就能换回油、盐、酱、醋、针头线脑的。德舅逛街穿市,从不带钱,就凭一双脚、一双手、一对眼,就能摸回一家子的生活所需。听姥姥说,德舅家的五间瓦房都是从玉龙河里摸出来的,难怪德舅能娶到远近闻名的德舅妈。

德舅们一行几人,来到四儿家,问过了姑姑和姐姐后,就等姑姑发话了。

四儿的姥姥是个很要强的女人，凡是自己能撑的事，从不麻烦娘家的侄儿们。侄儿们也都深知姑姑的秉性，轻易不叫，一叫必有大事。

四儿的姥姥和娘把四儿所遇之事，一五一十地向娘家侄儿们诉说了一遍，四儿的德舅们也觉得四儿今天所遇上的事非同一般。再说四儿的德舅是一个急性子，听后立马说："姑，你放心，不管是啥，我到河里给您捞回来再说。"

已换好了衣裤的四儿领路在前，德舅和娘他们在后，一行人直奔河边而去。

来到了河边的大树下，河里那两只天鹅在一前一后地游动，看到了四儿他们后，显得异常地兴奋，曲颈上扬"嘎——嘎——"地叫着，不时地用翅膀扑打着水面，河水被泛起一道道涟漪。

四儿一望，红布条拴着的树枝仍在水中漂着。刚才没看仔细，原来红顶天鹅并没有走远，从四儿回家后，一直在河里面守候着四儿拴红布条的那块石头，在白石头附近游荡。

"就在那儿，娘！"四儿手指河里，"德舅，你看，我拴的树枝还在。"

德舅顺四儿手指方向望去，看到了拴着的树枝，刚才光看河里的天鹅了，并没有注意到那段树枝。经四儿一点，他才发现，这是被四儿拴着的，并不是随波逐流的那种漂浮物。

照四儿讲，是有些门道。德舅想。

"兄弟们，准备下水。"德舅发话了。

随着德舅的一声下水令，几个汉子褪掉了衣裤，浑身上下只留裤衩套在那浑圆而结实的屁股上。

四儿见状，也迫不及待地浑身脱了个精光，只是和德舅们相比，身体的肤色显得那么地稚嫩。

看一个个裸露着肌体的德舅们，肤色如铁，肌肉凸起，似个个铜浇铁铸般立在夕阳西下的玉龙河边。

这里的汉子，个个都是一副好身板，三百六十五日里，喝玉龙河水长大，风霜雨雪，摸爬滚打，上山打柴，下河捉虾，赤裸着臂膀，任凭山风吹，日月晒，天长地久活活打造出了玉龙河男人们的钢筋铁骨，个个似雕塑般棱角分明。

"下水！"德舅手一招，第一个走向河里，其余几位也"一"字排开，迈步向前。

四儿也跟在德舅身后，向河里冲去。

"四儿！"四儿娘一把没抓住一丝不挂的四儿，随口喊道。

"姐！"德舅听到四儿娘的话，回头一句："不碍事，有我呢。"

一帮人向拴着红布条的树枝围了过去，水已经到了德舅的胸部。跟在德舅腚后的四儿已经够不到底了，四儿的小狗刨又施展了开来。可别说，四儿游的还挺快，一会儿就游到了踩石的德舅前边，还没等德舅发话，四儿一个猛子，小腚一撅，一头扎向了河底。

在水下，四儿睁眼前行，他看到了自己亲自撕结的红布条。眼光顺布条而下，那个白色的立石，还在那里。四儿奋力向立石潜去，四儿的嘴里不断地吐着气，气顺水而上变成了串串气泡。在齐胸深水里的德舅们，追踪着汽泡，渐渐靠拢、收缩。四儿手触到了大白立石，用手摸了摸绑在大白石上的红布条，身一缩，脚踩到了白石上，一挺身，头露出了水面。

"德舅！"刚露出头的四儿大叫，"在这里！"

刚从水里钻出来的四儿还没有看清就喊，其实德舅们顺气追源，已把四儿围在了中间，就在四儿的眼前。

德舅上前，用一只手托附着四儿，脚已触碰到了大白石。

"四儿，舅已踩到了，你快到岸上，到你娘那去，"德舅吩咐四儿，"这里有我。"

"不！"站在白石上的四儿说，"舅，我看你把它捞上来。"

"这孩子，像你爹一样犟，"德舅说，"你不嫌累，就呆在水里。"

德舅劝叫四儿上岸，四儿不听。德舅见四儿游得还可以，再说有大人们在跟前，也出不了大问题，就不管四儿了。

德舅踩到了大白石，凭多年的踩玉经验，用脚趾慢慢地触摸，他知道这块石头与其他躺在河床上的卵石不同，四儿发现的这块石头，极有可能是块玉。

德舅一弯腰，一蹲身，潜到了水里。

喝玉龙河水长大的男人们，个个都会水，并且个个都有极好的水性。

水下的德舅，睁眼一看，被红布条绑着的石头，稳稳地立在河床上，比其他的卵石高出一截，略有皮色，眼看此石就非同一般，用手一摸："我的天啊！"水下的德舅差点喊出来，张开的嘴，呛进了一口水。

德舅脚踩立石，头拱出了水面，围在周围水中的其他几个人，一看德舅露了出来，齐声问道："怎么样？德哥。"

德舅被水呛得"吭吭"了两声，听到弟兄们的问话，连声说道："可了不得了，四儿发现的是块大玉，现在水被搅得有些浑，我没太看清，好像有皮子。"德舅喘了口气，"待我再下去看看。"

"不用，我去。"随着这一声的余音，人也没了踪影，潜到了水下。

潜到水下的也是四儿姥姥门上的一个舅舅，和德舅是平辈人，比德舅小，平时四儿叫他为亮舅。

四儿也许是游累了，还是什么原因，只见四儿一手扶一只天鹅在水中歇息，有时放开手再狗刨一会儿。

河边的四儿娘刚开始有些担心四儿。看了一会，四儿娘有些纳闷，这对带红顶的鹅从没看过，并能和四儿一起嬉水，四儿在水里抱抱这只，搂搂那只。站在河边的四儿娘喊了两声，四儿就像没听见一样。这样的事，在四儿身上从没发生过，不管多远，只要四儿听到娘的喊声，没有像今天这样无动于衷，似耳边风般没听见，不回声，在水中只管和鹅们玩耍，如履平地。今天的事儿，四儿娘只觉得奇！奇！奇！

潜到水下的亮舅，看到了德舅脚踩的那块石头，亮舅用双手扶住石头，使劲一摇，没摇动。

四儿叫的这位亮舅，长得五大三粗，三十多岁，很是有一把力气，手力极大，村里的男人们掰手腕，没一个是他的对手。他曾和人打赌，摔倒了一头大犍牛，赢得了一坛高粱烧酒。

可是这时的亮舅，面对河床上的这块玉石，却没能摇动，亮舅有些纳闷："难道今天在水下没得了力气，待我上去喘口气再说。"想到这儿，亮舅双脚站立，挺腰抬头，露出了水面。

"咋样？"德舅见亮舅露出了头，忙问。

"哥，这块玉石太结实了。"喘了口气的亮舅说，"我在水里使劲摇，没摇动，像长在那里似的。"

"你在水下使不上劲。"

"不对，哥，是不是你踩在上边的关系，这边你别踩，咱俩一起下去。"

"好！"

四儿的德舅和亮舅深深地憋了口气，一蹲身，一起潜到了水下。

水下二人两双手同时扶在了这块玉石上，两人一点头，稳稳地蹲在了玉石两旁。德舅再一点头，一眨眼，亮舅马上明白了哥哥的意思，再一点头回应，马上二人一起用劲。

立着的这块大玉石无动于衷，纹丝未动，两人的双脚因用力反而搅起了河底的泥沙，顿时玉石周围一片混混浆浆，看不清了。

德舅和亮舅两个大男人在水下没能摇动这块玉石，德舅的心里一咯噔，两人同时露出了水面。

这时的四儿不知什么时候已经到了河岸上，站在娘的身旁，和娘一起向这边望着。

德舅看了看其余的几个人还在水里，就挥手叫他们全上岸，并说："这里有我和亮亮就行了，你们先上岸歇歇吧！"接着，德舅对着亮舅道，"凭咱俩的力气，完全能够摇动这块玉石，可是这块玉一点没动，头一次我寻思你在水下没有用上劲，这一次证明你说的对。"

再看那对天鹅，在附近不紧不慢地游动，嬉戏。

"这一次你看我的手势，如果能摇动，你趁势把它抱起上岸，你的劲比我大。"

"好，哥。"亮舅应道。

两人同时吸气、憋气，蹲身下水。水下一片模糊，而且混混浆浆越来越浓，根本看不见德舅所说的看手势摇玉石的动作，德舅和亮舅其实近在咫尺，互相

却看不清。德舅最先摸到了大白玉石，腾出另一只手来，往前划拉，亮舅也正在眼前划拉着，他们俩的手碰到了一起，德舅顺势把亮舅的手领摸到大玉石上。

突然，德舅觉得河水一下子变得凉凉的，似有一股水流从上而下的流过全身，并且水下昏暗一片。

亮舅也有同样的感觉，水下不容得多想。

德舅一捏亮舅的手，亮舅明白了一切，四只手，两个大男人，一用劲，大玉石动了。

亮舅顺势把右手插进了河床的泥沙中，搂到了大玉石立着的底部。德舅摸索着，和亮舅一起把立着的大玉石，搬平放躺。亮舅像抱个大冬瓜似的把大玉石抱在了怀里。刚一露头，一个急浪打来，亮舅呛了一口水，差点松脱了怀抱的大玉石。德舅也没能幸免，被水呛得"吭！吭！"地咳了起来。

露出水面的德舅一看，不好！刚才平静的水面，无风三尺浪，并且一浪高过一浪向二人砸来，水流也变得湍急起来，似刚下完暴雨顺流而下的山洪。

"快上岸！"德舅招呼着亮舅，向岸边连走加划拉，只觉得水流拖着双腿，迈不开步。

抱着大玉石的亮舅，一看浪头一个接一个地向自己砸来，索性抱着这块玉石，头一缩，潜到了水里，蹲行向岸边靠拢。

在河水起浪的同时，两只正游着的白天鹅，"哗剌剌"地冲上了蓝天，在大玉石的上方，盘旋鸣叫。

岸上的四儿娘和其他几个人，刚刚看到游着的大白鹅像被什么东西惊了般地飞向天空，又听到平静的河里浪头一个盖过一个的哗哗声，再看平静的玉龙河，瞬间泥沙滚滚，浊浪滔滔。

四儿娘，这个善良的女人，为河里的德舅和亮舅担心，甚至心想不该叫他们下河去，一旦有个好歹，可怎么办？拉家带口的……

在玉龙河边长大的德舅和亮舅，早已练就了一身好水性。德舅先一步上岸，望望亮舅，只见他早已到了浅水区，还低着头，猫着腰，躬着背在往岸上挪腾。

见状，德舅几步上前一把扶起了怀抱大玉石的亮舅。亮舅抬头看到哥哥来扶自己，笑了。

"哥！你看，是块玉。"在河里怀抱大玉石的亮舅，任凭急流、滚石、浊浪，肆意拍打，就是不松手。突然间，德舅觉得河水冰凉刺骨，他抬头一看，在亮弟身后涌起丈八高的一个浪头，直扑他俩而来："亮……"德舅刚喊了一个亮字，下面的话还没出口，那个大浪已高高地向他俩砸了下来。

"啊！"河岸上的四儿娘和众人一声惊呼。水里的德舅和亮舅还没反应过来，只听"哗！"的一声巨响，他俩已被大浪裹了进去，四儿娘见状："我的天啊！"话音没落，德舅和弟弟已被大浪送上了岸，众人围了上来，四儿娘一颗悬着的心也平静了下来。

瞬间,玉龙河水也随之平静了,没有了大浪,逐渐恢复了清澈。

亮舅把大玉石放到了地上,拴着的红布条不知在河里何时已经脱落。

德舅蹲在了大玉石旁,用手抚摸着玉石。

头上两只天鹅还在盘旋鸣叫。

四儿见此,把右手两只指头伸进了嘴里,深深地吸了一口气,对着天鹅,对着蓝天,一声:"呜——啊——啊——"地长啸,从四儿嘴中发出,传出老高老远,向四方飘去。

紧接着第一声那沉长而悠远的哨声的余音,第二声、第三声口哨的长啸相继从四儿的口中发出。

娘和德舅们被四儿的哨声所震慑,愣愣地顺着四儿的目光,瞅向上空盘旋鸣叫的一对天鹅。

"嘎——嘎——嘎——"的天鹅的叫声从天上传了下来,飘向四面。

"呜——啊——啊——"的四儿的长啸口哨声从地上传了上去,飘向八方。

天鹅似与四儿在对话,没人听得懂。

天鹅对地,对人,对四儿"嘎——嘎——嘎——"地鸣叫了三声,借助四儿那沉长悠远的哨音,向远方,向西,向夕阳西下的地方,带着那鲜亮的红顶,奋力展翅飞去。

德舅和亮舅们换着把大玉石弄到四儿家的院子里,并规规矩矩地放到了四儿家平时吃饭的炕桌上。

四儿娘听德舅的吩咐,端来了一盆清水,带来了一块抹布。

德舅用水把抹布湿透,在玉石上抹了开来。德舅反反复复地擦抹着玉石,把玉石表面在河底长年累月生长的一层浮藻抹了个干净,露出了玉石的自然原貌。

院子里一丝风也没有,夜幕已经拉上,有些发暗。四儿的姥姥不知何时点了盏油灯,端了过来,放到了炕桌上的玉石旁边。

油灯的火苗在玻璃罩里一闪一闪地跳动,昏黄的灯光映照着德舅擦抹干净的玉石。

院内雀无声息,都屏息着看着德舅的一举一动。

"哥,这是块好玉。"亮舅凭借着灯光看清了被哥哥抹干净的玉石,突然开口说道,"皮子玉,秋梨子。"

"嘘——"德舅打着手势,制止了亮舅的话,抬头转向四儿娘,"姐,你到屋里把香炉拿来,再拿三炷香。"

亮舅明白了哥哥的用意,这是叫姐姐拿香祭拜天地,以感谢上苍赐予姐姐家的上好白玉。

四儿娘取来了香炉，放在了炕桌上的白玉旁，四儿见德舅接过娘递过去的三炷香，掀起了油灯上的玻璃罩，就着灯上的火苗，点着了三炷香，并叫众人一起跪下。

　　跪下的四儿好奇地看着德舅。德舅跪在地上面对桌上的大玉石双手擎着点燃的三炷香，高高地举过头，向上拜了三拜，恭恭敬敬地把香插到了香炉里长年累月燃下的香灰里。

　　四儿知道，香炉里的香灰是娘初一和十五拜佛时烧香落下的。

　　四儿不知道现在跪在地上的德舅嘴里在叨咕些啥？

　　四儿更觉得不明白的是，院中的炕桌上放的是油灯、香炉和大石头，人们拜的是哪个？

　　香炉里的三炷香在慢慢地燃烧，火星三点，香烟飘渺。

　　香炉里的香燃烧到了一半，院子里的人这时有的站了起来，有的就地坐下。四儿娘紧忙到屋里拿出了几个小板凳，分给了众人。

　　德舅还跪在那里，看着那三炷香，开口讲道："你们看，这三炷香中间的那根高，左右的两炷略低于中间的。"德舅指点着，"这叫禄香，香谱里都记着，就是有财的征兆。四儿发现的这块大石头，不是普通的石头，正像亮亮说的，这是块上好的白玉，并且带皮，叫秋梨子，成云朵状。"跪着的德舅讲着讲着，也坐在了四儿娘递给他的板凳上，"姐，这么大的籽玉很少，我看有六七十斤，能卖上个好价钱。"

　　"对，姐，"亮舅接话说，"把它卖了，外甥们的学费一切都能有了着落。"亮亮深知姐姐家生活的艰难。

　　四儿的姥姥这时已把饭做好了，招呼着众人吃饭。饭菜极为简单，饼子加稀饭，外加几碟小咸菜，再就是葱、酱之类。

　　侄辈们都知道姑姑家的日子艰难，也拿不出鱼啊肉啊的招待。有的拿个饼子，就着葱，有的盛碗稀饭，夹几块咸菜，或蹲或站，在夜色中的院子里，继续听四儿的德舅讲这块玉的价值。

　　四儿从姥姥手里拿了个饼子，送给了德舅。德舅顺手掰了块给了四儿，什么也不就，边吃边讲，也许是饿了吧，吃得那么香甜。

　　"这种玉是生长在老远老远的雪山上，经长年的风吹日晒、电闪雷打后从整个的大玉石上崩落下来。"

　　"德舅，那块大玉石有多大？"好奇的四儿插嘴问。

　　"老大了。"

　　"老大了有多大？"

　　"反正比你家的房子好几个大。"德舅边回答四儿边说。

　　四儿娘忙制止："四儿乖，别说话，听舅讲。"

德舅接着被四儿打断的话头："春天和夏天雨水大，加上冰山的雪水融化后，形成了山洪。山洪越滚越大，夹带着泥沙加上从大玉石上崩落下来的大小玉石，就像咱才捞的这么大和比它小的顺流而下，到了河里。离大玉石近的，被河水冲刷的棱角有些光滑的叫山流水。像这一块是叫洪水从老远的大玉石跟前，冲刷搬运过来的。才从大玉石身上被雷劈下来时，身上有棱有角，经过洪水泥沙卵石的互相碰撞、滚砸，把这块玉石上原来的棱棱角角都磨平了和磨圆了。就像咱吃的熟了的桃子，熟了就从树上掉下来，经河水一冲一刷，把桃皮和桃肉都给冲磨掉了，就剩下那圆溜溜的桃核了。这样的玉石再在河底泥水里一养，拿到手里稍加摩擦，黑里透红，红里透亮，越摸越亮，越摸越硬，越摸越好看。"

香炉里的三炷香早已烧完，油灯里的灯捻儿不时的爆着灯花。

院子里静静的，都在听德舅讲那关于玉石的来历。

"玉有各种颜色，在河里像桃核那样的叫籽儿玉，最为名贵。白的叫白籽玉，黄的叫黄籽玉，青白色的叫青白籽玉，黑的叫黑籽玉，还有青籽玉、碧籽玉……最值钱的是羊脂玉和黄脂玉。"

德舅接过四儿姥姥递过来的一碗白开水，唏嘘地喝了两口，把碗放到了桌子上，又继续着他的故事。

"这块玉正像亮亮说的叫皮子玉，秋梨子。是在玉龙河里不知躺了多少年，多少辈，才长成的这种色皮，像秋天成熟的梨，黄色略带红。你别看它长了这么多年，它的厚薄才有糊窗纸那么厚，只要长这样的皮子的玉，都是上等的好玉。皮子分好多种，有红枣皮、鹿皮、洒金皮、黑皮……在所有的玉石中，还有石皮和糖皮之分，糖皮和石皮一般都挺厚……"

月亮悄悄爬了上来，月光照着大地渐渐地显亮，德舅还在讲玉。

趴在娘腿上的四儿开始被德舅讲的故事深深地吸引着。四儿心想：德舅真厉害，那么多人都听他讲，他和娘一样，肚子里肯定有好些好些故事。

四儿听着听着，觉得德舅讲的渐渐地没了意思，净讲些什么玉呀、皮呀的，德舅的声音越讲越小，越讲越远，渐渐地没了声音。

四儿趴在娘的腿上睡着了。

第六章　别情离殇

四儿在河里发现的那块大白石，确实是块玉，并且是块带皮子的上好的白玉。这种籽玉一般产自玉龙河的中下游，多半是半斤八两，三斤五斤重，有的是几两几钱，极少可达十斤二十斤重，像四儿发现并被四儿的两个舅舅捞上来的重六七十斤者更是寥若晨星。难怪常年捞玉的德舅和亮舅告诉四儿娘：此玉能卖个好价钱，孩子们上学过年之需靠此玉都能解决，还有剩余。

自从家里有了玉之后，四儿娘和姥姥就盘算开了。四儿今年无论如何也得叫他上学了，再是四儿的哥哥姐姐也都逐渐地长大，书也越念越高，吃啊穿啊的一年的费用也不少。四儿娘对现在住的地方，始终觉得有些伤感，公公和自己的男人死于此葬于此。每逢年节，别人家张灯结彩，一派年节的喜气，而自家没了顶梁柱，和自己的老娘拖着一群孩子过着那只能吃上一顿没有多少肉的饺子。听着邻居们迎神送神的鞭炮声，心里的苦和累，统统化为那辛酸的泪，默默地流。

穷人的三百六十五日，真是艰苦的日子难过的年。孩子们都逐渐长大了，不能再在这里生活了，应该把孩子们带出大山，让四儿他们姊妹到外面去，看看外面的地面。听爹讲，外面的地面很大很广。四儿娘把自己的打算和老娘讲了几遍，甚至十几遍，做通了老人的工作。

四儿的姥姥不愿离开生活了几十年的故土，但看到自己的闺女和几个没爹的外孙，看看在这大山里，将来的生活也并不能强到哪里，外孙们需要念书，需要到大地方去念书。人只有到大学堂去念书，才能出人头地，这个道理四儿的姥姥懂。四儿的姥爷在世时，也经常告诉四儿娘将来孩子长大后，要送出去，不能呆在大山里，要读书，学知识，做学问。现在正好四儿发现这块玉，把它卖了，也许能卖个好价钱，把家里其他不能带走的东西再处理一些，或许能凑够出去的费用……

四儿娘和四儿姥姥商量好后，就做出了决定，让四儿的德舅找人卖玉，让亮舅帮助处理家里的剩余物品，着手做搬迁前期准备的各种事儿。

四儿和哥哥姐姐们听娘说要搬家都很高兴。四儿听哥哥说到外面能看到船，船可大啦，玉龙河都装不下，先生也常说外面的世界可好了……到外面还可以学到好多好多的东西。

四儿不懂哥哥的先生讲的世界和知识是什么？只盼望着搬家的那一天能快快到来。

　　四儿的德舅听说姑姑和姐姐要到外地去谋生，觉得一个女人家带着几个孩子去人生地不熟的地方，谈何容易。就一再挽留，最后看姐姐决心已下，没有留意，就说："要不你带孩子们走，姑姑留下来，我和亮亮们照顾，有我们吃的，决不能饿着姑姑，待你和孩子们安顿好后，我再把姑姑送过去，你看怎么样？"

　　四儿娘听德弟如此说，也觉得是个好办法，省得老娘跟自己一起去受罪，前方的路还不知如何？就说："也好，安顿好后，我回来接。"

　　可四儿的姥姥不干，她放心不下闺女和没爹的孩子们，尽管自己年岁大了，但还能帮四儿娘一把。于是她婉言谢绝了侄儿们的孝心，只是嘱咐德侄把玉石卖个好主，能多卖一个钱是一个钱……

　　四儿的德舅听从了姑姑，他就张罗开了，找主卖玉。

　　跨过玉龙河，离四儿家一百四五十里的地方，有个千把户人家的大村子，每逢三、六、九，这里便聚集了五湖四海的玉石商人，他们来自山南海北，到此来寻玉买玉，回去后再把玉切割打磨雕琢。有的是以低价买，高价卖，从琢玉商那儿赚取差价。有的是琢玉商直接买，回去加工制作，变成各种艺术品，以获取更大的利润。如果遇到这样的主，好玉能卖个好价钱。一般好的琢玉人，他知道你手中的玉，买到手后，能雕琢成是罐或是瓶，或是能出几块牌子，心里有个七八。如果一块无绺、无裂、无杂质，质地细腻，块重在六七公斤以上者，能雕几副手镯，一副能卖多少钱或是能琢成什么摆件，将来出手能卖多少，心中有只算盘在拨拉。这样的玉商他不会因价格跟你斤斤计较，往往比较大度，只要他相中，很快就能成交。

　　怕的就是那些中间商们，往往他把你手中的好玉，千挑鼻子万挑眼，圈弄过来圈弄过去，把玉价压得极低。待把玉石低价买进后，寻找琢玉商，再把买进的玉石，说得天花乱坠，高价卖出，赚取更高的差价。他们一倒手比捞玉的人挣得高出多少倍。就凭一双利眼，三寸不烂之舌，不费吹灰之力，坐享其成。在玉石集市上，这样的一群人，煞是厉害，十分了得。

　　他们有的从小在玉石市场上摸爬滚打，练就了一套辨玉识玉的本领。有的是代代密传，识玉别有绝技，素有传男不传女的说法，怕养家糊口的本领被外姓人学走。

　　再说那个玉石集市，听老辈人讲，原是一片开阔的良田，不知哪朝哪代一个有钱的主儿，看到玉石那潜在的市场前景，无论买玉还是卖玉，不管你是南来的商人、北来的客，到这儿来，总得有个吃喝拉撒睡的地儿，交易买卖，蹦高撒欢的场子。这个有钱人，想到做到，花钱买下了这块偌大的一片好地，盖房修市，首先在这居住收购玉石，进贡给朝廷。久而久之，朝廷下来的采玉官员在这儿就有了歇脚打尖的地方，买卖即时就相跟而上，逐渐地人越来越多，住户也一户户地增加，渐渐地形成了如今的场面，一到集日热闹非凡。

四儿的德舅受命,在一个集日里,早早地来到了这里。因路远头天晚上走时就没有吃饭,到了集市上觉得肚子有些饿了,就找了家路旁的小馆坐了下来。

德舅刚一落坐,一碗香茶就被放到了眼前,店老板热情地打着招呼:"德哥,您早,手里又有好货了,要放手?"

"有是有,不知近日价格如何?"喝了一口香茶的德舅边答边问。

"我还真不知道,不过这两天听说南边来了几个采玉商。"店老板随后话题一转,"您大老早的赶路一定饿了吧,吃点啥?锅里是才打的荷包蛋给您盛几个,您先垫垫,再给您炒俩菜。"精明的店老板一口一个您叫着,也留住了德舅在店里吃饭。

"你先盛六个,吃了再说。"

"好嘞!"

冒着鸡蛋的清香,一碗热乎乎的荷包蛋端了上来。

"这是今年才磨的新鲜芝麻香油,给您加一点如何?"手拿油瓶的店老板献着殷勤。

"行,来一点。"

几滴香油滴进了盛着荷包蛋的碗中,顿时一片亮晶晶的油花在热热的汤面上浮动,一股鸡蛋加香油的气息向小店内的各个角落弥漫开来,香喷喷地。

"吃好了,回去捎一瓶,给家人尝尝?"

"好,你给我打上二斤。"吃着鸡蛋,喝着蛋汤的德舅说。

"行,给您备着哪。"店老板卖出了鸡蛋,又推销了香油。

在这熙熙攘攘的集市上不光是买卖玉石的,开小吃店、杂货店、饭馆、旅店的,也是一个接一个。更有那玉石小贩,拿块布随地一铺,玉石籽料往上一摊,一个临街摊床就形成了。你看好了,挑好了,便开始了讨价还价。有的争得面红耳赤,有的像唠家常般和风细雨,有的背对着众人在窃窃私语,有的买家和卖家两手拉在一起,在袖子里捏来捏去,最终买卖成交,皆大欢喜。

德舅是集市上的常客,加上是这一带的捞玉好手,大部分店家老板都认识他。

德舅吃完了早饭,出了小馆顺街而遛,集市上人头攒动,熙来攘往,吆喝声不断,热闹非凡。德舅在人群里挤来挤去,来到几家玉石店打听最近的行情,又到沿街摆着的地摊上去看了看。

这里的玉石,真是琳琅满目,都是玉龙河沿岸的人们风餐露宿,趟冰涉水捞取的。一堆一块,任你挑选。小的如蚕豆,大的如桃、如瓜,各色各样。有带皮的山流水,有各色皮子的籽儿玉,有大小不等的宝盖玉。

德舅和熟人边打着招呼,边探听着各种玉价。岂不知,德舅一进市,就被一个人盯上了。

此人不前不后地尾随德舅,只是集市上人多,德舅只顾问这问那,根本不

知背后有一双眼睛在观察着自己的一举一动。

此人五尺多的个头,身体较瘦,走起路来快步如飞,只是很少抬头,像在地上寻找着什么东西。一双不大而有神的眼睛,滴溜溜乱转,四十出头的年岁,说话极快。俗话说,仰脸老婆低头汉,有此种长相的人,颇有心计,极为难斗。他姓甚名谁?很少有人知道。他并非此地人,而是外来客。此人很小的时候就在玉石集市上悠荡,外号:地溜子。你听听他的别名,顺地流淌,见缝就钻,手抓不到,捧不成形,滑不溜鳅。

这个人从小就混迹于玉石生意场中,练就了一双非凡的眼力,加上聪明好学,掌握了一套相玉的本事。据说他是扬州人氏,其叔因侄子有如此本领,就聘请了几位琢玉师傅在老家开玉石作坊。地溜子为叔叔相玉,采购玉石原料,运往扬州老家,供叔叔作坊之用。

刚开始,地溜子的相玉本领,其叔并不知晓,因他从小离家,家人并不知其踪迹所在。因苏扬二州自古出琢玉高手,相传明代的陆子冈就为苏州人氏,雕琢的花草、虫鱼、佩饰,生灵活现,堪称一绝。因此,陆子冈大师流传于世的玉雕作品已成国宝,现已千金难求其真品。因地溜子的叔叔也是个经商的主儿,知其是个极大的商机,加之他对玉石这一行也略知一二。接触经商的玉石商人,知其玉石原料的来源,觉得玉石这一行大有赚头。花钱雇几个琢玉匠人,一个小门面,前店后厂,一蹴而成。关键是进料的渠道,怎样才能摸通?

话说地溜子的叔叔走进这家玉石店,而后又窜进那家玉石店,与人套近乎,没话套话,长来已久,人家也没防备他。为啥?因为他不是搞玉石生意的人,不是同行,就像铁匠问木匠,问啥答啥。这真是说者无心,听者在意。

待打听到供货的人,是位扬州的中年人,其叔留意在心,决定探其住处,见其一面。

一次,一位玉商要去京城进货,其叔说顺路到京办事,愿结伴同往,以解旅途孤单之苦,玉商听之,甚为感激。老乡与老乡,出远门也好有个照应,看个包,望个担的,何况进货拿了那么多钱,有个知根知底的外行老乡陪伴,等于没花钱,用了个自费的镖客,玉商心里暗自窃喜。殊不知,地溜子的叔叔也在偷着乐呢。同吃同住在一起,同路异梦,各打各的主意。

京城里的玉石一条街,在当时也是十分的有名,各地的玉商从全国各地捣腾来各种玉石,在皇帝的脚下,进行着批发、销售的集市贸易。玉龙河产的玉石在此也是响当当的主角,到不了那遥远的玉龙河玉石集市的客商们,也都到京城来淘宝寻宝了。那贩玉的也是十分的不易,都是春走冬归,在那茫茫的贩玉路上赚取那养家糊口的血汗钱。据说,京城的玉石交易,还是乾隆爷开创的,那都是些早年的事儿啦!不过,事儿至今,玉石交易在京城还在延续着。

玉石商和地溜子的叔叔一路前行，到了京城见到了供货人，玉石商毫无介意地把供货人介绍了个明明白白，此人正是地溜子。地溜子见玉商带来的人，怎么看怎么像自己的父亲。而地溜子的叔叔看看眼前供货人，听他说话的语气，一举手一投足，那滴溜溜转的眼神，太像自己哥哥啦！心想：难道玉商们所说的那个神秘的供货人，是自己多年前离家出走的侄子？听口音，带着浓重的扬州味，待打听到他的落脚地，单独拜访一探究竟。

地溜子的叔叔看玉商和供货人在客栈里谈得甚是热乎，就起身告辞，说要到别处办事。此时玉商也巴不得他快点离开自己，好和供货人看货砍价。

地溜子的叔叔随口问了问："我要到大栅栏怎么走？"

"你从这儿坐马车到……"地溜子说了一半，话被地溜子的叔叔打断了："我这人生地不熟的，大车店在哪儿我也不知道，麻烦你能不能给我送到大车店？坐上马车就好办了。"

"成，你在这儿待会儿，"地溜子对玉商说，"大车店就在这条街的拐弯处，我把你的朋友送到，一小会儿就回来。"

地溜子的叔叔和玉商一阵虚情假意地道别。

出了客栈，地溜子的叔叔首先发话："我手头近几年做生意，攒下了几个闲钱，也想搞搞玉石生意，只是对玉石一窍不通，不知如何下手？"地溜子的叔叔欲擒故纵。

地溜子一听，心想：这样的主儿，肯定有钱，对玉石一点不懂，在这样的人身上，最好赚钱。

"先生，你想倒腾玉石，还是开玉石作坊？"

"请问老弟尊姓大名，如何称呼？"地溜子的叔叔答非所问。

"我？"地溜子被眼前的人冷不丁一问，哽住了。极像父亲的人没有回答自己，反而离题甚远，问起了自己姓甚名谁。

"我，别号地溜子，他们都这么叫我。"地溜子话一转，"姓甚名谁并不重要，就看咱爷俩有没有缘分做这个生意。"说完这话，地溜子用眼睛斜瞅了瞅走在自己旁边的老者，观察对方的表情，紧跟着又来了一句，"敢问您老的大号怎么称呼？"

地溜子的叔叔听了这话，心里不觉得一激灵：好一个地溜子，滴溜溜滑，这边不报名与姓，那边却反刺我一枪。心里这么想，却不正面回答，只说道："我的大哥，别号花脸猫，不知你是否听说过，可曾认识？"

"啊！您是叔叔！"地溜子一听和自己走在一起的人提起了父亲的别号，已经认准了这个人就是自己的亲叔叔。

"扑通！"一声，地溜子在人来人往的大街上，跪在了叔叔的面前："叔叔，我就是幺哥。"他提起了自己的小名。

"快起来,孩子。"叔叔一把扶起了地溜子。

叔侄就此相认,相认在送往驿站的路上。其实地溜子的叔叔要到大栅栏是假,探明相玉本领高超的送货人是真。

其实地溜子的叔叔一进门,对地溜子的长相、口气与动作,就觉得像自己的哥哥,因哥哥全家大老早地就出去闯荡,一晃二三十年,小孩子变化大,叔叔没能认准。想也没想到侄子怎么能在玉石道上混。也许是血缘的关系吧,或是冥冥之中的某种联系,偌大个京城,叔侄能够相聚相认。

地溜子刚与叔叔相见时,也觉得此人很像自己的父亲,加上又是老家来人。叔叔刚才提起父亲的别号,他就咬准了来人的身份。因父亲胎里带,左脸上有块大红印记,从小学了点武术,加上经商办事,身手矫健而机警,在江湖上就有了花脸猫的绰号。令地溜子没想到的是怎么玉石商能和叔叔在一起来京城?听叔叔说要经营玉石生意,不知叔叔有何打算?

地溜子把叔叔安排到另一家客店,才回来和玉石商谈生意,并谎称送人到大车店后碰到了几年没见面的老朋友,唠了会儿家常,才回来晚了。

懵懵懂懂的玉石商还当以为真。

待到晚上,叔侄又一次相见,家长里短地唠了一阵子,话转到了正题。地溜子的叔叔把自己的打算向侄子谈了。地溜子也把玉石市场的行情大致谈了谈,最终叔侄达成协议,地溜子好货优先供给叔叔。至于叔叔说生意好后,将分成给侄子,地溜子一听头摇得似拨浪鼓:"叔叔,你生意做好了,我高兴。至于分成,我分文不要,只要每次进货,咱们货款两清。咱们叔侄如父子,我这几年也在瞎混……"地溜子说话不容叔叔插上半句,"我的手头没有攒下几个钱,这手来,那手去,一手托两家,你给我钱,我才能给你老进货。"

地溜子把这话扔给了叔叔,怕叔叔以分成名义,叫自己拿钱进货。再说啦,你自己开店自己进货,帐自己把着,挣多挣少谁知道?我把钱投进去,到时候你挣了就说是赔了,年终岁尾,给个三瓜两枣的打发了,我找谁去?又这么多年没联系,人心隔肚皮,谁知道谁?

地溜子的叔叔一听侄子的话,半晌没吱声,心想:好一个刁钻的主儿,太像自家血脉秉性了,有哥哥的脾气。地溜子抬眼瞅了瞅叔叔,心想:老爷子,心里的算盘也不知扒拉到几乘几啦?他也没吱声。

沉默的局面最终还是被地溜子的叔叔打破:"这样也好,那进货的事,叔就拜托你了,只是有空回家看看,帮我操持操持玉石作坊上的事,叔叔不会亏待你的,我对玉石一点也不懂。"

"这说到哪儿啦,叔,怎么一家子说两家话,这是谁跟谁啊!"地溜子一看叔叔听了自己的话后,道出了心里急于开店的心事,竟像个长辈似的教训起叔叔来,"叔,您要知道,我可是您的亲侄,亲亲侄啊!父子合伙做生意,也是暗打鼓明算帐。只是我这几年混的不行，还是一根棍闯天下，独自一个人。要不然叔叔进货的钱，我还能跟您要嘛。您大老远地跑来了，又这么难得在此见面，我说玉石有缘，老天有眼，您老就瞧好吧，好货肯定可您选，我决不挣您一分钱。我在别人身上多挣点，就把您那份带出来了，全当我为叔叔多跑跑腿，孝敬您老了。"

地溜子一口气您老、您老地叫着，把个叔叔灌了个蜜饱。并骗叔叔光棍一人，没家没业，怕叔叔多年没见，要到侄子家看看，那就坏了。

其实，地溜子在京城，家底厚实着呢！有妻有女，并经营着一个玉石店。怕叔叔要到家一看，露了馅，到时候包也包不住。真可谓为了那钱财，多年不见的亲人别情殇！一点亲情也不见了。

最终叔侄达成了一致，地溜子做东，为叔侄见面摆酒一桌，并请来了和叔叔一起来的玉石商人。

这酒喝的，简直是世间第一桌。酒过三巡，人家叔侄相认，玉石商人借酒相敬。当知道以后人家要干玉石生意，叔侄相帮，玉石商人手举酒杯目瞪口呆。

一瓶多年珍藏的，贵州仁怀县茅台镇生产，以东北纯正的红高粱为原料，山西地道的绿色小麦制曲，经糖化发酵并有百年以上长期贮存历史，鼎鼎有名的茅台名酒，静静地放在桌子上，从敞开的瓶口飘出阵阵酒香。

地溜子喝了一口酒，觉得很平常，和平时陪客谈生意时一样。

地溜子的叔叔喝了一口酒，觉得今天的茅台和平时不一样，味道是那么的芳香醇美，值得长久回味。

玉石商人喝了一口酒，觉得今天的茅台名酒是特别的辣，全然没有了往日那芳香甘甜醇美的口味，只觉得一股辣气从口到心，直辣到脚后跟，辣得他浑身震颤，那个悔啊！

地溜子就是这么一个人，可德舅今天就是被这么的一个主儿——地溜子盯上了。在后边的地溜子一边观察着德舅，一边想：德哥今天一定有玉要出手，并且是好玉，要不然他不会问了这家又问那家。

得，真叫地溜子给猜着了。德舅捞玉远近闻名，你别看他捞玉相玉有功夫，可卖玉却比地溜子差远了。别看地溜子不会捞玉，可倒腾玉却功夫十分了得。他一手托两家，全靠三寸不烂之舌，把两头颠倒得心服口服晕头转向。贱价买高价卖，从中净得纯利。自己捞到好处后，却信誓旦旦地表白：这次买卖又赔了。

后边的地溜子看看德哥转了半条街，觉得时候到了，该出手了，就几个快步赶上了前边的德哥。但他没有马上打招呼，而是像人多被人挤了一下似的没站稳，一个趔趄撞向了正在和地摊上的玉贩们说话的四儿的德舅，并且头往后一扭："哎呀！挤什么挤，买什么都得花钱，能抢啊！"迅即对前面被撞的人道一声"对不起！"并一抬头，"啊！德哥，您也来了？"

  地溜子的这一声骂,他身后、身旁的人被骂得莫名其妙,都怔怔地站在原地看着他,心里边都在想,这个人真怪,谁也没挤他,没碰着他,他在骂谁呢?都在你看着我来,我看着你。

  被撞的德舅往前一倾身,回头正要发火,一声:"对不起!"紧接着又一声,"德哥……"只这两句就把要发火的四儿德舅的火气全浇息了。他知道遇到了熟人,待站稳了身子,定睛一看:"哎呦,这不是地溜子嘛,这么长时间没见到你,到哪儿去寻坟坑去啦?"

  "德哥,话说哪儿去了,想我了是吧?"地溜子不愠不火。

  "想你个妹妹,谁还想你。"

  "哥,咱好长时间没见面了,我请你喝一盅?"

  "我再转转。"四儿的德舅说。

  "哎呀,再怎么转,还是那么个样儿。"地溜子一把拽住了德舅的手,"哥,我从南边带来了正宗的女儿红,您不尝一尝?"

  四儿的德舅一听到好酒,再加上都知道地溜子往南边倒腾玉石,也就此顺坡:"好,咱好好聊一聊。"

  "哥,您说到哪儿去?"地溜子把着四儿德舅的手,显得那么亲热。

  "到街口的那一家。"

  "行!"

  他们一路聊着,返回了德舅早上喝蛋汤的那一家小馆。小馆老板麻溜地给炒了几个菜。地溜子瞅着德舅和小馆老板唠嗑的机会,出去了一会儿就怀揣着女儿红回来了。

  这一回,饭菜是放到了小馆里面小火炕上的一张小桌上,四个炒菜,一瓶女儿红。

  德舅盘腿坐在了炕上,火炕烧得热乎乎的,一坐上去一股热流顺着腔向全身蔓延,德舅觉得舒服极了。德舅心想:地溜子今天请我喝酒,肯定是有什么事或是听到了什么风声,地溜子是专门倒腾玉石的,南来北往的行情,了如指掌。如果姐姐家的玉石卖给地溜子,能否卖上个好价钱,还不知道。地溜子猴精猴精的,不过只要是好玉,地溜子是敢花大钱的。

  地溜子给德舅斟满了酒,也把自己的酒杯斟满。手举酒杯,向着德舅:"哥,今天您能赏脸和我喝酒,为弟的心里高兴,这杯酒我先干了,哥今后如有什么事,只要小弟能办到,愿效犬马之劳,有什么事,哥!您尽管说。"

  德舅忙双手捧杯:"我受人之托,还真有事求你老弟帮忙。"接着一饮而尽杯中酒。酒一下肚,就把心中事说了出来。

  地溜子的豪气,一下子灌给了耿直的德舅,德舅溜摊时的所作所为,早就被地溜子猜到了:德哥手里有好玉要出手,果不其然。

地溜子也顺腿上了炕，盘腿坐在了德舅的对面。

饭馆的老板是个东北人，玉石市场兴旺时，全家迁了过来，所以饭馆内仍保留着东北人的生活习惯。原本砌个小火炕，是备着自用的，掂了一天勺，累得腰酸腿疼，晚上到小火炕上烙一烙，顿时舒筋活骨，甚是舒坦。后来有客人来，外间屋不够用，就用起了里间。客人用后都说好，居然因火炕招来了不少回头客，并且还是个谈事的好地方。今天的德舅和地溜子都是回头客之一。

地溜子听德舅说有事相求，就猜了七八分，忙说：“哥，您说，啥事儿？只要我能办到，上刀山下火海，为哥您办事，我值。”其实地溜子明知德舅求的事是卖玉石，根本用不着上刀山下火海，可他偏偏这么说。感动得德舅，把姐姐家有玉石，为什么要卖，都一五一十地抖落给了地溜子。

地溜子听后，估摸着今天有大买卖要做了，因为他知道，德舅都说这块玉好，那肯定错不了，再说了，你等钱用，急着要出手，就可以压价收购了，这边压得低，那边就可以赚钱了。地溜子暗自窃喜。

地溜子顾不得喝酒了，心里急匆匆地催着德舅回家看玉，但他面子上还得装着不着急，只是说：“哥，今天您是住这儿，还是往回赶，明天我还有点事，要不等办完了，再到您那儿去？”

德舅一听，心里急了，他知道地溜子的本事，再加上姐姐也着急，今天不往回赶，地溜子还不知明天溜到哪儿去了？忙说：“今天咱就往回赶，还有那么远的路，今天的酒就喝到这儿，你把这事办妥了，改日我请你。”

"好，今天就到这儿。"地溜子随后向外面喊道："老板，结账。"

账结完了，两人迈出了酒馆。没走几步，后面有人喊了声："您的香油。"酒馆老板手提油瓶追了上来。

德舅回头一看忙说："你看，我还忘了。"边说边掏钱。

地溜子一见，忙迎向送香油的酒馆老板，一手接过香油，一手掏出了钱，并顺手递给了老板，并扔了句："别找了，都归你。"

"谢谢，谢谢，二位走好。"

德舅看在眼里，心想：人人都说地溜子滑，看来地溜子还真够朋友，评价一个人的好与坏不能听一面之词啊。

几杯女儿红，二斤香油，德舅彻底改变了对地溜子的印象和评价。

地溜子看了四儿家的玉石后，在他的脑海里马上切玉做形，并计算出这块玉运到南边后能卖多少钱，但他面子上一点也没露。这块玉太好了，虽说不是羊脂白玉，但它润白的程度，可以说是白玉中的上品了，接近于羊脂白，且块度大，无裂纹、无杂质，只是比羊脂玉润度差了一点点，但它的颜色极为纯白，并无瑕疵。用称一称，六十八斤多一点，并且是块籽料，像这么大的籽料，在近几年内极少出现。是雕琢玉瓶等大件玉制品的上好材料，极为难找。

地溜子对玉也特有研究,他知道面前的这块玉,他能赚多少钱。他喜在心头,面部却毫无表情,只是淡淡地对德舅说道:"哥,这几年您只知捞玉,却不知玉石的行情,倒腾玉石不比前几年了,还能赚两个。现今,不赔就算不错了。"地溜子说完这话,用眼看了看德舅,接着说道,"哥,您说您原来卖多少钱一斤?"

"原来的山料,来收玉的只给三五块钱,可籽料那就高得多了。"德舅没有说出收玉人给籽料的价格。

"哥,告诉您吧,我从南边才过来,人吃马喂的费了好大劲给倒腾过去,好籽料才五六十块钱一斤,您说,哥,有没有赚头?"

"我姐的这块玉,可是难找的好玉啊!"

"对,是块好玉。对懂玉的人来说,它是个宝,可对不懂玉的人来说,它就是块石头。您现在饿了,它能当饭吃吗?"地溜子慢条斯理地说道,"应急的时候,还是钱有用。您饿得没吃没喝,一点劲都没了,您能把这块玉扛到集上去吗?"

"说的也是。"德舅应道。

地溜子看看火候已到,接着说道:"这么地吧,既然您做哥的找到我,我头拱地也要把这事给您办成。我再多跑一趟南边,再多转转,给老姐姐的这块玉,找个好主顾,能多卖几个更好,姐姐也等着用,您看怎么样?哥。"

德舅一看地溜子把话都说到这份上了,也觉得这事就得靠他去办,就说:"行,全靠你了,我姐她孤儿寡母的也不容易,出门在外,哪儿都用钱,这事全仗你行善积德啦。"

"哎,这话说哪儿去了,您的姐姐就是我姐姐,弟弟还能赚姐姐的钱吗?您一百个放心,这事办不好,哥,我地溜子永远不在这地面上混!"

"好!"

两人的手掌重重地拍在了一起:"啪"的一声,地溜子连夜雇了个毛驴,把四儿家的那块玉驮了回来。第二天早上,就急匆匆地连带着收到的其他玉石,风餐露宿一路向扬州赶去。到了扬州,地溜子并没有按照叔叔留下的地址去找叔叔,而是找了家旅店住了下来。约了几个以前的玉石商人到旅店谈生意,而偏偏没有通知自己的叔叔。

一连七八天,风声被地溜子的叔叔探到了。第十天的头响,地溜子的叔叔来到了旅店,一进门,正好有个玉石商在看货。地溜子正和玉石商谈得热乎,听到门响,一抬头看到推门进来的正是叔叔,便急忙热情地迎道:"叔,您看我忙的,来了好几天,也没能倒出点功夫去看您老,倒叫您找来了,快坐,我的亲叔叔!"地溜子让过座后给叔叔斟上了一杯热茶。

坐在椅子上的叔叔一手托杯,一手拿着杯盖,轻轻地拂着漂浮在热水中的茶叶,既责怪,又关切,轻轻地道:"你这孩子,到家了,也不来家看看。"

玉石商看到人家叔侄见面，知趣地起身告辞。地溜子见状，忙把客商送到门外，并悄声说道："我叔也想开个作坊，你看这不找来了。"

玉石商一听急了："我说老弟，咱可是多年的主顾了，别人在我那订了一笔活，紧等着原料开锯。刚才咱们谈的价，好商量。"

"行，您放心，您生意好，比什么都强，料，我先紧您。您不要了，我再给我叔。"地溜子说完这话后，又叮了一句，"要不是今年货紧张，也不至于这样，好货越来越少，收购的当地价也都抬起来了，价低根本收不到好货。"

玉石商听地溜子这么一说，立马道："要不还按你的价，那几块我全要了。"

玉石商一急，把自己的急于要货的事合盘兜给了地溜子。

刚才和地溜子为玉石讨价还价了好一阵子的这位玉石商，因价格的事，一直没能订下来，地溜子的叔叔一来，倒十分爽快地把价格订了下来，玉石商被地溜子紧紧地套住了。但四儿家的那块大玉，玉石商并没有看到。

地溜子见状，马上收手："我叔还在等着我，今晚货钱两清。"

玉石商忙抓起了地溜子的右手一捏，这宗玉石买卖就这么谈成了。

地溜子只说"我叔还在等着我"这句模棱两可的话，就套牢了玉石商。地溜子的功夫十分了得，如钻到对方的心里一样，把对手想要干什么？怎么干？摸了个一清二楚，然后，再让对方高高兴兴地上自己设的套。

地溜子转身回屋，把和玉石商谈的买卖玉石的事，一五一十地说给了叔叔听。地溜子的叔叔一听，心里那个急呀，可面上没有露出来。仍然不紧不慢地说："要不，这次没货了，我就等下次，顶多我多养伙计几天。""好货我给您留着呢！他给我的价我没卖，这块玉石我是按人家要的价给捎过来的，您老看好了，您就留着，没看好，再说。"

其实，四儿家的这块玉，玉石商并没看到，也更谈不上出价了。地溜子只不过跟叔叔这么说，也确实是给叔叔留下的。

四儿家的那块玉，被地溜子留给了叔叔。按一百块一斤的价，在当时来说是够高的了，正像地溜子与德舅打的保票一样，他确实是没赚四儿家那块大玉多少钱。当他在往四儿家走的路上，从四儿德舅的嘴里知道了四儿家的情况后，他也可怜起这家孤儿寡母来，他心里原先想的大赚一把的打算就打了折扣。他把一切费用和赚头都压在了玉石商和自己的叔叔身上。他认为玉石商和自己的叔叔都存俩钱，要是一分钱也没有，也不会做玉石生意。

而四儿家却不同，一点儿没有来钱的道，孤儿寡母的正等钱用，赚她们的钱，会得到报应的。天地神明都帮助四儿家，愣让个什么也不懂的、奶毛未干的小子得到这块上好的白玉，自己还敢在这块玉石上做什么歪文章吗？

你别看地溜子滑，赚自己叔叔的钱，但他的良心还是有的。他始终认为，穷人看钱如看命，富人看钱如看纸，穷人赚钱难上难，富人赚钱，钱生钱。他走南闯北知道一个理，和富人做买卖，如同帮富人打通血脉，赚一点小钱，富人不在乎，全当打牙祭。你给他供好货，富人会富上加富，财运滚滚。而穷人就不一样了，你赚了穷人的钱，如同挫筋动骨索命，万万使不得。你今天赚了，明天赔，这辈子赚了，下辈子赔。帮助穷人如积德，会有好报的。再者，四儿的德舅是远近闻名的捞玉好手，以后收玉还指望着他呢！

地溜子在扬州把所带玉石全部捣腾了出去，不几日，地溜子返回了四儿的德舅家，并告知，把四儿家的那块大玉卖了个好价钱，稍坐了会儿又和德舅一起来到了四儿家。

中午，四儿娘炒了几个菜，德舅帮姐姐杀了只鸡，热情地招待地溜子喝酒吃菜。

席间，地溜子恭恭敬敬地把卖玉石的钱拿了出来，放在了桌子上，道："哥、姐，这是您家那块玉卖的钱。姐姐要搬家了，我也出不了什么力，帮不了什么忙，这一次我看德哥的面，全当为姐姐捎了趟货，出了点汗。"

四儿娘一看，也不知说什么好啦！千恩万谢，最后把事儿推给了弟弟："他舅，人家跑一趟，也不容易，那么重的东西，你看给人家多少就给多少，情咱领了，等四儿他们长大了，咱再报。"

"别！"地溜子听后忙不迭地双手乱摆。

四儿的德舅一看，姐姐把权再一次交给了自己，忙说："我看这样吧，姐姐你到外面去，什么地方都用钱，大头你收下，把这零头拿出来。"德舅把钱分了开来，递给了地溜子。

地溜子坚辞不收。原先地溜子本想赚点钱，做买卖不赚钱谁还干？可听德哥介绍了四儿家的情况后，地溜子原先的想法变了，决定为德哥白跑一趟。他也深知，德哥是讲义气的，他不会叫自己白跑的。

果不出所料，德哥和亮弟们就冲地溜子为姐姐的这一次玉石买卖，决定以后打捞到好玉，先让给地溜子。在百般推辞下，地溜子收下了德哥递过来的钱。四儿的德舅和亮舅为地溜子这一次的豪气和仗义，又分别送了几块七八斤重的青白玉籽料给地溜子。

地溜子今天心情特别舒畅，酒喝得有点多了，在半醒半醉中，再一次语无伦次地发誓："哥、姐，我不是人……不是……我没在您身上赚一分钱，赚一分钱是小狗生的。赚您老姐的钱，天打五雷……"

四儿娘见状，忙说："你可别，我和孩子们感谢还感谢不过来呢！"

无论对与错，赚与否，什么事四儿娘都看不得别人起誓赌咒。这个善良的女人，她都愿人们一生平安。

实际上，地溜子在四儿娘和德舅们与自己的叔叔的玉石交易中，他实实在在地赚了一大笔，他这一次的豪气，深深地感动了四儿的德舅和亮舅们，他们也心甘情愿地成了讲义气的地溜子的供货人了。

　　滴溜溜滑的地溜子，太聪明了，聪明得有点滑腻。

第七章　为学

　　四儿娘领着四儿的姥姥和四儿的哥哥姐姐们，处理了家中不能带的，举家投奔四儿姥姥家的一个远房亲戚处。
　　离开了祖祖辈辈居住的玉泰山，几辈人喝水长大的玉龙河。
　　四儿清楚地记得要离开的那一天晚上，娘把火炕烧得热热的，哥哥姐姐们也早早地躺下了，娘把被窝已经铺好，把四儿淘了一天的小脸洗了个干干净净，又把四儿那双跑了一天的小脚洗净，脱衣，把四儿塞进了那暖暖的被窝。
　　娘也早早地休息了，挨着四儿躺下。四儿见娘躺在自己身边，又叫娘讲故事。
　　娘说："今天早点睡，明天早起，到你爷爷和你爹的坟上去看看，烧张纸，填把土，还不知多会儿才能回来。今晚上娘为什么早早地就叫你们吃了饭，娘把炕烧得热热的，叫你们早点睡？"
　　"不知道为什么？娘。"四儿歪着个小脑袋看着娘。
　　"老房子、老炕，咱就能睡一晚上了，将来你读书有了出息，一定不能忘了咱老家这座老房子，这铺老炕。到你爹的坟上填把土，压张纸，证明这家人家有后人，别让人家认为是野坟孤冢。"
　　"知道了！娘，我以后念完书一定回来看看。"四儿答道。
　　娘说得有些伤感，见四儿懂事般地应承着，也就不说了，伸手拍起了四儿。
　　四儿觉得娘的手，在轻轻地拍着自己，拍着小时候的四儿，四儿渐渐地睡着了。
　　四儿记得第二天，娘早早地起来，把头一天蒸好的馒头和准备好的菜，一盘盘放到了筐子里，叫姐姐拐着，哥哥提着打着纸钱的黄表纸，娘提了把铁锨，一行来到了四儿爹的坟前。
　　青青的绿草上，还挂着昨夜那晶莹的露珠儿。四儿穿的娘做的布鞋，在来的路上早就被露水打湿了，湿了的布鞋在四儿的脚上趿拉着有点不跟脚。
　　娘径直走到了四儿爷爷的坟前，坟前平时烧纸的地方，齐刷刷地长了一片青草，一直连到了前边四儿爹的坟上、坟前，足足有几间房子大小，如果从远处看，坟与青草连成一片，根本就看不到那两座黄土堆。
　　四儿娘让哥哥把爷爷和爹坟前的青草各拔出了一个圆桌那么大小的地方，把带来的馒头和菜摆到了坟前。有鱼、有肉、有豆腐、有粉条，一共五个碗，两摞馒头，一瓶酒。在家里带来了个香炉，也放在了坟前，并在一溜儿排开的盛着供菜的碗之间，摆上了几双筷子。

四儿哥哥提来的那些纸也放到了爷爷的坟前。

纸和香同时点着了,香烟飘飘,纸儿燃烧。

闰年闰月本来上坟时不可动土,可这次四儿家要远行他处,娘也就破了这个例,叫孩子们给公公和自己的男人的坟上多添些土,还不知哪年哪月才能回来。

一丝风都没有,空气异常的闷热。四儿和哥哥姐姐们干得是劲头十足,挖的挖,铲的铲,一会儿功夫汗水就湿透了衣衫。新的带着一坨坨青草的黄土,一层层地压在了长着青草的四儿爷爷和爹的坟上,坟包在渐渐地变大变高。

四儿娘坐在公公的坟前,手拿一根半截树棍,看着眼前的情景,想到即将举家搬迁,前途渺茫,一股惆怅涌向心头,一边拨拉着燃烧的纸,一行酸楚而忧伤的泪珠顺脸流淌。

四儿娘面对多少个月夜孤灯,只能默默地流泪,上有老母,下有没父的孤燕,一切生活只能默默地咬牙挺住。生活中的不如意,一切生活中的酸甜苦辣,只能在肚子里流,肚子里翻搅。眼前望着没爹的孩子奋力挖土添坟,公公和自己那不听话的男人,就长眠于土堆下,一切心都不用操了,把一切推给了自己……越想越伤心。伤心处四儿娘就数叨开了,开始是吟泣,随着数叨到伤心处,继而变为嚎啕大哭,她要把男人和公公走后的一切冤屈,尽情地向他们倾诉……

四儿娘正一把眼泪、一把鼻涕地哭诉着,手中的半截树枝也在不停地拨拉着早已没了火星的、还热着的纸灰。

突然,一股阴风随着四儿娘的哭诉声:"四儿他爹,你这死鬼,你听没听到……"声落风起。

只见阴风从热灰中窜出,由小而大,直上直下,夹着纸灰慢慢地呈漏斗状在盘旋。四儿娘见状,也停止了哭声,只觉得大白天,阴风森森,汗毛直竖,头发根发炸,鸡皮疙瘩随风而起,浑身发冷……

她急忙叫孩子们把供菜夹出一些向旋着的纸灰扔去,又自己亲自把供馒头从馒头底部掐下一小块向旋升着的纸灰也扔了去。不扔则已,只这一扔,只听"呼!"的一声,一股无名火,从旋升的纸灰中飞起,继而变成了一个火圈,顺着绿草滚动,火圈过处,绿草劈啪燃烧。

火圈继续滚动,着火的绿草面积在扩大,四儿娘和孩子们的身前身后,坟左坟右,一片大火……四儿娘和这几个没爹的孩子们,被大火紧紧地包围了。

离四儿爹坟旁不远处,就是一片树林,大火如烧到树林,那后果不堪想象。那都是些上千年的大树,树下是长年累月积下的枯枝落叶,一但被火引燃,整座大山,将是一片火焰山,除非孙悟空借芭蕉扇能扇灭,除此之外,别无他法。

四儿的哥哥姐姐见大火一起,误以为是娘烧纸引起的,忙拿着铁锹和就近折断的树枝去扑火,可这火不但扑不灭,却越扑越大,越扑越旺。四儿娘见状,起初在发愣,待清醒过来后,也加入了孩子们的扑火行列。火,不但没扑灭,烧的范围却越来越大，火星随着树枝的挥舞扑打，如条条火龙，上蹿下跳，身前身后舞动，眼瞅着大火向树林烧去。再看看孩子们在火中扑动，被大火包围的四儿娘望天一声长叹："罢！罢！罢！老天不救，我和孩子们今天只有死在这里了！死在给爹爹和你上坟的大火中。也好，一死百了，一死解千愁。"四儿娘说到这里，只是觉得自己死了，倒也罢了，谁愿自己的命苦，可是家中还有老娘，四儿他们也太小了……

"老天爷啊！你如不睁眼，我们娘儿们将在这里被活活烧死，这里又多添了几座新坟。我的命就那么苦吗？本来是告别，却成了长厮守。孩子们的命就该绝吗？四儿他爹，你这个死鬼，在世时说什么好话你都不听，要搬家了，还不知将来能不能回来，带孩子们来给你送钱，却惹了大祸。"四儿娘数叨至此，话音刚落，就觉得头皮再一次发麻，浑身颤抖。

阴风再一次似从地下飕飕地刮起，开始四儿娘觉得好像是从脚下的地里钻出，接着卷起的草灰，恰似一条飘忽的灰蛇直追燃烧的火焰，灰蛇追处，火灭灰飞。

四儿和哥哥姐姐们一个个灰头土脑，个个成了小花脸，他们一起围在了娘的四周。

正熊熊燃烧的大火，突被一阵风吹起又吹灭，整整烧出了一亩多大的一块空地。

四儿的爷爷和爹爹的坟茔，新添土的坟茔，孤零零地堆在烧出的空地上，显得特别的刺眼而凄凉。

火灭了，四儿娘忙把孩子们一个个扯过来，左看右看，上看下看，说也怪，一个没被火烧着，谢天谢地，老天有眼，头上三尺有神明。四儿娘，这个心善的女人，忙叫孩子们与自己一起跪在了刚刚烧过的土地上，向着天，向着神明，恭恭敬敬地磕了三个响头。

老家的土炕，给爹上坟的大火，使四儿记忆犹深。

四儿全家，千辛万苦，风餐露宿，一路颠簸，一走就是那上千里，总算到达了目的地——一个三面环海，一面靠山的叫仙人岛的地方。

仙人岛，其实是一个地壳运动时形成的脱离大陆的一个小岛，并列着高低不等的五个山头，离陆地有不足六里之遥。开始时与陆地并不相通，退潮时有一条沙岗连接陆地，涨潮时沙岗隐于水下。天长日久，日久天长，沙岗的两边渐渐形成了两个海湾，海浪日夜不停地倒腾，逐渐把两个海湾里的泥沙、石块、贝壳，向沙岗处堆积。历经亿万年之久，沙岗被逐年抬高，形成了最宽处约五里，最窄处不足一里的一块陆地。当地人叫北边陆地的高山为北山，而南边的连在一起的五个小山包为南山。站在北山上南望，仙人岛如在水中游弋的一条双尾金鱼的后半部。所谓的南山，其实是靠向蔚蓝大海的半拉山。据说在盘古开天劈地之时，整座山已被天斧劈为两半，一半是现在的南山，另一半被劈在了山东，

若能合起，才为整座山。

四儿小，只是听到去过山东的大人们喝茶唠嗑时所说，心想：等长大了，一定要到外面看一看，那一半半拉山在山东，还是在大海另一边的什么地方？

仙人岛，不知何年何月，闯关东的人们发现了这块土地，有了第一户人家安营扎寨，就有了第二户、第三户，以至于发展到现在的四百多户，并以杂姓为多，姓什么的都有。

四儿的家在靠南山根的地方租住了下来。北山根有一座学堂，秋天，四儿被娘送到学堂读书去了。

没爹的孩子，不知是吃不上，还是缺乏什么，快十岁的四儿，个子没长起来。四儿所在的学班共有三十个学生，四儿的个子最小最矮，排号在最后，第三十号。坐在最前头，一排一号。但论学习来讲，四儿是极聪明又好学，年年在学班里是门门考第一，科科都是满分，可以说是极为优秀。尤其是他的作文，每一次都作为学班里的优秀范文而传阅。

四儿记得自己以最好的成绩考入了离家二十多里的一所大学堂。

四儿娘最理想的是让四儿将来学医，好救人救命，为人医治病痛。

四儿也立志学医，能完成爹爹没完成的事业，以医术而济人。

七月的一天，天气异常的闷热难耐，四儿在炕上翻来覆去的睡不着，越睡不着，蚊子越来凑热闹，在四儿的耳畔嗡嗡叫。四儿右手握着一把破了边的破蒲扇，头上脚下的乱扇呼，动作稍慢，就挨蚊子咬一口，四儿烦躁地爬起来走到了院外。

夜色朦朦胧胧，院子里一片漆黑。热得睡不着的四儿在院子里的一棵枣树下的木凳上坐了下来，身上顿时觉得凉爽了许多，夜风习习吹来，好不惬意。

四儿家租的是一溜四间东厢房，头午，屋里见不着阳光，下午，却被阳光一直照到太阳落山。闷热的空气，炎热的阳光，做饭烧得热热的炕，使四儿无法入眠。俗话说：东西厢房，如那不孝顺的儿郎，正为此说。

院子里的枣树，是四儿家刚来时，姥姥于邻居家要的一棵小枣苗亲自栽的。几年的功夫姥姥栽的这棵枣树已长到大人的胳膊粗细，树冠如一把大伞，遮挡阳光，树下已有了一片荫凉。姥姥平时就坐在枣树下乘凉，做做针线活。

四儿坐了会儿，觉得脚下有什么东西蹭了一下，低头看是自家的那只狸花大猫，正在左一下右一下地用脖颈蹭自己的脚腕。四儿顺手抱起了这只在自家养了几年的名为花狸子的大猫。

树下，墙边的石缝里、石头下，蛐蛐儿在唧唧地鸣唱。偶尔插进几串蝼蛄的咕咕声，在蛐蛐的合唱里，显得那么的不协调。

花狸子是四儿娘在才搬来的第二天早起做饭时捡到的。早上一开门，一只小猫萎缩在大门旁，见四儿娘出来，望着四儿娘"喵喵"地叫，于是四儿娘就收留了它。姥姥看它那皮毛长的条条狸花，就起了个名：花狸子。

花狸子在四儿怀里撒了会儿娇，突然两耳一竖，两只前腿一立，原为躺姿一下子变成了蹲姿，半立在四儿的双膝上，两只发光的眼睛瞪得溜圆，似一双利剑，直刺向门外。

正抚摸花狸子的四儿，也被花狸子的突然动作所惊，也顺着花狸子的眼光望去。

这时就见一条黑影在院门口一晃，在夜色中倏忽不见。花狸子也"噌"的一声从四儿双膝上蹿上了四儿身旁的枣树，眨眼的功夫又一折身，扑向地面，向院门外黑影追去。

四儿觉得好奇，顺着花狸子起身跑去，一探究竟。

黑影在前，花狸子在后，四儿追花狸子。其实，四儿并没有看到前面的黑影，只看到前边不时回头的花狸子，在夜间那眼睛里发出的幽幽绿光，引导着四儿向前、向前……

不觉间，来到了北山下的一座道观，名曰：白龙观。

黑影并没有进道观内，而是来到了离白龙观百丈之遥的一座四角凉亭里。凉亭里一个圆形石桌，四个圆鼓形石凳置于四周。凉亭一左一右两株一抱多粗的柏树扎根于土中，似两条苍龙，守护在凉亭的左右。

待四儿追到跟前时，只望见黑影坐于石凳上，自家的大猫——花狸子已蹲在了石桌上。

望黑影，就见其向四儿扬手，并招引四儿到凉亭里，指石凳叫四儿坐于自己的对面。

四儿不知为啥，竟规规矩矩地坐了下来。只见黑影挥右手往石桌上一拂，石桌上出现了一个茶壶，两只带盖儿的茶杯。黑影再一挥、一拂，一只青白玉羊形油灯，立于石桌之上。只见黑影口对着油灯轻轻一吹，如豆的火焰在油灯的油池里点燃。火焰虽如豆，却把亭内照如白昼。

四儿眨巴着双眼，直愣愣地看着面前的石桌，端详着坐在面前的人。此人好生奇怪，像变魔术般地在石桌上变着物件。

四儿就着油灯的光亮，身不由己地仔细端详着面前的油灯。油灯高不足半尺，整体是一只抬起前蹄，站立的山羊。山羊的两只大角前弯，顺耳盘绕近一周。最奇特的是山羊的前两胛一左一右各生出一对羽翼，并高卷过头，后屁股一左一右，也生出一对羽翼，没前胛的长，只有前羽的三分之一长短。山羊的腹部，前伸一"T"形，上琢一活动的玉环，用手一动，叮当作响。夸张的宽尾后拖向地，尾端上卷。尾部与两只直立的后腿，正好呈三角形，稳稳地支撑在石桌上。玉山羊昂起的头上顶着一勺形油灯，玉山羊下巴一撮小胡子上翘，瞪着一双叫人爱怜的眼睛，煞是好看。

四角凉亭内，光明一片。

端坐的四儿就见对面坐着的一老者满面红光，一席褐色长袍着于身上，鹤发童颜，一缕白胡飘于胸前，慈祥的目光，炯炯有神，面带笑容，手持一把拂尘。再见又觉得老者面庞模糊，看不清楚，四儿使劲揉了揉眼睛，依然如故。这是怎么回事？四儿弄不明白。

看老者的这柄拂尘，就知老者非同一般，拂尘为一段千年紫檀木把柄，柄底上好白玉镶就。白玉上浮雕一条似水中游动的螭龙，螭龙头尾相接，环白玉一周。螭龙身似从水中钻入又钻出，活灵活现。拂尘的柄头也是一段白玉镶成，不像柄尾的那条螭龙，而是两条在水中一条追一条的，在嬉戏的螭龙。尘鬃为白汗血宝马的尾鬃，根根精挑细选，长近二尺有余。拂尘在老者手中，不知几日、几月、几年、几十年……但见在灯光映照下，乌黑锃亮，宝光十足。

老者给石桌对面端坐的四儿斟上一杯热茶，用手中的拂尘向四儿一拂，用镶嵌白玉的拂尘柄向四儿的眉心处轻轻地一点，四儿立时清醒异常。不觉中，四儿下意识地"扑通"一声跪在了老者面前。老者左手持拂尘，右手向前用掌心抚摸跪在地上的四儿的头顶天灵处，慢慢地讲道："四儿，你听好，记住，我是你师傅，今天特来点化于你。十七年前的今天，是你娘的母难之日，再有半个时辰，你就要出生面世，你将要面对尘世的风风雨雨……"

跪在老者面前的四儿就觉得抚摸自己头顶的那只手，似有一股热流向自己的头心处往下灌输，热流慢慢地流向胸、腹、双手双脚。又觉得热流经过双脚后似又向上返回，在腹腔里滚动，四儿觉得浑身发热。四儿听老者讲话，好像不是从老者嘴里发出的声音，而是似远非远，似近非近。老者的声音低沉而洪亮，如刻刀錾石般在四儿的脑子里、心里錾刻划动，刀刀有力，句句铿锵，令四儿刻骨铭心。

"要记得，人生大悟，荣辱皆是空……要以静修身，以俭培德。以退处世，以让养心，不要与人争强好胜，论智斗勇……

"应不慕世间王侯贵，要长思山中流泉声。饭饱便念人间好，衣暖更谢众人亲……今生不被声名累，权做西山一片云……

"茫茫轮回，人身难得，今生作人，机缘难逢，千万莫失做人根本，一旦失去，再复难上加难，求鬼求神，莫于自究其心……"

四儿跪地俯首倾听，老者的话如玉珠倾盘，叮叮作响，沁人心脾。

老者说到此，扶起跪着的四儿，令其坐在原来的位置上，又叫四儿喝石桌上的那杯茶。四儿只觉得心热口渴，端起茶杯，一口而就。四儿喝后身不热口不渴，口中有种独特的兰花香，并且清香持久，滋味醇厚回甘。从此后，四儿的身上时不时有种兰花香。

喝完茶的四儿，这时才认认真真地看着面前的老者，似有似无地就觉得有一种光，从老者的体内发出，包裹着老者的全身。

四儿问道："既然您是我的师傅，徒儿是否敢问师傅尊姓大名，日后人们问起我来，我也好师出有门。师傅住在哪里？为徒的也好随时请教，有时也可尽尽徒儿之孝。"

老者听后，微微一笑："我住在天地间，出入布衣中。姓甚名谁且莫问，风来云去一路尘。"

四儿听后，马上改口："师傅，我该怎么办？日后到哪里去找你？"

老者听四儿称自己为师傅，心里很是高兴："你应该到外面去走走，看看外面的世界，遍游神州。"

"师傅，您老说话谈何容易，我何尝不想看看外面的世界，谁不想到黄河上下，大江南北去一游？"四儿接师傅的话应道。心想，家里上哪儿弄钱供自己去游山玩水？但四儿没把家里没钱的事挑明。

其实师傅早已知道四儿的家境："多学多看。"

"我学什么？看什么？"四儿紧问。

"你与佛有缘，你看山、观水、望石、学玉。"

"既然我与佛有缘，我要弃学上南山。"四儿说。

"只要心诚、行善、积德，当个居士也未尝不可。"

"师傅，您就住在这座白龙观吗？"四儿紧追究师傅不放，"想您时我来找您。"

"为师的早已跟你说过，今晚只不过借白龙观四角亭之地来点化你。到相见时，为师会来约你的。"

"师傅，您……"四儿听师傅说这话，刚一开口，下边的话还没说完，就见师傅手拿拂尘柄，再一次点向自己的眉心。

这时，四儿就觉得眉心一凉，师傅的声音似在自己的身后响起："你这孩子，今生有缘共佛缘，相勉同赴般若船。纵然人间恩怨多，莫丢一片悲心愿。相聚人间，缘何深何浅，总是有缘。尘世茫茫，轮回路险，人身难得，今生既得，当格外珍重。"

稍停片刻，师傅的声音再一次响起，这一次四儿觉得师傅的声音似在头上，好像告诉自己，师傅住在哪里："禽栖高枝鱼栖水，我栖东山白云里。一山春色共你我，何苦追根又问底。相聚只许神游在，不论白昼或梦里。"

四儿觉得脚下又有东西蹭来蹭去，低头一看，原来蹲坐在石桌上的花狸子，不知什么时候又跑到了自己的脚边。

待四儿再一次抬头时，师傅已不知去向，四角亭内一片漆黑，四儿下意识地用右手划拉一下石桌，石桌上空空如也。四儿用手掐了一下大腿，感到了痛：啊！自己并不是在做梦。

又是花狸子在前，四儿在后走回了家。

四儿回家时,已是下半夜了,火炕上的温度已慢慢降了下来,屋里也不那么热了。四儿一头倒在了炕上,渐渐地进入了梦乡。

早晨起来,四儿没顾得吃早饭,就向北山根的白龙观跑去,四儿娘喊了几声也没喊住。

白龙观,一座三间房子大小的道观,坐北朝南,立于北山根下。

相传清初,一个从山东闯荡到此地的单身朱姓汉子,为生计每天早出晚归,以挑八股绳,卖针头线脑,走村窜屯挣钱来糊口,人称朱货郎。

一次,此人很早就挑着小百货顺着仙人岛通往外界的小路前行,晨曦中就发现在白龙观处,当时此处还是一片荒地。一条从没见过的、奇丑无比的大狗和一条近六尺的白蛇,在互相撕斗。大狗低吠,白蛇吐着尺把长的红芯,声音嘶嘶。货郎见状,也不敢上前,离几丈远在观看。只见大狗在蛇身上跳来跳去,不时用前爪抓挠游来动去的蛇身,寻找下口的时机。而白蛇也甩动着近茶杯般粗细的尾巴,抽打着冲上来的狗身、狗头。太阳一出,蛇狗分离,各奔东西。

一连六日,朱货郎走到此,就见狗蛇大战。第七天清晨,朱货郎又走到这里,只见前边狗叫蛇嘶,尘土飞扬。打着打着,就见大狗一口咬着了白蛇的前身,大蛇的下半身也迅疾顺着大狗的脖子向狗身缠去,狗蛇在地上滚来滚去。也不知为何,朱货郎抽出了柞木扁担,想去帮一帮白蛇。

这几天来,他怎么看,怎么觉得大狗可恶。大狗不但长得丑,而且它的叫声使人听起来就觉得心烦,阴森森的。这时就见他手拎柞木扁担,冲向了混战在一起的大狗和白蛇。

朱货郎冲到了跟前,举起了柞木扁担,使足了劲,准备向狗身打去。

朱货郎的这根扁担,有小胳膊粗细,春夏秋冬,棉单置换,但成天扁担不离身。这条扁担的材质又是用的既有筋力又特坚硬的柞木制成,这种木头,一旦被人使用久了,用汗水煮透坚硬如铁。朱货郎的这根扁担,五冬六夏,已被雪水、雨水、汗水、泪水,蒸熟煮透,红灿灿,血筋道道,一旦打到身上,扁担过处,皮伤骨折,且无创伤药救治。

朱货郎举着扁担,却无处下手。地上狗咬白蛇,蛇缠狗身,两兽融为一体,救蛇必打狗,打狗必伤蛇。举着扁担的朱货郎正犹豫间,心里一个念头闪过,心想着话从口出:"白蛇我想救你,但你俩纠缠在一起,我无从下手。我的这根扁担,肩挑平衡,手扶正义,坚硬如铁,一扫即伤,打邪恶,看天意。是恶逃不过,是善伤不着,我打下去了!"

随着一声"嗐——"朱货郎抡圆了扁担,使足了劲,向眼前滚成一团的俩个畜牲打去。只听"嗷——"的一声惨叫,从地上大狗的口中发出,使人毛骨悚然。看地上,扁担落处,坚硬如铁的柞木扁担,正结结实实地砸在大狗的腰上,狗蛇不知什么时候已经分离。朱货郎定睛再看,大狗嗷嗷叫着,拖着两条后腿向北山的林中爬去。

奇丑无比的大狗腰已经断了。

大白蛇也不知何时没了踪影。

太阳出来了。

朱货郎，拍打拍打刚才身上沾上的尘土，又重新挑起了担子上路了。

事情过了半个多月，一天，朱货郎多走了几个村屯，路过北山时已经半夜了。夜色中看到前边一座院落，门前两盏大红灯笼，灯光下，门前匾额上书"白府"二字。待走到门前，半掩的门内走出一小童，白衣白裤，向前迎道："贵客，我家主人请您到客厅一叙。"

朱货郎暗自纳闷，天天路过这里，没见有什么人家，今天何来白府？是不是今天走错了路？抬头望北山，夜空下，北山的轮廓，清晰可辨。

"且不管他，今天走的路多，肚饥口渴，进去讨杯水喝再说。"朱货郎心想，随着小童来到客厅。

刚刚落座，就见侧门，布帘一挑，一白面书生跨了进来。

朱货郎看进来之人：高挑的个儿，一身白袍，头带方巾，满面红光，细皮白肉，手拿一把折扇。

书生在客厅八仙桌旁的另一把椅子上坐下，口称："贵客请了。"并说道："前几日，受恩人助力，我有幸脱身，因有伤在身，没能及时报答。今伤已愈，特备薄席水酒，以表心意。"

书生随即吩咐小童。不一会儿一桌丰盛的酒席摆在了朱货郎的面前。

朱货郎丈二和尚，摸不着头脑，书生之言，他一点也没听明白。肚子叽里咕噜的乱叫，酒席香味扑鼻。心想：既然你叫吃，我吃饱了、喝足了再说。

书生热情款待，朱货郎似明白不明白地瞎应承。

一连几天，天天如此。朱货郎心想：也好，省得劳累一天，回家还得自己烧炕做饭。

就从那天起，朱货郎的生意做得那个顺啊，那就甭提了。以前走一村串一屯，卖不了几样货，还得费嘴皮子和斤斤计较的大姑娘小媳妇们讨价还价。现在可好，货不够卖，今天卖把梳，明天你还得给她捎块布。

吃归吃，朱货郎心想：我白天走在这儿，什么人家也没有，荒郊野岭的，偏偏晚上到这儿，却是个像模像样的人家，还天天招待我吃呀喝呀的，还说报什么恩，也怪，晚上有吃喝，不用回家做饭，生意还特好。

一次回来，书生又是酒席招待。席间，朱货郎喝得醉意朦胧中，把一根没啃完的鸡腿骨，藏于袖中，出门时扔在了院中的一棵大榆树下。

第二天，朱货郎又挑担来到了这里，这里仍然是荒郊野岭，根本就没有什么人家。凭他几天来的观察，白府院中的那棵老榆树，怎么看怎么像北山根的

那棵老榆树。于是，他离开了平时人们踩出的羊肠小道，竟直奔大榆树而去。

生长在北山根下的这棵大榆树，枝繁叶茂，有大人三个人腰的粗细。树根下，是一堆乱石堆。朱货郎记得昨天晚上，把一根鸡骨头扔在了树下。他手拿一根三尺多长的树棍，一寸一尺地在大榆树下丛生的乱草中搜寻。顺着手中树棍前行，渐渐地向树根下的乱石堆靠拢。突然，一群黑乎乎的蚂蚁聚在一起，跳入他的眼帘。他凑前细瞧，蚂蚁堆下似有什么东西，朱货郎用手中的树棍轻轻地拨拉着，密集的蚂蚁在树棍的拨拉下，渐渐地、不情愿地散去，蚂蚁堆下一根鸡骨头，显现了出来。原来鸡骨头的香味招来了众多的蚂蚁，鸡骨头被蚂蚁啃得有些发白，有一根残筋还连在骨头上，如没有这根残筋，朱货郎也不敢断定眼前的这根骨头，就是自己昨夜扔下的那根。

"咦，怪了！"朱货郎自语，"原来我昨夜吃酒在这里，究竟是哪路神仙，如此款待我？这本无人家，哪儿来的白府？我倒要看看。"朱货郎奔到放担处，把两头的绳子一捋，抽出了那根柞木扁担，对着树下的乱草碎石一通乱撅。

朱货郎边撅边嚷："不管是仙，是道，还是鬼，你得出来和我见见面，我不能白白地受用，我不能欠你的情。"

柞木扁担撅到乱石堆处，就见一磨盘大小的、半尺多厚的青石板，卧于地下。朱货郎左撬右撬也撬不动，青石板似生了根一般。货郎撬得一头大汗，青石板看似块活石，却巍然不动。朱货郎一时性起，抡起了柞木扁担，"嘿"的一声，砸向了青石板，只听"咣"的一声，带着红筋的柞木扁担，如砸在一只青铜古钟上一般，发出了金属的声音，直震得朱货郎两膀发麻，虎口出血，两眼金星飞溅。

青石板已被砸成三块，一缕青烟从碎石板下徐徐冒出。朱货郎定睛一看，一条大白蛇随烟而出，盘于碎了的青石板上。

突然间，朱货郎一个激灵：这不是和大狗打仗咬架的那条白蛇吗？！原来这并无人家，什么白府、助力、恩人、报答、酒席，都是你呀！货郎心想。

白蛇似看懂了朱货郎的心事，频频点头。

朱货郎想到这里，随口说道："原来我救的是你，真没想到，世态炎凉，一个畜牲竟能如此知情知义。也罢，待我生意发达，就在此地为你修店长驻，受来往路人香火，你看如何？"

白蛇听后点头摆尾向北而去。自此，朱货郎生意越做越好，越做越大，开店设市，娶妻生子。但他没有忘记对白蛇的许诺。于是按晚上喝酒白面书生所带方巾而建一道观，起名白龙观，并买下几亩地，作为道观的产业，雇人种地看观，侍奉香火，因此就有了这座白龙观。

四儿急匆匆地奔向白龙观，但见观门虚掩。四儿推门进内，观内原来的供奉神像已不知去向，只是墙上的壁画仍然散发着昔日的风采，一条腾云驾雾的白龙，昂首挺胸地穿行于云海间，张牙舞爪，活灵活现。

四儿看看观内没有人，转身出观向观旁的四角凉亭走去。

凉亭内，石桌石凳依旧，只是桌上多了一样东西。四儿亭里亭外地看，晨起一个人影也没有。四儿拿起了桌上的物件，是一个白玉雕琢的蝉形佩饰，二寸长短。玉蝉下压一毛笔书就的纸片，白纸黑字：开天劈地玉为先，仁、智、义、礼、乐、忠、信、天、地、德、道，何止五千年。四儿谨记。

再看玉蝉：白玉质地，有红褐色沁，以简练的线条，寥寥数刀雕琢而成，头部平整，双眼雕琢于两侧，两翼中间呈现一道夹缝，腹部刻有五道阴刻线，蝉翼和腹下端琢成锋利尖角状，头部对穿一孔，被一红线拴就。

四儿不自觉地把玉蝉挂在了脖子上，把纸片拿在了手里，"这是师傅留给自己的。"四儿心想：昨天晚上，我临走时用手拂了下桌面，什么也没有，师傅什么时候放上去的？自己怎么一点不知道。

四儿手拿纸片，脖子上挂着玉蝉，嘴里念叨着："开天劈地玉为先，仁、智、义、礼、乐、忠、信、天、地、德、道，何止五千年。四儿谨记。"这是什么意思？四儿不解。

不解的四儿回了家。

第八章　出游

自四儿在凉亭内被师傅点化后，四儿像变了个人一样，好像一夜之间长大了许多。娘也看出来了，认为四儿可能是真的长大了，懂事了。同时娘在夜里，常常被四儿的梦话说醒。可娘仔细听，却从四儿的嘴里听不出一句完整的话，总是断断续续，叽里咕噜，也不知说些什么？有时好像和什么人对话。待娘把四儿推醒，问四儿时，四儿总是摇头不语，娘问急了，四儿便答："我也不知道，说什么来着？"

四儿的姥姥说："可能是四儿小时候，发烧给脑子烧糊涂了，长大了，老毛病又犯了。"

娘说："小时候，烧了就昏睡，长大了可倒好，还添了毛病，不但说胡话，有几次还梦游，黑灯瞎火的，出了事怎么办？"

又一次，四儿在睡梦中出走，娘半夜醒了时，不见了炕上睡的四儿，娘忙起身四下找四儿，待走到院子里时，发现四儿坐在树下，不时地点头，似睡非睡。任凭娘怎么喊，四儿就是不作声。到后来还是四儿自己起来，又回到屋里，一头拱到炕上，呼呼地睡着了。

日子久了，娘看四儿也没出什么事，有时走了，自己又回来了，娘问四儿："你昨天晚上干啥去了？"

四儿摇头，不吱声。

四儿有时在梦里与师傅对话，听师训。在娘看来，觉得四儿在说梦话、梦游。其实，四儿每一次晚间出走，都是师傅在召唤他。

有一天晚上，四儿正睡得香甜，梦中师傅飘然而至，召四儿到外面去。四儿开始不去，睡得正香，后被师傅扯着耳朵，揪到了外面。

谈话中，四儿向师傅谈起，想到行伍中去一搏，将来出人头地，或者是将来学中医，为人解除病痛，济世救人。

师傅告诉四儿："你的两个目的，都达不到。"

四儿问师傅："为什么？"

师傅答："别看你先天有将相，后天条件不足，要当将先当兵，兵门对你都未开，不入行伍，怎当将相？"

四儿听师傅这么一说，觉得甚是有道理。

入伍充军，效命疆场，玩枪弄棒的需要的是穷人家子弟，吃苦受累……四儿要去充军，姥姥说啥也不放四儿走，为此姥姥大病了一场，就为这四儿伤心

了好一阵子。

那么既然入不了行伍,好好读书,将来学医,这一条路应该是走得通吧!四儿清楚地知道自己。四儿从小聪慧,学习极为优秀,尤其是四儿的作文,每一次先生都把它列为优秀文章来通读。

"那么我就走学医之路。"

"此路也否。"师傅说,"你命中不带,一切事只有天定,顺其自然。四儿,你切记,师傅赠于你的那只玉蝉和那句话。"

四儿听师傅说到这里,顺手摸了摸挂在胸前的这只玉蝉。

师傅又道:"这是只上好的千万年的和田白玉籽料雕琢而成的玉蝉,它雕成于汉代。是用汉八刀法雕琢的,我们的先人认为:蝉能够死而复生,它可以在地下生活十七年,在世间生活七天,后又重返于地下。蝉在地下修行十七年,重返世间后,它飞高唱远,高歌七天后又重回地下修行,反反复复,生生不息。七天之内不食五谷,只喝晨起之甘露,是天地间的高洁之物。师傅不求你报答,只愿你像玉蝉那样唱得远,歌得响,做个高洁之人,不求你飞得高,做一介布衣即可。"

四儿听到这里,马上应道:"弟子记住了,再问师傅,那句话什么意思?"

师傅接着说:"开天辟地之时,玉比人要早万亿年来到世间,是太虚灵空之圣物,有十一德之多。昔者君子比德于玉焉,温润而泽,仁也;缜密之粟,知也;廉而不刿,义也;垂之好坠,礼也;叩之其声,清越以长,其终诎然,乐也;瑕不掩瑜,瑜不掩瑕,忠也;孚尹旁达,信也;气如白虹,天也;精神见于山川,地也;圭璋特达,德也;天下莫不贵者,道也。"

四儿听师傅说到这里,不觉心中一悟:这不是春秋时期鲁国的大思想家——孔子的赞玉明言吗?!四儿学过,在《仪礼·聘礼》一书中介绍,是孔子的弟子子贡问老师孔子,君子为什么都那么器重玉,老师孔子精辟地向弟子子贡道出了玉的十一德。并诗云:言念君子,温其如玉,故君子贵之也。玉燥不轻,温而重,是以君子宝之。

四儿这时已悟到,原来师傅赠玉蝉,付玉德真言,是教导四儿学玉做人,是啊!中华民族的美德,在玉中都有体现。具体表现在炎黄子孙的身上,这种延续何止五千年。史前,我们的祖先,就爱玉崇玉,直至现在……

"四儿!你又到哪儿去了?"突然,娘起来又不见了四儿,着急的娘,下意识地向窗外喊了一句。四儿娘的声音传到了院子里,传到了树下坐着的师徒二人的耳朵里。"回去吧,"师傅说,"你娘着急了,我也该回去了,时候不早了。"

"师傅,下次在哪儿见面?"

"该见面时就见面。有缘千里来相见,无缘对面不相识。心随缘走,缘随心去,伴你左右。到外边去看看吧!"

"我先到哪里去？"四儿问。

"先到京城。"

"京城远吗？"

"说近不近，说远不远，远近只在心中。"师傅说。

待四儿娘来到院子里时，只看四儿一人呆坐在树下，似睡非睡，似醒非醒。

四儿自从得到了师傅赠予的这只白玉汉蝉后，就一直挂在胸前，就连晚上睡觉也把它握在手中。四儿对玉有着一定的感情，玉龙河里发生的一幕，至今深深地印在四儿的脑海里，可以说是玉救了四儿的命，救了四儿一家的急。

人们都说玉养人，人养玉，这话一点不假。这只汉蝉被四儿玩的似活了一般，四儿有事无事总愿把玉蝉放在手中把玩。刚开始，这只玉蝉有些发干，似有一层白灰在上面，白玉质，蝉身上腹下似有几道红斑，似隐似显，左右眼上只有淡淡地一点红。自这只玉蝉挂在了脖子上后，四儿是蝉不离身，手不离蝉。闲来没事，就用手反复搓摸玉蝉，不几日玉蝉身上原有的一层白白的灰渐渐地退去，红斑渐渐地显现出来。最称奇的是，红斑重的地方，逐渐向周边散去，而左右眼上原本不明显的那点淡淡的红，却渐渐地长大而变深，似有生命似的在消、在长、在显。四儿天天眼见着红斑在长、在散、在显现，就越加爱惜。

有一次娘坐在炕上用一块旧白布做面袋，四儿向娘要了一块，并叫娘给四边缝了起来，做成了一尺见方的一块白手绢。有时候，四儿就拿这块白布手绢把个玉蝉浑身上下擦过来，擦过去。

这只玉蝉可能是长年经久不离四儿身之故，或是被四儿用旧白布所擦，白玉变得异常的白。红斑，斑斑点点遍布玉蝉全身，似天边的晚霞般迷人，浑身用手一摸油润润的，人见人爱，见过之人，总想多看两眼，梦中都在想它。

四儿刚得到玉蝉时，被姥姥和娘发现了。娘问四儿："你戴的是啥？"

"玉蝉。"四儿回娘的话。

"哪儿弄的？"娘问。

"师傅给的。"四儿答。

"师傅？你什么时候拜师啦？"娘不解。

"夜里！"四儿告诉娘。

娘听了四儿的话，抬手摸四儿的头，口中念叨："不烧啊，怎么又说胡话了？"姥姥问四儿："四儿，你跟姥姥说实话，这玉蝉在哪儿弄的？"

"是师傅给的，姥姥，我没说谎。"四儿一五一十地向姥姥学说夜遇师傅之事。

姥姥和娘似信非信：世间能有这等事？四儿没病没发烧，看来不是说胡话，要是胡说，可那玉蝉却真真切切地挂在四儿的脖子上……兴许四儿有福，遇见了什么神仙、真人点化……

事隔不久，四儿听师傅的话，要到外面去看看，走走。

四儿第一次出远门,怀揣姥姥给的两个苹果,穿姐姐给缝的一件黑棉袄、几个零花钱、身背一个黄布包。布包里装的是娘给烀的几个大苞米面饼子。

头一回出游的四儿一路兴奋,直奔京城而去。

在途中,坐上了一辆顺路的马车,在车上四儿睡着了。随着马车的颠簸,四儿觉得自己进入了梦乡,前边是广阔无垠绿绿的草地,远方是连绵起伏的大山……

望着远山近景,四儿正在欣赏时,有一个声音在叫四儿:"快醒醒,前边有一个大车店,快下车!"

"京城到了吗?"梦中的四儿问。

"没有。"

"我要到京城去!"

"待办完了事,再去不迟。"

四儿听声音,似有些耳熟:对了,是师傅的声音。一个激灵,四儿醒了,四儿觉得睡了很长时间,抬头四处望望,漆黑一片,远处星星点点的灯火在闪烁。

又走了一段路,马车渐渐地停了下来,眼前是一个大车店。四儿跳下马车,人生地不熟的他,此时不知该到何处,站在店外高挂的灯笼下,四儿一时不知所措。

这时从远处走过来一个小孩,灯光下就见他:十二三岁的样子,黑裤子、蓝上衣,脚穿一双圆口黑布鞋,手握一支短柄长鞭。这支鞭子,短柄半尺有余,木柄与鞭子连在一起,鞭长丈余,被来者盘了几个圆,连柄一起握于手中,只留下尺多长的鞭梢在手中前后晃动。

小孩走到茫然的四儿面前,还有两步之遥双手抱拳,口中说道:"小哥,师傅叫我来接你。"

站在店外的四儿好生奇怪,面对走向自己的小孩的抱拳手势,四儿就觉得这个小孩与众不同,再加上小孩手中的鞭子,四儿歪头看了又看。

"你在叫我吗?"四儿问。

"嗯!"小孩点了点头。

"我不认识你。"四儿说。

"但我认得你胸前那只汉蝉。"

四儿听到这话,不自觉地摸了下汉蝉。

"还有人认识你。"小孩说。

"他在哪儿?是谁?"

"就在前边不远,是师傅。"

四儿一听是师傅在叫他,就随小孩来到了远处一棵树下,这儿离大车店较远,店门前的灯笼光照到这儿显得那么软弱无力,树下站着头老黄牛。

小孩指着黄牛对四儿说:"小哥请上,咱们骑上它到师傅那里,这么长时候没接到你,师傅好着急了。"

四儿看着黄牛心想:这牛的个头不小,看它瘦瘦的,皮包骨头,肋巴条根根毕现,看样站都站不住。你还让骑上它,你看它那脊梁骨,像刀一样,骑上它,还不把腚割两半。

四儿心想,犹豫了一下,刚用手摸了下老黄牛,就觉得身子一轻,似有人托了一下,一下子骑到了黄牛的背上。

看地上,小孩左手挽黄牛的缰绳,甩开了右手的长鞭。只见丈余长鞭在牛头的上方划了个圆弧,"啪"的一声脆响。

鞭响声音到,只见那有气无力的黄牛,一听到那声鞭响,立马来了精神,两眼瞪得如铜铃,抬头昂胸,"哞"的一声长叫,甩开四蹄,向西北方向奔去。

再看那手握牛缰绳的少年,开始跟牛跑在一起。跑着跑着,四儿就又听到一声鞭响,骑在牛背上的四儿就觉得黄牛听到这一声鞭响后,速度明显地加快了,吓得四儿紧趴在牛背上,生怕掉下来,一动也不敢动。

少年随着鞭响,一个翻身,跃到了牛背上,稳稳地骑在了四儿的后面。

骑在瘦骨嶙峋的牛背上,四儿一点也不觉得硌得慌。只听耳边风声呼呼响,心想:从来不知紧慢的牛,今天怎么能跑这么快?看旁边的景物,这头瘦牛跑得怎么像飞了一般?

四儿紧趴在牛背上,觉得异常地舒坦。坐骑在身后的少年,左手持缰,右手持鞭,嘴上不断地吆喝,指挥着奋蹄奔跑的黄牛。

四儿刚开始看牛跑得那么快怕掉下来,后来不知怎么困劲上来了,慢慢地合上了双眼,在奋蹄疾弛的牛背上睡着了。

第九章　学艺

待四儿一觉醒来，太阳已升起老高了。四儿一骨碌爬起来，双手揉了揉眼睛："这是什么地方？我怎么睡在了这儿？"

四儿想起来了，昨天晚上有个少年说师傅叫他，他就跟了过来。对了！是骑牛过来的。我骑在牛背上，怎么睡在了这里？

看看睡的地方，是张木板拼成的床，床上铺了张凉席，地上是张用大树根做成的桌子，桌子的四周是四个用树根做成的凳子。树根桌子上摆放着两个馒头，一碗小米稀饭，两个鸡蛋，一盘炒豆芽，一盘炸花生米和芹菜拌的小菜。

四儿早就饿了，脸也不洗，下床直奔木桌，坐在木凳上就吃开了。四儿首先把两个熟鸡蛋送进了肚子里：哎！这鸡蛋真香。好久都没吃上鸡蛋了。姥姥养的那三只母鸡，正是下蛋的好时候，却不知得了什么病，都死了。四儿又拿起一个馒头，一捏，软软的，闻一闻，一股麦香扑鼻而来。哎！离家太远了，要不捎一个回去给娘，不，捎两个，一个给姥姥，一个给娘，让姥姥和娘也尝一尝这白面馒头的味道。这几年也没吃上个饱饭，白面只有过年时，才能吃上一顿，过了年，又是半糠半粮的日子。

四儿手拿馒头，思绪连篇：这么远也不可能捎回家了，吃饱了再说吧！他三下五除二，一口气把桌子上的吃食一扫而光，这一回他是吃饱了。

吃饱了的四儿遛到了院子里，仔细地端详着这处院落。这是三间极普通的农家院落，一人多高、土坯垒成的院墙，三间草房，木门木窗。最使四儿好奇的是，这个房子的窗和自己小时候住的房子的窗一模一样，上下开启，并且都是小格子，用白纸糊就。就连草房顶上的那种叫山脚拇丫的东西也一模一样，二三十片一寸多长的肉质叶片，中间一扎多长的小伞状花絮，一串紫花，肉质叶片被阳光照射出斑斑点点的铁锈斑。这种植物，不怕冻也不怕旱，长年冻不死，总也长不高，星星点点地长满了房顶。

看看草房，望着房顶上长的山脚拇丫，四儿又想起了他的童年、老家的火炕、老家的草房……四儿对这里有种亲切感。

正想间，一个声音从院外飘了进来："吃饱了吗？四儿。"

四儿一听这极熟悉的声音，抬头顺声望去，正是师傅，四儿"扑通"一声跪在了地上："师傅，你让弟子到京城去，怎么您老又把我召到这儿做什么？"

师傅今天穿的是蓝色的布衣布裤，脚上一双圆口黑布鞋，白布袜，手里持的还是那柄拂尘。只见师傅手拿拂尘轻轻地拂了一下应道："我在这里有些活儿没做，知道你走到了这儿，就留你帮师傅把剩下的一些活儿做完。师傅在这

儿欠了一些人家的人情账，只好用人工来顶了。师傅上了年纪，力不从心，只好叫你来了。"

四儿一听，原来如此，忙一口应道："师傅，有事您尽管吩咐，剩下的事我来做，等换完了工，我再到京城去。"

师傅听后，哈哈大笑，一把扶起了四儿："徒儿，还算你聪明。从明天起，你从村子西头第一家起去还师傅欠的账，每家半月，吃住都在你干活的人家里。半月一换，你记住了吗？"

"弟子记住了。"

"这里就是师傅的家，想我了，就过来。"

"啊！师傅原来住在这里。"四儿心里一阵高兴，情不自禁地喊了出来。

师傅转身向屋里走去，四儿随师傅的后边也进了屋子。只是这个屋非四儿睡觉的那个屋，而是四儿睡觉的对面屋。

四儿刚从外面进来，屋里有些发暗，眼睛一时还不适应，看不清屋里的陈设，只是闻到了一股香味。

待了一会儿，四儿渐渐地看清了屋里的摆设。靠北墙是一个大条几，条几前是一张八仙桌，桌子一边一把红木太师椅。屋内没有炕也没有床，四周都是红木博古架，有高有矮，放的是错落有致。博古架上放的是各种玉器，有玉瓶、玉如意、玉辟邪、玉山子……在窗子的上方，挂着一钩钩形的玉器，北墙上挂着一幅山水画。画下的条几上是一只白玉雕的大玉海，玉海的一右一左放了几只形状不同的玉怪兽。玉海前放了一只碧玉薰香炉，四儿闻到的香味，正是这只碧玉薰炉内燃烧着的檀香木所发出的。

"坐吧！"师傅一指八仙桌旁的太师椅。这时师傅已坐在了左边。四儿遵照师傅的吩咐，规规矩矩地坐在了右首的太师椅上。

师徒坐定后，只见师傅用拂尘的紫檀镶玉把柄轻轻地在八仙桌上磕了磕，只听"叮当"一响。坐在椅子上的四儿听到这一响，不觉地精神一振，随着响声，从门外进来了一位左手托茶盘、右手提茶壶的少年。

四儿一看，正是到人车店前去接他的那一位。少年把茶盘茶壶放到了八仙桌上，对四儿相视一笑，从茶盘内把茶杯分放到四儿和师傅的面前，又提壶给茶杯斟满了茶水。

"喝茶。"师傅又一指茶杯对四儿说。

四儿没听到师傅叫他喝茶，只是在追寻着刚才听到的声音。明明看见师傅用拂尘柄敲桌面，可传到四儿耳朵里的却是"叮当"声。这并非物体撞击木板发出的，这声音好像在哪儿听到过。对了！是那天晚上在凉亭里，那只羊形玉灯，玉羊前腹雕琢的玉环，用手一动，玉环撞击玉羊发出的也是这种声音，叮当作响，极为清脆悦耳，似带一种水音，任何人听后都不能从记忆里忘却，老是想去追寻，终生难忘。

师傅看四儿的神情，脸上露出了一点笑容。师傅知道，四儿的悟性极高，他现在肯定是在倾听那玉音之所在。师傅又一次把拂尘扬起，面对四周，划了一圈，向空中甩去。

四儿的耳畔，又一次次地响起"叮当！叮当！"的声音，四儿耳听玉音，几天来的困乏一扫而净，觉得浑身舒坦至极，满身筋骨，咔咔作响，有一种力在满身心的冲撞。

屋内，檀香，茶香，玉音飘渺。

四儿的心内已悟到了什么，师傅的良苦用心四儿已从这时起体察到了。四儿从脖子上取下了师傅在凉亭里留给自己的汉玉八刀法雕琢的玉蝉，他要在进京途中，了解玉及玉蝉之真谛。"我帮师傅还清人情债，我有力气，师傅老了，我从明天起挨家去做工，尽徒儿的一点力。"四儿心想。

四儿想到这里，不禁抬头看了下师傅，师傅的面容似罩了一层纱，若隐若现，看得不甚真切。只从凉亭内那一次见面后，四儿就一直没能看清师傅的真容。四儿往四周看了看，摆放的玉器，美轮美奂，有一种望一眼就能摄人魂魄之感觉。连续看，就能终生与玉结缘。眼前的玉，雕琢的活灵活现，有一层淡淡的宝光在每一件玉器的上方一寸左右处笼罩着。四儿看得真真切切，忍不住上前伸手去摸。这一摸，可了不得，四儿"啊"了一声，为何？

四儿手触摸到的古玉，一种凉丝丝的感觉如闪电通过了四儿的手，向四儿的全身流动，四儿的手心出汗。四儿自从得到玉蝉那一天，就天天把它拥在身边，有时手握玉蝉而眠，半夜玉蝉脱手，他会随时而醒，手情不自禁地在身旁搜摸，一摸到刚刚脱手的玉蝉，玉蝉身上还带着自己的体温，那种感觉，觉得温温的，如同抚摸婴儿的小屁股蛋，滑滑的，如凝脂般娇嫩。

此时，四儿摸玉，就如同那时摸玉蝉一般，只是又增添了凉凉的一种玉感，它的那种凉，能彻心透骨，疏通脉络，窜遍全身，如少女之手按摩般……四儿置身于众多玉器之中，如梦如幻。"四儿，"师傅一声唤，"你坐下，听我慢慢向你道来。"

如梦似幻的四儿被师傅一声叫，似醒了过来，坐回到椅子上。看屋内，被玉器映照的清晰异常，抬眼看师傅，面容却在朦胧中。

师傅的声音，又一次响起："我之所以赠你玉蝉，是因蝉幻化而高洁，蜕于浊秽，浮游尘埃之外，不获世之滋垢。并有五大节操：头上有纬则其文也；含气饮露则其清也；黍稷不享则其廉也；处不巢居则其俭也；应候守节则其信也。常佩之，可时时以高洁自清常律，立身修德，而达不灭之境。"

师傅的话，四儿似懂非懂。

但从这一刻起，与玉有缘的四儿，更加迷恋上玉了。从娘讲的故事，到白

玉石救命，延续到爹爹的黄玉古佩，师傅赠送的汉朝古玉蝉和师傅家满屋的玉器，一星星，一点点把一个无知的能把象形羊脂玉蟾砸碎的孩童，灌输了玉的信息，使他一生钟爱玉，迷恋玉，解读天上人间之精美之石。

"明天起，你将劳其筋，锻其骨，"师傅接着说，"白天你到谁家劳作，就在谁家吃住。不管做什么事，你不但要出力，还要用心用意。亥时起，你要回到师傅的身边，就在这里，师傅为你说玉。记住了吗？四儿。"

"嗯！"四儿点了点头，似在沉思中的四儿听师傅嘱咐自己，忙应承。就在低头再抬头时，看对面，师傅已不见了踪影，师傅面前沏的茶，还在冒着热气。

奇！四儿这次不是点头，而是用手挠起了头。

第二天，四儿早早地起来，吃饭时还是那个少年照料着四儿。

吃完了饭，少年领四儿到村子里去做工。临跨出屋门时，四儿又退了回来，到师傅屋子里探头一望。

怪了！虚掩的屋门，四儿的手还没触到，就听"吱"的一声，打开了。挂着的粗布门帘，似有人掀开了一般，任四儿把屋里看了个够。

屋内空空如也，昨天四儿看到的一切，全无。

只是四儿昨天在屋内闻到的听到的依然：檀香，茶香，玉音缥缈。

四儿回头，少年微笑着站在身后。

面对空屋，四儿茫然。

少年把茫然的四儿领到了村子西头的第一户人家：赵家。

赵家夫妇五十多岁的年纪，有一双儿女，以务农为生。四儿的到来，赵氏全家甚是高兴，正是秋收秋种时节，多了个帮手，无论谁家，都是好事一桩。

第一天种麦子，赵家全家上阵，分给四儿的活是滤粪。一个粪耙子，一个用柳条编的粪撮子。

赵家主人吆喝着黄牛在前犁地，赵家女儿撒种，接着就是四儿耙粪撒粪了。赵家儿子用双脚复合已犁开的垄沟，身后拖着的小磙子紧紧地跟在四儿腚后压土而进，把个四儿撵得是屁滚尿流。

耙粪撒粪原本是个很简单的活儿，就是用粪耙子把事先排放好了的一堆堆粪土，耙到粪撮子里，往已播上麦种的垄沟里均匀地撒上。后边的工序就是覆土、合垄、镇压了。从来没干过农活的四儿，这一次可是尝尽了苦头。耙了一粪撮子的粪土，看赵家女儿跟在牲口后，把麦种一溜溜地撒上，四儿急忙上前，对着垄沟一抖胳膊，粪土"哗！"的一声撒出，粪撮子里一点没剩，一撮子粪土，全倒在了不足二尺的距离内。看四儿那笨拙的动作，跟在后面的赵家的儿子，笑得是前仰后合，忙上前教四儿。只见他把粪土耙满，左手提着耙子，叉开两腿，右手把着粪撮子的把儿，往身体的侧后一抢，胳膊轻轻地一抖，粪土沿着洒着麦种的垄沟线形的下倾，双脚的姿势已改变，沿着前一条已种完的地垅急速地前行，边走边抖动着粪撮子，一分不差地把粪撮子里的粪土，均匀地撒覆在麦种上，粪撮子里的粪土抖完后，正好人也站在了下一堆粪土前，把个四儿看的是心服口服。这哪里是种地，简直是在跳古朴的播种舞。

一天的劳作下来，四儿累得是精疲力尽，膀子像掉了似的酸痛无比。可恨的是那犁地的老黄牛，瘦的是皮包骨，也不知哪儿来的力气，一听鞭响，拖着个犁杖，疾步如飞。

四儿越看，越觉得这头老牛就是从大车店前把四儿驮来的那一只牛：难道师傅是借赵家的，就为了那一驮，叫我来还债。四儿心想，不免看了看张开的双手，不看则已，一看不觉又钻心的痛，满手掌的血泡，是那该死的柳条编的粪撮子，磨的双手大泡套小泡，小泡套血泡。一副白面书生手，血泡复血泡，血肉模糊，惨不忍睹。

第一次离家的四儿，流泪了。心里不知是什么滋味，想家了？想娘了？

四儿累得饭也没怎么吃，浑身像散了架，草草地洗了洗，就睡下了。半夜，四儿在梦中觉得有人在推自己，太累了，四儿翻了个身，又沉沉地进入了梦乡。

刚刚觉得睡实了点，又觉得有人在推自己，这一次并听得到有人在叫："四儿快醒醒，师傅叫你。"恍惚中，四儿极不情愿地跟来人到了师傅的房中，来接四儿的还是在师傅跟前的那位少年。

师傅的屋里，摆设依旧，四壁和博古架上的玉器璀璨生辉，还有檀香、茶香、玉音飘渺。

半醒半睡的四儿，依旧坐在椅子上，心想：那天临出去时，我特意过来看了看，什么都没有，只有香味，今晚上怎么又都出现了。难道我一直在梦中？也不对，我手上磨的水泡，钻心地疼，并非做梦。

"四儿，今天活计做得如何啊？"一个声音飘了过来。

"是师傅，"四儿起身抬眼转身望了下四周，"师傅，您在哪儿？"

"哈哈！我在你身后。"师傅大笑。

四儿忙回头，身后站的果然是师傅。

四儿一见师傅就在眼前，像受了极大委屈的孩子见了娘，眼泪止不住哗哗地流了下来，开始是哽哽咽咽，到后来是放声大哭。

待四儿哭了一通，渐渐地平静下来后，对着师傅说话了："师傅，我要回家。"

"不可，你这才是第一家的第一天，你就吃不消了，那不成，人生的路还长着呢！你必须每家干完十天的活，为你日后生活铺路。人生在世，纵然家存万贯，不如薄技在身。"

说话时，师傅已坐在了八仙桌旁的椅子上，并伸手从条几上的大玉海中掏出了一件东西。四儿没等看清是什么，就见师傅已把那个物件放在了另一只手中，四儿影影乎乎地觉得像是一件玉佩。见师傅的另一只手交叉着放在握玉的手上，

手心对手心。

"咯吱！咯吱！"的声响传到四儿的耳中，顺声一看，声音来自师傅的双掌间。只见师傅的上下两掌呈盘磨状，在反复地摩擦，咯吱声渐渐地减弱了，最后了无声息。

又见师傅双手一张，一团白色的粉末呈现在左手心里。

只一小会儿，一块玉佩在师傅的双手摩压之中，被碾成了粉末。

师傅把玉粉倒在一只茶盅里，用右手的食指在里面搅了搅，玉粉变成了黑黑的粘糊状的膏体。师傅让四儿摊开双手，掌心向上。四儿手心的血泡十几个，师傅用拂尘上的汗血宝马尾将其一一挑破，把血水用手指一点点挤出。四儿疼得是龇牙咧嘴，眼泪又情不自禁地流了出来，四儿想到了娘。

"莫哭，莫哭！"师傅把膏状物摊在了四儿的双掌中，抹在了已挤出血水的血泡上。

四儿顿时觉得双掌凉凉的，火烧火燎的那种钻心的疼一点也没有了，十根指头也敢活动了。四儿也破涕为笑，抬眼看师傅。

师傅见四儿笑了，忙道："这就对了，为师的为什么叫你去学种地？是叫你永远记住，苍天黄土是我们的衣食父母，每粒粮食来之不易，要知盘中餐，粒粒皆辛苦。"师傅说到这里，叫四儿，"你把衣服脱掉。"四儿遵嘱，脱掉了上衣。四儿见师傅又伸手到大玉海里掏弄了一下，这一次四儿看清了，握在师傅手中的是一件三寸来长、七分多粗的圆柱形白玉，上面雕满了纹饰。

师傅让四儿站起来，八字步背对着师傅，又把刚才给四儿涂抹血泡剩下的调和好了的黑膏状玉粉，倒了半杯茶水，用手晃了晃茶杯，命四儿吞服下调了玉粉的茶水。

四儿喝了有玉粉的茶水后，不到一刻钟，胃里就有种喝饱了水稀里咣荡的感觉，接着就往下窜去，肚子里一阵叽里咕噜地乱响。响了一会儿，肚鸣没有了，胃也平静了下来。四儿觉得浑身舒服了许多，只是两肩还有些酸痛，腰有些发木。

站在四儿身后的师傅，左手把着四儿的左肩，右手展开，掌下压着圆柱形白玉，顺着四儿的肩背上下滚压开来。柱形白玉滚压过处，酸痛全无。四儿就觉得师傅的手劲忒大，通过白玉力透皮肉，有一种既热又凉的针刺般的感觉，转瞬即逝。

师傅变换着姿势，用玉把四儿的两肩、上身、后背一一滚压了一遍后，问道："四儿，这回你觉得怎样？还疼吗？"

站着的四儿，甩了甩胳膊，就地蹲了蹲，腰也不木了，灵活了许多，膀子一点也不疼了，就问："师傅，您手里是什么东西？怎么给我滚的浑身一点也不疼了？"

师傅张手把这一物件递给了四儿，命四儿回到椅子上，师傅也落座在另一把椅子上，慢慢地向四儿道来："这是件用和田上好白玉雕琢而成的束腰云龙纹勒子，成于春秋战国。那时的王室和各路诸侯王属、达官贵人、士大夫们都盛行戴玉佩饰，尤以腰下玉饰多样并复杂化为荣。佩饰多采用阴线、透雕、浮雕等多种技法。纹饰多采用龙纹、凤纹、谷纹、云纹等，造型极为生动，栩栩如生，有极强的动感，雕琢技法精美绝伦，直至汉代。那时期的玉佩饰，造型奇特，想象力极为丰富，有的纹饰，今人也无法效仿和比拟。"

"师傅，古人在那个时候，就有如此丰富的想象力了吗？"聚精会神倾听的四儿插了一句。

"是啊！今人是无法理解和想象的。"

"可是，我在学堂里学的是古时候没有铁制工具，玉那么硬，古人是用什么东西来雕琢玉器的？这一点我不明白。"四儿反问了一句。

"四儿，你说得正对，你再看这一件。"师傅伸手从玉海里又掏出了一件玉佩，放到了桌子上，推到了四儿的面前。

四儿正用双手玩弄那只束腰云龙纹白玉勒子，看师傅从玉海里又拿出了一件玉器，推到了自己眼前，忙起身把玉勒子递给了师傅。

师傅并没有用手去接，而是叫四儿把玉勒子放到玉海里去。

四儿右手拿着玉勒子，轻轻地把它放到了玉海里，又乘机用手在玉海里摸了摸，玉海里什么也没有，就连刚刚才一松手的玉勒子也摸不到了。四儿忙叫师傅："师傅，我刚刚放进去的玉勒子，怎么没有了！"

师傅听后，一笑答道："你心有，无有。"

四儿听后，怔怔地瞪着双眼："师傅说的，心有，无有，是什么意思？"

四儿还在琢磨师傅刚才说的话，又听师傅说："看玉，玉不过手。"

"这话怎讲？"四儿问。

"双方看玉，"师傅接着说，"要找一个好地方，最好是有平面的桌子，上铺一条软布或是毡毯之类的东西。一个人看完后，要放稳妥了，另一个人才能拿起欣赏，防止在你递我让的过程中失手，掉到地上而损坏了玉。玉怕惊，怕跌，怕腥。玉是有生命的东西，跌到地上，即使看不到外伤，内里已受了惊吓，而损伤；怕腥说，就是在盘玩古玉时，要做到心净手净，沾满腥气之手，切记不可摸玉，净手玩之。心不净，心猿意马，终盘不出宝光。"

"玉，原来这么娇贵。"四儿听师傅讲到这里，不禁插话，说了一句。

"你再看这只玉佩。"师傅用手指了下推到四儿面前的玉件。

四儿见师傅要自己看放在眼前的玉佩，要是以前，四儿会顺手抓起。听师傅讲玉不过手后，就不像以前那么粗心了，而是坐正了后，小心翼翼地双手拿起了这只玉佩，仔细地看了起来。

这是一块直径三寸多大的圆形玉佩，中间镂雕一条双脚站立，尾后卷上扬，

头后仰张牙舞爪大蟠龙。四周是密密的排列有序的谷纹，蟠龙雕琢得强健有力而张扬，谷纹粒粒雕的似有生命般，如吸足了雨露，胚芽待时而发一样，粒粒饱满而均匀，晶莹圆滑如珠。外周是往里倾斜的一个圆边，边缘如刃。

这个玉佩的质地也是一块白玉，全身布满星星点点的金黄色，有两块大的金黄色如大人的拇指盖大小，在整个玉佩的一上一下。四儿拿在手里，看在心里，越看越爱，越看越喜欢。

四儿看着眼前的玉佩，另一只手不觉地就伸到了胸前，摘下了脖子上挂着的那只玉蝉。

四儿的师傅微笑地看着四儿的一举一动，师傅心里清楚：与玉有缘的四儿，这时对玉，已不能自拔。流传千年的古玉，有强大的信息场，无论哪一个爱玉人，只要闯进这个场中，将终生被其包围，难于解脱，将被玉护佑一生，平安绵长，玉将影响四儿的一生。

中华文明古国的玉文化，从发现到传承有近万年的历史轨迹。史前人们就对玉有了深深的理解，对玉就十分虔诚地崇拜、敬畏和爱恋。在人们结绳为记、文字还没有发明之际，玉器就已经悄然出现了。它历经千万年的历史沧桑，有的因种种原因而消失了，回归了自然。有的满身承载着久已湮没在时间长河中的文明，以其独特的方式，向今人诉说着那久已尘封的，博大精深的，深奥无穷的玉的史诗。

四儿左手拿着那只带着红沁的汉玉古蝉，右手拿着带着金黄色的白玉镂雕蟠龙谷纹玉佩，心中不免发出一种奇想，只是这种想法在脑海的一闪念间，耳鼓里却听到了一种"叮当叮当"的声响。这种声音，四儿似曾听到，是那么的清脆悦耳，带一种脆生生的水音。就是这种声音，从耳中一直滴灌到心田。对了，就是在这间屋子里，满屋的玉器发出的声音，自从听到这种声音，四儿就有种耳聪目明，神清气爽之感。

我拿这两块玉，互相碰一碰，看能不能发出那一种声音？四儿心想。说动就动，四儿左手提溜着玉蝉上拴着的红细绳，于   晃，汉玉古蝉似圆摆般左右晃开了，四儿把右手的蟠龙谷纹玉佩向左右晃动的汉蝉靠近。

师傅眼瞅着四儿，面带笑容，在慢慢地、一小口一小口地品茶。似看四儿，似在品茶香，似在悠闲自得地等着什么。

汉蝉与蟠龙玉佩靠近了，靠近了，碰上了。

"叮当！"一响，四儿听到了那种带水音的脆生生的音响，四儿脸上露出了笑容。

四儿又一次把汉蝉使劲地晃了一下，马上把右手的玉佩向汉蝉靠去。

"叮当！"又一声脆响，四儿右手的白玉蟠龙谷纹玉佩被汉蝉碰为两半。"当啷啷！"玉佩的一半掉落在桌面上，一半捏在四儿的右手里。

四儿愣了一下，左右手悬在半空，左手的汉玉古蝉还在晃动，右手的玉佩只剩了一半。

"师傅！"四儿抬眼看着师傅，叫了一声。

"你这孩子，"师傅不知是爱怜，还是责怪，"也罢，一切都为天定。四儿，你听好，为师的今天就是试试你和玉是否有真缘。"

"我有真缘吗？师傅。"

"有，有大缘，是真缘。"

"我从今天起，跟您老学玉。"喜玉的四儿一听师傅说自己与玉有大缘与真缘，再一次跪在了师傅的面前。

"四儿，你起来，坐好。"师傅命四儿。

四儿端坐在椅子上，洗耳恭听。

"世上千般艺，样样不离其宗。要想学好玉，谈何容易！"师傅喝了一小口茶，道，"你要做木匠，必先学识木材、木质、木头的使性。不弄懂这些，你就不能修盖房屋、做家具。你要学裁缝，必得认识各种布料，布料的质地是什么？是棉的，还是丝的？了解了它的质地，一件衣服在你手里，你一看，就知道这件衣服是什么料做的。学玉也一样，你了解了它的质地，才能断定这件玉器用玉出自哪里，是哪个地方的玉雕琢的。今人有的说我是古玉行家，行家意味着研究事物的精到。要为师的说，我只是跨进玉门，在玉屋里喝茶、赏玉、说玉，并没有走出玉屋。一个人活到八十岁，就算他从一岁起研究玉，研究了八十年，怎么可能用八十年的时间，就读懂了史前玉文化到现在的八九千年玉的史歌？"

师傅又喝了一口茶，接着说道："你刚才碰碎的玉佩，是一块战国时期的镂雕蟠龙谷纹玉璧。金黄色是白玉璧历经千年在地下因矿物质与玉的质地起变化而生，名曰：黄香沁。刘大同先生在'古玉辨'中这样写道：夫宝玉之贵者，晶莹光洁，温润纯厚，结阴阳二气之精灵，受日月三光之陶熔。其色沁之妙，直同浮云遮日、舞鹤游天之奇致奇趣，令人不测；较之宝石，徒有光彩，而少神韵，能夺人之目，而不能动人之心者，则远胜十倍矣！古玉之所以'能动人心'，不但是它雕琢的图案之精美，更因为它包含了诸多学问，古人赋予玉太多太多的文化内容，今人都无法理解。"

对玉的喜爱，加上师傅的一番玉论，好学颖悟的四儿对玉更加神往和崇拜。他要跟师傅学玉，追寻玉的奥妙。

四儿的沉思，所想之事，师傅心如明镜：四儿是块好料，值得雕琢。

师傅又斟满了一杯茶，接着说："更为神奇的是，沉睡千年的古玉，就像人睡觉时一样，有呼吸，有生命，脉搏在跳动，灵魂在神游。它会在地下溶合于各种矿物和自身变化，汲取精华，炼自肌骨。从而产生各种各样、匪夷所思、千变万化的色彩和质地的变化，这种色彩和变化古人称之为'沁色'。陈性在

所著《玉记》中所记载，就有甘黄、甘青、孩儿面、纯漆黑、枣皮红、鹦哥绿、朱砂红、鸡血红、棕毛紫、茄皮紫、松花绿、白果绿、秋葵黄、老酒黄、鱼肚白、糙米白、虾子青、鼻涕青、雨过天晴、澄潭、水苍等等，总名为之'十三彩'，还有巧沁花色，如：虾蟆皮、洒珠点、碎磁纹、牛毛纹、唐烂斑等等，共计有二十六种。大鉴藏家刘大同更详细地将红色分为鹤顶红、朱砂片等五种；黑色分为黑漆古、美人髻等五种；紫色分为茄皮紫、玫瑰紫等五种；青色分为竹叶青、熊胆青等四种；绿色分为苹果绿、鹦鹉绿等五种；黄色分为鸡蛋黄、老酒黄、洒金黄、桂花黄、松香黄等八种；白色分为鸡骨白、鱼肚白、象牙白等七种；还有梨皮、桔皮、象皮、骆驼皮、蛤蟆皮、土蚀、蛀孔等等，共计七十五种。"

　　四儿听师傅讲玉滔滔不绝，简直是迷了进去，拿起了碰碎的白玉蟠龙谷纹玉璧，仔细地看着上面师傅所说的黄香沁，边看边琢磨：原来玉是有生命的。听师傅讲，正因古玉之沁的千变万化，又是受"阴阳二气"、"日月三光"的滋养所育成，于是有沁色的古玉就成了人们刻意追求的宝物。往往一块古玉因为沁色美而身价骤增百倍，俗有"千金难买十彩玉"之说。师傅所说的有两种沁色的玉叫天玄地黄，三色为福禄寿，四色为福禄寿喜，五色曰五福临门……等等，师傅说有三种沁色的玉就为宝了。这话我怎么好像听娘说过，娘说的不是沁，好像是血丝……

　　"四儿！"正往下遐想的四儿被师傅叫了回来，并指着四儿手拿的玉璧道，"这块玉璧原来是上下两块，为战国时期的对璧，是为师的作法把其溶为一体，并非你用玉蝉所碰碎。它是一块鸳鸯佩，鸳鸯、鸳鸯，有鸳必有鸯。它是一种美丽的水禽，鸳离不开鸯，鸯离不开鸳。在民间代表着美满的婚姻，成双成对。"

　　啊，这我知道。娘给我讲过故事。家里有娘和爹成亲时，娘亲自绣的鸳鸯枕套。师傅给我讲这干啥？听师傅讲这后，四儿心想。但他还沉浸在碰碎的玉璧之中。

　　"噢！"四儿还在为听玉音而碰碎了玉璧而自责，听师傅这么一说，心里宽慰了许多。

　　"玉蝉从今天起，为师的收回。"

　　"师傅！我……"四儿太喜欢汉玉古蝉了。

　　"嗯！"

　　四儿一听师傅的这一声"嗯"，觉得既威又严，如利剑在握，吓得四儿刚说出个我来，下面的话就不敢说了。

　　"你听好，玉蝉的使命已完成，如与你有缘，将来还会回到你身边。"师傅接着命四儿，"你把玉蝉的红绳解下，拴到那块鸳鸯佩上下对合的玉璧的上璧，就是有龙首的那一块。鸳鸯佩的下璧即龙下半身的那一块，日后，如有人持下璧与你的上璧相合，鸳鸯佩重新对合，持下璧之人，你可娶其为妻，她可伴你终生。"噢，我明白了，难怪师傅跟我讲鸳鸯佩的鸳与鸯。

师傅的话，说得四儿有些脸红，可容不得四儿说半句，极其严厉。

四儿顺从地把拴玉蝉的红绳解下，拴在了称为鸳鸯佩的战国镂雕蟠龙谷纹白玉对璧的上璧之上。

师傅看四儿已拴好了上璧，道："时候不早了，明天还要劳作，回去吧！明晚再来。"

师傅话音落，人已没了踪影。

一觉醒来，四儿躺在赵家的土炕上，一个带着蟠龙上半身的谷纹半璧，拴着条红绳，挂在四儿的脖子上。

四儿手放在胸前，握着半璧，似醒非睡。

"四儿哥，起来了，洗把脸好吃饭了。"一个甜甜的声音，随人进到了屋里。

来人手里端着一个盛了半盆水的铜脸盆，肩上搭着条有些旧了的白布巾，并把铜脸盆和旧布巾放到了地上的春凳上。

进来的是赵家的女儿，比四儿大一岁，小名娥子。娥子大眼睛，梳了条齐腰长的单辫子，长得漂亮且受人端量，只是眉毛有些浓，不像女孩儿家的柳叶细眉。一件蓝碎花白底半长袖上衣，紧绷在发育很好而充满活力的上身，一走一颤动的两乳坚挺而有力，似两只蹲伏的刚满月的小玉兔，时时都要从蓝碎花上衣中窜出。下着半长短裤，也是蓝碎花白底的布料，裤腿在膝盖下二寸五分处，浑圆的屁股被紧紧地裹住。小腿和小臂裸露在外，皮肤白皙而富有弹性。一投足一甩臂，无不充满了十八九岁村姑的活力和气息。长时间的农村劳作，并没有晒黑娥子的皮肤，也许是乡村的水，山乡的气养育的结果，使娥子出落得如含苞欲放的水仙，亭亭玉立。村里都夸赵家出了个金凤凰，来提亲的人不少，可赵家父母，包括娥子都以还小为由，加以挽拒。村人茶余饭后闲下唠嗑都说，凤择梧而栖，娥子将来不知飞向何方？

原本比四儿大一岁的赵家女，却称呼四儿为哥，她不愿叫弟，她说叫四弟有些老气，叫哥有些尊敬的意思。如是，她就改弟为哥了，四儿也就哼哈地答应着。

四儿听娥子在叫自己，一骨碌爬了起来，站到春凳前，手捧清水就洗了起来，待洗到脖颈处，右手顺便把挂在脖子上的半璧取了下来，顺手放在了铜盆边。

站在旁边看四儿洗脸的娥子，眼瞅着四儿摘下个东西放在春凳上，哈腰拿了起来，并仔细地端详开来。

洗脸洗脖子的四儿这时也不洗了，带着满脸的水，瞅着铜脸盆。

娥子看着手里的物件，觉得这块东西是那么的好看，白里带黄，被四儿刚才洗脸时沾上了水，越发显得白润而通透。里面那只动物怎么没有下半身，这是件什么东西？娥子心想。

四儿看着铜脸盆里的水，也在想：水怎么这么黑且浑，我的脸能这么脏吗？猛地四儿张开了两手，想起来了：昨天夜里师傅用玉粉和药给自己满手掌的血

泡上药,就是这种黑色。自从上了药,四儿的手掌一点儿也不疼了。所以早上起来到娥子叫他洗脸,似一双好手一般,因而忘了手掌上的药。刚才一洗,全洗到了盆里。

再看双掌,血泡全无,像婴儿的手掌一样,满手掌是红红的嫩肉,掌纹分明。

看玉璧的娥子,这时也好奇地托起四儿的手看了起来,顺手把玉璧套在了四儿的头上。娥子看了左手看右手,擎着四儿的手问四儿:"疼不?"

四儿什么也没说,只是摇了摇头。

头一天四儿种完地后,娥子看了他的手,满手血呲啦呼的,娥子也觉得有些心疼,过意不去。人家大老远地过来,帮自家种地,把人家的手磨成那样。回家后,连夜为四儿勾了副线手套,本想吃完饭后,送给四儿。没成想四儿洗完脸后,四儿的手变成了这样,血泡没了,手嫩嫩的。这样的手,更怕磨。娥子急忙端盆换水,并把四儿的脸和双手在清水里洗了个干净,完后连脖子也给四儿洗了。

四儿像听话的孩子一样,任娥子洗手、洗脸、洗脖子。

四儿想起了姥姥,想起了娘,想起了姐姐。

只有她们为自己这样洗过。

现在又一个女人,在为自己洗脸,并用白手巾把自己擦了个干净。是手巾还是什么?对了!是娥子的身上,有一种少女的芬芳在四儿的跟前缠绕。除了姥姥、娘和姐姐以外,十七八岁的四儿,还是第一次被另一个女人这么近距离地抚摸过。

少女的芬芳,村姑的体香,在少年初长成的四儿脑海里,激起了涟漪,一层层、一圈圈地扩张。

第二天四儿到了地里后,看到的是一片绿油油的麦苗,今天的活儿是给麦子锄草。娥子的爹分给四儿一把长把儿铁锄,竖起来比四儿还高。娥子忙把线手套递给了四儿,娥子爹看了后,只是一笑,便让娥子教四儿如何拿锄,如何用力,如何锄草。四儿一学就会,只是锄的有些慢,被赵家人落在了后头。

这真是块神奇的土地,一日种十日收,半月已是场满仓满。

平日里,四儿的衣服脏了,都是娥子帮四儿洗。开始四儿有些不好意思,半月下来,四儿有些习惯了,把娥子当成了自家的姐姐。别看娥子一直称四儿为哥,那是她崇拜有学问的四儿,才这么叫他。

最使四儿难已忘怀的是在打麦场的美好时光。淳朴的乡人,一家丰收,全村大喜,皆齐聚打麦场。打下的第一斗麦子,磨面、蒸馍、做喜面、敬神灵、祭天地,敬神灵完后,新面要村里的长者、最小的孩童最先开口一尝,轮下来的才是众人们。

古老的山村,延续着古老的文明。

人们欢歌笑语，四儿完全被这里的民风所感染。

人们在打麦，在扬场。

这时在打麦场边上的麦秸垛上，四儿和娥子爬了上去。坐在松软的麦秸垛上，吃着娥子捎来的新面馒头，品尝着麦香，看打麦场中忙碌的打麦人，听着打麦人嘴里哼唱着淳朴的打麦号子，真是一种美的享受。

明月高悬，三根几丈高的长木杆，分三角形立在麦场上，三个大油灯，挂在高高的木杆上，放着幽幽的光。三个油灯，每个都被几十个左蹿右滑，上下翻腾的夜蛾、粉蝶和叫不出名的夜游虫所包围有的从远处看到油灯的亮光，不探究竟，径直飞来，一头撞向炙热的灯罩，被烫了或是撞晕了，还是撞死了？又摇摇摆摆地向下飘落……

你还能重新飞起吗？看飞蛾的四儿在想：前边是光明，是油灯，是火，你们为何去撞、去扑……

"四儿哥！"娥子的一声叫，把遐想的四儿扯了回来。

"我想跟你一块出去玩。"

"那不成。"

"为什么？我长这么大，爹从来不让我走远，连县城都不让我去，你就带我去吧！"娥子央求着。

在这十多天的日子里，娥子照料着四儿的吃、住，四儿讲一些娥子从来也未曾听到的外面的事。娥子也更看重比自己小一岁的四儿，觉得能跟四儿在一起多好啊！她愿意一辈子照顾四儿，听一辈子四儿讲的故事。

"我一个大小伙子，怎么能带一个姑娘家到处游荡？"四儿在娥子面前，拿出了大人的气派。也不知怎地，四儿这几天被娥子"哥长哥短"地叫着，照顾自己的吃、喝、拉、撒、睡，也觉得自己已不是个小孩子啦！长大了。和娥子在一起，就有种异样的感觉。

娥子也有一种同样的感觉，她觉得日子过得真快。眼看半个月快到了，四儿哥就要到别人家去了。她还没有照顾够四儿，她要跟他走南闯北，去看看外面是啥样？四儿哥太厉害了，懂那么多东西，听四儿哥讲，他这一次要到很多地方去。如果这一次能跟四儿哥转一趟，那可是没白来世上一回。四儿那可是有大学问的人，和这样的人在一起，那将是幸福的……

娥子现在崇拜四儿，就像四儿当年懂事时，缠着娘讲故事一样，特崇拜娘，娘知道的太多了。待上学后，又特崇拜先生，先生真是无所不知，太厉害了。现在的娥子就像当年的四儿一样。

坐在麦秸垛上的娥子长这么大，还是第一次和一个大小伙子这么近地靠在一起。四儿刚来时，娥子并没觉得怎么样，只从那天给四儿洗脸，就觉得四儿与其他人有所不同。四儿的头发乌黑油亮，长方形的脸上，一双大眼炯炯有神

并带着几分威严,大大的耳垂,眼眉长且黑。中等的个头,在娥子看来,显得是那么高,就是人长得瘦了些。这样的人将来如能娶我,那将是我的福分……娥子心想。十九岁的娥子春心萌动,可惜娥子那羞怯的目光没敢正对着四儿,四儿也没瞧见娥子那因春情浓浓而羞红的脸庞。

一个执意要跟四儿到外面去,一个找各种理由来加以拒绝。正在你争我辩中,一只瞎眼虻子冲了过来,围着俩人嗡嗡叫着绕了几圈后,便了无声息地叮在四儿的后脖子上,那针形的口器深深地刺进了四儿的皮肉里。

正说话的四儿,只觉得后脖子上一阵钻心的疼,忙用右手向痛处拍去,这只瞎虻子眼睛并不瞎,也特机灵,四儿挥手的一股气流,早已通知了它,没等四儿拍到,它把针形口器早已从四儿的皮肉里拔出,毒汁已留给了四儿,带着遗憾的并没有全胜的嗡嗡声飞走了。

"啪!"四儿打在自己的后脖子上,左手接着向痛处抓挠着,被叮的地方痒痒的,有些胀痛。

娥子看四儿抬手拍向自己,知道四儿哥是被什么蚊虫叮咬了。原来并排坐着的娥子忙用左手扶着正在挠脖子的四儿前胸,右手向四儿后脖子摸去,一个鸡蛋黄大的肉包凸了起来。生长在山村的娥子知道,叮四儿的是人们叫瞎眼虻子的东西,小的如蜜蜂,大的半寸多长,叮人极其厉害,毒性很大。被它叮后,能痛痒好几天,六七天后被叮的地方才能消肿。这种虫子如叮在牛身上,不吃饱了牛血是不会罢休的。

娥子手摸四儿的痛痒处,心疼地告诉四儿是被什么叮的。

"这东西叮得怎么这么疼而且痒?"四儿侧头问娥子。

"不要紧,我给你揉一揉就不疼了,也不痒了。"

"那你快给我揉一揉。"四儿抽回了左手,顺势一扭身,低头趴在了娥子盘坐的大腿上。

娥子两腮鼓动了几下,一股唾液顺口而出,吐在了趴着的四儿的后脖子上的肿处,一手扶着四儿的头,一手轻轻地在涂满了唾液的肿包处揉着。

趴在娥子的腿上,一股少女的体香,慢慢地浸熏着四儿。四儿想起了家中的娘,小时候听娘讲故事,累了困了,也常常是这种姿势睡在了娘的怀里。睡在娘的怀里觉得是那么的安全而又稳妥。都是同一种姿势,都是在女人的怀里,只不过娘是边讲故事,边轻拍自己,而娥子是在揉着刚才被叮的痛痒处,感觉怎么不一样?现在四儿觉得有一种燥热在浑身涌动,娥子身上的那种少女特有的体香越来越浓,四儿有些晕晕忽忽,不禁抬起了头,扭身挪到了娥子的对面,也学娥子的坐姿,好奇地、仔仔细细地端详起了娥子。

正揉着四儿的娥子,因四儿的动作而停了下来。

少男少女,春情萌动,四目相对。

四儿背对着灯光，看着娥子，娥子被看得一抹红晕飞过面庞，脸热热的。娥子长这么大，第一次这么近距离的被自己仰慕的小伙子看，感到既自豪又羞涩，心突突地跳。

"我好看吗？"娥子羞红了脸，悄声地问四儿。心跳却在加剧，她不希望从四儿口中说出她不愿听的不好的字眼。

四儿没有回答，怎么说呢？娥子长得并非十分美丽，但十分端庄，受人看，耐端详。五官、身体的线条、腰腿的比例，使人挑不出一点瑕疵。尤其是那双手，别看从小在乡村长大，家里家外的做活，并没磨粗她的手，十指纤纤，两手掌细腻而白嫩，肉乎乎的。娥子只是眼眉有点浓，如果眼眉再细一点，长一点，那就好了。四儿心里话。

娥子见四儿没有回答，像从没见过似的看着自己，又急迫地换了种问话："你喜欢我吗？"

四儿仍没有回答，停了会儿，点了点头。确实，这几天来的照顾，使四儿有了种依赖感，但也不全是。他愿意听娥子说话；他愿意回答娥子提的那些天真的问题；他愿意找机会和娥子在一起。

后脖子被叮的地方还在痒痒地疼，四儿又抬手挠了挠。娥子没听到回答，心想：也许四儿不喜欢自己，这么个大闺女，嫁不出去了？问人家喜不喜欢自己，四儿要是说不喜欢，那还不得臊死了，要是在白天，脸往哪儿搁？幸好是晚上，夜色可遮羞……

就在娥子不好意思低头时的瞬间，她发现了没有回答的四儿在点头。他喜欢我！娥子心里一阵激动，血往上涌，通过全身，通过脸庞，通过已颤抖的双手，娥子已不知所措……

突然，四儿听到了一阵微弱的嗡嗡声从身后传了过来，四儿这一回是知道了，这是瞎眼虻子飞来的声音，这声音在向自己靠近，四儿侧耳细听，眼睛也一亮，随声找去。

近了，近了，只见一只黑黑的像只雄蜂般大小的瞎眼虻子在四儿眼前一晃落下了。这一次四儿用眼睛捕捉到了这只瞎眼虻子，因娥子前身正对着朦胧的灯光，再加上她穿了件浅粉色的半袖小褂，洗得有些发白，瞎眼虻子正好停在了娥子那鼓鼓的前胸上，在浅白的粉色小褂上，在月光灯光的映照中，是那么的醒目。

其实，才落下的就是刚才叮四儿的那一只，因为刚叮下就被四儿感觉到了，它还没喝饱四儿的血，不甘心又飞了回来。

四儿不看则已，一看就觉得被叮的大包特别的痒，特别的疼，四儿伸手向瞎眼虻拍去。

"叫你咬我！"四儿伸手还没拍到瞎眼虻子，瞎眼虻子见势不妙"嗡"地一声，

匆忙逃跑了。四儿的手触在了一个软软的、有些弹性的娥子的左乳上。

"哎哟！"一个娇嗔的清脆的声音从有些激情的娥子嘴里发出。四儿的手有些重了，把个娥子的乳房拍的有些痛，娥子忙用因激动而颤抖的双手去捂左乳。

四儿因去拍打叮咬自己的瞎眼虻子，而触到了一个少女的乳房，四儿满脸通红，一时也不知所措，手触在娥子的乳房上，停住不动了。

少女的乳房是敏感的，娥子这时已不觉得怎么痛，只感到四儿的手似有一股热流向自己袭来，身穿的粉色小褂根本就抵挡不住。而且从四儿身上一股比一股强的激流向娥子的左右乳、全身，冲击释放着能量。

此时的娥子已不能自已，本是因痛而捂向乳房的双手，这时已把停在自己乳房上的一个男人的手捂在了手里。

四儿一个激灵，立时清醒，马上往回抽已被娥子双手紧紧地捂住的右手，可为时已晚，它已被情窦初开的少女之手，紧紧地拥在了胸前，拥在了丰腴的乳沟里，已不能自拔。

麦垛上，月光下，两颗年轻的心在激荡，脸对脸，又一次四目相望，两张年轻的脸已羞红。娥子看四儿，四儿看娥子，心灵之窗已打开，无需过多的语言，娥子一把拥住了四儿，四儿的左手臂也紧紧地揽住了娥子。

十八岁的四儿，十九岁的娥子脸对着脸，鼻子对着鼻子，少女的气息，带着那淡淡的体香扑向四儿。少年正旺的四儿，特有的兰花香和男人的粗粗的呼吸，淡淡的汗味，深深地吸引着娥子这朵含苞待放的花儿，如蜂似蝶撩逗着娥子。

双方都闭上了眼睛，双唇在寻找那热烈的初吻。

四儿那刚刚露头的胡须，毛茸茸地长满了上唇，娥子感到嘴唇有些痒，四儿的嘴已触碰到了娥子那红红的双唇。

唇与唇的碰撞，舌与舌的交流，两颗心贴到了一起。龙涎凤液搅和在双方的口中，似桥梁如血流，从头到脚贯通于二人身心，任其蔓延。

四儿和娥子沉浸在幸福之中。

少男少女此时觉得，月亮是那么的圆、那么的亮，夜空是那么的高、那么的远，天地是那么的宽……

两人正徜徉在爱河里，你亲我爱中娥子突然双手一紧，又深深地亲吻了一下四儿。

"哎哟！"娥子的手臂碰到了四儿后脖子上的那个肿胀的大包，四儿叫了起来。

娥子忙松手。被爱所笼罩的四儿，先前一点不觉得疼，这一回被娥子一碰，痛感又追了回来。

娥子忙像先前一样，粉腮鼓动，一口唾液吐在了右掌上，拥着四儿，将带着热气的，清凉的右掌按回四儿的后脖肿胀的地方。轻轻地、轻轻地揉了起来。

刚刚还奇痒的痛处，娥子手掌放上去的瞬间，四儿就觉得不那么火辣辣的疼了，而有一种清凉凉的感觉。娥子轻轻地揉着，被瞎眼虻子叮的大包，在四儿的后脖处，渐渐地小了，四儿一点也不疼了。四儿不明白，头前也是娥子用唾液给揉搓，可还是疼，现在也是唾液，怎么一点也不疼了？

"还疼吗？"娥子问四儿。

"不疼了。"四儿答。

见四儿不疼了，娥子说："我再给你揉一揉。"

四儿顺势躺在娥子的怀里，任其揉着脖子，揉着，揉着四儿睡着了。

揉着大肿包的娥子，觉得手下怎么渐渐地平了，四儿脖子处的皮肤恢复了原样，被瞎眼虻子叮过的痕迹一点也没有了。娥子看后，在摇头。她看四儿睡着了，没有叫醒四儿，她想叫四儿在自己的怀里多睡会儿。

娥子觉得自己的唾液真管用。其实，娥子只想对了一半。真正的原因是：幼龙雏凤初吻时阴阳结合的龙凤液，是一味仙丹妙药。逢巧那天是阴历初九日，正好十九岁的娥子的舌头在嘴里三弯九转，咕嘟了九次，正应了九尽寒尽，九九归元之意。岂不知，无意识当中娥子在口中炼出了一味真药。这种唾液能治世间一切疑难杂症和百病，也是天地间极难找的药引子。这种唾液如与药配伍，能发挥出极好的药效，能在极短的时间里，解除病痛，恢复健康，消肿化瘀，疏通脉络。

只可惜，千金难买，无处可寻的这味童男童女炼就的真药，只搽在了被瞎眼虻子叮咬的四儿的脖子上，可惜了，浪费了。

娥子看四儿睡得那么香甜，被叮的大包也已消失，便腾出左手，在身旁抓了把麦秸来，在四儿的头上扇了起来，她怕再有瞎眼虻子之类的飞虫叮咬自己所爱的人，叮咬她所尊敬的四儿哥。

四儿长这么大，还是第一次在另外的女人怀里睡着。四儿睡得沉、睡得香，他觉得是那么的安全。他觉得好像回到了家里，起初是姥姥抱着自己，不知怎的又换成了姐姐背着自己，把正睡的自己送给了娘，又被娘拥进了怀里，听娘讲故事……

睡梦中的四儿脸上露出了笑容。

低头瞅四儿的娥子也看到了四儿的脸，她也露出了甜甜的美丽的笑容。

睡梦中的四儿突然觉得从东方天际飞来了一道金光闪闪的东西，直奔自己而来。四儿看到这道金光来到了眼前，顺手一捋，两手抓住了，一看，觉得那么眼熟，对了！这是师傅屋里的，窗子的上方墙上挂着的那个"C"形的大玉钩钩，它怎么会像道金光飞到自己的眼前？

看着四儿的娥子，只见睡着的四儿，两手一抓，一个盘子大小的像个大勾勾的石头做的玩意儿被四儿紧紧地握在了两只手里。娥子想是不是刚才眨眼的功夫，四儿把事先拿来的这个玩意儿藏在了麦草中，压在了身下，瞅我不注意拿了出来。不对，刚才我没眨眼，再说了，四儿在睡觉，等四儿睡醒了，我再问问他。

在梦中的四儿正寻思间，看见师傅飘然而至，一撩长袍，盘腿坐在了麦垛上。四儿见师傅来到面前，满脸通红，要急忙爬起，见师傅拂尘一甩，任凭怎么使劲，浑身动弹不得，依旧躺在娥子的怀中。

"你别动，听师傅向你道来。"

"师傅，我……"四儿向师傅解释。

"你别说了，师傅明白，你与娥子前世有缘，但……"师傅的话没有往下说。

"今晚，为师的等你，见你没来，掐指算来，娥子今晚要与你还那一半缘。"

娥子看躺在自己怀中睡着的四儿，嘴里在说着梦话。娥子一句也没听懂，像是和什么人在梦中说话。是不是四儿哥还沉浸在刚才那亲嘴的激情中……娥子心想。

"师傅，"四儿说，"我这么躺着和您说话，大不敬，可我起不来。"

"你就这么躺着，你如起来，就惊动了娥子，为师的就得现形了。还是这样好，只有咱们师徒俩心照不宣，旁人不得见，如有玉缘，或早或晚必能相见。"

四儿听师傅这样一说，也就不起来了，反正也起不来，就这样躺着，舒服极了。

"现在你手里握的是什么，你知道吗？"师傅坐在四儿的面前问四儿。

"不知道，但我见过，是不是挂在师傅屋里的，窗上的那个东西。"

"是它，四儿，你知道它有多少岁吗？"师傅再一次问四儿。

四儿摇了摇头。娥子看四儿摇头，认为又有什么瞎眼虻之类的东西叮四儿，忙用左手在四儿头上挥赶。岂不知四儿与师傅正在谈话，只是娥子看不到，听不见而已。

"它已有六七千岁了，它是龙的祖先，也是我们这个民族的护佑神，它诞生在内蒙古翁牛特旗的一个小山村，名为三星他拉的地方。原是上天银河里的一条大金蟒，成天在银河里嬉戏游荡。有 年的正月十五日，明月高悬，晴空万里，银河大金蟒又在碧波万顷的银河中带着她的九个儿子在沐浴。大金蟒和她的孩子们一时玩的性起，在银河里窜腾、翻滚，蟒尾乱摆，搅得银河水奔涌，浪花飞溅纷纷洒向人间。三星他拉人夜观天象，只见漫天流星伴着闪电，在三星他拉村的上空飞速地掠过，冲向村子北面起伏的群山，最后滑向群山南侧一片辽阔的丘陵地。"师傅顿了顿。

四儿被师傅讲的故事深深地吸引了，急切地问师傅："后来呢？"

稍微停顿的师傅接着说："随后，只见从天而降一条金色的巨蟒，在群山的主峰盘旋，盘旋了九圈后，巨蟒躺下了并向群山的北面滚去，只听雷声隆隆，由远而近……第二天，风和日丽，好奇的三星他拉人，结伴而行，前去观望昨夜金蟒盘旋之处。人们站在山上向北望去，只见金蟒滚过的地方，自北向南出现了三条大河，山峰下的土地变成了一望无际的广袤原野。这里的泥土用手攥一把，都能捏出油来。人们跑下了山，随便拾个石头，随意地往绿草深处一丢，就能打到狍子和野兔、山鸡之类的东西。人们来到河边，一哈腰，一伸手，就能从清澈见底的河里，捉到活蹦乱跳长着两须、红尾巴的大鲤鱼。"

师傅一边说一边用手比划着打兔摸鱼的样子，神情极为向往，"这片辽阔的草原，这片肥沃的土地，人们在这里繁衍生息，连年风调雨顺。三星他拉人从此叫这座山为红山，并分别为滋润着这片土地的三条自北至南的大河起名：西拉木伦河、老哈河、大凌河。同时为了留个念想，记住金蟒，就用玉雕琢出了她的形象，并做为部落的图腾来崇拜。"

四儿听师傅说到这里，插话道："师傅，红山的金蟒当时就是这个样子吗？"

师傅答："就是这个样子，后来人们管它叫龙了。"

四儿看双手握着的玉龙：通体雕琢，光洁圆润，龙体伸曲刚劲有力，全身呈"C"字形，似一条弓背的蛇。它的头很长，吻部前伸似猪嘴，前凸；弓起的背上有一条粗长的鬣，似马鬃，稍部翘起；眼呈凸起的水滴形；身体浑圆，使人一看极有生气。

"怎么我看到关于龙的形象不是这样？"四儿又向师傅提出了关于龙的问题。

"你提的很对，龙是鳞虫之长，能幽能明，能巨能细，能短能长，春分而登天，秋分而临渊。能行云布雨，能祛邪致福。人们把它崇为能造福万物的神灵，人们崇拜它，敬畏它，但很少能见到它的真容。人们的诚意和敬畏渐渐地感动了金蟒，如是它就去向上天乞求，要与人们见面，上天答应了。金蟒见上天已准，又借机向上天提出了个要求：'我不能这么光溜溜地下去，我要借几样东西打扮一下自己，完后就还。'上天说：'你看什么东西适合你，你尽管去借，借给借给，不借不给，还不还在你，只要心中有，不必物中还。'"

"金蟒借到了吗？"

"借到了，金蟒先找到了金鹿，金鹿借给了它一副金角，金蟒带上后又找到金鱼借衣裳，金鱼爽快地答应了，借给金蟒一件金鳞闪闪的衣裳。金蟒穿上，如给自己定做的一般，高兴至极，只可惜没有脚。金鱼告诉它，你找金雕去借它的利爪。金蟒又来到金雕的住处，金雕也热情相帮，金马闻讯也献出了脖子上的鬃毛……"

"然后呢？"

"金蟒头上脚下打扮完后，来到了人间，来时伴随着彩虹和闪电。四儿，你看到的龙的形象，应该说是唐或宋代起，龙的形象的定式。"

四儿学过历史，知道一些历史知识："汉代的龙或者更早一些，它不是这样吗？"四儿又问师傅。

"不是，各个时代有各个时代的样式。"

师徒又讲了一会儿话，师傅说："四儿，今晚就到这儿吧，我讲了这么多，你也不准备点水给为师的润润嗓子。"

"师傅，我不知您今晚过来，再说……"

师傅见四儿说到这儿忙打断了四儿下面要说的话："为师的只不过说说而已，师傅送你两个香瓜，师傅走了。"

躺在娥子怀里的四儿只觉的双手一阵灼热，忙松开握着玉龙的双手，就见玉龙一道金光随师而去。

怀抱四儿的娥子，见四儿嘴里嘀嘀咕咕的，睡意依然，也不觉有了些困意，一边挥手驱赶着蚊虫，一边打起了盹。娥子的头一次比一次低，猛的一个长盹，娥子抬起了头，看睡在怀中的四儿，只见四儿放在胸前的双手，一手握着一个大香瓜。

"四儿哥，醒醒！"娥子用手摇起了四儿。四儿被摇得睁开了双眼，娥子急切的又问，"四儿哥，你什么时候到人家的瓜地里摘瓜了，怎么还藏着掖着，刚刚还手里捧着个大石勾勾，现在你又把它藏哪儿啦？是不是你身下还藏着什么？"

边说话的娥子忙腔前腔后地摸开了，四儿坐了起来，看着娥子只笑不答。娥子翻了一阵，什么也没找到："四儿哥，你什么时候去偷瓜了，房前屋后的都是邻居，这样不好！"娥子又问又责备起四儿来。

四儿答非所问："你吃不吃？"

"你偷的我就不吃！"

"你怎么还偷你娘的东西给我吃！"

"那不一样，是我娘给我的，我没舍得吃，留给你吃的！"娥子说。

四儿听后又说："不是我偷的，是师傅刚刚送来的。"

娥子听四儿讲过他的师傅，但从没见过，这一次听四儿说师傅刚刚来过，忙低下了头，满脸羞红："师傅瞧见了？"

四儿明知故问："师傅瞧见了什么？"

"瞧见了咱们俩……"娥子银铃低喃。心里埋怨自己，刚才不该打盹，被人看见了多难为情，一个大闺女家怀抱个大小伙子。

"瞧见了，师傅不让我起来。"四儿照实回答。

"你真坏！"娥子握起了拳头，嗔怒地轻捶四儿。

"我坏吗？"四儿展开了双臂。

"嗯！"娥子低垂着头，偷看四儿双臂舒展，便一头拱到了四儿的怀中。

四儿双臂相抱。

俩人拥到了一起，紧紧地……

麦草垛上，麦秸草香扑鼻……

早上起来，娥子恋恋不舍地把四儿送到了钱家。知道四儿要到别家去了，娥子一宿没睡，眼睛有些肿。四儿看着娥子有些微肿的眼睛，觉得娥子现在比前天更好看，比先前更增加了几分妩媚。

路上，四儿问娥子："你昨晚哭了？"

"没有。"

"那你眼睛怎么肿了？"

"眼睛迷进个东西，我揉的。"娥子违心地回答。

"是不是我走了，你哭……"四儿话没说完，

"才不是呢！你走了有什么好哭的。"娥子接着四儿没说完的话，嘴上这么说，心却不是这样想。

"那就好。"四儿说，"我又不是不回来。"

"你只要想着我，就成。"娥子脸红着对着四儿说。

"那还不容易。"年轻的四儿信口回答。

岂不知，人世间的一个"想"字，苦煞了多少痴情的男与女。

四儿来到了钱家。钱家男人名叫钱伍，是方圆百十里地有名的木匠。年轻时死了老婆，留下个闺女，起名玲儿，从小一把屎一把尿地带大，捧若掌上明珠。

钱家老人为钱伍起名时，就想孩子长大了能与钱为伍，有钱花，不要为钱发愁。可钱伍并没有钱花，全靠一身好手艺来打拼生活。

再说钱家，玲儿年方二八，长得小巧玲珑，一副银铃般的玉嗓，说起话来，不紧不慢，如珠落玉盘，叮咚作响，玉音缠绵。皮肤略黑，可露在外面的手啊、脖子啊、脸啊的却是白白的。老人们都说身黑脸白的人有福，不知玲儿将来如何？小时候，玲儿却是个没福的孩子，娘早早地去了。自懂事起，玲儿就很少叫爹操心了，稍大一些，爹上谁家做木匠活儿，就带上玲儿吃住在谁家。有时候在大户人家做活儿，爹做爹的活儿，玲儿就和主人家的孩子在一起玩耍。玲儿自小生的乖巧，长得俊俏，脾气又好，从不惹事生非，很讨好做活儿人家的大人和孩子们的喜欢。

有钱人家的女孩子，除了吃饭睡觉以外剩下的时候就是读书和做女红，玲儿也跟着一块学。玲儿聪慧，一学即会。再大一些的时候，爹做活儿就不带她了，无论做活儿的人家多远，爹也要步行回家，与闺女玲儿做伴。

每当玲儿爹回来的时候，饭就已做好端放在饭桌上。连爹爹的衣裤鞋袜，包括玲儿自己的，全凭玲儿的一双巧手来缝就。

待到十四五岁时，玲儿已出水芙蓉般的在这山清水秀的山村里初露头角。一双杏眼黑而亮，眼光晶莹，顾盼不斜，双眼皮，眉秀而长。瓜子形稍圆的脸上，

精神耸动，容色澄澈，无论远视近瞩，面似和风之动春花。修长的双腿，细细的腰身，前胸微凸，屁股微翘，一头乌发，也梳了条单辫子，只是没有娥子的长。

再加上玲儿自己会裁会做，做的衣裤不肥不瘦，十分得体。玲儿好穿一色一样的布料，如果是浅蓝上衣，下着必是浅蓝布裤。

一次爹爹给一家人家做喜事的家具，做活儿的人家知道钱伍家有个俊闺女，就送了一块上好的苏州丝绸料。爹拿回来后，玲儿打开一看：绿色的底子，上织蝴蝶戏牡丹纹饰，金色的牡丹、粉色的蝴蝶如活了一般在绿色的丝绸上开放、嬉戏。玲儿看后，那个喜呀！连夜裁剪不到两天，一套艳丽的衣裤已穿在了玲儿的身上。都说人是衣裳马是鞍，这话一点不假，这一身丝绸穿在玲儿的身上，简直是锦上添花。玲儿只是早晚到村子的井台上打水，只一会儿，在村人中如石激起千重浪，村里人都说钱伍好福气，仙女降到了钱木匠家了。

那真是，百灵鸟见了玲儿低鸣，花儿见了玲儿垂头，活脱脱一个花仙子再现。玲儿说话如玉鸟飞鸣，琴弦奏曲，在那儿一站，如美丽的雕塑般令人顾盼回味。难怪村人感叹，钱木匠修了几辈子的大德，能如此这般地雕琢出这样的鲜花一朵。

四儿的到来，钱家父女也是盼了多日，为啥？原来包括四儿先去的赵家，他们在四儿还没到以前一连三夜，都做了一个同样的梦：一个老人领着个十七八岁的小伙子，挨家拜访并嘱托他们要教小伙子各种手艺。临走时每家留下了一个银元宝。四儿师傅说的让四儿去的这几家，都真真切切地在梦中看清了小伙子的长相。梦中醒来，每家的炕上或桌子上真的都留下了一个银元宝。待四儿来时，他们一看四儿的长相，与梦中老人领的小伙子一模一样。所以他们都遵梦中老人之托，都争盼着四儿早日到自家来，更何况老人留下的元宝价钱不菲，要知道只有十五日啊，老人留下了如此的重礼，哪个还敢怠慢。

四儿跟玲儿的父亲学起了木工活儿，先学识料后刨板，再学门窗和衣橱，几天下来四儿竟能单独的做些活了。

钱伍也非常喜欢四儿，尤其是四儿做的活儿。钱伍似乎从四儿身上，看到了年轻时的自己。有一次钱伍拿了个杌凳叫四儿做，别看杌凳这么个不起眼的东西，还真是不好做。它四条腿四个木撑，加上凳面共十二个榫头，十二个榫眼，并且都是斜的，有一个计算不好，开眼割榫不到位，这只杌凳就不会四平八稳地立之于地。对才学了几天木工活的四儿来说是一个难题，也是对四儿的一个考验。

几天来，玲儿对四儿也极有好感，因玲儿自小就自己一个，没哥没弟，觉得十分地孤单。大了，爹做活儿去了以后，家里就剩下自己了，不像人家有姊妹做伴，做完了家里的活儿后，就显得冷冷清清了。四儿的到来，玲儿是巴不得四儿永住家中。一问四儿比自己大两岁，玲儿就"四儿哥长四儿哥短"地甜甜地叫开了。四儿也拿玲儿当妹妹看待，他喜欢玲儿的聪明，喜欢玲儿写的一手好字。甪看玲儿没念过书，却什么都懂，知书达理，谈起事来，很能与四儿合得来。

你再看玲儿那双手，十指尖尖，手掌润泽软细，绵滑而香暖。长这样手的女人，手巧心灵，女红样样精通，抚琴弄墨，不在话下。果不其然，玲儿就在其中。有时四儿曾想过，娥子要是有玲儿的文墨就好了，只不过是一瞬间，一想而过。

平时四儿做活儿时，玲儿干完了家里的活儿后，闲下没事，就爱拎个小凳坐在干活的四儿旁边，愿听四儿刨木头时，刨刀推过木头时的"嘶啦嘶啦"声，愿看刨出的木花，薄如纸片般从木刨的中间面片似的卷曲吐出，愿闻木头才刮出时的一股木花的香味，更愿找各种借口，来寻四儿哥说话。

玲儿看爹给四儿哥分派的活儿，也知道了爹的用意。但又怕四儿哥做不好，丢了面子。因她时不时地在爹的面前夸四儿，爹也看出来了，玲儿把四儿当亲哥哥看待了，更有一层是自己的闺女好像喜欢上了这个远道而来的小伙子了。

其实这个活儿并没难倒四儿，他让玲儿拿来了个杌凳子，玲儿也知道了四儿的用意。待四儿把四条腿和四个撑刨好后，待刨凳面时，玲儿已把拿来的杌凳子用锤子拆了开来。

真是心有灵犀一点通，四儿心想的，玲儿已照办了。四儿刨好了凳面，玲儿已量好了旧杌凳子腿上榫眼和斜榫头的尺寸，就像她平时描红绣花时一样干净利索，就等四儿开凿割榫了。

玲儿看四儿干得是满头大汗，递了条手巾给四儿："四儿哥，歇一歇再干吧！"

四儿接过了手巾，擦了把汗，顺势把手巾搭在了肩上，就着玲儿的话歇了手中的活儿。看看天色暗了下来，也觉得肚子有些饿了，就想吃了饭，再干剩下的活儿。

玲儿也瞧出了四儿的心思，忙问："四儿哥，饿了吧？"

四儿点了点头。

"待我去收拾饭，吃了再干，要不明天干也不迟。"

"那感情好，我今天干得有些累了，想早吃早睡，歇一歇。"

"好，我去收拾饭去。"玲儿扭身出去了。

事实上，四儿并非累了，他想早点休息，晚上好上师傅那去听师傅讲玉。

自从在打麦场上的麦草垛上，听师傅讲金蟒和玉龙的来历后，四儿已深深地被师傅的故事所吸引，就像小时候听娘讲故事一样，不管娘困不困，干了一天的活儿累不累，每晚都缠着娘。

吃过了饭，四儿早早地回到了自己的屋里。

钱家正房三间，厢房三间，上房东头钱木匠自住，把四儿安置在西屋。玲儿自大了以后就住在了厢房里，三间厢房，一间成了玲儿的闺房，一间是放着自家的一些杂物和粮食之类的东西。

有时候四儿半夜起来上茅房,顺着尿道一杆子就溜走了。钱木匠白天干活儿较累,再加上晚饭时玲儿都给爹煮上一壶老酒,酒足饭饱后基本上一觉到天亮,晚上四儿到哪儿去,钱伍是全然不知。

可是,玲儿却是异常的机灵,照顾好爹和四儿睡了以后,常常在自己的房里,为邻里绣绣花,做做鞋什么的。即便是很晚睡下,也没有睡沉的时候,时刻记挂着爹,上房一有什么动静,她就起来了,望望爹,就怕爹爹有什么闪失。

四儿刚来的头两天,并没有出去。后两天四儿出去时玲儿听到了没在意,待四儿回来开街门的声音惊醒了玲儿,趴在窗上一看是四儿,起初认为四儿半夜起来撒尿上街门外,早上还特意告诉四儿,茅房在哪儿,四儿点头说知道。以后玲儿留了精神,支愣个耳朵听上房的动静。四儿的一出一回,玲儿算了一下最短也是一个多时辰。尿什么尿,屙什么屎也不能这么长的时候!玲儿决定跟踪四儿。

四儿说吃了饭早点歇息,玲儿也早明白了八九分。

四儿吃过了晚饭,并没有马上回屋里,而是在院子里的一棵梧桐树下的木墩上坐了下来。

玲儿边收拾着碗筷,边和四儿说话。现在正是深秋时节,天气还是那么赤辣热,都说秋老虎更厉害,这话一点不假。

收拾完后玲儿打了盆水,端到了四儿坐的木墩旁,并嘱咐四儿早洗早歇息,边起身回到了自己的屋子里。

四儿把玲儿送的水,端到了另一个木墩上,洗完了脸,并没把洗脸水倒掉,而是放到了地上,坐到了木墩上,把双脚放到了盆子里。

四儿所做的一切,玲儿从窗子上都看得一清二楚。玲儿家的窗,也是那种格子窗,只不过是白油纸糊的窗子中间,是一块一尺见方的玻璃。那还是钱木匠在大户人家做活儿时,人家送给钱伍的。于是,钱伍也按人家窗子的做法,回家后,把这块玻璃安在了闺女的窗子上。

正好,玲儿透过这块玻璃,看到了四儿把脚放到了洗脸的盆子里,本想出去制止,给四儿拿洗脚的盆子,但一想,没有出去,她怕一出去,再跟四儿说会话,耽误了时辰,太晚了,就没法跟踪了。她想叫四儿早点睡,想看看四儿每天晚上出去干什么?

四儿把双脚放到了盆子里,一会儿用左脚搓着右脚,一会儿用右脚搓着左脚,眼睛望着渐渐黑了的街门外,他想起了娥子,想起了娥子给他洗脸,给他擦脸:"哎!也不知娥子现在在家里干啥?待会儿到师傅那儿去,顺便看看娥子。"

四儿正信马由缰,耳内传来了低沉而悠扬的琴声。他知道这琴声来自玲儿的屋子,这悠扬的曲调,是玲儿那双纤纤玉手,拨拢古琴那特制的琴弦而发出的。

四儿听着听着,并不想马上睡觉的他,此时觉得有些困盹,四儿使劲揉了揉眼睛，但困意更浓。

四儿并不知玲儿的古琴发出的琴音使他睡意浓浓。他知道玲儿的古琴，并知道它的来历，还是四儿刚到钱家时，玲儿在弹琴，四儿寻声来到了玲儿的闺房，玲儿向四儿谈起过这架古琴。

玲儿经常被爹带到做活儿的人家，有的大户人家的活儿一做就是几个月，玲儿就和大户人家的孩子在一起玩、读、弹、唱，日子一长，玲儿越发爱弹古琴。主人家可怜这个聪慧俊俏的没娘的孩子，待钱伍离开做活儿的人家时，人家送了这张古琴给玲儿。只是琴床有些破损，但丝弦却好，音质纯正，两只白玉雁足，黄玉镶嵌的十三徽（晖），是一架出自名家之手的名琴，名为：鹤鸣秋月，只是钱伍不知。

钱伍开始不要，主人一再申明，这琴虽破，但能给孤单的孩子带来快乐。钱伍觉得给人家做活，挣工钱，带个孩子来就给人家添了麻烦，再拿人家的东西，觉得不合适。再一想没娘的孩子，可怜哪！能缺做官的爹，别缺要饭的娘，钱木匠带着个玲儿是深有感触。钱伍泪涌接古琴，一躬到地。

古琴到家后，爹做完活儿，玲儿就给爹爹抚琴一曲，父女俩在困苦中，也尝到了琴声带来的快乐。

玲儿爹有一天，带回来一棵小树苗，告诉玲儿：这是棵梧桐树，这种树生长极快，成材后是做琴的最好木料，等树长大后，给玲儿打对木板箱，再给古琴做个好琴床。家有梧桐树，凤爱栖上边，其实凤已早来到，凤，就是我闺女，再给爹招个好女婿，到那时，爹就在家里抱外孙子喽！

玲儿知道琴床，但不知啥叫女婿。

为了琴床，玲儿春夏秋冬地照顾着这棵梧桐树，施肥、除草、浇灌，这棵梧桐树，枝繁叶茂，滋滋地长。

四儿坐在梧桐树下，琴音缈缈地传来，他觉得既近又远。

玲儿抚着的这张琴，可以说是张极名贵的古琴，名为：鹤鸣秋月。是钱木匠做活儿的人家祖上传下来的。原是王府之物，只因流传多年，后人保管不善，琴床有些破损，以至于人家看其破损，木匠之女又喜欢，人家就送了人情，也该玲儿与这架古琴有缘。

别的不看，就说这张古琴上的雁足十三徽（晖），是用上等的和田籽玉制成、磨就，这个暂且不说。单说这副琴弦，就非同一般。它是几股丝线扭成的，这种丝线是在成千上万的野蚕丝中选出的。吐这种丝的野蚕，名为铁头蚕，几百万只蚕中才出一只，比普通的蚕大，待吐丝时，如刚生下的猫崽般大小，头红且坚，硬如铁。而且食量奇大，一般的桑叶它不吃，蚕农们遇到这种铁头蚕后，都单挑单喂，上深山老林，采集千年古桑树上的桑叶喂养。一般的蚕都是春蚕秋丝，而铁头蚕是十年吐一丝。最难的是冬天铁头蚕的食料，它须用嫩嫩的千

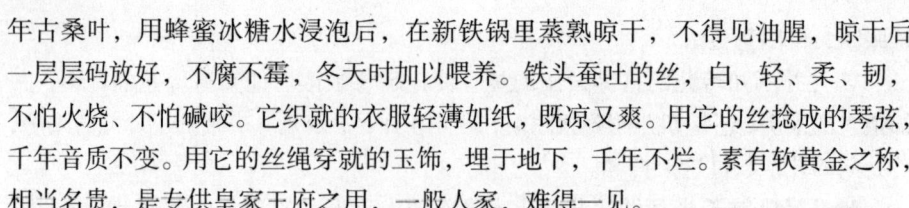

年古桑叶，用蜂蜜冰糖水浸泡后，在新铁锅里蒸熟晾干，不得见油腥，晾干后一层层码放好，不腐不霉，冬天时加以喂养。铁头蚕吐的丝，白、轻、柔、韧，不怕火烧、不怕碱咬。它织就的衣服轻薄如纸，既凉又爽。用它的丝捻成的琴弦，千年音质不变。用它的丝绳穿就的玉饰，埋于地下，千年不烂。素有软黄金之称，相当名贵，是专供皇家王府之用，一般人家，难得一见。

就是这种琴弦拨出的音律，让四儿沉沉入睡。原来玲儿今晚抚的是催眠曲，待四儿睡一会儿后，玲儿再把他叫醒。

在四儿打盹时，玲儿曾停止过抚琴，她跑出屋外，企图搀四儿回房睡觉，她双臂抱了一下四儿，抱不动。她又怕四儿着凉，就回房里拿了一件自己的小褂披在了四儿的身上，并把四儿放在盆里的双脚洗好，放好后才回到了屋里。

看看时候不早了，玲儿又舒展双臂，扬起双手，如蜂踩蜜、蝶戏花般落向琴床，随即两手的手指前后左右地拨动琴弦，一阵高山流水般的琴音飘向窗外，飞进沉睡的四儿的耳鼓。

睡着了的四儿觉得有一种清泉流淌，进击河中石溅起的水花又落下的清脆音响，又似雨滴顺着房檐向下滴，砸向接水盆中那瞬间发出的声音，由远而近……

四儿摇摇头，揉了揉眼，四儿醒了，看看夜空，繁星点点。四儿一下子站了起来，一个东西从肩滑落，忙哈腰拾起一看，一件小花褂展现在眼前。

四儿明白了，刚才洗脚时睡着了，是玲儿给自己披上的，再看看双脚，鞋已穿好，四儿感激地望了一眼玲儿的睡房。

在屋里的玲儿只拨动了三四下琴弦，看四儿已经起来了，就停止了拨弦，观察四儿的一举一动。

四儿往屋里望，漆黑一片，啥也看不见：我明明听到琴响，怎么玲儿一点动静也没有？

玲儿望窗外，把个四儿看得一清二楚：今晚我倒要看看你到哪里去！

四儿起步，轻轻地向外走去。玲儿见四儿到了院外，随即下地，穿好自己的蓝布面软底布鞋，尾随其后，蹑手蹑脚。

四儿出了钱家，快步向西走去。当走到娥子家门口时，四儿停住了。他想起了娥子，自从麦垛之夜后，四儿情不自禁地常常想起娥子。四儿走后，娥子为了能经常见到四儿，就找各种借口去玲儿家借东借西，明明家里有纳鞋底的锥子，却偏偏把纳了一半的鞋底拎到了玲儿家，借锥子坐下来纳鞋底，一纳就是老半天。

初起时玲儿没在意，四儿没来时，两家也经常走动，邻里邻居的，不定谁家缺把米、少根线的，也时时传换。更何况玲儿从小没了娘，邻里也帮了钱木匠不少的忙，邻居家求钱伍做个面板串个锅盖什么的，钱木匠也是分文不收，邻里之间关系十分融洽。所以娥子和玲儿的关系也特好，好归好，机灵的玲儿从娥子来的次数和对四儿哥的言谈之中也觉察到了什么。

跟在后边的玲儿看到四儿哥站在了娥子的家门口，便一闪身，靠在了墙边：原来每晚出来是来会娥子姐……玲儿的心里涌出了一种说不出的滋味。

四儿顿了片刻，又向前走去。跟在四儿后边的玲儿又犯了嘀咕：难道四儿哥和娥子姐要到什么地方相约见面？她停住了：这样不好，人家相见，我偷偷摸摸地跟着，偷看人家……玲儿想到这里，心怦怦地跳，似偷了人家东西一样无地自容。但又有一种好奇心，驱使着怀春的少女，一探究竟。她不愿看到四儿哥与娥子姐相约的情景。

跟在后面的玲儿见四儿向村边的一个院落走去，玲儿纳闷了：这座院落，从玲儿长大就没见过这家的主人，村里人家的饭，玲儿差不多都吃过，惟独这一家没吃过。听爹和村里人唠嗑时，大人们都说没见过这家的当家人，只见过一个年轻的后生有时来这里住上几天，冬天下大雪时来扫扫雪，春天来拔拔院子里的草，从来不与村里人讲话。人们唯一能见到的是这家的少年，有时骑了一头瘦骨嶙峋的老黄牛在村东头的山坡上转悠，有时人们听到那老黄牛极特别的叫声，就知道少年又到了。

四儿哥今晚怎么来到了这里？难道娥子姐会和四儿哥在这里见面？玲儿觉得好生奇怪。

四儿进到了屋里，玲儿跟到了院外，在院墙边蹲下了。

进到了屋里的四儿，见师傅早已落座等候，并气喘吁吁。

"师傅，您老今晚怎么啦？"四儿见师傅气喘便问。

"没怎么，我捉不住它，就等你来捉了。"师傅抬手指向墙上挂的一个玉件。

四儿顺师傅的手指看去，墙上挂着的这个玉件，也是呈"C"形，如鸟状，黄黄的。四儿心想：怪了，就这么个东西，师傅怎么说捉不住它，等着我来捉，看来师傅是捉了，要不怎么累得直喘。

四儿就着灯亮，也看清了屋内的一切，包括燃着火的这盏玉灯。这是一只白玉兽形灯，一只可爱的玉瑞兽，四足蹲伏，头微抬，腰下塌，屁股微撅，两眼圆瞪，直视前方，如发现了什么似的，马上就要前冲扑伏。在下塌的腰背上，连着小拇指粗的玉柱上是一带莲瓣的圆形灯盏，油池里注满着香油，顺着灯捻滋滋地往燃着的火苗上输送。灯火如豆，满屋却映照如昼。

四儿越看越爱，伸手摸了摸瑞兽的头，就在四儿摸玉瑞兽头的瞬间，屋内暗了下来，四儿只觉得手一震，紧缩手，只见那墙上挂着的"C"状鸟形的玉件饰飞了起来。四儿紧前几步，伸手抓飞起的玉件饰，玉件饰就在四儿的头上、身前、身后的飞，可四儿就是捉不住，四儿也渐渐地气喘吁吁了。四儿捉得兴起，也不管屋内的陈设了，开始四儿还有所顾忌，怕碰了这，碰了那，可到后来也不管三七二十一了。这只玉件饰，越飞越大，渐渐地四儿看到的是只鸡样的大

鸟：尖尖的喙，鲜红的三朵肉冠并连，短翅微张，翅膀及全身披着金灿灿的羽翎，并拖着长长的尾翎。这只大鸟眼瞅着四儿在屋里如在天地般地上下翻飞，待又一次飞近四儿时，四儿冷不丁快速伸出右手，如刀出鞘，箭离弦般扑向这只大鸟。大鸟的头和前半身已躲过四儿，可尾巴被四儿拽住了。

"师傅！师傅！我抓到了！"气喘吁吁的四儿忙喊师傅。

师傅端坐，眼睛微闭："你捉到了吗？"

"师……"喘着大气的四儿刚张口。

"你再看！"只见师傅拿起了桌子上的拂尘一甩。

被四儿拽住的大鸟，扑楞楞一用劲，哗剌剌地向上冲去。大鸟虽飞了，可尾巴还拽在四儿的手中，四儿左手随即也揪住了大鸟的尾羽，大鸟往前用劲，四儿双手猛拽，鸟尾越来越长，四儿觉得双手滑滑的，抓捏不住，大鸟再一用劲，四儿双手松开了。

大鸟飞走了，在屋内盘旋飞升。

四儿惊呼："师傅，是凤凰，您看！"

四儿在年画里见过凤凰的形象，可没见过真凤凰，这一次是在师傅的屋里见到了活灵活现的真凤凰。

"四儿，你坐下。"师傅吩咐。

"嗯！"四儿遵命坐了下来，但忍不住抬头瞅着这只金灿灿的金凤在屋子里飞翔。四儿再环顾一下四周，什么也没碰着撞着，完好如初。

师傅的屋子怎么能有这么大？坐着的四儿心想。

四儿心里想的，师傅早已明了，只听师傅说道："四儿，人心有多宽，天地有多大，大其心容天下之物。人间并无房屋，屋为人做成。"四儿听罢，悟道：是啊，人间并无房屋，房屋是人做成的，心宽何受房屋之羁绊，应像凤一样遨游长空。

"凤也是我们民族崇拜的神鸟，"四儿的思绪被师傅拽了回来，"它长着个鸡头、燕喙、龟颈、龙形、鳞翼、鱼尾，其状如鹤，体披五毛。可是在《诗经·商颂·玄鸟》中记载：天命玄鸟，降而生商。在《史记·殷勤本纪》中明确地说夏是龙的后裔，帮助大禹治水的契是凤的后裔。契母简狄，有一天在户外洗澡时吞食了玄鸟的蛋而怀孕并生下了商族的始祖——契，所以商代的人是以鸟为图腾的。古人用以作为图腾的鸟，那决非一般的鸟，而是具有神性的天降大鸟，那就是凤。自商以后，人们分别以凤凰比附男与女，后来，上天把凤凰封为百鸟之王。"

师傅讲着凤的来历，四儿听得入了神，又看了看那只飞舞的凤。师傅见状拂尘从上而下一挥，飞舞的凤由高而下，由远而近向四儿飞来，且越飞越小。

四儿伸出了双手，双掌向上，他多么想这只可爱的神鸟能飞向自己的掌中。

心想事成，这只神鸟竟真的、稳稳地站立在四儿的双手上，金光灿灿，晃得四儿的双眼金星四射。四儿眨了下眼睛，就在眼皮一张一合间，觉得手心里凉凉的，一个一扎多长的黄黄的玉凤躺在四儿的手中。

多天来，师傅对四儿讲了很多关于玉的故事和玉的知识，加上实物的比对，四儿对玉有了相当的了解，也比以前更加喜爱玉了。

这只躺在四儿掌中的玉凤，雕琢极其精美。片状，用料是上好的和田黄玉，整体玉凤呈回首欲飞之状，尖喙如鸡，高高的凤冠三朵并连，微张的短翅，阴纹雕饰，长尾由合而分，透雕镂孔，长尾舒展。体侧有一长圆形钮孔，穿孔用以系绳佩挂，整体造型别致。玉凤整体修长，雕饰错落有致，双眼目视顾盼，似在寻找，在期待，大有凤求凰之感，优雅迷人。

四儿全神贯注地在欣赏掌中的玉凤，他完全被殷商时代的玉雕巨匠们的丰富想象和雕琢技术所折服。但他不明白的是古人是用什么东西能把坚硬的玉，雕琢成手中玉凤这样的饰品？玉凤的厚薄只有韭菜叶般宽窄，古人又是用什么东西把玉剖成薄薄的片状？为此，四儿问师傅，师傅说以后会告诉四儿的。

蹲在外面的玲儿见四儿进屋后一直没有出来，也觉得好奇："是谁把四儿哥留在了屋里？是娥子姐吗？"她不免向屋里张望。

望着望着，屋里突然金光一片，接着一只大鸟冲破屋宇，金灿灿地在屋子的上方盘旋飞翔，她同时也看到了一个老者坐在那里，四儿哥也正在张望这飞翔的大鸟。先前她还看见了那间房屋，可现时房屋怎么不见了？玲儿不免有些害怕，往后看了看，转过身子，后面一片漆黑，她不禁往前挪动了脚步。玲儿一边眼望这只大鸟，边向前挪，渐渐地挪到了院子里。

玲儿认识这只大鸟，她跟爹做过活儿的人家的孩子们学过绣花，学过画画，学过鞋样。她知道那叫凤凰，并不知道雄的为凤，雌的为凰。她看今夜的凤凰比她们用七彩线绣的凤凰要漂亮十分，美丽无比。

四儿还迷恋在玉凤的遐想之中，突被师傅的一句话叫了回来："四儿，快去接你的凤吧！"

"凤在我手中，师傅！"四儿看了看师傅，又看了看手中的玉凤。

"不！你的凤在院子里，今夜是凰跟凤。"

四儿被师傅的话说糊涂了，怎么一会儿凤，一会儿凰？怎么又跑到院子里？怎么又是凰跟凤？四儿挠起了头皮。

"快去吧！玲姑娘已跟了你好一会儿了，现在就在院子里，快去把玲姑娘领进来。"

四儿忙把玉凤放到桌子上，将信将疑地起身向外，玲儿真的站在院子里。

"你怎么到这儿来了？"四儿问。

"我看见你起来了上茅房，怕你睡得迷迷糊糊地掉进茅房里，所以就跟你

来到这儿啦!"玲儿调皮地回答。

"上茅房也不能上这么远。"

"我寻思着你的屎尿香,留给别人家喂花、养草、种菜粮。"玲儿话里有话又不失俏皮。

"好了,快进去吧!师傅叫我出来领你。"

"谢谢!四儿哥。"玲儿侧身右手搭在左手上放于腰际,双腿微屈,腰前倾微微颔首,一个大家闺秀的答礼拜向四儿,接着玲儿面向四儿伸出了右手。

"干什么?"四儿见玲儿伸手给自己,不解地问。

"师傅不是叫你领我吗?你不领我怎么进去?"玲儿娇嗔地回应。

四儿只好伸手牵住了玲儿的手,那绵软香暖的手。

只这一牵,玲儿心仪已久。

二人双双来到了师傅面前,玲儿向前施礼,红晕染满双颊。

"玲姑娘,你坐!"师傅吩咐玲儿。

玲儿规规矩矩地坐了下来,双膝并拢,身微侧。四儿立在玲儿的旁边。

"玲姑娘,今晚为何跟踪四儿?"师傅问。

"我怕四儿哥晚上出去有闪失,所以跟了出来。"玲儿狡辩道。

"你能遮风,还是能挡雨?"师傅的问话有些严厉。

玲儿从四儿哥师傅的问话中,知道了面前的老者非同一般,他能洞察一切,看透内心,在他面前,还是照实说了为好。

"我看四儿哥有时出去好长时辰不回,出于好奇,便跟四儿哥到此。不想遇到您老人家,不知玲儿哪儿冒犯了老人家?还望海涵。"一串百灵鸟鸣般的声音从玲儿的口中滚出。

好一个玲姑娘,虽是出身贫寒,却宛如大家闺秀。师傅听后,不禁面露笑容:"老叟并非责怪于姑娘,只是觉得你与四儿非亲非故,即便出于好奇,也不必把四儿记挂于心。"

师傅的话出,玲儿满脸绯红:这位从不露面的老人,今夜能与我见面,必是有缘。与有缘人说话,必须用心。心想的玲儿干脆和盘托出:"玲儿从小没娘,无兄无长,四儿哥的到来,在姑娘心中,如灯似火,我愿为四儿哥做衣挡风,撑伞遮雨。"

玲儿向师傅吐露了心迹,师傅甚是高兴:"那要看天意,还要看是否有缘。"

"我愿上天给我那份缘。"低头脸红的玲儿声音近似于低喃。

立着的四儿大气不出,静静地听师傅和玲儿说话。听到最后,四儿好生高兴:有娥子姐照顾我,我再把玲儿认做个干妹妹,省了姥姥和娘为我操心。

"那好,我要借玲姑娘手帕一用。"

师傅向玲儿借手帕干啥?四儿心想。

玲儿从上衣腋下的钮扣上解下了一条白绸子手帕,双手递给了师傅。师傅在桌面上展开:一对鸳鸯用七彩线绣于手帕之上,互相戏水、追逐,活灵活现。一枝荷叶,占据了手帕的一半,一支荷蕾,含苞待放。被鸳鸯荡起的涟漪一圈圈地向外扩展。更绝的是荷叶上绣的几滴露珠,如真的一般,展开的手帕,你都不忍心抖动,生怕一动,露珠滚下,摔碎了。

四儿的师傅一看,不禁赞叹玲儿姑娘的女红如此之好。

四儿也被玲儿的手帕绣得如此之好而震撼:玲儿这双手太巧了!

四儿见师傅伸手从玉海里抓了件东西放到了展开的手帕中,并迅速地拢起手帕的四角,用手捏了一下。四儿瞥见了如一件玉佩类的东西被师傅包在了手帕中。玲儿也看见了,但不知是什么东西。

"四儿,"师傅一声叫,"你从明天起,跟玲姑娘学画画,记住了吗?"

"记住了。"师傅的话,容不得四儿半点质疑。

"玲姑娘,你要好好教四儿。"

玲儿巴不得,忙应道:"您老放心,我保证让四儿哥画的比我还好。"

"你就回去吧,天也不早了。"师傅下了逐客令。

从进屋到师傅下了逐客令,玲儿才抬起了头来环顾四周,仔细地看了一下屋内的摆设,只见满屋各种玉器,明晃晃的,煞是好看。玲儿从小随爹在大户人家中看到过,但没这么多,只是几件而已。

"噢!这么好看,难怪四儿哥夜间跑来。"边说话,玲儿边站了起来。

"好看吗?那就好好地看看吧!"师傅听玲儿说好看,接玲儿的话说,又对四儿嘱咐道,"四儿,你领玲姑娘看,我也要歇歇啦!待会儿玉凤领你们回家。"师傅说完,跨屋而去。

四儿听从师傅的嘱咐,手牵手地领着玲儿,从这一排看到下一排,从这一个博古架看后转到另一个博古架前,各种玉器令玲儿看个不够。玲儿有心,四儿却没在意,原来,玲儿发现她看过的玉器一转身就变了样。起初,她认为太多了没记住,后来她留了意,每看过一架后,待转回来时,整个架子的玉器又都换了样。玲儿低声地告诉四儿,四儿才觉得和平时来时不一样,有一种既新鲜,又陌生,又曾似见过的感觉。

这时,四儿似乎想起了什么,刚想领玲儿再转回去重新再看一遍时,脚步却由不得自己了,却倒退不得,径直牵着玲儿向外走去,玲儿被牵的手,用力抽也抽不回来。

"你个臭小子,"耳边传来了师傅的声音,"你有玲姑娘的聪慧就好了。"接着"啪"的一声,四儿的脑壳挨了师傅拂尘柄一击。

明明手牵着玲儿,却似有人推着一样向外走去。

"快回去吧!玉凤在外等你。"又是师傅的声音。

　　玲儿和四儿出了屋门，屋外一片通明，原来桌子上的那只黄玉凤又恢复了飞翔之状，只是嘴上叼了个小布包包。四儿和玲儿认得，这是师傅用玲儿的丝绸鸳鸯手帕包的那件东西，怎么叼在了玉凤的口中？

　　玲儿也看到了，二人没有说话，玉凤看见俩人出来后，向前飞去。

　　玉凤前飞，二人疾步随后，飞着追着，玲儿一看玉凤径直向自己家飞去。

　　二人随着玉凤跨到了院子里，只见玉凤落在了玲儿家的梧桐树上，就见玉凤头一甩，嘴里叼的小丝绸包包掉了下来。四儿松开了牵着玲儿的手，快步上前去接。瞬间院内一片漆黑，只见一个亮亮的东西，停在了大梧桐树的中间一丈多高的地方，四儿在下面接着，那个亮东西却不掉下来，四儿又够不着，把个玲儿急得直跺脚。片刻只见那个亮东西直直地扑向树身，只听"喀嚓"一声巨响，响声过后，院内恢复了平静，又是漆黑一片。

　　沉睡中的玲儿的爹也被响声震醒，忙起身披衣走了出来，看到两个孩子夜里站在梧桐树下，不知所措的样子，急问："玲儿，刚才是什么响？"

　　玲儿和四儿，同时摇了摇头。

　　村里起夜的人们起初也看到了亮光，有的也看到了那只金灿灿的凤凰，有的却没有看到，人们说看到与没看到那都是缘分所致。那声巨响，村里人都听到了，它把那些睡了的人，都给震醒了。

　　第二天早晨，玲儿早早地起来，跑到梧桐树下，看到了在树干上，离地一丈多高的地方，一块如大人手掌般大小的树皮被什么人扒了下来似的掉在了树下，树身上露出了浅黄色的树干，流淌着汁液。

　　玲儿弯腰拾起了那块褐色的树皮，心疼地抚摸着。这棵梧桐树自从栽上后，玲儿是精心莳养。或许是玲儿的精心照顾之故，这棵梧桐树与众不同，它的叶子，大如脸盆，开的花是紫红色，喇叭状，摇铃形，一串串的，花开香飘十里，甜甜的香，能把百里外的蜜蜂招来。只几年的时光，这棵梧桐树就撑起了偌大的树冠，为玲儿家遮阳挡雨了。

　　"四儿哥！"玲儿手拿树皮向屋里叫着，"你快来！"醒了的四儿躺在炕上并没有马上起来，他在想昨夜的事。他领玲儿看玉时，看到了玉饼和玉塔，开始他认为是师傅屋里以前的东西，并没在意，待玲儿告诉自己时，他突然想起师傅曾对他说过："待到凤显铃响时，有人能陪你看到更多的古玉。"凤凰他看到了，"铃"是不是正好应在玲儿的身上，玲儿的声音确如银铃般脆响。唉！甭点破就好了，都怪玲儿嘴快，也怪自己太笨。

　　人世间的事也太蹊跷：有心栽树树不活，无心插柳柳成荫，无心苛求能得到，有心追求事不成。

　　耳边似乎又听到了师傅曾向他说起的民谣：苏州城外草鞋山，山上有只玉草鞋，福佑人间通苍天，要能得到胜神仙。

124

据说这里有大量的玉器，最出名的是礼仪用玉，具有代表的是叫玉琮的玉器，其名为：玉琮，大多呈内圆外方而中带圆孔的柱体。其高矮大小不一，琮体长等距分为若干节，每节四角雕刻或繁或简的神人兽面纹。最长的十七节，成为琮王，也有素面单节的。听师傅讲玉琮是通天地的法器，是上能通天，下能入地的器物。还有叫玉饼的玉器，它的真名为玉璧。再有一样东西似斧头状，名为玉钺。如这三样东西为一人所有，那这个人非一般百姓，而是集神权、军权、财权于一身的王公贵族或部落首领……

正为昨夜没能看到更多的玉器而懊恼的四儿，忽听玲儿在院子里叫他，不情愿地爬了起来，来到玲儿面前。

玲儿心疼地告诉四儿，树皮不知怎么掉了下来，她想叫四儿帮忙把这块掉了的树皮再给安上去。

"四儿哥，你看！"玲儿手指掉下树皮流淌树汁的地方，"快帮忙安上吧！梧桐树都哭了。"

四儿想起了昨夜玉凤领他们回家和那声巨响：原来是那个我没接着的亮东西砸掉了树皮。

四儿伸手接过玲儿手中的那块树皮，来到树下，伸手上按，够不着，看看还差一截。

玲儿伸手要过四儿手中的树皮："四儿哥，你蹲下。"

四儿明白了玲儿的意思，双手扶着树干蹲了下来，玲儿双腿跨上了四儿的肩头，四儿一使劲慢慢地站了起来，骑在四儿肩上的玲儿手轻轻一伸，掉下来的那块树皮被玲儿不偏不斜地正好按在了梧桐树的伤处。玲儿的手一松，那块树皮如胶住了一般，严丝合缝。

"好啦！"骑在四儿肩上的玲儿告诉四儿。

四儿慢慢地蹲下，玲儿手扶着四儿的头，跨了下来。

"四儿哥，你快看！"玲儿指着才按的那块树皮。

站起的四儿顺着玲儿的手指看去，树皮已与原来的溶为一体了，没有一点被砸的痕迹。

这时站在四儿跟前的玲儿却直愣愣地盯着四儿，把个四儿看得不好意思起来，四儿忙拿话问道："怎么，不认识了？这么看！"

"我沉吗？"玲儿问非所答。

"不沉，我一使劲就扛了起来。"四儿就玲儿的话答道。

突然，玲儿上前就着四儿还没洗的脸"啪"的一口亲了下去，一扭身，满脸飞红地丢下一句话："四儿哥，你真好！"跑进了自己的闺房。

四儿蒙了，站在原地，手摸着被玲姑娘亲过的脸蛋，望向远方，望向东方天际。东方天际彩霞一片，一轮红日正在冉冉升起。

第十章　路漫漫

　　四儿木匠活儿也不做了,跟玲儿学起了画画,玲儿也装模作样地当起了先生,教四儿画花、画鸟、画树、画草。玲儿从大户人家学的绣花的本领,描枕头的花样、鞋样,一切都倾心地教于她喜欢的四儿哥。

　　四儿也深知师傅的用意,将来学好后,以便于临摹玉器。

　　在四儿跟玲儿学画时,娥子也找借口找四儿,玲儿也看出了门道。索性叫娥子也一起学画,可娥子没那个耐性。教她学绣花,她心不在焉,两眼不盯着花绷子上绣品丝线的走向,动不动绣针就刺了自己的手,把个洁白的绣布有时就抹上了斑斑血迹。娥子心想:我是找借口来看四儿哥的,哪儿有什么心思来学画绣花?

　　玲儿岂能不知?在一个村子里,差不了几岁,娥子的性格,玲儿是一清二楚的。自从四儿哥来后,娥子来的次数明显多了起来,玲儿的心里就有个七八,再加上娥子对四儿的嘘寒问暖和她的眼神,已明明白白地告诉了玲儿:四儿已被娥子相中。

　　玲儿教娥子画画绣花,只不过是出于礼节,怕娥子没话找话,时间长了坐着显得尴尬。从小长大的姐妹,又不便支开娥子,所以找活儿让娥子做。娥子的内心世界,玲儿哪儿能不明白。玲儿看娥子的神态,心想:四儿哥又不是指定是你娥子的,我在四儿哥师傅那里已表明了我的心迹,师傅说还要看缘分,如果我与四儿哥有缘,不管什么人,也休想从我手里夺走四儿哥。玲儿跟四儿称呼,也随着叫师傅。

　　玲儿心里想,表面却一点也看不出来,像平时一样热情地招待着娥子姐。

　　四儿出门在外,得到了两个黄花大闺女的照顾,好不惬意,不想娘,也不想家了,一晃在玲儿家待了一月有余。白天学画,晚上到师傅处,玲儿有时也跟过去听师傅讲玉。

　　一天晚上,玲儿又跟四儿到了师傅处,师傅叫过四儿:"四儿,你画学得如何啊?"

　　"能画个花、鸟、鱼、虫了。"四儿做答。

　　"这儿有笔、墨、纸、砚,你把你最喜欢的玉器画给为师的看看。"

　　四儿看桌面,师傅何时把文房四宝置于桌面,四儿一点都不知晓。

　　四儿摆正了姿势,铺就了纸张,立在四儿旁的玲儿忙端起桌上的水盂,注水于砚中,持墨研磨。

说来也是，自从那次跟踪四儿，见到了师傅说玉，玲儿也被玉深深地迷住了，师傅却一次也没支开过玲儿。而娥子，师傅却不相见，也从不露面。四儿为此曾想问问师傅，但话到嘴边，却又打住了。

四儿为此曾想：师傅为什么？两个姑娘，一个相见并让其来听玉，而另一个却不肯现身，这里肯定有什么缘故？几次想问，却都没敢。有次想把娥子也领来，可到娥子家门口，腿却留不住，脚也不听使唤。想喊娥子，可玲儿在旁边，也没好意思叫，腿依然如故，一到娥子家门口，站也站不住，似被人前拽后推般。四儿也想，娥子可能跟玉无缘，要不，怎么啦，能到如此地步？

玲儿每次来，从不多言多语，听到高兴处，只是点头微笑，从不插话。有时看师傅的茶杯该斟茶了，总是恰到好处地及时斟上。完后，规矩地退到坐着的四儿身旁，立而不语。

这一次，一听到师傅叫四儿画画，她就明白了，师傅想看看四儿的画技如何。不用吩咐，玲儿就知道自己该干什么。

四儿注视着玲儿手持长方形条状墨块在砚池中轻轻地一下一下地划着圆，墨底与砚面研磨发出了轻微的丝丝声，砚池中的水在渐渐地变黑变浓。

四儿看墨汁越来越浓，顺手抓起了卧于笔架上的一支白玉杆的毛笔。只见这支白玉笔，小拇指般粗细，一扎二寸长短，白晶晶油光光，上浮雕一条蹿云吐雾的螭龙，自下而上周身盘于笔杆之上，带有红红的沁色。

四儿听师傅讲过这支玉笔，但从没见过。这次能亲手拿于手中，不禁欣喜。从苍颉造字的那天起，人们就开始了用玉来雕琢文房用具了。

这支玉笔是汉代之物，历经多代多人之用，历代文人的气韵已注入笔中，且被盘养得晶莹剔透。布满笔身的红沁已被几代人所煮养，已经渐渐地散开，如鸽之鲜血洒于晶莹的冰面上，点点线线凝重而鲜红，螭龙似游于日出之彩虹之中。

再说这支玉笔的笔头用毛是千毫万毫选其一毛，是生活在冰天雪地里的上百年的雄性黄鼠狼后脖子上的细长而尖的毛，据说百岁黄鼠狼一生此毛只发三根，只有一寸长短，既挺又软。黄鼠狼自身都特别爱惜此毛，每日清晨，进食之前，都口含冰水与口液搅合，吐于双爪之上，轻轻梳理。如掉一根，它都要大病一场，不死即伤。用这种毛做的毛笔，写字做画得心应手，无需多大的功力，都能力透纸背。

四儿正独自欣赏这支玉笔，立在旁边研墨的玲儿，也边研墨边欣赏起这方砚台。这方砚台如爹的手掌般大小，似龙形，龙首回望，背部为一砚池，四兽足撑于桌面，坚实而有力。龙头长一角，分长短两杈，并向两边勾卷。最令玲儿惊奇的是那双龙眼，长眼梢，杏核眼，不论你站在对着龙首的哪个位置，龙眼始终看着你，如活的一般，似会转动。玲儿为此，在研墨的时候曾离开过，到四儿的左右或旁边的地方试过。四儿不知为何？看着玲儿没吱声，师傅看着玲儿只是品茶微笑。玲儿不禁靠前低头细瞅，刀刀如跳动般阴线细刻，如毫发似断似续。整砚暗绿色，质地纯正，色泽鲜艳，由一块千万年在玉龙河水里经过翻滚、冲刷历炼的和田玉籽料雕琢而成。

玲儿看到高兴处，不禁伸出左手轻轻地抚摸龙首，心中不免掀起无限敬仰：是哪位大师？琢出如此精美之作，流传于世，供后人观赏。正如师傅说玉时所讲：琢玉大师们鬼斧神工般的玉作能流传于今，传于后人，真是功德无量。

墨已研好，四儿蘸墨捻笔抬头问师傅："师傅，我画什么？"

"你喜欢什么，就画什么。"慢品茶香的师傅答。

"我最喜欢玉佩饰。"

"那你就画玉佩饰。"

"在哪里？"四儿问。

"在玉海里。"师傅话露禅机。

"是在这只玉海里吗？"四儿抬手指向条几上的大玉海。

师傅已知四儿的内心所想："这里只有两件。"

四儿起身要到玉海里去掏，他想看看这只大玉海里究竟有几块玉？

师傅拿起放于桌子上的拂尘一伸，挡住了四儿伸向玉海里的手："四儿，你想看玉海之内，到底有多少玉是吧？"

四儿的心机已被师傅点破，便应道："师傅，我想临摹一百块玉佩饰。"

四儿还局限在条几上的玉海中，他向师傅提出了要画玉佩饰的数量，心中想：师傅，您这只玉海里能掏出多少？

只听师傅"唉"了一声道，"四儿啊，你如此聪明，怎么贼心不死？"

四儿被师傅说的低下了头，他知道师傅所指"贼心不死"是指什么。

师傅看四儿低下了头，又说："玉海之大，岂是你心所测，区区百件，何足挂齿！"转头又对玲儿说道，"玲姑娘，你到玉海里去拿。"

玲儿听师傅吩咐叫她去拿便伸手到玉海里，一摸便摸出了一件玉件来，双手捧给了师傅。

师傅把玉件拿于手里，从拂尘上揪了根白汗血宝马尾鬃，对着玉饰上的一孔穿鬃而过，而后师傅一手持玉饰，一手把穿过的马鬃两指一捋一捏，一件玉饰便被拴住了。

四儿与玲儿还没看清师傅手中的玉饰，就见师傅把玉饰已经拴好，师傅右手提着汗血宝马的马鬃，拴着的玉饰在晃动。

"玲姑娘，这件玉舞人师傅送你。"师傅开口讲话。

站在师傅旁边的玲儿忙施礼："谢谢师傅！"双手捧在了一起，伸到师傅面前。

师傅并没把玉件送到玲儿手中，而是双手把玉件上拴着的马鬃分开，向玲儿的脖子上套去，玲儿见状马上收手低头，汗血宝马鬃戴在了玲儿的脖子上，玉饰在玲儿的胸前晃动。

玲儿抬头感激地看着师傅，双手捧起了晃动的玉饰。

这时师傅又道："玲姑娘，师傅送你的是件战国玉舞人，你要好生爱惜，她会给你带来好运，将来她会带你到你要去的人家，半璧合一，那家人家就是你的婆家，持璧之人就是你的男人。你将与他白头偕老，你要尽好妇道，做一个贤妻良母，相夫教子，孝敬老人……"

"扑通！"一声，玲儿双膝跪拜于地，满脸通红，低声道："师傅，玲儿铭记在心！"

"快起来，"师傅道，"又一个与玉有缘人。"

玲儿起身，退于四儿旁，双手捧起玉舞人观看。确实地说，这是一对双人玉舞人，身着薄纱，长裙束腰，衣裾飘曳，凸胸翘腚，侧身屁股相碰，腰际各拴挂一玉璜类玉饰，玉璜下又各垂直拴三件长条状，类似玉冲牙的小玉件。腚相向，脸向外，一左一右，她左手，她右手，长袖飘舞高扬经头顶过肩部向侧后而垂下，两袖口相对。另两手也是一左一右长舞于身侧后，长垂于地，袖口相碰。长鼻杏目小口，脸庞丰腴，长发一左梳一右梳，掩耳直达肩，头微仰。

这一对玉舞人，如活了般在舞动，把个玲儿看得目瞪口呆。她们长袖长裙曳地，舞姿曼妙生动，委婉而飘逸，娴静而婀娜，扭胯折腰袒胸。似轻歌曼舞，腰间玉佩叮咚作响。如天外飞仙，体态轻盈，凭借长袖横空飞舞，恍若行云流水般的在高速旋转中定格于瞬间。

"师傅，这对玉舞人太美了！"玲儿看到高兴时，不禁再一次抬头看师傅道，"谢谢师傅赠予我如此精美的玉舞人！"

师傅点头颔首微笑。

四儿伸手要玲儿的玉舞人："给我看看！"

"不给！"玲儿调皮地冲四儿一努嘴。

"你到底给不给？"四儿一把拽住了拴玉舞人的马尾。

"哎哟！勒死我啦！"套在玲儿脖子上的马尾，深深地勒住了玲儿，玲儿忙转向师傅求救，"师傅，您看！"

"玲姑娘，摘下来，叫四儿照样画一个。"师傅吩咐玲儿。

"他这样要，我偏不给！"玲儿又向四儿努了一下嘴。

"四儿，快向玲姑娘赔个不是。"师傅看着四儿与玲儿为玉舞人斗嘴，忙笑着打圆场。

"好妹妹，师傅都说话了，快让我瞧瞧！"四儿乖巧地及时搬出了师傅，又赔了不是。

一声好妹妹把个玲儿叫的是浑身舒坦，甜透心田，忙摘下玉舞人双手递给了她的四儿哥:"给!"

四儿顺手接过了玉舞人,就在一递一接间,拴玉舞人的那根白汗血宝马尾鬃,瞬间变成了一条红灿灿的丝绳。拴在那带有丝状红沁,缜密温润的白玉舞人之上,舞人泛出如脂似蜡的宝光。

四儿看到拴玉舞人的汗血宝马尾鬃变成了红丝绳,四儿不解其因。

玲儿看到了同样的变化,心里已明了了八九成,坐在眼前的老人、四儿的师傅,神秘莫测,非同一般。

师傅只是喝茶微笑,屋内茶香一片。

四儿一看手里的玉舞人,立刻被那高超的琢玉手法和美轮美奂的舞风所折服,心想:我要把它画下来,让更多的人能够看到它,欣赏它。

四儿把玉舞人放于铺好的宣纸上端,提笔在纸上照着画了起来。墨色发出黝黝的亮光,落笔在白白的宣纸上,如走龙蛇。四儿觉得得心应手,墨如入纸之肌理,发出一种淡淡的晕。

四儿他哪里知道,这种墨是用生长了五百年的松树明子燃烧时的松烟用银碗收集后,调和于浓稠的糯米汤中,并加入珍珠、龙脑、玉屑、犀牛角、麝香、阿胶、鲨鱼胆等七十多种名贵稀罕之物,千锤百炼压制而成。

单就糯米汤的熬制就得选上好的香糯,在石碾子上脱壳压碎,在红泥陶缸里用洁净的长流山泉水浸泡三天三夜,待用手一捏即成面粉状时,放入石锅中熬煮。糯米汤需用嫩松枝文火慢慢轻轻地熬,熬出来的汤汁用木棍一蘸,滴如玉珠,粘稠无比时才能使用。调好的墨团需用红酸枝木棰在树龄千年以上的黑酸枝木板上反复锤炼揉搓,只这一道炼墨的工序,没有耐性和膀力是无法胜任的。而且在制这种墨的过程中任何一个环节不得沾上铁器。墨制好后,需在满月之下,露水未落之前,晾三月至半年,方可适用。用这种墨无论写字或绘画,不怕风吹日晒,不怕阴暗潮湿,经年墨色不变,如新写才绘一般。

再说四儿绘画的纸张,是用百年的檀树皮剥下来后,一张张垒平扎好,放在长流水中浸泡。待到檀树皮泡软之后,把表皮剥掉,撕成粉条状,再一捆捆扎好,挪至大缸中,继续浸泡。然后三天拿出一揉搓,五天拿出一捶打,待到檀树皮绵软酥烂时,换清泉水,用双掌在水中一点点搓碎,用木棍搅匀,取其上浮纸浆,晾晒成纸。

这种纸,厚薄均匀,纤维细长,略带一点淡淡的褐黄色,柔韧性极强,不脆不焦,水湿不皱不凸,无论写字作画,经年不脱墨散墨,堪称为宝纸。

四儿现在正是用的这种宝墨与宝纸,在一丝不苟地照画玉舞人。

师傅为何给四儿用如此神笔和宝墨与宝纸,叫四儿绘玉饰,正如四儿所想:让古之玉佩饰流传下来,让更多的与玉有缘人看到玉佩饰的神秘与精美。

四儿做画,玲儿在旁观看,师傅喝茶闭目养神。

玲儿看着看着把眼光转向了桌子上放的玉笔架上了。这是只墨玉笔架，整体造型为一仰头前行的螭龙。它的独到之处是螭龙的独角和爪被设计雕成了凤头上的长长的羽翎，正是羽翎和螭龙前行中的腰身的弓起和伸缩的曲线，恰到好处地被用以放笔。螭龙凤翎状四爪，稳稳地撑伏与桌面上。玲儿不禁伸手把它抓于手中，又一次仔仔细细地端详起来，这个墨玉笔架，也许被多人使用或是像玲儿一样看后爱不释手的缘故，此玉已被盘摸得乌黑锃亮，宝光毕现，如玲儿鬓发般在灯光下发出黝黝的光。

"太美了！"玲儿自语。

正在画玉舞人的四儿，也抬起了头顺声看去，刚才拿笔时没在意，只顾欣赏玉笔和玉砚了，又被玲儿的玉舞人所吸引。正在照葫芦画瓢的四儿听玲儿说太美了，刚听到时，四儿还以为是自己照画的玉舞人玲儿看到了说美，可顺声看去，玲儿却是目不转睛地看着自己手里的玉笔架。

四儿伸手要玲儿的玉笔架看，玲儿递给了四儿，并随口说道："拿好，别摔了！"

四儿小心翼翼地双手捧住了玲儿递过来的玉笔架，他想起了师傅曾讲过，玉不过手的事，接玉时特别诚心和小心。

四儿看这只玉笔架，知是由一块上好的和田玉籽料雕琢而成，从师傅教的识玉知识中可以看出，这是件传世古玉，是墨玉中的上品，而且有一层厚厚的包浆。

玲儿把笔架递给四儿后，眼光落在了四儿画的玉舞人上。

四儿哥画得还真像，玲儿心想，顺手把四儿画的玉舞人拿到了师傅跟前。

四儿还没有完全画完，但大部分已经显现出来了，白描、勾线全用上了，也倾注了四儿对玉的一片痴情。玉解人意，四儿落笔得心应手，似纸上被人事先描画好了一样，他只是照描而已。

师傅看后，只笑不答。

玲儿又给师傅的茶杯续满，刚要退回，师傅手指玉海，示意玲儿。

玲儿极其聪明，知师意，转到四儿身旁，伸手掏向玉海。

看墨玉笔架的四儿，也注意到了玲儿，忙把玉笔架放于桌上，也站了起来，并把手伸向了玉海。

玲儿一看，忙转向师傅："师傅，你看！"

"我看见了，玲姑娘，你先把手挪开，让四儿去拿。"师傅喝茶慢语。

玲儿抽回了手，四儿的手在玉笔海里掏摸。

玉笔海里什么也没有，四儿茫然地把手抽了出来。

师傅笑道："无私心，玉海中即有。"

四儿听后，满脸羞红，坐回到椅子上。

玲儿不解师傅的话，立在那儿一言不发。

四儿为何脸红？原是因为玉舞人而起，师傅赠玉舞人与玲儿，四儿就有了心动，他想到了娥子。那一刻，玉舞人戴到玲儿脖子上时，四儿就想张口向师傅讨要一个，送给他的娥子姐。这一次他见玲儿要到玉海里掏摸，他想乘机掏一个玉佩饰出来，再替娥子向师傅讨要一个。其心想之因，玲儿哪里知晓。师傅话出，如箭般射向四儿的内心，心想之事，师傅全知。

唉！娥子姐与玉无缘。四儿心想。

师傅抿了口茶，又道："心内无事即禅定，心中无私是菩提。"

对于禅定与菩提，四儿和玲儿都没听懂，他们对于高深的佛学，显得那么的无知。但对于无私和无事，他们俩是有所理解的。在师傅面前，心中是不能有私和有什么事的，这是瞒不住师傅的。

看两个孩子，无语一坐一立，师傅再也没往下说，而是再一次吩咐玲儿到玉海中去拿玉，并叫四儿把还没有画完的玉舞人拿回到桌子上。

玲儿把手伸了进去，稳稳当当地掏出了一个玉件，并规规矩矩地双手捧予师傅。这时只见师傅手在空中随意一抓，一张宝纸已于师傅手中。师傅把从玲儿手中接过的玉佩放在桌子上，把宝纸盖在了玉佩正中的位置偏右一点。

"四儿，你过来！"师傅叫四儿。

四儿正在想娥子和玉佩的事，寻思着师傅都能给玲儿一件，要一件给娥子有何关系？还没拿到玉佩，那点第一次涌出的私心，就被师傅捅了一下，他觉得隐隐作痛，有点丢人。师傅多次告诫学玉做人的道理，可自己偏偏看到玲儿得到后，情不自禁地就想到了娥子姐，马上就想占有，抢到玉海里去掏……唉！太丢人了。这事如讲给娘听，娘肯定会数落自己的。世上任何事，都不可强求。有缘，哪怕千里万里，今生隔世，都会来到你的身边；无缘，近在咫尺，如万丈深渊，九重天，任凭你望穿秋水，到后来耗尽你枯心一片……

正在低头自省的四儿被师傅的叫声唤了回来，他来到了师傅的身旁，不解地看着师傅。

"把手伸过来。"

四儿把手伸给了师傅。

"把手张开。"

四儿机械地把手张开了。

"掌心朝下，压在玉佩上。"

四儿规规矩矩地照着师傅的吩咐去做，旁边的玲儿好奇地看着四儿按师傅的吩咐在做各种动作。

四儿把手掌朝下，压在了覆盖着宝纸的玉佩上。

四儿觉得手掌下的玉佩凹凸不平，凉凉的。

这时玲儿瞧见师傅的大手突然盖住了四儿压着玉佩的手,往左拧了一下,又往右拧了一下,抬起手后端起玲儿才给续满的茶杯,照着四儿压在宝纸上的手背"噗"的一声泼了下去。

"哎——呀!"玲儿拖长了声的惊叫,她知道这杯茶是刚刚才给师傅续上的,还滚烫滚烫地冒着热气,这不,连水带茶叶还在四儿的手背上热气直飘。

"四儿哥!"玲儿顾不得一切了,冲上前双手扑挎着四儿手背上沾的热水珠和茶叶。

师傅的这杯热茶,如同浇在了玲儿的心上一般,把个玲儿心疼坏了。

四儿的手压着玉佩,刚开始觉得凉凉的,后来师傅的手压了上去,一左一右地拧着,四儿觉得师傅的手和自己的手融在了一起,像软泥团般地透过宝纸压在了玉佩上,手掌中有玉佩雕琢的凹凸感。师傅的热茶泼上去时,四儿也是一身惊。滚烫的热茶水,泼到谁的手上能够受得了?还不得烫出一层大水泡,难怪玲儿一声惊呼。

说来也怪,泼到手上的热茶,看似滚烫,可泼到手上后,四儿觉得凉凉的,如入肌肤,进入脉络。

玲儿一边扑挎着,一边问四儿:"疼吗?"

"不疼,"四儿答,"凉凉的,舒服。"

玲儿不解,四儿的手背,完好无损,皮毛没伤,看不到一点热水烫过的痕迹。师傅看着俩个孩子,继续喝他的茶。

原来,四儿师傅喝的茶,并非一般茶叶可比。它长年生长于峨嵋山主峰万佛顶万仞高山之上,且寄于悬崖峭壁裂缝之中,千百年来只有三株。相传是一采药人攀崖挖药时发现。茶树生长在常年雾锁的峰岚之处,又受峨嵋山万佛顶佛光所照,奇香无比。采药人于清明时节上山采药,他专采生长在峭壁上的名药仙草,当他采到这三株茶树附近时,只闻奇香,不见此物,他顺香而寻,原来奇香是高陡的峭壁上的三株灌木所发。他寻遍了附近,无一处可供其攀援到三株灌木跟前的途径。

采药人天天到生长茶树的悬崖下,眼望千仞万丈之上的茶树,冥思苦索靠近之法。采药人一连到悬崖下三年,他为何采不到还要来呢?原来他自从闻到这株茶树所发的香味后,过午不觉得肚饥口渴,原本花白的头发也开始渐渐地变黑。最使他高兴的是他觉得眼睛比以前更亮更明了,老远就能看清奇花异草。他的耳朵变得更灵更聪,隔三里五里,有所响动,他都能分清是人是物。只可惜此香不长久,只在清明前后浓烈,日子一长就渐渐地散去。他想如采到此树之叶,能常年保存,日日品尝,那将是人生之幸。

于是他一连来了三年,在第三年的清明之前,他早早地来了。天刚刚露出鱼肚白,大老远他就听到猿猴在啼叫。他看见几只黑影在茶树附近的崖石上蹿跳，近了，他抬头上瞅，原来是几只猴子在打斗，耳旁不时传来它们示威时龇牙咧嘴的吱吱声。它们像是在抢夺什么？采药人站在崖下观起了热闹。渐渐地他看明白了，原来猴子们也是冲着茶树而来。这不，一只强健的大猴击败了其他的对手，在独自享用茶树那鲜嫩的枝叶，而战败的猴子只能攀附在茶树旁边的岩石上，畏畏缩缩地观看着。大猴吃完后，就见它掐些嫩枝用一臂抱于胸前，另一臂攀岩扬长而去。其他的猴子见状蜂拥上前，掐枝吃叶，欢喜跳跃，一阵折腾把个好端端的茶树，弄成残枝败叶。

好就好在这三株茶树，有极其旺盛的生命力，它们原生长在杭州西湖，是西湖上的绿翠鸟，偷食了西湖龙井茶籽，它们结伴飞往峨眉山想沐浴万佛顶上的佛光，岂不知飞临万佛顶时，被一陡峭的崖壁所挡，长途飞行，体消身瘦，翠鸟们一个个精疲力尽，只得在崖壁上稍作休息，在唧唧喳喳的鸣叫声中，吐出了茶籽，其他的都飘落深涧，惟独三粒掉入石缝之中，恰好石缝中，千万年来被风、雨、顺山水带进了一些泥土，积淀成了适宜茶籽发芽生长的家园。这三粒茶籽，得峨眉山之气，发生了变异，茁壮生长。

"哦！原来上天赐于世间的万物，不单单是给人享用的。"采药人明白了。但他也受到了猴子们的启发，回去训猴采茶。

从小猴开始训，直至小猴长大，转眼又是三年。清明的前一天，采药人早早地上山，待到天刚蒙蒙亮时，猴群早已到了茶树的跟前。比试已经开始，悬崖峭壁之上，猴们攀援着树枝长藤，蹿来荡去，吱吱鸣叫。有的拖着长长的吱吱声，一听就知是又一个被打下阵来的败者。

采药人看看悬崖上的猴们斗得差不离了，两边都在歇息，胜者已伤痕累累，皮开肉绽，败者也都龟缩在石崖上的树上或藤子上舔食着伤口。瞅着胜者的一举一动，采药人放出了自己花三年功夫训出的猴子。这是只公猴，体格强壮，身手矫健，在一千多天的调教下，蹿跳腾挪，折枝摘茶样样精通。

采药人一声呼啸，这只蹲在采药人肩上的公猴，一听主人发出了信号，"噌"的一声从肩上蹿出，直奔悬崖而去。

只见它一左一右，上下蹿跳，攀枝附藤，即荡又晃，一会儿功夫就到了茶树跟前。那只战胜的大猴正自疗伤，忽见悬崖下又冲上来一只猴子直奔茶树，这还了得，花九牛二虎之力才占据了茶树，岂能叫不知名的外来者偷窃。

那只胜者的伤猴正准备吃茶享用，不想又遇到了对手，急冲到采药人的这只训猴跟前，上前就是一爪。那只训猴别看体壮又训练有素，可是它没有经过实际的格斗，而且直奔茶树，忙于采摘，只一爪就被抓伤，嘴唇豁开，鲜血直流。两只猴子为茶而大打出手，它们在悬崖上，即要抓牢凸起的崖石，还要和对手搏斗，稍有不慎将摔下万丈深渊。猴们极其聪明，利用地势地貌，树枝野藤，叽叽叫着边示威边打斗。

采药人看看自己的训猴渐渐地败了下来，忙呼啸着把它叫了回来。别看它败了，可还不情愿回来，张着流血的嘴，还在叽叽地叫着。

一晃又是三年，这只训猴已经发育成熟，只见它头大尾短，四肢粗壮，红红的鼻子，两颊鲜蓝而透着紫色，全身披着油光闪亮的黑褐色毛皮，性情极其凶猛。

在这又一个三年里，采药人下了很大的功夫，从吃食到格斗，调教的章法滚瓜烂熟。猴子格斗的技艺大增，斗遍了方圆几百里，无一敌手。为何他的这只猴子如此强悍，原来它不是一般的猕猴，它是猕猴的一种，名为山魈，是一种极其名贵的珍奇猴类，只是前三年它还没长成，调教又不得法，所以被打败。至今那豁着的嘴唇，还红红的挂在脸上，一龇牙一咧嘴时，极其可怕。

一年一度的采茶季节又到了，今年采药人于清明前十天就来到了峨眉山万佛顶下，搭棚放猴。

一到这一季节悬崖上的茶树下异常热闹，茶叶还未放香，猕猴们就已为茶而激斗了。崖壁上，山谷间，战败者的叽叽声，示威者的哧哧声，胜利者的嗷嗷声，在回荡撞击飘散。

山魈的出现，令众猴们胆寒，它一龇牙一咧嘴，再发出哧哧声，对手的威风就被打掉了三分，剩下的就是格斗了。这一次在山魈面前众猴们都败了下来，纷纷退让，避在一边准备捡拾残汤剩羹了。第十天头响，茶香渐浓，飘飘荡荡四散开来，老远老远就能闻到。那只三年前的胜者出现了，它比三年前明显地有些衰老了，但威风犹存，霸气尚在。它一声尖叫，呼啸而来，带着山风呼呼作响，一场残酷的搏斗就要开始了。

那些曾经的败将，在山魈面前已投降了的猴们，一见此阵，都退避三舍，远远地观看。它们此时心情是复杂的，它们多么想曾经打败过自己的那只猴王能打败这只山魈，为它们报这九天来的仇恨。又想叫如今的这只猴王——山魈打败以前的宿敌，以报几年来难灭的仇。

大千世界芸芸众生，猴们也如此争斗。

再说那只曾经战败的山魈，一见这只呼啸而来的那只猴王，气就不打一处来，真是气得龇牙咧嘴，七窍生烟。山魈正等着这一天，它一裂嘴，就想起了三年前的情景，嘴唇似乎也在隐隐作痛。它要报这一爪之仇，它要置它于死地。为了主人，它要独霸此树。

山魈占据了有利地势，一后爪抓住了茶树的一个坚挺的树干，两只前爪缩于胸前，龇牙向来者示威，明确地告诉来者，如今的茶树已归我山魈所有。

那只呼啸而来的猕猴，见茶树旁蹲了只凶悍豁嘴的家伙，见了自己不但不躲不藏，反而凶巴巴地摆出了搏斗的架势，眼中充满了敌意。它知道今天遇到了劲敌，随即发出了一声长长的尖叫，声音传出老远，听者不禁毛骨悚然。其他的猕猴们一听这恐怖的尖叫，吓得大气不出一声，都在远远地观看。

山魈听到来者的那声尖叫，不但没有被吓住，反而颈毛倒竖，如支支弓上之箭，黝黑锃亮。

猴王一声尖叫，看看没有吓倒山魈，只有发怒般地冲了上来。

采药人一看那只曾抓伤过山魈的猴王冲了过来，便冲着悬崖峭壁上的山魈发出了一声长长地呼啸，接着又发出了第二声、第三声。

"呜——啊——"的长啸撞向峭壁，撞向崖石向远方，沿着山谷崖壁如雷般滚过。

山魈听到了主人的号令，人壮猴胆，杀机大现。

山魈它在原地一动不动，如迎风而立的雕像。猴王一前爪抓攀着石缝或凸出的岩石，脚还没站牢，另一前爪就直奔山魈面部而去，如利箭似钢刀。

只见训练有素的山魈见猴王的一只爪奔向自己的头部而来，说时迟那时快，山魈猴头一偏让过猴王前爪，右爪顺势掐住了猴王的爪腕，左前爪如剑般直刺向猴王的双眼，动作之迅速如闪电。只听"吱呀呀"一声惨叫，山魈那如鹰隼利爪般的爪指已插入猴王的双目，掐在猴王爪腕上的另一利爪一用劲，只听"咔嚓"一声，猴王的前爪臂被山魈硬生生地给扭折了，随着"吱吱——啊——"一声撕心裂肺如人一般的惨叫，猴王攀附石缝的另一只爪痛得松开了，猴王在峭壁上本来就立足未稳，如今又被山魈断了一臂，两眼又被活活的戳瞎了，另一爪一松，整个猴身向峭壁下坠去。山魈见状，掐猴王爪腕的爪子一松，豁嘴一咧，如刀般的钢牙一龇，"嗷"的一声尖叫从豁嘴里发出，插在猴王眼中的利爪一用劲，加上猴王那向下坠落的猴身重量，一张血淋淋的猴脸被山魈给活活地剥了下来。

山魈发出了尖而沉长的叫声："吱——啊啊——"

猴王那"叽叽叽！啊啊啊！"撕心裂肺的惨叫声，在悬崖峭壁中回荡。

猴王随着惨叫声向万丈深谷中，如落叶般坠下。

抓着还滴着猴血的那张猴脸的山魈，一扬爪，血淋淋的猴脸随风如纸般飘向深涧。

吓得在旁观的其他猕猴们纷纷用双爪捂住了眼睛，胆小的几个浑身乱抖，攀爬不住，随猴王坠下万丈深谷。

山魈战胜了，报了一爪之仇。

采药人惊呆了，山魈的勇猛令他折服，山魈酷烈的做法使他震惊。

万佛顶下，尘世间，为口中物，竟如此惨烈。

采药人一声呼啸，山魈返身下崖，采药人带着山魈入山涧取清泉沐浴三天，重返峭壁折枝采茶。

三天里，观战的众猕猴们闻茶树散发的香气，虽馋涎欲滴，却不敢靠前一步，它们被新来的猴王——山魈震住了。

茶采了回来，采药人看看那鲜嫩的枝芽上，茶芽刚刚脱壳，那孕育和保护越冬茶树冬芽的鳞片逐渐张开。他细瘦芽不掐，紫色芽不摘，伤芽不采，开心芽、空心芽、病芽他动也不动，单挑那肥壮饱满的单芽头。

采药人把山魈轮番几次上峭壁折断的茶枝上的好芽头摘下后，回家中薄薄地摊在由上好的、十年生竹子中段竹皮编成的筛子上，置于微弱的阳光下萎凋，摊晒至七八成干，放进锅中烘烤。

单就烘烤用的锅也极讲究，煮过饭的铁锅不行，必得新铸铁锅，在火中烧红，泼之凉水不炸不裂方可使用。

烘烤此种茶叶之炭也非一般材炭，而是早春养蚕时用的桑枝烧焖所得。

在桑炭火中烧热的锅里，先放进鸽子蛋大小的和田玉籽料，必得是白、青、碧、墨、黄五色以上。待到玉籽热得烫手，锅下桑炭火撤出，锅中放入已七八成干的茶芽，用手反复抄炒。

茶芽在锅里被烫手的玉籽千万遍的挤压、烘烤，逐渐变干、变硬至足干。这种茶，年代越久远，味越浓越香醇，价值等同黄金。

此茶冲泡宜用山泉水，初视茶叶翠绿，泡入沸水中再视嫩黄，始在杯中漂浮，少顷即沉杯底，再待一会儿，茶芽条条挺立水之中部，不上不下，茶汤逐渐变黄即可饮用。常饮可治百病，功如犀角，并可返老还童。跌打损伤，用茶水涂抹即愈。可谓神茶具五味，有健胃提神、祛湿退热、明目醒脑、利脾保肝、强心利肾、益思少睡、除烦去恼之神奇功效，名为锁雾还魂茶。

四儿师傅，泼于四儿手背上的热茶即为采药人制成流传下来的锁雾还魂茶。为何取此名，实为采药人那天观山魈为茶争斗的惨烈场面，心中不忍。茶炒烘好后，采药人先冲泡自饮，觉其茶非同一般。因山魈采茶后，争斗烈性不减，采药人几次都牵它不住，挥鞭狠抽，并给山魈喂食用酸枣仁、五味子、五色玉粉、蜂蜜调成的镇静药调养半月，山魈才静了下来。

采药人牵拽着山魈，走在崎岖不平、荆棘丛生的谷底，几次被山魈拽倒跌伤，以至摔断了脚脖子。待到茶制好后，闻茶饮茶，用茶水涂抹，脚伤即好。采药人为了验证此茶是否有奇功疗效，他一咬牙一狠心，右手持左臂肘关节，当着山魈的面，把左前臂摔向自家石碾，只听"咔嚓！"一声，采药人自断左臂，豆大的汗珠，顺脸流淌了下来。

山魈吓得乱蹿直蹦，吱吱叫。

采药人一举两得，为试茶，为镇猴。

只是代价太大，自残以示之。

采药人泡茶、斟茶、饮茶，以喝完的剩茶渣敷在伤臂处并用温茶水涂抹，伤臂竟无伤痛之感，三日痊愈，七日伤好如初。

他想到了被山魈所镇所伤的摔向谷底的猕猴们。

他煮了一大陶罐热茶，汗流浃背地搜寻到深涧谷底。那只猴王和猕猴们也真是命大，原来深谷下是一片密密的竹林，它们从上坠落而下，直落竹林那茂密的竹枝竹叶上，加上猴们的天性，附枝必攀，减轻了坠下时的重量，命是保住了，只是个个腰断骨折，在深谷竹林中哼哼着。

　　可怜那只猴王，腕折骨伤，加上又没了那张猴脸，白骨外露，血呼啦呲，已奄奄一息。好在那些伤猴不记前仇，带伤寻食，不断接济它，不然它早就一命呜呼了。

　　寻到竹林深处，找到那只猴王，可怜它已不能动弹，命悬一线，气息已是只出不进。

　　采药人一声呼啸，打开陶罐，给猴王灌茶汤，用茶疗伤脸断腕。慢慢地猴王茶水下肚，能动能挪了。也许是茶香或是采药人的呼啸，伤猴们都聚到了采药人跟前。采药人用茶水为它们一一疗伤。渐渐地猴们都恢复如初，只是再也不敢靠近茶树半步了。

　　采药人因得茶如梦，茶树又生长在万仞之上如云似雾，常年云锁雾罩，制成后茶功又如此奇妙，就郑重地给起了个名——锁雾还魂茶。

　　据说这三株茶树，后来无影而终，茶树无，少争斗，万佛顶下平静如初。

　　玲儿不解，眼看着师傅把热茶泼于四儿哥的手上，不但不烫，四儿哥反说凉凉的，舒服。

　　原来师傅把手掌压在四儿手上时，四儿就觉得凉凉的，似有一股气通向自己的手心，后来四儿就觉得气流在自己身上流动。确也如此，师傅通过劳宫穴把真气贯给了四儿，真气上冲四儿的百会穴，中至丹田，下流涌到四儿的双脚掌心涌泉穴，难怪四儿说舒服凉爽。

　　四儿得师傅真气，心静眼明，突发奇想，要学闲云野鹤，享大千世界，自然风光。

　　师傅的锁雾还魂茶，奇效无比，只可惜因猕猴们的争斗，而成为世间孤茶，存量极少，后来被四儿的师傅而得。

　　"四儿，抬起你的手来。"闭目品茶的师傅命四儿。

　　四儿抬起了被热茶泼过、压在宝纸上的手，四儿和玲儿四目同时盯向宝纸。

　　四儿和玲儿的眼睛都被宝纸上显现的图形迷住了，不约而同地说道："师傅，这图太美了！"

　　"比你的四儿哥画的怎样？"品茶的师傅睁眼而语。

　　"比四儿哥画的还好，还真。"玲儿接口应道，旋即一抹红晕掠过玲儿的脸庞，玲儿的心，师傅了如指掌。

　　"四儿，把你那件玉佩翻转过来。"师傅命四儿。

　　"玲姑娘，"师傅又转向玲儿，"这张宝纸，给你。"

玲儿只见师傅从空中随手一抓,递给玲儿一张宝纸,并叫玲儿把宝纸盖于翻过来的玉饰上。玲儿遵照师傅的吩咐,一一照办。

"玲姑娘,你把右手压于纸上,把手掌捂在玉佩上。"玲儿把右手捂在了宝纸盖住的玉佩上。

"四儿,"师傅叫四儿,"你把左手压在玲姑娘手上。"

四儿听话的把左手压在了玲儿盖在宝纸上的右手上。

"四儿,你要像师傅那样,左拧一下,右拧一下。"

四儿照着师傅的话,把压在玲儿右手上的左手,左拧了一下,右拧了一下。

玲儿那香暖而绵软的手刚一接触宝纸,就与四儿一样,觉得手下的玉佩凹凸不平的浮雕有些硌手,随即四儿的手一压住自己的手后,玲儿就觉得有一股热流,流向自己的心田,手下的玉佩也不硌手了。尤其四儿那一左一右的拧动,简直是揉碎了玲儿那颗仰慕四儿哥的心,令玲儿浑身颤酥,血往上涌。如无人处,玲儿定会投入四儿的怀中,任他心爱的人儿在自己爱的心田里播种,插上爱的禾苗,她会细心呵护、浇灌、莳弄。她将用少女那纯真而又纯洁的爱,给予她的四儿哥,她将用她的全部来培育少女心中之爱。

四儿的手压在玲儿的手上,也如玲儿一样,他觉得玲儿的手与娥子不同,有种不可言传的感觉,血往上涌,流遍全身,男儿之身,有些不能自已……他的内心,多么想拥有玲儿。干脆将来就娶玲儿,反正娥子姐比自己大,认做姐姐正合适。

四儿对娥子的心动摇了。

四儿与玲儿不知,师傅已算定,四儿必娶玲儿,他与玲儿有缘。今夜让四儿和玲儿心息相交,叫玲儿锁定四儿,摇动四儿对娥子的心。娥子是庵中人,只是四儿不知而已。

师傅看在眼里,觉得火候已到,四儿的心已被玲儿锁住,开口说道:"四儿,玲姑娘抬起手。"

两颗心,正在交融,四儿与玲儿都沉浸在幸福和遐想之中,被师傅叫了回来。

双双抬起了不愿松开叠压在一起的左右手,玲儿的脸飞红,四儿也觉得脸上热热的。

玲儿看手下的宝纸,也清楚地印上了桌子上玉佩的反面图:一只带有卷翎状的马尾,一只呈"S"状的动物的后身,尾是雕成卷长翎状的凤,尾端为带有卷翎冠的凤头。整体有二寸宽,中带镂空,整体是一圆璧,高浮雕,圆璧外缘高浮雕一弓身蹲伏的小兽。因是背面,玲儿看不清是甚物。

四儿这时也手拿玉佩饰在欣赏,玲儿看图只是背面,她急切地想看看那玉璧上雕的小兽为何物,便央求四儿:"四儿哥,先给我看看呗!"

四儿也被这高浮雕的玉璧所吸引,不愿放手。其实桌子上那个玉璧的正面印谱，好端端地躺在桌子上，没人理睬。

师傅见状忙命四儿："四儿，先给玲姑娘看，以后你要照顾好玲姑娘，她比你小，你要把她当妹妹看待。"

"知道了，师傅！"四儿不情愿地把手中的玉佩递给了玲儿。

手接玉佩的玲儿冲四儿调皮地一夹眼一努嘴，心里话：你看师傅向着我。

玲儿本是气四儿，可四儿看了玲儿那一夹眼一努嘴的动作非但不生气，反而觉得玲儿异常的天真可爱，在美玉般美丽的人儿身上，每一个动作都如锦上添花，白玉无瑕。

四儿拿起了那张印着正面玉佩的宝纸，仔细地看了起来，比自己画的玉舞人还清晰逼真，如玉佩挂于纸上。

玲儿手捧玉佩在欣赏，四儿递过的瞬间，玲儿就看到了，玉璧外缘上雕的是一只蹲伏的尖嘴抿耳利爪的小老鼠，嘴对着一只呈"S"状的螭龙，似两者在悄悄地对话。螭龙一半的身体从璧中钻出，难怪玲儿从背面图中没有看出是何兽。螭龙大半个身体呈镂雕状，四爪，三长翎一短翎，背上两长翎一短翎，后颈部一长翎。翎都如一长一短长在一起，倒卷飘逸的凤凰羽翎。最可爱的是小老鼠一细长的尾巴下拖，卷住了一条如马尾状的长尾，长尾上也一左一右长着羽翎，左短右长。

四儿观图，也看到了这件玉佩上的雕饰，螭龙龙身曲线优美，扭动自如，如活了一般。小老鼠两前爪前屈，形态可爱，鼠嘴对龙嘴，有无尽的话说，默对上千年。

"师傅，这是什么玉？有什么讲究吗？"手拿玉佩的玲儿，抬头问师傅。

四儿已看出了这是块白玉，但他不知这种雕饰属于哪朝哪代的工，有何讲究？玲儿对玉更不行了，哪有他的四儿哥那样，师傅给他讲述了那么多的玉，教了那么多玲儿听都没听说过的玉的知识和学问。玲儿曾有过一闪念，我要是四儿哥多好，跟师傅学玉。

"玲姑娘，四儿，你俩听好！"师傅见玲儿问玉就说，"这是块上好的和田白玉，它几乎可赶上羊脂白了。"

不等师傅把话说完，玲儿就急切地探问："师傅，这块玉上怎么有红色，还有斑斑点点的黑色？"玲儿心里话：您老明明是说白玉，怎么有别的颜色？

"这是沁色，你什么都不懂，别问！"四儿急了，用手掐了下玲儿的腿，他嫌她打断了师傅的话。

"哎呦！"四儿并没用劲，可玲儿却在师傅面前特意大声叫唤，"师傅，他掐我！"

"我没掐！"四儿反驳。

"嗯！"师傅这一声嗯，两个孩子全没了声息，静静地

"这块白玉在地下埋藏了上千年,"师傅接着说,"那是白玉在地下遇到了含铁的土,才变红。那星星点点的黑沁,是在地下遇到了含水银的土,玉的肌理发生了变化,又在原有的红沁上又沁入了黑沁。沁色越多越难得,为多次入土而形成,如经人手盘活,宝光显露,实为人间奇宝,千金难买,万金不卖。"

玲儿已被师傅说玉所迷倒,又问:"师傅,这块玉饰有名字吗?"这时的四儿也急于想知道玲儿所提之事。

"有!"师傅接着说道,"这个玉饰名为子辰佩。"

"它因何叫子辰佩?"这一次是四儿等不急了。

"子,在十二属相中代表鼠,辰代表龙,所以这只玉佩就叫子辰佩。古人为何雕刻有这两种属相在一个佩饰中的玉佩,它是有一定道理和寓意的。"师傅这一次怕这两个性急的孩子又要插话,就索性一次讲完。

"以前都传说子辰佩始于宋元,盛于明清,其实不然。早在东汉时期,我国的民间就有了完备的十二生肖与十二地支的配属关系,并已确立和流传。十二生肖在春秋前后就已经存在了,并加以应用。此佩应属汉物,它的出现,据传是因午夜子时和辰时两个时辰老人最易猝死,因而雕琢此佩佩带以避之。"师傅讲到这儿顿了顿,端杯饮茶。

"师傅,这玉佩上怎么还雕了个似马尾状的东西,它还有什么讲究吗?"手捧玉佩的玲儿问。

饮了几口茶后,师傅听了玲儿的话接道:"关于这条似马尾状的物件,传说和有关书籍中均无记载。如果与天干地支相对应的话,那就应该是午时,属相应为马。那么在这个时辰,也应避之,可能与上面的传说有关。至于古人对此佩的真正寓意,今人是无法理解的。龙是上天之物,能呼风唤雨,能腾云驾雾,而鼠却是地上的精灵,能打洞,能土遁,能搬运财宝带来财运,民间有五鼠运财之说。为师的是否可以这样来讲,此佩的寓意:鼠运财,马助威。因这几种物象都雕琢在一玉璧之上,玉璧在古代是祭天的礼器,是财富和地位的象征,是六种瑞器之一,同时也是一种重要的礼仪佩饰,贯穿于各朝各代至明清,这几种祥瑞之物同雕琢于一玉璧之上,可见此佩在玉饰中的地位和珍贵程度及寓意非同一般。"

师傅讲到这儿,稍做休息。玲儿放下手中玉佩,忙到师傅跟前,端壶为师傅又续上了一杯热气腾腾的锁雾还魂茶。

四儿坐在那里傻傻地呆听,他已经进入了玉的世界,如醉如痴。他全然没有玲儿的乖巧与机灵,没有玲儿那么长眼事。

"四儿!"师傅一声呼唤,唤回了正在追寻子辰佩的出处的四儿。

"玲姑娘!"师傅叫立在旁边的玲儿。

"哎!师傅,"玲儿娇脆地应道,"玲儿在。"

"你再看这只子辰佩。"师傅右手持拂尘一指玲儿放于桌上的那只汉子辰佩。

玲儿忙转到四儿身旁,去拿刚才放到桌子上的子辰佩。

四儿回过神来也顺师傅的拂尘指处,双眼直直地盯着。

"啊!"玲儿拿玉佩的手缩了回来,四儿双眼瞪大,同声而出。

放在桌子上的玉佩,转瞬间变的晶莹白润如凝脂,发出幽幽的宝光。

"羊脂白玉!"四儿"啊"声才出,又惊呼。

玲儿不知羊脂白玉,但她被眼前的这只玉佩所发宝光和白如凝脂温润而细腻的玉佩惊得瞠目结舌,手缩了回来,不敢触碰。眼观此佩,如雪白的羊油堆塑而成,手捧,生怕融化,手捏,生怕掐出个小坑。

玲儿被刚才的那只白玉子辰佩,已晃得惊颜,爱不释手。她哪里知道,白玉这个玉种,是透闪石和阳起石的隐晶质致密纤维集合体,自古久负盛名,被称为群玉之冠。而羊脂白玉又是白玉中的明珠,耀眼而璀璨。

玲儿抬手揉了揉被这只玉佩晃花了的眼睛,定睛一看:这一只与前一只大小相同,在圆形的玉璧上,一左一右雕了螭龙和小鼠。

玲儿小心翼翼地,大气都不敢喘地用那双纤纤玉手,捧起了这块羊脂白玉子辰佩。四儿也站了起来,伸出了那双手垫于玲儿的手下,连同玉佩一同捧起。这一对金童玉女四只手极其虔诚地捧玉欣赏。

四只眼睛同观玉佩,只见与前只汉子辰佩相比,这只螭龙高浮雕于玉璧之左,全身呈"S"型扭曲状。颈、肩和后背部分雕长卷纹羽翎。螭龙头向上,口衔长云纹灵芝,长尾舒卷马尾状卷纹灵芝。鼠后半身出璧,高浮雕,头向下朝左,侧目望着螭龙,口中对称衔长卷云羽翎。长尾向玉璧上方甩去,串于三枚高浮雕叠压的玉钱之中。这只玉鼠看似与螭龙对峙,又似拖钱逃跑之状,活灵活现。

玲儿和四儿不敢有一点声息,生怕惊动了这只玉鼠,你瞧那双后抿的鼠耳,哪怕听到一点声音,都会惊吓逃遁,极富动感。

玲儿大气不出,小心翼翼地把这只玉佩翻转了过来,生怕惊动了扭曲游动的螭龙和蹲伏如跳的玉鼠。四儿的手一直托着玲儿的双手,两颗心因玉而连在了一起。

师傅在闭目养神,此时他已把所有玉的信息和知识传授于四儿,剩下的只有四儿去悟了,再有的就是待四儿远行时辅助他而已。

此时的玲儿和四儿还在仔细地观看玉璧,玉璧的背面四周雕有长卷草纹样,为阴刻舒卷而流畅。

看后,两个孩子同时抬头看着师傅,心里想着同一个事,为什么这个子辰佩与上一个不一样?只是他们没说出口。

闭目的师傅,这时睁开了眼,端茶饮了一口,说:"这个子辰佩,雕于明代,是上好的羊脂玉雕琢,师从汉子辰佩,但它已明显地从汉子辰佩的寓意中

演变而来,把运财鼠雕的明白而直观。再看那条螭龙和马尾状的变化,口衔尾卷,处处表现为如意吉祥。整个玉佩,充满了祥和如意和财气,加上背面的如意草纹,真是做到了天上人间一片祥和,百姓生活一片繁荣之景象。"

四儿与玲儿听师傅讲到这里,心中对古人充满了无限敬仰:我们的祖先,能在一块小小的玉佩里,通过两种动物,几件纹样,就把祥和升平表现得淋漓尽致。

师傅顿了顿又道:"对于我们的祖先,每雕一件玉器,都是有一定的内涵、讲究和使用功能。我们后人,只能凭着有限的记载去判断和猜测,永远也弄不懂玉在当时所承载的文化和它的奥秘。"

玲儿听到这里轻轻地把子辰佩翻手放于四儿的双掌中,小声嘱咐道:"拿好了,我为师傅续点水。"

"嗯!"四儿双手捧玉,也小声地答应。

玲儿来到师傅身旁,端壶斟水。

师傅点了点头,继续说道:"比如葬玉,它包括玉握、九窍塞、玉衣、玉戈、玉印,还有玉枕、玉镜和玉动物、玉人物……葬玉一般分为为死者提供(盛装)食品的玉器和为死者提供保护其身不腐的玉器,从周到东西汉葬玉有了很大的发展和延续。琀,也叫含玉,常放于死者口中,以含蝉为例,常取'蜕变、升仙'之意。含玉形状也多种多样,有蚕、猪、狗、牛、羊、鱼、鸭等形体。最具代表的是玉猪,一为表示财富,二是提供食品之意。玉蝉和玉猪为汉玉中最具代表性的,它们采用的是'汉八刀'雕琢,刀法劲健有力,简单而具内功,看刀法,就知其琢玉者腕力了得。我们后人只能判断和猜测这块玉是干什么用的,永远不知道当时祭神、礼聘、下葬、馈赠时的仪规和颂词、咒语。今人和我们的后人,正因其神秘,才接近它,研究它,解读它。这需要几年、十几年、几十年、几百年甚至几千年去一一破解,那是后话。"

师傅说到这里,望望窗外,又道,"时辰不早了,从明天起,你就不要再来了。"师傅眼看着四儿。

四儿边听师傅讲玉,边悟。突然听师傅的话题一转,命自己从明天起不要再来,四儿已明师意,手捧明代子辰佩,来到师傅面前,"扑通!"一声,跪拜于地,双眼已满是泪水:"师傅,我不走,我要跟您学玉,我要跟在您身边,侍奉您老,随您出游。"

立在师傅旁边的玲儿,一见她的四儿哥跪在师傅面前,也明白了师傅的意思,也"扑通!"一声,挨着四儿哥跪了下来。她也舍不得四儿哥走,玲儿的心,极其脆弱,早已被四儿的眼泪打湿,泪往上涌,像受了冤屈后来到亲人面前,眼泪成双成对地往下滴落。抽泣地向师傅求情:"师傅,您就留下四儿哥吧!我和四儿哥一起侍奉您。"

看到玲儿那可怜见的脸庞，听玲儿向师傅为自己求情的哭声，四儿的心里越发酸楚，四儿的眼泪越发控制不住也滴落了下来，四儿不愿离开师傅。在师傅这里，白天既能学到手艺，晚上又能跟师傅学玉，更能学到如何处世做人，这里还有他的娥子姐和玲儿妹，他离不开这里，他不想离开这里⋯⋯

四儿越想越酸，也抽泣起来："师傅，我不想走，为徒的从小没了爹，长大后遇到了师傅您。您不嫌四儿愚笨，极力点化，还把我引领到这儿，让我学养家糊口的本领，教我学玉识玉，教我如何做人，教我行善积德。"

四儿说到动情处，把个头向地面"咚！咚！咚！"地磕了下去。平时不善言谈的四儿，此时嘴也变得乖巧起来，同时也上来了犟劲："师傅，一日为师，终生为父，哪有爹不要儿子的道理？师傅您不要我，我就跪在这里不起来。"

跪在旁边的玲儿看到四儿给师傅磕头，也随着四儿哥"咚！咚！咚！"地磕开了。她不愿四儿哥走，她从心里不愿。

师傅见状，忙起身一手扶着一个孩子："起来，快起来，四儿、玲姑娘，听为师的话，世上没有不散的宴席，你俩的孝心，为师的已领了，为师的与你们有缘，才与你们相识相见。"

玲儿被师傅扶了起来，听师傅讲话，慢慢地没了抽泣，站在师傅旁边，擦着眼泪。四儿犟劲上来了，跪在师傅面前一动不动，只是没了哭声。

师傅用右手抚了抚四儿的头，心中也有些酸楚，"哎"了一声，叹道："四儿，你寻思为师的就舍得你吗？你得走出去，用你学到的本领去闯荡，去游历。是好鸟长大了，要飞出森林，去看看外面的天，究竟有多大。是瑞兽长大了，要走出大山，看看外面的大地，究竟有多广。师傅在你身边，你永远长不大，师傅像你的拐棍一样，你一要跌倒就立马去扶，这样你永远不长见识。听师傅的话，快起来，无论你到哪里，师傅都会辅助你的，并不是撒手不管，为师的既然收了你，哪能不要你，要是不要，当初我就不收你了。"

跪在地上的四儿听师傅说到这里，站了起来，也如玲儿一样，用手擦着眼泪，只是泪流不止。

师傅用手撩起了长袍的衣襟，爱怜地替四儿擦了几下脸。四儿那止不住的眼泪，即刻全无，眼睛锃亮，如灯般能把玉佩照透。那和田玉石里的玉质，如羊绒一般，纤细并交织在一起，发着晶晶的光。四儿看着玉佩把手晃了晃，那如宝石般的羽状晶体，一闪一闪地光泽闪烁，熠熠生辉。

四儿明白了，他悟到了，从此以后，他得到了。

四儿又一次跪拜于地，一边磕头，一边连声说："谢谢师傅！"

站在旁边的玲儿，不知甚理，四儿哥刚才不愿走，怎么师傅给他擦完脸之后，又跪地磕头说谢谢，玲儿茫然的表情挂在脸上。

玲儿她哪里知道，泪乃心灵之物，发自于内心，出之于灵犀。再说师傅的

　　长袍并非凡间一般之物，是历代相传至四儿师傅手中的。这件长袍为历代德高望重的主持所披，大师们披其焚香膜拜，颂经打坐，佛前伺候，为佛燃灯扫地，天长日久，日久天长，信息法力无边。别看一袭长袍，长年累月随大师之身在佛前听经说法，布缕线绺之间早已充满着灵气，灌输了法力。这件长袍披于师傅身上，别看薄薄的，它随师傅周游神州，北挡严寒，南抵酷暑，东避雷电，西遮风沙。无论荒郊野外、烈日高悬、皓月当空，或铺或盖，百邪不侵。毒蛇见了逃避三舍，猛兽见了绕道而过，都不敢靠前半步，是由一百零八位一百零八岁的老婆婆缝缀而成，其用料来自于化千家布百家线之缘。

　　四儿的师傅正是用这件圣物，为四儿擦泪抹脸，为的是借四儿的发自心灵之泪，使之开悟。这件圣物，无论抹于谁脸，它都能使之耳聪目明，观物洞察入骨三分。在这以前，师傅费尽了口舌，四儿对玉就是看不透，总也分不出何为蓝田玉？什么是岫岩玉？怎么才能看出是和田玉？这一次他看出来了，他看透了，他知道是师傅在点悟他。

　　他要跪拜磕头谢师。

　　这是师傅临别时的真传。

　　这一切玲儿怎么能知。

　　"起来吧！孩子。"师傅称。

　　"咚！咚！咚！"四儿听师傅叫他起来，又磕了三个响头。这三个响头，四儿磕的实实在在，前额有些发痛。磕完头后四儿站了起来，规规矩矩地立在了师傅的旁边。

　　师傅让四儿把那个玉佩放于玉海之中，四儿照办了。

　　师傅朝门外喊了一声："童儿，你过来！"

　　门帘掀处，进来了一个少年，手捧一只白色的鸟儿，冲四儿一笑，迈步立在了师傅面前。

　　四儿认得，就是这位少年把自己领到了师傅这里。

　　"玲姑娘，"师傅叫玲儿，"师傅送你一只白鸽，你回去好生喂养，它能帮你，和你做个伴。"

　　师傅说完，冲少年点了点头。

　　少年来到玲儿面前，双手递上白鸽，玲儿双手接过白鸽，嘴里答应道："师傅，玲儿会好好照顾它的，谢谢师傅！"

　　"快回去吧！天亮了。"师傅催促道。

　　四儿和玲儿不舍地离开了师傅，双双跨出门外，走了两步又双双返身，冲着屋门一齐跪了下来，"咚！咚！咚！"各磕了三个响头。

　　东方天际现出了鱼肚白，晨曦微露。

　　磕完了头的四儿抬头看看天，拽起了玲儿出了师傅的院门，向玲儿家走去。

玲儿也紧随四儿快步向家里走。她知道，该给爹做饭了。

玲儿从小就喜欢小东西，什么猫呀，狗呀，小鸡小鸭。这一次师傅给她的小鸽子，她捧在手里就异常地喜欢，白绒绒的，红嘴红爪，黑黑的眼睛，黑眼圈，嘴里不停地发出"咕！咕！咕！"的声音。玲儿喜欢的不停地把小鸽子捧起亲吻那白白的绒毛。

四儿与玲儿边说着话边向家里走去，一路上玲儿像只小鸟，嘴里唧唧喳喳，说这说那，还不停地吻着小鸽子。

走着走着，玲儿"哎呦"一声，蹲了下来，只顾着讲话，没看脚下，原来踩了一块圆圆的石头，脚一歪，扭了脚脖子，小鸽子也随手被甩了出去。

四儿一看玲儿的样子，刚开始认为是玲儿闹着玩，没在意。后来看玲儿的双眼，眼泪都滴了下来，知道不是在闹，忙蹲下身来察看，玲儿的左脚脖子肿了起来，忙伸手去揉，不揉倒罢，越揉越肿，痛得玲儿"哎呦"声不断，眼泪成双成对地涌出滴落。

"四儿哥，我走不了啦！"玲儿把手伸给了四儿。

"我背你！"四儿不假思索，又追了一句，"再叫你不看道，亲小鸽子。"

四儿的提醒，令玲儿想起了甩出去的小白鸽。玲儿张眼四处搜寻，这时忽听四儿说："别找了，在你肩上。"

果不其然，甩出去的小鸽子，不知何时落在了玲儿的右肩上，它那白白的绒毛，还没有长出翅膀。

四儿蹲下的身子就地转身背对着玲儿，玲儿趴在了四儿的身上，四儿一挺身站了起来，背起玲儿向村东走去。

趴在四儿背上的玲儿这时她感到幸福极了。脚脖子也不觉得那么痛了，她甚至感谢起那块圆石头，如没有它，怎么能崴了脚，脚不崴怎么能叫四儿哥背？想到这里，玲儿不禁暗自窃喜。她长这么大，还第一次被除了爹以外的另一个男人背。小时候，爹背过，但她觉得四儿哥背比爹背舒服多了。四儿哥身上有股她说不出的男人味，令她魂不守舍，心慌意乱。这味她愿意闻，并且闻它不够，这味道里夹杂着一种成熟的男子汉那特有的雄魄。她愿永远地趴在她心爱的四儿哥身上，累了，趴在四儿哥身上歇一歇。想到这儿，玲儿不经意地用双手搂紧了四儿的脖子。

四儿背着玲儿急走，开始并没觉得怎样，后来越来越沉，他觉得玲儿往下垂。他走几步往上耸一下，他耸一下，觉得玲儿就使劲趴得越紧。渐渐地他感到玲儿那弹性的乳房，软软地压在他的背上，暖暖的，似一股热流击上肌肤，通遍全身，并且越来越热，玲儿像一团软面紧紧地贴在了四儿的身上，四儿有些喘不过气来，"咳！咳！"地咳了起来。

玲儿听到四儿的咳声，知道是自己拢紧了四儿哥的脖子，忙松了松胳膊，

并脆声柔情地问道:"累了,你就放下我,搀着我慢慢走。"

玲儿嘴是这么说,心里可不愿四儿哥放下她。

"不累,再挺一会儿就到家了。"四儿说不累,那是假话,一个大活人背在身上,能不累?真是异性相吸,力不知从哪儿而来。

四儿也不愿放下玲儿,玲儿身上那少女的芬芳,深深地吸引着四儿。他此时已深深地觉得玲儿对他,他对玲儿似有一根无形的绳紧紧地拴在了一起,他和她都有些割舍不下。

玲儿紧紧地贴在她心爱的四儿哥的后背上,那鼓鼓的乳房,压得有些发痛,但她愿意,这种痛令她回味,她愿意永远这样,她的四儿哥,可为她挡风遮雨。

趴在四儿背上的玲儿,看看四儿哥确实有些累了,她用手摸了摸四儿的额头,四儿哥的额头渗出了细细的汗珠。

"我要下来!"玲儿说。

"能行吗?"

"试试看。"

四儿蹲了下来,玲儿先放下了那只好脚,伤脚慢慢地也踩了下去。"哎呀!"地面触痛了伤脚,玲儿一腚坐了下来,同时伸出了两手。站在玲儿肩上的小鸽子打了个趔趄,前后晃了晃又站住了。

四儿往前看了看,快到娥子家院门口了,过了娥子家不远就是玲儿家了,他一转身索性接住了玲儿伸出的双手,一拽没拽住,自己倒晃了一下。

四儿站稳了身子,半哈腰地伸出了双手,一手托于玲儿卷曲的双腿下,一手托于玲儿的后肩背,一使劲"嘿"的一声站了起来。他把一个小巧玲珑的玲儿抱了起来,向前走去。

"四儿哥!"玲儿感动得娇声如滴顺势伸出了左臂,拢住了四儿的脖子,这样四儿抱着玲儿就顺手多了。

再有几步,过了娥子家就要到了。

四儿低头,双手往上抱了抱。就在四儿低头的瞬间,怀中的玲儿正抬眼瞅着四儿那方正的脸,她觉得四儿哥那浓眉大眼,今天分外好看,那口唇上渐浓的胡须,软软绒绒,那方方的大口,是那么的棱角分明。

美男四儿,你那初显的阳刚之气,是那么地诱惑着怀春的玲儿。

四儿一低头,玲儿另一只手臂也顺势搂住了四儿的脖子,玲儿那红红的、潮润的小口紧紧地吻住了四儿那方正的口唇。

正在双手用力上托的四儿,猝不及防,玲儿那热热的嘴唇已包向四儿那张方唇。

"玲——"四儿"玲"字刚出口,"儿"字还在嘴里,就被玲儿的红唇给堵了回去,刚蹦出的"玲"字已是模糊不清了。

四儿见状，已躲闪不及，他想说玲儿别这样，可玲儿那爱慕之火，岂容四儿抵挡。

在玲儿吻上四儿的口唇时，玲儿就觉得四儿的口唇，是那么的有力而雄魄，那浓密柔软的胡须，被自己的舌头掠过，是那么的刺激而富有激情，如一把细细的毛刷，从自己的口唇，脸和脖颈向下，向双乳，向全身轻轻地刷过。如春风拂面，似轻纱缠身，令玲儿浑身酥软，玲儿闭上了那双俊俏的双眼，软软地躺在四儿的双臂里，躺在她心爱的男人怀中。

每天娥子都早早地起来，喂猪、放鸭、喂鸡，喂完了鸡和鸭，院里院外扫一遍，过后才拾起柴火，烧水做饭。这天，娥子照例忙完了院子里的活计，才刷锅、淘米、做饭。边淘米，娥子边打算……

今天一大早她给鸭子放出来时，家里的五只鸭子齐刷刷地都下了蛋，一开鸭窝门，随着那五只鸭子嘎嘎的叫声，它们边叫边排着队冲出圈了一宿的鸭窝。五只绿壳鸭蛋，带着热热的鸭的体温，静静地躺在窝里，娥子伸手一一拿出。娥子这时脸上堆着笑，她的付出得到了回报。每天她为它们剁菜拌食，功夫没有白费，每天早晨它们都准准地给娥子留下五个鸭蛋。娥子想等攒到一百个时，就把它们腌起来，四儿哥愿意吃咸鸭蛋，她要把最好的留给她的四儿哥吃，她的四儿哥愿意吃那流着黄油的鸭蛋黄，她的四儿哥不愿吃咸鸭蛋清，可也是，自己也不愿吃咸鸭蛋清，可为了她心中的他，她宁愿把蛋黄留给四儿。

平常娥子总把淘米水泼向院子里的一棵枣树下，这棵枣树可能是娥子平时的浇灌，总是枝繁叶茂，果实累累。

今天不知怎的，娥子端着盆淘米水，偏偏地走向了院门。娥子推开了院门，往外望了望，刚要泼出淘米水，她愣住了，急忙回身，躲在了那开着的院门后。

玲儿吻四儿的情景，被推门而出的娥子看了个正着。

在院门后的娥子心怦怦直跳，心想是不是看错了人，他们大清早能到哪儿去？再看看。

只这顺当，四儿猛地抬起了头，挣脱了玲儿的吻，满脸通红，嗔怪道："在大街上，被人看到了，我看你怎么办？"

玲儿正品尝着四儿哥带给她的，那种异性的魅力带给自身所激起的爱的浪花，是那么的澎湃激昂，浪花飞卷，传遍全身的舒坦，她在尽情地享受……

猛地，她觉得四儿似用力把她推向深渊，又如江河，她伸出双臂在拼命挣扎，好像她的四儿哥在岸上喊她，又似在高山之上向她招手，边招边喊。

突然，她睁开了眼，红晕早已飞上了鲜嫩的脸庞，她回到现实中，她还被四儿哥抱着，她听清了四儿哥的话。

玲儿娇声地应道："看到了更好，我要嫁给你，我是你的。"

玲儿的声音娇滴脆亮，四儿听来如雷贯耳，他忙转头四下看了看，生怕别人听到，忙双臂往上一托，大步向玲儿家走去。

四儿走过娥子家门口时，见院门开着，他往里瞅了一眼，见屋门也开着，知娥子已起来做早饭了。他生怕被娥子瞧见，用力加快了脚步，心想：快走，真要是被娥子看到了，娥子还不知怎么想的，谁知道是玲儿的脚坏了我才抱她。

越怕被娥子看见，偏偏被娥子瞧了个正着。从不向院门外泼淘米水，今天早晨可就怪了，如人安排好了一般，不早不晚，玲儿的初吻，被深爱四儿的娥子看了个明明白白。

待院门后的娥子再探头看时，四儿抱着玲儿已走过了大门，四儿那熟悉的背影，深深地印在了手端水盆的娥子的脑海里。

"嘭"的一声，娥子手一抖，连盆带水摔到了地上，娥子忙收回了身子，低头一看，裤腿连鞋全湿了，一盆淘米水，全洒在了自己的身上。

刚走过娥子家门口没几步的四儿也听到了身后一声闷闷的响声，待四儿转身回头时，却什么也没看到。盆摔到了门槛里，又被门垛子挡住了，四儿怎么能看到？但这"嘭"的响声他与玲儿都听到了。

娥子早早地做好了早饭，照顾家里人吃完后，自己胡乱地扒了几口饭，把打湿了的裤子和鞋洗净刷好，到院子里晾上了。收拾完后，回到自己的屋里躺了下来。她觉得浑身软软的，似没了力气，早上的情景让她接受不得。她想：一大早四儿和玲儿从村外往家走，并且四儿还抱着玲儿。是不是他们俩昨晚上就出去了，像上一次自己和四儿在麦垛上……

娥子翻来覆去，想到这里躺也不是站也不是，她心里充满了矛盾，想去找四儿问个明白，又想去找玲儿。可又想，找到玲儿后自己怎么说？四儿又不是通过媒人定下来的。对！还得去找四儿，这个没良心的。这时，娥子又恨四儿，又疼四儿。她恨他这么快就心有别恋，她疼他这么远离家舍业。她恨玲儿怎么长得那么俊，而且能描会做，并那么善解人意，娇娇的、嫩嫩的。她恨来恨去，恨起了自己，恨自己笨，恨自己有话说不出；恨自己说话戗人，心地善良却嘴不饶人，恨自己没能照顾好四儿，要不四儿不会变心。自己有了好吃的都偷着、掖着留给四儿，自己都舍不得吃，可四儿还是背着自己与玲儿亲嘴，这个混蛋的四儿，该杀的……

世间无论什么事，就怕琢磨，越琢磨娥子心里越烦躁。心宽之人，天大地广，一世无忧。心窄之人，天再大，不见光明，地再广，无路可走。

娥子想到了她和四儿那亲亲热热的场景，想到了她爱四儿时的激情，想到了四儿躺在自己的怀中，想到了……她不敢往下想下去：玲儿这个小妖精也许什么都能做到，要不，怎么亲了一宿还没亲够？活生生地亲到了自家门口……不能去找，等四儿来时再说，我嫁不出去了！嫁不出去了，也不找这该死的四儿，我宁愿一辈子不嫁……

娥子出门只这一瞥，活活地自己给自己添了心病。也难怪，她对四儿的爱，如同一团燃烧的烈火，瞬间遇到寒冰骤雨，少女那炽热的心，被泼上了冰水。

　　那边的四儿全然不知，任凭娥子数落诅咒，全然没有丁点的感觉，耳根子热也不热。他抱着玲儿到了家，来到了玲儿的房间，把玲儿轻轻地放到了炕上，自己也一腚坐到了炕沿上。

　　玲儿自己脱掉了鞋子，往炕里挪了挪。玲儿晚上要睡觉时铺的被褥整整齐齐、干干净净地还铺在那儿。玲儿把靠炕边的枕头挪到了炕里，顺手递给四儿一块汗巾，悄声道："四儿哥，累坏了吧！要不你上炕躺会儿，歇一歇。"

　　四儿边擦着额头上冒出的细细的汗珠，边扭身看着玲儿的脚边答："不累，你快看看，崴得怎样？"

　　"你看嘛！痛死了。"玲儿把个肿肿的那只坏脚，伸给了四儿。

　　"咕咕——咕咕——"传来了鸽子的叫声，小鸽子不知何时已站到了窗台上，走过来走过去。

　　四儿伸手摸玲儿的脚，那只脚已红肿发亮，并且热热的。四儿用手摸着那只肿肿的脚背，不知如何是好。

　　"四儿哥！"玲儿叫。

　　"嗯！"四儿应。

　　"你把那条汗巾在凉水里洗一下，蘸点凉水，给我敷一敷。"

　　四儿把汗巾在凉水里洗了一下，带着凉水就往玲儿的肿脚上糊。玲儿忙摆手制止："你把它拧一下，别叫它滴答水。"

　　四儿照办了，把凉凉的湿汗巾糊到了玲儿的伤脚上，顿时，脚肿处那热热的感觉没有了，玲儿感到一丝凉凉的，伤脚已舒服多了。

　　"四儿哥，今早你做饭吧，我动弹不了啦。你把现成的饭菜放到笼屉里热一热，咱将就着吃吧，待我脚好后，再给你做好吃的。"

　　"成！"

　　四儿按玲儿的吩咐，把锅里添上水，放好笼屉，并把前一天晚上的剩饭菜一一放好，盖上笼屉烧火热饭。

　　炕上的玲儿看四儿烧了会儿火，便问："锅烧开没？"

　　"还没有。"往锅灶里添柴禾的四儿答。

　　"锅开了后，你再添把柴，捂一捂就行了。你过来再给我洗一下汗巾，蘸点凉水，怎么脚又热了。"

　　其实锅早就开了，四儿从没做过饭，也不知锅里该放多少水。他按玲儿的吩咐，往灶里添加了柴禾，并且塞得满满的。

　　四儿给玲儿的汗巾再一次浸湿并拧了一下，又重给玲儿敷上。

　　凉凉的感觉又爬上了玲儿的脚背。玲儿瞅着四儿在做那极为平常的动作，但她觉得四儿的一举一动是那么的协调，那么的好看，如同在唱戏，一站一停一舒臂，恰到好处地在自己的面前展示着男性那特有的张力。四儿那方方的脸庞，那眉眼，那沉思时的神态，他的聪慧，深深地把个初春妙龄的玲儿给征服了。

"四儿哥，你往里坐一坐。"玲儿伸手拽了下四儿。

四儿往炕里挪了一下，玲儿看四儿靠自己近了，往前凑了凑，瞅着四儿的脸问："四儿哥，我好看吗？"

"好看！"

"我和娥子姐比，谁好看？"

"你好看！"从来不会撒谎，一是一，二是二的四儿回答。

"真的吗？"

"真的！"四儿说。

娥子与玲儿相比，在四儿的眼中，她们一样的美丽，同样的娇媚，只是各有千秋。娥子如那美丽的村姑，似一朵山花，艳艳地在绿绿的碧草中绽放，毫无遮掩，热辣而奔放。玲儿则不然，她如小家碧玉，屋中藏娇，识事而大体，瑕不掩瑜，如同那晨雾中绽放的牡丹，欣赏她只有那晨露慢慢消散时。

玲儿一听四儿说真的，她甜透了心底，也顾不得那只伤脚了，一挪身，歪在了四儿的怀里，如同孩提时，在爹的怀中撒娇，脸朝上，对看着四儿，并伸手摸四儿那毛茸茸的渐黑的胡须。

四儿又往里挪了一下，并用手摆了下玲儿的腿，把玲儿的那只伤脚摆正顺好。这样玲儿就顺顺地放正了身子，稳稳当当地躺在了四儿的大腿上。

四儿伸手摸玲儿的头，如同摸着小妹妹的头，心中有着某种爱怜。

玲儿任凭四儿摸她那柔软的黑发，尽情地享受她心爱的男人之手在头皮上不停地掠过，如同梳理她爱的心田，浑身舒畅。

两个人静静的，屋内只有小鸽子那不停的"咕咕"声，两个人都能互相听到那"咚咚"的心跳。

"你娶我好吗？"玲儿悄声，满脸飞红地问。

听到玲儿的话，四儿的心在怦怦直跳。他何尝不想娶玲儿，只是到现在，还没有那种炽烈的感觉，他总是把玲儿当妹妹看，再说他那边还有个娥子姐，如果他答应了玲儿，怎么对得起娥子。

玲儿看四儿没有回答，她知道四儿的心中是在想他的娥子姐，便又说："四儿哥，我非你不嫁！"

又一个执著的姑娘，她们对爱，对四儿都是那么的一往情深。

面对着两个姑娘的爱，四儿有点不知所措，他不知怎么回答他一直当妹妹看的玲儿，更不知怎么面对比他大的娥子姐。

四儿还是低头不语，手抚拢着玲儿那柔软的黑发，突然他想起了师傅的话：

"……日后，如有人持下璧与你的上璧相合，鸳鸯佩对合了，持璧之人，你可娶其为妻。"想到这儿，他对玲儿道："那要看咱俩有没有这个缘。"

玲儿听四儿说到缘，又问："你跟娥子姐有缘吗？"

"嗯！"四儿随口而出，他想打断玲儿的念头。

听了四儿的回答，玲儿浑身一颤：四儿哥心中没有我。玲儿只觉得心中一阵难受，把摸四儿嘴唇的手缩了回来，捂向自己的胸口。难受之际，眼里也含满了泪水，渐渐地眼泪如断线的珠子，一串串地滴落下来。

四儿一看玲儿哭了，心也软了，他最见不得眼泪，本想打断玲儿的念想，不想勾起了玲儿的泪珠儿，一时不知该怎么好，忙哄起了玲儿："好妹妹，你别哭，你听我说。"

"不听！不听！"躺着的玲儿，在四儿的大腿上晃着头。

玲儿一只手擦着眼泪，一只手捂着胸口，突然她碰到了脖子上挂着的玉舞人，往下掉的眼泪马上停住了。她记起了师傅送她玉舞人时说的话："……你要好生珍惜，它会给你带来好运，将来它会带你到要去的人家，半璧合一。那家人家就是你的婆家，持璧之人就是你的男人，你将与他白头偕老……"难道眼前她心爱的四儿哥并非是师傅说的那个男人？师傅说的半璧合一指的是什么？

想到这里，玲儿一骨碌从四儿腿上爬了起来，用手拢了拢头发，慢声细语地说道："四儿哥，我等有缘的那一天。"

刚才还一个劲地说不听不听，怎么突然间又变了，四儿摸不着头脑了：真是少女的心，如同天上的云，变幻莫测。好歹她不哭了，要不被她爹听到了，还寻思我欺负他闺女啦。四儿见玲儿坐了起来，并发了话，忙不迭地说："好妹妹，这就对了。"

小鸽子在窗台上"咕咕"地叫，一股烟从外屋地飘了进来，一种焦糊的味道也跟进了屋里。

玲儿马上反应过来："四儿哥，锅烧糊了！"

四儿一挺身，蹦了起来，忙跑向灶间，一看锅烧得通红，笼屉四周火星直冒。

玲儿也下了地，扶着门框叫四儿："快撤灶里的火！"

四儿哈腰用掏灰耙从灶膛里紧往外扒着还在燃烧的柴禾。

灶火可掏，心火如何？

四儿晚上又要到师傅处去看看，他想师傅不能就这么叫他走。玲儿的伤脚一着地就疼，她心想陪四儿哥去，再看一看师傅，顺便问一问师傅什么叫"半璧合一"，可脚不让人，她再也不忍心叫四儿哥背来背去的，只是嘱咐四儿快去快回，免得让她担心。

四儿就着月光，很快就到了师傅的屋门前，门虚掩着。四儿推门进屋，屋内空荡荡的，只有八仙桌还在，桌上一只玉羊灯的灯火在摇曳。这只玉羊灯，

四儿在师傅点化他时,在四角亭内见过,今晚它怎么又到了这里?

在摇曳的灯光下,四儿看八仙桌上放了一叠白纸,最上面的一张正是四儿照画的战国玉舞人。四儿近前伸手把那张玉舞人画图掀了起来,再看下面是汉子辰佩正面图。四儿知道了师傅的用意,这一叠宝纸是师傅送给自己的,好继续玉饰的绘画。四儿把宝纸拿了起来,又看了一眼玉羊灯,发现玉羊站立在一张写有字迹的白纸上。四儿用左手挪了下玉羊灯,抽出了那张白纸,就着灯光,看了起来:

四儿,为师的料你今晚会来。送你宝纸绘就玉饰,以传后人。出门在外,带墨带砚诸多不便,照师傅教你的手印之法,用心用意即可。

桌上还有一包锁雾还魂茶,回去后取出一小捏用净水冲泡三杯,叫玲儿喝下,完后取出冲泡后的还魂茶叶,令玲儿嚼碎,讨要清晨童子尿,和于掌中,和匀后涂抹于患处,脚伤即愈。

世上哪有不散的筵席,你也不能老依赖于师傅,要走遍神州,以所学之技,闯荡糊口,以换得御寒裹腹之物。还有富贵不能淫,穷困不可偷,只要心善积德,上天不饿瞎眼之雀,去吧,让心儿随风走,行善积德行九州。徒儿你的心,为师的领了,师傅不用孝,佛爷在家中。

另,二月初九日之前,你要赶回家中,你姥姥和你娘想你啦!切切!

四儿读完了师傅留给自己的信,往桌子上扫了一眼,在灯盘遮挡的暗处,还真有一个用黄纸包的纸包。四儿拿起揣入怀中,刚一转身,灯灭了,屋内一片漆黑。

四儿出屋来到了院子里,望望院外,又看了看刚刚出来的屋门,屋门不知什么时候被什么人又掩上了。望望天空一片星斗,银河繁星密布。

玲儿在家手抚伤脚,坐在炕上等四儿回来。窗台上油灯如豆,半个多时辰,四儿回来了。

"见到师傅了吗?"玲儿问。

"没有。"四儿答,"师傅给我留了一封信和一包茶,还送了一些纸。"

"给我看看!"玲儿把手伸向四儿。

四儿把信递给了玲儿,把纸和茶叶放到了炕上,也顺便倚在了炕头上。

玲儿拿信凑近油灯看清了内容,便道:"四儿哥,你出来这么长时间了,是该回家看看了,娘和姥姥好不放心了。"话一出口,玲儿满脸通红,竟随着四儿叫起了娘。

是啊!长这么大,第一次出远门,而且时间还这么长,娘和姥姥一定会不放心的,不知我跑到了哪里?儿行千里母担忧,我是不是有些乐不思蜀了?想到姥姥和娘,四儿恨不能插上翅膀飞回去。每一次想到姥姥和娘,四儿总是偷偷地流泪,为了一技之长,为了学玉,他横下了心:要是一事无成,什么也没学到，两手空空地回家，怎么向姥姥讲？怎么向娘交代？这一回好了，不管什么东西，我总可以讲个所以然了。回家！等我去看看娥子姐，天亮了把茶给玲儿泡上，找回童子尿，治好了玲儿的脚，再去看看师傅，看师傅能不能见我……想着，想着，四儿的身子一歪，呼呼地睡着了。玲儿拖了个小凉被，给四儿盖上了。

待四儿睡了会儿，玲儿叫醒了他。她告诉四儿，清晨别人还没去井上挑水时，去打第一桶水，别等别人拔满了水桶再去，那就不叫净水了。

"童子尿上哪儿弄？"刚起来打着哈欠的四儿问。

"你把水挑回家，拿个碗去村后王嫂家，接一碗她儿子的尿就成。"玲儿说。

"王嫂她儿子的尿就是童子尿啦？"四儿问。

"不满十二岁的小男童，他们的尿就是童子尿。"玲儿笑答。

"你还知道不少呢！"四儿反说玲儿。

"那是！"玲儿不客气地说，"我在大户人家时，他们有病就找童子尿做药引子。"

"噢！"四儿点了点头。

玲儿和娥子比确实不同，四儿心里话。

四儿按玲儿的吩咐挑回了清晨井里的第一担水，为玲儿烧水冲茶，返身又去了王嫂家要回了小儿清晨的第一泡尿。

玲儿照着师傅的留言，一步步地做下去，脚伤竟然在三天内好了，乐得个玲儿欢笑蹦跳。四儿也整整伺候了玲儿三天。在这三天里按玲儿的教导，四儿掌勺做了几顿饭，简直是一塌糊涂，不是生就是硬，不是焦就是糊，炒菜淡得无味、咸得咋舌。好歹撑到玲儿敢下地了，不然四儿做的饭菜真让人待不下去。

玲儿的脚伤好了，四儿的心也放了下来，晚上他又来到师傅的门前。屋门依然如前，虚掩着。四儿推门却怎么也推不开，门似有一种向外的推力，在和他顶牛。四儿的犟劲上来了，他往后退了几步，一用劲冲了上去，他想用肩膀撞开师傅的屋门。

"嘭！"的一声，接着"哎呀！"四儿声起。四儿的肩刚刚接触到屋门的瞬间，四儿就觉得有一种软软地并带有弹性的东西，把他反弹了出来。四儿一腚墩被送到了离门有丈外处，跌得四儿两眼金星直冒，待四儿的双眼金星散尽，四儿坐在那儿手摸着跌疼的腚片子，愣愣地看着师傅的屋门。

他无从得知，他要来，师傅早已料到。在他那晚拿走宝纸后，师傅就把房门加上了网锁。

这种网锁，手摸不到，你也见不到它的真容，似筋如钢，只要布上，连苍蝇都休想飞过。别说四儿撞上被弹出，就是利刃蛮牛也休想靠前半步。

四儿愣愣地看着，门上什么也没有，怎么就推不开、冲不进？

四儿爬了起来，他想到窗上看看，"咦！"怪了，怎么来时还见窗，这时却没了，

齐刷刷的石头墙直到屋檐。四儿又转到了房后，怎么后窗也没了？整个房子，就一个前门。四儿站在门前，抬起了右手，挠起了头皮。

"怎么，还想试试吗？"

是的，四儿正想再闯一次，突然听到了一个声音，是师傅的声音，他急回头，什么也没有。

"为师的话，为何不听？！"师傅的话音责备且威严。

四儿急退步，在院中"扑通"一声跪下了，眼光顺着声音找去。

夜空中，声音来自房上，屋脊上坐着个人，看轮廓极像师傅。

"我……"四儿还想分辩。

"我看你是想找打！"话音刚落，就听"啪！"的一声，四儿的后背遭到了重重的一击。

跪着的四儿身子一颤，他咬了咬牙，一声没吭，后背火辣辣地痛，他觉得像一根棍子在抽他。

"二月初九前必须回家，你这个不孝子！"

"啪！啪！啪！"四儿的后背又遭到了无形的三棍。

"师傅！"四儿双手扶地，头向地下磕去，"我收拾收拾就回去看姥姥和娘。"

"这就对了。"师傅的声音从远处传来。

四儿抬起了头，眼前什么也没有了，连房屋加院墙，空空如也。四儿跪在大地上，漆黑一片。

四儿也不知道师傅到哪儿去了，也不知师傅向哪个方向隐去……

他在地上以左膝盖为轴，向四面八方，"咚！咚！咚！"的一个方向磕了三个响头，完后爬起来看了看，向玲儿家一溜烟地奔去。

第十一章　回家路上

四儿要回家了。

一想到家，四儿就越发地想姥姥和娘。是啊！该回家看看了。第一次出门，一待就这么长时间。

他向玲儿做出了要回家的表示，玲儿有些恋恋不舍，她默默地为四儿打点行装，给她心爱的四儿哥，浆洗熨烫。

待她给四儿换衣时，发现了四儿后背上红红的三道血痕，像是被鞭子或条子抽过似的。玲儿心痛地忙用凉水洗了手巾给四儿轻轻地擦洗冷敷。四儿趴在炕上，任凭玲儿忙活。冷敷了会儿，玲儿问四儿："疼吗？"

"强点儿了，"四儿说，"刚才真疼，这会儿你给敷上手巾后，就不那么热辣辣地疼了。"

"你肯定是顶撞了师傅，要不师傅怎么能打你。"

"我没有顶撞师傅。"四儿分辩着。

四儿回来后，玲儿问四儿是否见到了师傅，四儿就把见师傅所遇之事向玲儿一一道出。玲儿没事也在琢磨师傅的话，琢磨来琢磨去，她觉得师傅之所以命四儿某月、某日前回家，必定有事，只是师傅没有明说。

玲儿琢磨到这儿，忙替四儿烙饼装粮，好叫四儿路上吃，路途遥远，别叫她的四儿哥饿着。用冷巾给四儿敷后，玲儿赶忙冲了碗师傅给的锁雾还魂茶，给四儿喝下，又把冲开的锁雾还魂茶叶轻轻地敷在抽打的血痕上。四儿渐渐地不疼了，可趴在炕上的四儿却啜泣起来。

"不疼了，还哭啥？"玲儿被四儿哭的莫名其妙，"怎么，又疼了？"

"不疼了！"

"不疼了，你哭什么？"

"我想姥姥！"

是啊，在外玩野了，有吃有喝，又有两个青春年少的美女照顾，四儿有点乐不思蜀。被师傅的无形鞭抽打后，再加上玲儿为他收拾行装，给他敷伤，勾起了四儿思家情，越发想娘想姥姥。他长这么大，调皮不听话，姥姥从没点他一指头："姥姥！"四儿哭着喊起了姥姥。

突然，四儿一个激灵，翻身坐了起来，玲儿一惊，忙问："你干什么？四儿哥。"

"我要回家！"

"好，我这不是给你收拾呢嘛！"

"不！我立马就走。"四儿"噌"一声下了地。

"你看你，师傅不打你不走，这会儿天都快黑了你却急着要走。"玲儿本是跪在炕上给四儿敷伤，被四儿惊了一下，见四儿下地，也赶忙下了炕，站在四儿的面前。

四儿赤裸着上半身，那健美的身躯，散发着男人的气息。一条红绳拴着块蟠龙谷纹半璧挂于四儿的胸前，四儿稍一动身，挂着的玉饰就在四儿的胸前晃动，如一面镜子被太阳光照射后反出的一道亮光，直直地射入玲儿的双目。

"唉！"的一声从玲儿的口中发出，玲儿摇了摇头，她觉得十分诧异："前些日子四儿哥脖子上挂着的这块玉佩，我怎么没有注意，同是这块玉佩今天怎么宝光突现？"

"啊！"站在四儿面前的玲儿突然"啊！"了一声，她一把抓住了四儿胸前的玉佩，并就势依在了四儿的身上。

四儿也爱怜地用右臂揽住了玲儿，左手抚拢着玲儿的柔发。他这一走，确实舍不得玲儿。

"四儿哥！"依在四儿怀中的玲儿手拿拴在四儿脖子上的玉佩，抬头问四儿，"师傅赠你玉佩时，还对你说什么了吗？"

四儿听后，顿了顿并没有马上回答，左手仍在慢慢地抚拢着玲儿那如墨玉般黝黑的柔发。

玲儿为何问四儿？原来玲儿也听四儿讲过玉，自从跟四儿到师傅处后，她知道四儿每晚去学玉，有时玲儿没去，等四儿回来后，玲儿就问，今晚师傅又讲什么玉了？四儿就把师傅讲的，又向玲儿叙述一遍。四儿纯属现学现卖，有时待玲儿听到聚精会神时，四儿就故意卖卖关子，拿把一下玲儿。这时玲儿就四儿哥长四儿哥短地央求，或是拿出早就准备好的甜瓜梨枣或是炒好的瓜子供四儿享用，四儿就一边吃着，一边继续给玲儿讲玉。

玲儿从四儿口中得知：有一种玉饰为玉璧，它是古代贵族互相馈赠和帝王们赐葬的最高贵的礼品，为礼仪用玉或祭祀天地所用，也是权力和财富的象征。玉璧也多种多样，纹饰繁复，有蒲纹、龙纹、凤纹、卷云纹、细丝线纹、谷纹、勾连谷纹、夔龙纹……并有出廓璧和文字璧及双连璧，镂空璧也极为盛行，并出现了方形璧。一般璧的形状为圆形扁平体，中部挖空。在《尔雅》中记述："肉倍好，谓之璧；好倍肉，谓之瑗；肉好若一，谓之环。"圆形璧面实体部分称为"肉"，中心孔洞称为"好"。这个意思四儿解释说："肉大于好一倍者称为璧；好大于肉一倍者称为瑗；肉好相同者为环。"《说文》中说："璜为半璧也"，就是说半个玉璧为璜，那么两个合一就为璧了。四儿讲的这些，玲儿记得清清楚楚。

今天她看到四儿的玉，那么的耀眼，直扑她的心。她记起了师傅送她战国玉舞人时对她说过："……半璧合一，那家人家就是你的婆家，持璧之人就是你的男人……"所以她问四儿，见四儿没有回答，玲儿又用头碰了下四儿的胸："四儿哥，你听到没有，师傅对你说过什么吗？"

四儿低头看着倚靠在自己身上的玲儿，面对着他心爱的两个女人，他不知如何是好。就要走了，如何向两个姑娘交代？四儿的心乱了，如同一团乱麻，谁能把他心中的乱麻梳理开？谁又能快刀斩乱麻？天啊！玲儿不行，四儿也不行，娥子也不行，那么婚姻只有天定！

四儿在玲儿的追问下说道："师傅告诉我，我带的这块玉佩叫鸳鸯佩，是上下分合的对璧的上璧，日后如有人持下璧与我的上璧相合，鸳鸯佩对合，持璧之人，我可娶其为妻。"

"噢——"玲儿听后，点了点头，她心中明白，只有找到鸳鸯佩对璧的下璧，才能和心爱的四儿哥续上终身之缘，否则即使心爱日久，也难接相思之缘："双璧合一，鸳鸯佩的下璧啊！你在哪里？"

"娥子姐有下璧吗？"玲儿忙问。

四儿摇了摇头，没有回答，不知是告诉玲儿不知道，还是说娥子没有下璧。

玲儿见状，再也没有问下去，她松开了四儿胸前挂着的鸳鸯佩战国镂雕蟠龙谷纹白玉对璧的上璧，温柔地、轻轻地从四儿的怀中挺起，慢声细语地说道："四儿哥，临走了，你不去向娥子姐道个别？今晚早点休息，就快上路了……"

玲儿说不下去了，她觉得心里酸酸的，泪往上涌，无声的泪已经流满脸颊。

清晨，玲儿早早地给四儿做好了饭，待四儿吃完后，她就催四儿快去向娥子道别。

四儿径直奔向娥子家，娥子家的院门大开，院里院外扫的干干净净，像是迎接什么贵客似的。

其实，每天娥子都是这么做的，自从她出去倒水发现了四儿和玲儿后，她的心就七上八下的。玲儿脚崴了，正好崴在了娥子的家门口，玲儿一动不能动了，待四儿抱玲儿时，玲儿偏偏亲了四儿一下，只这一亲，又让娥子看了个正着。娥子看后，那个气啊，全冲四儿身上发去。偏偏娥子生性好琢磨，琢磨来琢磨去：全是四儿这个坏小子干的，再加上玲儿个小妖精勾引所致，心中全没了我娥子了，全忘了那晚……

可是她这边恨四儿，那边却盼四儿能早点过来，她好问个明白。自从见了那一幕，娥子就像得了病，什么也不想吃，吃什么都觉得没味，什么也不吃，肚子却饱饱的。几天下来，娥子简直如大病一场，整个人都瘦了下来，再加上不梳洗打扮，全没了往日的风采。

这天早晨，娥子早早地就起来了，做好了饭菜，院里院外收拾完后，就回了自己的屋里。洗脸水放在盆里却懒的洗，半倚在炕梢被垛上，从特意打开的

半扇窗户上往外瞅，边瞅边寻思开了……

院外那"咚！咚！"而急促的脚步声从外面传了进来，半倚的娥子一听就知是四儿来了，心里骂了一句：你这个没良心的，你可来了。

娥子随即下了地，走到脸盆前，胡乱地用手蘸了点水，拢了拢蓬乱的头发，眼泪也随着流了下来。她怕被四儿看见，瞧她不起，忙用双手捧了点水，抹了几把脸，水与这几天里来的委屈之泪混在了一起。娥子有些不能控制自己了，几乎要哭出声来，她强忍着，咬起了嘴唇。接着双手端起了满盆水的脸盆，走向屋外。

四儿气喘吁吁地从街门外，大步地跨向了院里，径直奔向娥子住的屋子。快到屋门口了，四儿叫了声："娥子姐，你——""你"字还没出口，"哗啦！"一声，一盆凉水从四儿的头顶灌到了脚底。大清早的，冷不丁一盆凉水泼到了四儿的头上、脸上、身上，四儿被水一渍，浑身一激灵："阿嚏！"一个喷嚏打了出来。四儿用湿漉漉的双手像洗脸似的撸了把脸，尔后定了定神。这时就听一声："你来了，我倒水，没看见，我什么都没看见。"娥子话中有话地说。

看娥子端着个空盆站在面前，脸上也是湿湿的，四儿并没有发火，笑道："我这么个大活人，你没看见？"

"没看见！"

"你就是没看见我，也不能一出屋门就倒水呀！"四儿笑着说。

"我愿意，你管得着吗？"

"我倒是管不着，污水不好泼在当门口。"四儿仍笑着说。

"你愿意怎么就怎么，我怎么就不行！"娥子气哼哼地说。

"我怎么了？"四儿丈二和尚摸不着头脑。

"你怎么了，你知道！"娥子说完后，扭身回到了屋里。

湿淋淋的四儿也跟了进来，站在了屋当中。他搞不明白：这一大早的，娥子跟谁生这么大的气？只这几天的工夫，娥子明显地瘦了，难道她生病了？我没过来看她，她跟我置上了气？四儿正在那儿猜测。

只见趴在炕上的娥子边哭边数叨开了，娥子越数叨越伤心，越伤心越止不住眼泪，本想不哭，叫四儿看见了瞧不起，可那颗爱四儿的心，她自己就是控制不了。

"噢——"四儿听到了娥子的数落，他明白了：原来是娥子误会了。也真是，调皮的玲儿，我抱你，你亲我干什么？也甭怪玲儿，也是你娥子的不是，那天早上你偏偏倒什么水？哎，不对，怎么能那么巧，是天意，还是另有原因？冥冥之中像是安排好了似的。

也罢！我今天是来向你道别的，顺便我再把师傅所言，告诉娥子姐吧！

面对两个痴情的姑娘，四儿别无选择。他不能伤害了任何一个，否则，含苞待放的花儿哟！将会自情凋落。

四儿一五一十地把师傅之言，告诉了哭泣中的娥子，并说："娥子姐，你对我的好处，我将铭记在心，我会报答你的，没有今生，还有来世。师言不可违，为师之言，我不能听。娥子姐，你只有找到鸳鸯佩对璧的下璧与我戴的上璧相合，我俩才能结姻缘，不然难成夫妻。"

"玲儿有下璧吗？"哭泣中的娥子听到这里，抬起了趴着的头，急切地问四儿。

四儿摇了摇头。

"我要寻找那块下璧，我要看到它。你说的话，到底是真还是假？是不是你心中有了玲儿而编故事来哄骗我！什么鸳鸯佩？谁听说过？净是瞎话，我才不信呢！"娥子停止了哭泣。

"我说的是真的，师傅真是这样对我说的。"四儿认认真真地对娥子表白。

"不！我非你不嫁，我等着那一天，要是真有鸳鸯佩下璧出现的那一天，不是我的，我要出家为尼，与你永不相见！"

四儿听到娥子出自肺腑之言，忙打断娥子的话："娥子姐，你千万别做出这等事，天下好男人万万千，你不必为我付出……"

"你别说了，"娥子打断了四儿的话，"我虽为女子，说话也并非儿戏。"娥子一反过去温柔之性情。

立在地上的四儿叹了口气，心想：娥子姐今天怎么像变了个人似的？

"师傅告诉你上哪儿能找到叫什么鸳鸯佩的下璧吗？"娥子又问。

四儿无语，只是摇了摇头。

难道四儿说的是真的？娥子想：双璧合一，什么鸳鸯佩的下璧啊！你在哪里？到底是真还是假？

四儿有些话要对娥子说，但谈不下去了，他只是淡淡地说："娥子姐，我今天来，是向你道别的，明天我就要走了。"

趴着的娥子一听，一骨碌爬了起来："什么？向我道别？你要到哪里去？"她有些急了。

"我二月初九前一定要赶回家里，还有这么远的路，所以今天来看你，不想被你泼了一身水。娥子姐，回去看完姥姥和娘，我还要出来，到时候我会来看你的。"四儿说到这里不知何因，眼泪成双成对地掉了下来，是被水泼的，还是被娥子误会所致？四儿也分不出来，他就是觉得委屈的慌。

娥子听了四儿的话，也觉得自己做的有些过分，忙下地，要翻找哥哥的衣服给四儿换上，四儿摆了摆手，娥子向前跨了一步，她紧紧地抓住四儿的手，四儿没有动。接着她把双手松开，张开两臂去拥抱四儿，四儿没有回应，只道："娥子姐，你多保重，我会来看你的。我的衣服都湿了，别沾了你。"

说完，四儿轻轻地推开了他的娥子姐，泪流满面，扭身出屋向院外走去。

四儿站过的地面上，一滩水，向四周扩张。

娥子不知所措地站在原地，少顷，她醒过神来追向门外，看着她改叫弟为哥的四儿，穿着那身湿衣，大步向前走去，向玲儿家的方向。

娥子的泪，再一次地掉了下来。她懊悔，她自责，她不该……她向四儿去的方向，大喊："四儿哥，我等双璧合一的那一天！"

因为湿衣，四儿回家又耽误了一天。玲儿为四儿换上了干净衣服，又把那一身湿衣裤洗好晾晒上。玲儿什么也没多问，她见四儿那双眼和那身湿衣，只问了问："你见到娥子姐了吗？"

四儿点了点头。

玲儿把四儿领到自己屋里，指着已铺好了的自己的被褥："四儿哥，你先躺会儿，歇一歇，我去准备中午饭，待到饭好时再叫你。"

四儿经过这一折腾，确实觉得有些累了，经玲儿一说，就劲就躺在了玲儿那温暖的被窝里。玲儿的睡枕，散发着少女所特有的香味，四儿说不出，但他觉得是那么的吸引着他，他愿闻，不闻也不行，这种气味直入四儿的鼻腔，直直地把四儿薰迷糊了。四儿双眼眼皮慢慢地合到了一起，渐渐地四儿在玲儿的被窝里响起了轻微的鼾声。四儿睡着了，他就像睡在娘的被窝里一样，是那么的舒坦。

小鸽子从屋外飞了进来，悄无声息地落在了窗台上，它从窗台的这一头到那一头，走过来走过去，少许它又从窗台上飞出了玲儿的屋子，飞到了房脊上"咕咕——咕咕——"地叫开了。

玲儿麻溜地做好了几个菜，又把饺子包好了，等爹爹回来，再把四儿哥叫醒，一起吃饭，为她的四儿哥送行。

玲儿走出了屋外，向房脊上的小白鸽拍了下手，咕咕叫的小鸽子一见主人叫它，便"嗖"的一声飞了下来，稳稳地落在玲儿张开的双手掌上。玲儿对着小鸽子说了声："叫爹回来吃饭，好送四儿哥。"后一扬手，小鸽子扑拉着翅膀"嗖"地向南飞去。

师傅给玲儿的这只小鸽子，平日里给玲儿添了诸多乐趣，它也是个聪明的鸟儿，玲儿像对待孩子般地对待它，它也能听懂人话。几多时日，它渐渐地褪去了绒毛，身形也渐渐地起了变化，胸部渐凸，体形瘦长，侧看如一只矫健的鹰隼，眼睛圆瞪，炯炯放光。双翼大而有力，爪如鹰爪，最奇特的是，双腿和双爪外侧都生长着二寸多长的如翅膀般的羽毛，飞的高且快，并有着非凡的记忆力，只要带它一次，无论多远，黑夜迷雾，它都能识途，找到它的主人，极懂人性。玲儿为它起了个名字，叫雄喜。

被玲儿放走了的小雄喜径直向南飞去。原来，玲儿爹在村南头的一家做木活儿。雄喜飞到了钱木匠做活儿的人家院子上方,并没有马上落下,瞅准了钱木匠在东厢房做活儿,它头一低,一收翅,"嗖"的一声,如空中射下的一枚铁蛋,下而有力却落地无声,准确地落在了东厢房钱木匠做活儿的东窗外窗台上。雄喜落下后,"咕咕——咕咕——"地叫了两声,正做活儿的钱木匠一听是自家的鸽子发出的那种特别的叫声,忙停下了手里的活儿,走到了屋外,一看果不其然是雄喜。雄喜见玲儿爹出来了,一抬翅飞了起来,绕钱木匠飞了一圈后叼了下钱木匠的衣袖一下,腾空飞起,直奔钱家的方向。

钱木匠明白了,他跟东家打了声招呼后,就向家里走去。

玲儿叫雄喜去叫爹回来吃饭,又去了自己屋里,看四儿睡得正香,她站在了炕前,瞅着四儿那张睡脸,越看越爱,越看越好看……唉!眼前的这个男人,如果我和他没缘,即使我得到了,也得不到他真正的爱。就像那香瓜一样,被我摘了,这个瓜也不甜,我没有得到他的心。上天啊!快帮我续上这个缘。玲儿想到这里,低下了头,轻轻地在四儿的额头,亲了一下,稍停又在四儿那黑而浓的左眉毛上亲了下去……

熟睡的四儿,梦中回到了家里,他看到了姥姥,姥姥坐了个小板凳,手里拿了个铁勾勾在莳弄花草,那花开的鲜红鲜红,花香一直飘向院外,姥姥望着进来的四儿没有言语。今天姥姥怎么了?您不是想我吗?怎么不吭声?他又看到了娘,娘一把拉过四儿,狠狠地给了四儿一巴掌,责怪四儿怎么不早点回来,哪怕早一天。接着娘搂着四儿就亲,四儿正享受着娘的亲吻,忽然娘向他的浓眉亲去,一下,两下……"娘!"四儿喊了一声,娘走了,他忙爬起来去追娘。

"四儿哥!"正亲四儿的玲儿见四儿爬了起来,忙双手捧着四儿的双脸,叫了一声,接着又晃了晃,"醒醒,四儿哥,我是玲儿,起来吃饭了。"

饭后,四儿急着要走,玲儿一看四儿那要走的神情,知道再留一宿是不可能了,就忙着把穿的和路上要吃的都给四儿收拾妥当。临行,玲儿把雄喜叫到了跟前,她双手捧起了雄喜,郑重地交于四儿:"四儿哥,你走了,我放心不下,你把雄喜带上,好给我报个平安。"

四儿背起了行囊,雄喜则稳稳地立在四儿的右肩上。四儿面对他学活儿的人家,面对娥子和玲儿住的地方,面对她们对他的爱与恨,他的眼睛有些湿润。

在日头偏下晌的时候,离家多日的四儿踏上了回家的路。

身后是玲儿那脆而甜,温柔且带几分伤感的声音:"四儿哥,一路平安,早点回来,我等你……"

四儿向身后扬了扬手,一扭头,大步向南走去。

路越走越长,天越走越黑,四儿走着走着迷了路,他不知走到了几更天,在启明星升起时,东方天际微露晨曦,路没了。四儿也不知走到了什么地方,前后张望,一片迷茫,四儿找了块绿草茵茵的地方坐了下来。走了这么长的路,

　　四儿有些累了,他放下行囊,索性躺了下来。绿草上的露珠,打湿了四儿的衣裳,四儿的一双脚、鞋已经被露水湿透。雄喜这时已飞到不远处的一棵树上,"咕咕——咕咕——"地叫着。四儿躺着望着那无垠的天际,顺手捋了把身旁绿草的草叶,掌对嘴而吮,清晨的无根水,有点甜甜的。四儿啧了啧嘴,又坐了起来,走到现在,四儿觉得有些饿了。他打开了行囊,翻了一下,里面四儿的衣裤洗得干干净净,叠得整整齐齐,衣裤的破损处已被玲儿用顺色布加上密密的针脚缝得熨熨贴贴。一个花布围裙包,四儿把它打了开来,里面是烙好的十多个烧饼,一个油纸包里包着两只熟鸡腿。四儿看着这两只鸡腿,他回想到昨天中午吃饭时,端上来的那只红焖鸡,单单的没了两只鸡腿,原来是玲儿偷偷地留给了四儿,让他在路上吃。

　　四儿好一阵感动:玲儿,你真好,如果有缘……四儿不往下想了,他拿起了烧饼,就着熟鸡腿吃了起来。四儿吃饱了,又捏碎了一小块烧饼,撒在他旁边的草地上,他拍了下手,随着他手"啪"的一响,站在树枝上的白鸽——雄喜,一展翅冲了下来,稳稳地落在了草地上,"咕咕"地叫了两声,便点头捡吃草中的碎烧饼渣。

　　太阳出来了,草尖上的露珠渐渐隐去,四儿脱下了被露水打湿了裤腿的长裤和布鞋,晾晒在身边的绿草上。又到行囊中翻出了一条裤子,两手一抖,一个小红包从叠好的裤子中掉落下来,四儿立马看到了,红红的布包,静静地躺在草丛中,在绿草的映衬下,红布包是那么的鲜红而耀眼。

　　四儿蹲了下来,轻轻地拿起了红布包,沉甸甸的。慢慢地打开,展现在四儿面前的是二角一枚的一把银洋,四儿数了数,整好十六枚,在银洋的底下,方方正正地叠了个纸条。四儿坐了下来,他放下了红布包,打开了叠着的纸条,几行漂亮的蝇头小楷映入四儿的眼帘。

四儿哥:

　　离别之时,有很多话要跟你说,但情使我难已管住我的双眼。我相信世间之缘,如果真有双璧合一的那一天,我将终身与你相伴,为你缝衣做饭,在母亲大人面前尽孝。

　　玲儿从小就没了娘,不管咱俩是否有夫妻缘,就是没有的那一天,你能答应我认你的娘为我的干娘吗?那时你来做我的哥哥,我要嫁人,将从你家出门。

　　哥,你到我家后,不知我是否在哪里有照顾不到的地方,还望为哥的多担待点,等见面后,再责怪玲儿不迟。

　　哥,这是我替人家绣花的赏钱,我没舍得花,给你拿着路上好用。这是十六个银洋,十六个花季,这是玲妹的心,为你享用。

　　哥,不知姥姥和娘喜欢吃什么?你替玲妹买好捎回,以孝敬姥姥和娘,替玲妹向二老问好,祝二老康寿!

哥，祝你一路平安，回家后快点让雄喜把信捎来，玲妹惦着你。

你的玲妹

坐在地上的四儿，看着玲儿写给自己的信，好一阵感动：玲儿这姑娘，心就是细，就是那么会体贴人。人家就明明白白地跟你挑明了，有缘成夫妻，无缘做兄妹，干脆人家就直接叫娘了，管你同意不同意。人家都把心交给你了，你四儿看着办吧。想到这里，四儿又勾想起了娥子。"唉——！"四儿一声长叹：娥子跟玲儿比，就是不一样，我大清早的去道别，兜头就给我泼了一身水，什么事不问个青红皂白任着性子来。说干啥就干啥，要是没有缘，看来真能削发为尼！"哎呀！"想到这里，四儿突然叫了一声，他想起了好像师傅说过娥子是庵中人。庵，那不就是信奉佛教出家修行的女人们的住所么？难道娥子姐真的就与我无缘？下璧啊！你在哪里？娥子姐，你怎么就不能向玲儿学，不成夫妻，做个干妹妹、干姐姐，何必非得出家？玉璧呀，你的魅力怎能如此之大，有人为你献身，有人得不到就去过那清苦的日子……

太阳升起老高，晒得草地暖暖的，四儿头枕着玲儿为自己打点的行囊，直直地躺在了草地上，身上晒得热乎乎的，走了这么长的路，吃饱了，不觉困意有点上来了。他想娥子，想玲儿，他又想起了玉璧，她们谁能得到？娥子姐你可别犯傻……渐渐地四儿双眼迷糊起来，好像师傅在为他讲和氏璧的故事，师傅的声音渐行渐远……

战国时，楚人卞和在一个叫楚山的大山之中觅得一块璞玉，卞和因相玉多年，他认为这是一块天下难得的宝玉，不知为何落在此山中。应该献给国家，献给他的君王。于是，卞和带玉下山，进献给楚厉王。这本是块籽玉，外面被一层石皮包裹，不雕琢根本看不到内里的玉。当卞和把这块玉送到宫里后，楚厉王叫玉工来看，玉工说："大王，这是块极其普通的石头，并非玉。"厉王大怒，以卞和欺君之罪论处，砍左脚鞭刑打出宫。楚厉王死，楚武王继位，卞和再一次献玉。楚武王命玉工鉴识，玉工告诉武王，卞和献宝为石。楚武王大怒，命人砍去卞和的右脚。若干年后，楚武王死，文王继承王位，卞和终日怀抱两次献之世人不识之旷世宝玉，憾哭于荆山之下。

卞和哭世人识玉太少，更哭因献玉而失双足，哭那玉工无知，哭那大王斥己为欺诳之徒，可惜了自己的一片忠贞。卞和直哭到泪干啼血，哭声惊天动地，传至皇宫，文王得知，传卞和到宫。

文王问："天下因犯罪被刖去双足的人多了，为何就你哭得如此伤心？"

卞和答道："我并非因犯罪而被砍去双足，我是忠贞之士，为献宝玉而失去双足并被贬为欺诳之徒。我哭天下人不识玉，哭宝玉被当作普通之石。哭天下世道竟如此。"

文王听后大惊，命找高超玉工辨认并琢之。果不其然，石皮破，宝玉出。

　　一块历经千万年，旷世完美无瑕的宝玉露出了它的容颜。楚文王大喜，找天下最好的玉工雕琢成一块玉璧。其大，其质，其颜天下无双，被定为镇国之宝，命为和氏璧。一为失双足的卞和，二为此玉是出自和田的上上等的羊脂白玉，三取国盛和为贵之意。

　　"唉！玉这东西真是深不可究。"睡了的四儿被和氏璧的故事所感染，嘟囔了一句。接着，头一歪，在暖暖的阳光下，又睡了下去。

　　不知睡了多长时候，四儿被雄喜的咕咕声叫醒了。他睁开了双眼，一腚坐了起来，太阳已向西落，这一觉睡得好长，从早上一直睡到半下晌，再看看晒在草地上的裤子和鞋，早已干了，暖暖的。

　　四儿站了起来，伸了个懒腰，换好衣裤，收拾好了行囊，背起就要往家赶，可一抬头，绿绿的草地前面是一片树林，路在哪里？脚下没路，有的只是那生长在黑土地上的绿绿的草。

　　四儿迷路了。

　　迷路的四儿走进了树林，他想穿过树林，也许能找到回家的路。雄喜站在四儿的肩头，偶尔"咕咕"两声，草丛里不知名的虫儿在唧唧地叫，各种鸟儿在树枝间翻飞，时而落下，时儿蹿起。有的唧唧喳喳，有的发出一声哨音，躲过树枝，飞向蓝天。这些四儿顾不得欣赏，手里捡了个小面杆杖般粗细的树枝，边走边用树枝拨拉着蒿草。

　　四儿往前走，脑袋里还在想着和氏璧的故事。这块和氏璧真是价值连城，秦昭王竟要拿十五座城和楚文王交换。他们怎么了？四儿不明白，这块和氏璧就那么值钱吗？还是这块玉璧有什么奥秘和特殊的功能？想着走着，走着想着，四儿走进了深山密林之中，望四周全是合抱粗的参天大树。他想看看太阳在哪里？抬头却望不见，想以太阳定方向是不可能了。树枝、树叶密密麻麻，遮得林间不见天。四儿想往回走，找到他睡过的草地，可转了大半天，就是转不出去，越转越糊涂。这是到了什么地方？难道今晚要在林中过夜了？四儿心中嘀咕着。正在四儿迷茫时，密林深处传来了笛声。四儿侧耳细听，那悠扬的笛声，来自正前方。四儿抬手拍了下站在肩上的雄喜，雄喜扑棱下翅膀，伸头咕咕了两声。四儿抬腿，用手中的木棍扒拉着树下的枯枝败叶，急步向着笛声响起的地方，一路寻去。

　　笛声在前，四儿在后，四儿追呀追，可是就是不见吹笛人，那悠扬悦耳的笛声听起来就是在前面不远处，可就是追它不见，四儿一时性起，直直地奔笛声而去。饿了吃口玲儿给准备的干粮，渴了找到小溪喝口水，就这么一直顺笛声追去。不知过了多长时日？翻过了几座山？只见浓雾锁沟壑，野草掩行踪，风送笛声到，不见弄笛人。追到现在，四儿有些纳闷了：我本是往家赶，不成想迷了路，找不见路，却被笛声引了过来，这究竟到了哪里？能否走出去？正在四儿寻思时，觉得好像少了点什么？对了！怎么听不到那悦耳的笛声？四儿回头看，身后是那生长着密密树林的几处山包。啊！原来自己已经走出了树林，向前看峰回路转，来到了一平坦之处。四儿走的饥渴难耐，没有笛声引路，决难走出密林。在浓密的林中行走，冷不丁看到平坦处，四儿的心也随着那清朗的天空变得明亮，肩上的鸽子——雄喜也咕咕地叫着，显得那么欢快，突然它嗖地一声，窜向蓝天，欢叫着在四儿的头上盘旋。

在林中穿行，四儿倒觉得脚下有力，可出了树林见到敞亮的平坦处，四儿的双腿反到无力迈步，软软地瘫在了草地上。他索性伸开双腿，伸展双臂，仰面八叉地望着在蓝天上盘旋的雄喜，心想：小雄喜呀小雄喜，我要是你多好⋯⋯

四儿躺了一会儿，觉得歇得差不离了，伸了伸懒腰，一个鲤鱼打挺，站起来，他抬起了左手，把拇指和食指捏到了一起，伸到了嘴里，深深地吸了一口气，旋即"呜——啊——"一声长长的呼啸从四儿的嘴里发出，向天空，向四周飘去，盘旋的雄喜，一听哨音，斜着翅膀箭一般从空中射下，却悄无声息地落在了四儿的身旁。

四儿打开了玲儿为自己收拾的衣服包，从中又翻出了包着的烧饼，一看只剩下了三个，而且都变得硬硬的了。四儿看了看前边，寻思着还不知何时能走出去，省着点吃。于是他只拿出了一个，把那两个烧饼又包了起来，啃起了硬硬的烧饼，那硬硬的烧饼啃在嘴里，倒过来倒过去，就是咽不下：有点水喝就好了，四儿想，既然咽不下，就吐出来喂雄喜吧。四儿一张嘴，"噗"的一声，冲着站在身旁的雄喜吐了过去，小鸽子雄喜正歪着头看它的主人，冷不丁看主人向自己吐了一口，雄喜愣愣的，还没来得及飞，就被那碎碎的面渣兜头盖脸地喷了满身，雄喜一看原来是主人嚼碎的面食，感激地低头"咕咕"叫了两声，抖了抖翅膀，就捡食起了被四儿嚼碎的烧饼渣来。

四儿看了下被自己吐了一身面渣的雄喜，不禁笑了笑，看到雄喜的样子，四儿不禁又想到了被娥子那泼向自己的冷水，四儿打了个寒战。

想到水，四儿觉得口特别的渴，他似乎觉得好像在林中穿行时看到过一条小溪。四儿立马把东西包好，背了起来，招呼雄喜，返身向林中走去。返回的四儿心想：我怎么这么笨，人往高处走，水向低处流，寻溪随流水，水向低处寻归路，汇成江河自出山。我沿着水流的方向，不就能走出去吗？他向回头的方向，又走了好长时间，找到了他曾遇到的小溪。小溪向树林的一个方向流去，溪中残枝败叶，清清的水，在残枝败叶中无声地流淌。

四儿忙哈下腰，用双手掬了一捧水，送入口中，啊！林中的水真甜，他不禁感叹起来：远离尘嚣之水，如此沁人心脾。四儿想起了师傅，他曾问过师傅："何时能学到识玉的真功？"师傅答："玉石之道，眼到、手到、心到，顺其自然。缘到，水到渠成，功到自悟⋯⋯"

"咕咕——咕咕——"在溪边喝水的雄喜边喝水边叫了起来，鸽子的叫声牵回了四儿的思绪，他边喝着溪水边就着干烧饼，一会儿工夫一个烧饼下了肚。这时他在隐约中似乎又听到了悦耳的笛声，对！就是它，刚才是它把我引出了树林。出来时怎么听不到了？一边是笛声，一边是小溪，该向哪一个方向走？四儿有些犯难了，顺小溪走，肯定能走出去，千流万水归大海。可是笛声此时又响起，深山老林，是什么人在此有闲情弄笛？难道又是什么人在引导我吗？难道是师傅？四儿立马站直，侧耳细听，笛声时远时近，抑扬顿挫。

随着那悠扬的笛声，四儿又一次随音而去。走过来，走过去，四儿又回到了刚才的平坦处。平坦处的草地上，一只黄牛在悠闲地啃吃着青草。找水时没有牛，这时哪儿来的牛？看来这附近有人家，我过去看看。四儿大步迈了过去，走到牛跟前，四儿乐了，他认识这头牛，原来这正是驮自己到师傅处的那只瘦牛。啊！原来是那位少年在吹笛，少年在哪儿？这奇怪的笛声怎么又没了？四儿四处张望，只见牛不见人，老牛拖着条缰绳吃着草，见四儿来到跟前，冲四儿"哞——"地叫了一声，四儿不见少年，便大声地喊了起来："喂！小哥，你在哪儿？"空旷的草地，喊声随风向远方飘去，没有人回应。

"小哥，听到没有？"四儿又喊了一声。

依然如故，喊声四散开来。

这一次，四儿对着蓝蓝的天，对着西坠的太阳又高嗓喊了一声："小哥，你再不出来，我就骑牛走了！"

四儿那高亢的喊叫声，如同他的呼哨，响彻在平坦的草地上空，又如同一个炸雷，向远方滚去：不出来，我就骑牛走了，走了，走了……

少年没听到四儿的叫声，这头啃草的瘦牛却似听懂了四儿的话，乖乖地在四儿跟前，前蹄一跪，趴了下来。四儿近前拍了拍牛的前额，牛儿眨了下眼，抬头用嘴冲前一指，又叫了一声。四儿明白了，一步跨上了卧着的牛背上。四儿一上身，瘦牛来了精神头，"呼"的一声站了起来，驮着四儿冲前跑去。站在四儿肩上的白鸽——雄喜，随着往前奔跑的牛，小小的身子摇晃了一下，这也太快了。吓得雄喜赶紧蹲了下来，两只爪子紧紧地抓住了四儿的肩头。这头瘦牛别看它瘦，却精神抖擞，奔跑起来，四蹄奋起，好似飞了起来。四儿只觉得两耳呼呼生风，也赶紧趴下来。

不知跑了多久，四儿只记得一会儿太阳高照，一会儿又满天星斗，身上一会儿暖一会儿凉。有几次四儿试图吆喝这头驮他的牛停下来，可是吆喝了几次，这头牛不但没停，却越吆喝越快。四儿看它不停下来，却来了劲，干脆四儿心想：你不是能跑吗？我再拍你几巴掌，叫你跑个够。四儿心想手起，右手照着那前冲而伸直的牛脖子"啪！啪！啪！"三巴掌，四儿这一打不要紧，那牛如疯了一般，箭似的向前冲去，跨山越岭，跳涧过河。把个四儿吓得紧紧地伏在牛背上，大气不敢喘一声,任凭牛儿狂奔,也不知牛儿能把他带到哪里?

四儿在牛背上不知过了几日。一天后半响,四儿觉得奔跑的牛儿好像慢了下来,这才抬起头,向四周看去。这是到了什么地方?远望是座巍峨屹立、山路逶迤连绵的高山峻岭,一条小路通向山谷。牛儿渐渐地由跑而变成了走,一步三晃地把四儿带到了谷口,在一古松旁停了下来。坐在牛背上的四儿一看牛儿停在了这里,抬起手又想向牛儿打去,手停在了半空,终是没敢打下,他怕打下来,牛儿再一次狂奔,只是嘴里说道:"牛儿啊,你怎么不跑了?"停了停又道:"你这是把我带到了什么地方?"

牛儿似听懂了,抬头向山谷的深处长叫一声,接着就前腿一跪,趴在了地上。四儿见状,跨下了牛背,白鸽雄喜也一跃飞向了太阳西坠的蓝天,向山谷的深处飞去。

四儿见状,也追寻着雄喜,沿着小道一路走向山谷。四儿一路走一路望,只见路旁古松怪柏,香花异草,奇石野藤。

四儿走走停停,沿着一条小路向左拐去,当四儿顺路拐过时,只见一块大石立于一株如伞般的古松旁,大石如门,光滑如镜。稍往旁边,一草庵搭了那里,一旺炉火烧得通红,没见风箱吹,但见火苗呼呼响。地当中,一个大树墩上放了个硕大的铁砧,铁砧上放了一把手锤。手锤一尺多长,乌黑的手柄,发着亮光。铁砧旁竖着一个大铁锤,其长长的木柄,为奇寒地带多年生腊木韧皮所做,也不知使用了多长时日,已被手汗浸透煮红,极富弹性。

正在四儿观望寻思间,一位老者不知何时站在了燃烧的火炉旁,对着四儿微笑。四儿见此,忙上前一步,也不知对不对,学着接他到师傅处的少年,左掌放在右拳上,一抱拳,头微低,乖巧的四儿话已出口:"老爹,您老好!敢问这是什么地方?"

老者笑答:"后生,你没见松树旁的大石吗?那上面有字,你去看来!"

"那上面有字?我怎么没看见?"

老者又道:"信息无处不在,你只是没读到而已。"老者说罢,弯腰伸手到铁砧旁的一盛满水的木桶中,撩起一掌水,直直地甩向四儿的脸。

正在谈问间,四儿见老者弯腰抬手一股凉气直逼自己而来,忙侧头试想躲过,哪曾想,头刚偏,眼睛还没来得及眨一眨,那桶中的水已随老者的手,直直地射向自己的双目。四儿只觉得自己的眼睛如三九寒天赤手伸进了冰窟窿里的那种感觉,冰凉刺骨,如针刺般直直地通向脚后跟。四儿浑身哆嗦,不禁打了个寒战,一张嘴随口而出:"阿嚏!阿嚏!阿嚏!"三个大喷嚏。

喷嚏过后,四儿也不冷了,反倒来了精神头,一扫多日来的疲劳,眼睛雪亮。他看到了熊熊燃烧的炉火中有一团软面般红红的东西,这个红红的东西在向四周不断地喷溅着火星。四儿忙放下背着的东西,转身跑向古松旁,古松旁立着

的如门般的大石上，至上而下地镌刻着三个大字：昆吾山。隶书字体，刀刀见力，深如石中半寸。

"嗯？我刚才怎么没看见，难道这就是师傅所说的出昆吾铁的神山吗？"

四儿返回了草庵，微笑的老者站在铁砧跟前，右手持刚才放在铁砧上的手锤，左手持一把铁钳。

"老爹，这是昆吾山吗？"四儿嘴甜地问道。

"此乃昆吾山中。"老者说。

"我怎么到了这里？"

"帮我打昆吾刀。"

四儿看了看竖放于铁砧旁的一柄大锤，足足有十来斤重。四儿咧了下嘴，口中说道："老爹，我饿了，打不动，等我吃点东西再说。"四儿瞅着这么大的铁锤，心里就怵了，说完话，四儿一腚坐在了地上，随手翻出了玲儿给他烙的烧饼。

四儿手拿着剩下的烧饼，却送不到嘴里，烧饼干硬开裂，而且长了一层绿色的毛，并伴有黑色的斑点：唉！走了不知几日，好好的干粮都长毛发霉了。四儿在心中暗自叹息。

这一切，老爹都看在眼里，只是笑而不答，他把手拿的长钳伸向正熊熊燃烧的火里，只看他一翻一转，从火中夹出了一个手掌大小的东西。一出火，周身就散发着诱人的香味，香味即而漫遍了草庵。四儿也被这香味引逗着丢掉了那个坏烧饼站了起来，来到老爹面前。

"老爹，这是什么？怎么这么香？"四儿禁不住这香味的诱惑，问老爹。

"你不是饿了吗？烧块老姜为你充饥。"老爹说。

"姜还能烧着吃？"四儿问。

老者没有直接回答，只是又引诱了四儿一下："你说香不香？"

"香！"四儿啧了下嘴，肯定地点了下头。

"想不想吃？"

"想！"四儿急切的回道，在四儿回答老者问话的同时，四儿似乎觉得自己的肠子在咕咕地叫。

老者把热乎乎的老姜递到了四儿的手中。

四儿接过刚从火里夹出的烧熟的老姜，并不觉得烫手，只觉得有一股香气直冲他的鼻孔钻去。

四儿也许是饿急了，也许是禁不住老姜的香味，他顾不得那么多了，连老姜那烧得糊焦的皮也不剥，就大口地吃了起来。

说来也怪，姜本是草本多年生之物，地下肥大的块茎，味道辛辣，可用于做菜调味之用，也可入药，有暖胃、祛寒、健体之功效。四儿吃起来非但没有辛辣之感，反倒觉得香味异常，吃了这口，想着那口，只一会儿功夫，一块烧熟的老姜，被四儿三口两口吃进了肚里。

老者看四儿吃完后，手指竖着的铁锤，笑道："你吃也吃过了，肚子不饥了吧！该帮我打铁炼刀了。"

真奇了，四儿吃了这块老姜，肚不饥，力气长。他顺手抓起了大铁锤的长把儿，轻轻往后一丢，十多斤重的铁锤顺着他的右侧一个半圆弧，轻轻地落在了他的肩上。他双腿一前一后的叉开，拉开了架势，但等着老爹的手锤叫响。

四儿尊称的老爹左手持钳从火中钳出一大块红红的东西，放在那铁砧之上。只见那红红的东西似软面般摊在铁砧上，滋滋地向四周喷着火星。

老爹右手的手锤在铁砧上"铛！铛！铛！"连敲三下。

四儿一听，马上左手抓在大锤木柄的末端，右手抓在木柄中，双手一挺大铁锤高高地举在了头顶上。四儿心想：只要老爹的手锤响二遍，我这十多斤重的大锤一锤砸下去，还不把你这软软的东西砸成了薄饼。四儿暗暗地咬紧了牙关。

"铛！铛！铛！"

"铛！铛！铛！"手锤在响过了六声之后，又一声"铛！"四儿的大铁锤"呼"的一声向铁砧上那软软的、喷着火星的东西砸了下去。

"铛！铛！铛！"手锤紧敲。

四儿轮圆了双膀"嘿！嘿！嘿！"奋力把大锤砸向这团软软的东西。

老爹左手的铁钳反复翻转着这团东西，右手的铁锤在铁砧上"铛！铛！铛！"一个劲地叫锤。

一连十几锤下来，这团软软的东西，任凭四儿如何咬牙跷脚发狠，拿出了吃奶的力气，它却动也不动。十多斤重的大锤打下去，如同打进了软软的年糕里，又粘又有弹性，只听"噗！噗！噗！"地响，把个大锤都粘住了，四儿抬起来都十分吃力。

"铛！铛！铛！"

四儿一时性起，犟劲冲脑门，"嘿！嘿！嘿！"一连十几锤，累得四儿呼哧呼哧直喘。

"铛！铛！铛！"老者的手锤还在催敲。

"噗嗤——"一声，四儿再也抬不起粘在那团东西上的大锤了。

四儿一腚瘫坐在了地上。

"铛！铛！铛！"任凭老者手锤敲。

四儿就是不起来，四儿已累得没了劲。

这时老者停了手锤的敲响，把那团"滋滋"冒火星的东西送回炉中，笑道："小子，你这回知道什么叫恨铁不成钢了吧！"

四儿点了点头。

老者又道:"记住:世间事,犟不得,强犟必相克。"

"记住了!"四儿又点了点头,并慢慢地站了起来,只是觉得浑身像散了架一样,没了一点力气,手扶着大锤柄,两眼无神地瞅着铁砧。

老者见状,又从熊熊燃烧的火中夹出一块冒着香气的老姜,伸手递给了四儿。熟姜还没到,香味直刺四儿的鼻子。四儿麻溜腾出手来,接过才从火中夹出的老姜,送到嘴边。说也奇,才从火中取出,却没有滚烫的感觉,四儿也顾不得那些了,既然不烫嘴,就索性大口地吃了起来。

老者一连给四儿夹了三块,四儿狼吞虎咽地连吃了三块。

"吃得咋样?"老者问。

四儿一抹嘴,冲老者一笑,答:"老爹,你再把那团东西夹出来。"

老爹明白了四儿的意思,笑道:"你这鲁莽的后生,你吃姜长了力气,你认为把它夹出来你就能打得动?告诉你吧,这是一块昆吾铁,此铁非同一般,据千年甲骨文载:九十九万年前,鸿蒙未辟,宇宙洪荒,黄河以北是一片冰雪皑皑的世界,那里冻寒积冰,雪雹霜霰,白茫茫一片。而大海却异常活跃,多次升与降,大地一次次地扩张和收缩。同时昆仑山和昆吾山也经过了多次挪动和长高,黑夜极其漫长,西北天际有一明而亮的大星长挂夜空。

"一日,其星耀眼特别,光刺宇宙,忽爆闪数次,突陨。陨星长数百丈,蜿蜒如龙蛇,闪烁如电,须臾而灭。数十万年后,探玉人入昆仑寻玉而见冰雪覆盖下又一奇山,山上白雪皑皑,山下绿树成荫,温暖如春,那就是昆吾山。

"昆吾山中,昆吾谷里遍布大小铁陨石,最大者六千四百斤。陨石只因天长日久,风吹雨淋,电闪雷打,熔壳已经不见,代之为红褐色、黑褐色一层皮,最厚处可达一指。此铁陨石煅烧异常艰难,沉重如铅,柔韧如筋,想把它烧化打扁,制成利刃,其难难于上青天。正像你刚才锤打它一样,软绵绵的似年糕蒸熟了似的,任凭你千锤百炼,就是打不成条来拍不成饼。"

"那怎么能把它熔化打制成形?"正听的四儿打断了老者的话,他想到了刚才锤打这块陨铁时的情形,自己简直是用足了吃奶的劲儿,气得咬牙切齿,这块陨铁就是原封不动,打扁了又弹起,一会儿又恢复了如才从火中夹出时的样子,滋滋地冒着火星。

四儿的插话,并没有打断老者的述说:"人们刚发现玉时是用解玉沙来剖玉碾玉。由于玉这个宝贝比其他东西硬,想把它剖成片再做成器是一个长期而伟大的工程,没有三年五载休想琢成流芳百世的精品。而在当时,神需要它,王要佩带,重大的祭祀、礼仪都需要玉。在时间上,制玉琢玉人的碾玉速度已远远达不到王公贵族的用玉需要。于是琢玉人就想到了昆吾山中的从天而降的陨铁,用它来烧锻打刀琢玉。阴阳间一物必有一物克,既然玉是上天赐予的宝物,那只有用上苍送来的陨铁来琢磨它吧!可真的把陨铁从昆吾山中请到炉火中时,人们才恍然大悟，陨铁如此难炼，必得找到克陨铁之物。人们用遍了可用之物，想遍了可想之法，一连数十载，炉中的陨铁烧红了打扁又起来，就是打不成条，拍不成饼……"

"后来呢？"四儿急的又向老者发问。

"后来嘛！有一打铁人成天冥思苦想，他从小看自己的爹爹随爷爷打铁，爷爷没把陨铁打成，临终把爹爹叫到床前，告诉爹爹：'我因打铁而积劳成疾，临走了却没能把昆吾铁打成刀，这事只有你接着干吧！时间久必有破解之道。'爷爷睁眼离开了。

"爹爹接着干。昆吾铁又送走了爹爹，爹爹走时眼也没能闭上，锻打昆吾铁之事又交给了这位打铁人。他从黑发打成了白发，昆吾铁岿然不动。为了打成昆吾刀，他终身不娶，他说：'三辈打不成昆吾刀，还留后人做甚？'

"面对着热了就软，冷了就硬的昆吾陨铁，浩浩数载，漫漫长夜。面对长空，每打一次，滋滋冒火星的昆吾铁，他不是狂哭就是大笑，笑声和哭声传出去很远，连孩童们都知道，一听他的笑与哭，就知昆吾铁又锻打了一次。

"在打铁人刚过八十九岁时，除夕之夜，面对熊熊的炉火，他坐在炉前长叹：'不久，我就要像爷爷和爹爹一样撒手人寰，我这一走，昆吾铁在人间就很难熔锻成刀了……'打铁人在除夕之夜的炉前这样，想着叹着，叹着想着，哭一阵笑一阵，笑一回哭一回，渐渐地进入了梦乡。

"打铁人睡了，但他觉得自己似睡非睡，他见门外银光一片，光影中走进一人，他抬头见来人：银发白须，浑身上下一套白，看年岁不在自己之下。打铁人忙站起，拱手问道：'敢问您老，为何夜来我门？'

"银发老人也拱手答礼：'我乃世住于此山，见你祖孙三代炼昆吾铁锻刀之心极诚。我知道，你哭世上无高人点化，你笑三代不得锻铁之方。今我受玉之托，前来帮你。'

"'受玉之托？玉为何人？'八十九岁的打铁人问道。

白发老者没有直接回答，继续说道：'玉不琢不成器，想琢成美玉流传百世，必得有好刀。玉乃美石也，美石的肌肤与纹饰，必得有削铁如泥的快刀来琢、来雕，这样它才能放出它的光华。玉乃通灵宝物，它知你家为它而锻铁，特差我向你传锻昆吾铁之方。'

"'请您老人家快快讲！'打铁人急切地催促着银发老者：'如果您老不来，这昆吾刀算是打不成了，我马上九十岁了，不久就要离开人世，难道我还能像我爷爷和爹爹那样，睁眼离开吗？'

"'不，这一次锻刀定能成功！'银发老者听打铁人那发自内心的赤诚，也甚为感动，'你爷爷和你爹爹，有诚心而无良方。锻昆吾陨铁，必须千年柏木炭。此柏树生长在酷暑之地，酷热蒸烤，生长极为缓慢，百年没有一扎粗。此炭必

由此柏树根上三尺树干烧闷成炭。烧柏木炭的柴火也非一般，它得是奇冷地长成的松树明子。'

"'松树明子是什么？那是百年以上的松树树干里带油的木头，松树年龄越长，在它的树干里才能形成一段油性特别大的一段油木。红渍渍油噜噜，用手都能捏出油，找到这种松油木后，暴晒二九一十八天，才可用来闷柏木炭。这种油木并非每一棵老松都有，也是百里挑一。'

"'谢谢您老人家。'打铁人一听，原来如此，忙要下跪拜谢。

"'且慢，你要记住，'银发老者忙摆手道，'有了这炭，昆吾铁还是熔不成。'

"听到这里，等于白听，打铁人有点泄气了。

"银发老者已经看出，他没有指责，继续讲道：'待到柏木炭把昆吾陨铁烧红后，你要投入十年生的老姜，让其老姜汁滋润昆吾陨铁，待昆吾陨铁滋滋冒火星时夹出，边打边往锤打处撒陈年的老谷糠。'

"打铁人一听，老者并没讲完打陨铁的秘方，一下子又来了精神，竖耳静听，他这一次没敢打断银发老者的话，他在耳听心记。

"'这种陈年的老谷糠也有讲究，它得是像你这把年纪的老妪与老叟长年枕过的枕头里的谷糠，最少也得十年以上，被老人的头汗油熏出来的为最好，焦黄油亮，此糠为寿糠。'

"'这样就可以锻刀了吗？'

"'可以了！'

"'我上哪里去弄柏木炭，十年生老姜？陈年谷糠我有，我就把我枕的枕头拆了，它也有几十年了。我都这把年纪了，待我找到您老讲的这些东西，不等闷成炭，我就咽气了。'打铁人叹道。

"'告诉你，这个秘方你记住，传给后人。'银发老者说，'炼这种炭并非一日之功，它得闷上九九八十一天才能炼成。'

"'哎呀！我的娘啊！'打铁人打昆吾铁那么艰难，都没有哼一声，这一次听银发老者告之秘方，不禁喊了娘。他深知，找这几种东西并非易事。

"银发老者听打铁人喊娘，心中不禁萌发怜悯之情：祖孙三代为琢玉炼昆吾陨铁，到后来因不得炼铁之方而终身不娶，实为感天动地。银发老者想到这里，手指门外道：'且末灰心，我为你已带来了柏木炭和老姜，寿糠只有用你自己的了。'

"打铁人听后眼望门外，只见院子当中果然摆放着一只竹篓，竹篓旁放着一只柳条编的笆斗，斗内盛放着银黄色的大块老姜。打铁人见此，也顾不得致谢还礼了，大步跨出屋外，伸手到竹篓里拿出了柏木炭，看了看掂了掂。这种木炭拿在手里，分量比自己炼铁的炭格外重，他不免又拿出了一块，两手对敲了一下，敲击的木炭钢钢响，发出一种清脆的声音，敲击处无一点炭渣脱落。

"他放下木炭忙哈腰从笆斗中拿出一块手掌大的老姜，放在手中沉甸甸的，黄中泛银，银中透黄。奇了，他常年吃姜，从没见过这种姜块。爷爷曾经告诉他，男人不可一日无姜，姜乃长寿之物，经年服之，可强身健体，通经活络，保肾养肝，耳聪目明。他从小就随爷爷吃姜至今，已吃姜无数，还没见过此种奇姜，他高兴地左手提篓右手提笆斗，拎起来就回到了屋里。银发老者看到打铁老翁高兴的样子，抿嘴一笑。

"他说：'你有了这几种东西，还少一样。'

"打铁人一听，顿时愣在了那里，接着随口而出：'哎呀！这个铁看来是打不成了。没有您老我是万万得不到这几样东西，可忙来忙去，还少一样。敢问您老，这缺的一样是什么？'打铁人一口气说了出来，并问白发老者。

"白发老者又道：'我不远万里之遥来向你传授锻铁之秘方，除夕之夜，谁人不守岁？可我自从来到你府上，你不让座，不续茶，连凉水也不送一口，你枉活八十九岁。'

"打铁人一听老者挑礼了，忙跪于地，双手抱拳：'老人家，我只因锻铁心切，慢待了您老，您千万莫怪。既然您受玉之托来传锻铁秘方，万万不可因我失礼而留一手，那样于玉、于人、于世，都是一种罪过。'

"'罢！罢！罢！'银发老者一连三声罢，'我且不与你计较，你这哪是还礼道歉，明明是在将我。凡人杀生吃肉，哪还有礼可讲，时候不早了，临走我送你一桶淬火之水。'

"打铁人一听忙道：'您老别见怪，都怪我无知，都怪我锻铁三代无有成果，今遇您老，我嘴上无德。'打铁人低头向地面对白发老者'咚！咚！咚！'三响，磕头认错。

"待到打铁人抬头时，白发老者已无踪影，只一个声音传了过来：'水在门外，它是昆仑山上无根水，千年结晶成冰，必须子月、子日、子时、取化为上，切记！切记！'

"打铁人忙爬了起来，快步来到门外，果不其然，一木桶清澈见底的冰水在夜空下晃荡。打铁人见了水后，既喜又奇，淬火有水了，但等照白发老者的秘方锻昆吾铁了，刚才院内漆黑，我怎能从屋里清清楚楚地看到装木炭的竹篓和笆斗内盛放的老姜呢？！奇！奇！奇！打铁人连声三奇。"

听讲的四儿来了精神，他从小就愿听娘讲故事。听到这里，他急切地问道："老人家的昆吾铁打成了吗？"

"打成了！"老者说。

"那我们怎么打它不成？"四儿问。

"没用老叟寿糠。"老者答。

"既然他们已炼成昆吾铁，您老还叫我出累做甚？"四儿直逼老者。

"让人们知道琢玉之艰辛，光为了寻得琢玉之刀，先人们就已付出了几代人的生命光阴。"

"噢！我明白了。"四儿深深地点了下头，并持长锤在手，脚一前一后站好，拉好了架势，但等老者的手锤叫响。

"铛！铛！铛！"

投入炉中的老姜和陨铁一起滋滋地冒着火星，老者重新换上了钢钢作响的柏木炭，并一把一把从炉灶下的油渍渍的枕头里掏出那油黄锃亮的寿（谷）糠撒向炉中。瞬间，寿糠变成了一粒粒亮晶晶的火星顺着燃烧的柏木炭的缝隙流到通红的陨铁上，并紧紧地附在了陨铁的周身与陨铁一起更加晶莹透亮，通红通红的。

老者夹出了通红的陨铁放在了铁砧上，四儿见状，憋足了劲"呼"的一声把个大锤抡圆越过了头顶。

"铛！铛！铛！"随着老者的叫锤声。

四儿的大锤力重千钧砸向那滋滋如软面的陨铁。老者边翻着这块陨铁，边腾出手来向被四儿砸扁的陨铁处撒那油亮的带着老人那特有的汗香味的寿糠。

寿糠撒向那通红的陨铁，滋啦啦化作火星变成青烟向四周弥漫。

喷香的一股老汗香向四面八方飘荡，四散开来。

四儿的大锤"嘿！嘿！"地砸向陨铁。

这回陨铁异常地听话，在四儿大锤的敲击下，在老者手锤的引领下，渐渐地变薄变长。每打十几下，老者都把变暗变硬的陨铁条伸向铁砧旁木桶中的冰水淬一下。随着滋啦声，陨铁条都齐刷刷地脱了一层薄薄的铁皮，从冰水中抽出时已变得乌黑锃亮。

四儿每看到陨铁反复在火中、水中的锤打淬火，满是汗水的脸上露出了笑容。偌大的一块陨铁在反复的锻打淬火中，越发变得小了起来，长长的扁铁条，越来越小，越来越薄，渐渐地一把刀的形状出现了。

四儿满膀子抡圆的大锤随着老者的指令，在身前如鸡啄米般的快而轻地敲打着。最后老者让四儿停了下来，自己在修正着已成型的陨铁刀。四儿挂锤立在那儿观看，随着最后一遍淬火，一把锃亮乌黑的昆吾陨铁锻打而成的一尺多长的刀，已握在了老者的手中，寒光渐露。

一连三天，老者安排四儿的吃住，白天叫四儿睡觉，晚上在草庵后的溪水边，让四儿在一块磨刀石上磨这把昆吾神刀。

四儿在第四天的头响，手拿这把已磨了三个晚上的昆吾刀，不解地问老者："老爹，白天看得清，瞧得明，您为何不让我磨刀？偏偏在晚上让我就溪磨刀？"

"后生，你有所不知，"老者接四儿的话说了起来，"昆吾神刀，锻之艰辛，你已领教。如没白发老者授之秘方，打铁人任凭打它个十代八代也断然锻不出昆吾神刀。今让你来重现锻昆吾神刀全过程，就是让后人知道，古人琢玉非同一般。玉乃属阳，刀乃属阴，以阴克阳，必得月光辅之。月光来自广寒，再加溪水阴冷磨就，今晚昆吾神刀必然磨成，到月光最亮时，你再看刀。"

听了老爹的话，四儿早早地吃了晚饭，提刀来到溪水边。月亮刚刚升起，四儿一手往磨刀石上撩着溪水，边摆开了架势，"噌！噌！噌！"地磨开了。他一边磨刀，一边不时地抬头望着那轮刚升起的明月。

深山、草庵、溪水边。少年四儿为探玉，在月光下奋力磨刀。眼见月光明，耳闻磨刀沙沙声。

在静静的山林中，在悄无声息流淌的溪水旁，只听昆吾刀在磨刀石上的沙沙声。磨了一阵子，四儿觉得两只手发酸，就停了下来。他把磨刀石放到了溪水里浸了浸后又搬到了溪边，右手拿着这把昆吾刀往溪水里蘸了蘸。

突然，他觉得月光奇亮。四儿抬头向明月望去，只见月光像束束银针直向他扑来，他提刀的右手也觉得冰冷，有种侵肌砭骨的寒意，从四面八方向他逼来，令四儿感到茫茫月夜中正弥漫着漫天霜华。四儿下意识地低头看了下他手中的昆吾刀，只见这把昆吾刀寒光闪闪，冷气逼人，四儿不觉挥刀向磨刀石砍去。

一道寒光，一道火星。

"咔嚓！"一声，磨刀石断为两截。

随着"咔嚓"之声，这把昆吾刀如脱去了一层外衣，现出活脱脱的一层银光，寒气逼人。

再说这块磨刀石，实为可惜，被四儿用昆吾刀断为两截。这块磨刀石，并非农家院旁之石。它是史前时代，祖先磨制石刀石斧时所用，暗红色，油性沙质，轻且有极强的耐磨性，并能蓄水。无论何物，在其平面上蹭它三五下，就有一层油浆包裹，抹去包浆，即见光亮如新，锋利无比。只是此时此地，这么一块宝贵的磨刀石，被四儿随便用昆吾刀给糟蹋了。四儿手提的昆吾刀在此磨刀石上连磨几夜，锋利程度，可想而知。

四儿就着月光竖起刀锋看了看，薄薄的刀刃断石后，不崩不卷，只觉得有股寒气直逼眉心，四儿不禁一激灵，这真是一把神刀。都说快刀能断发，我也试试，四儿伸手从头上揪了几根黑发，对着刀刃，"噗"的一口吹了过去，气过处，几根黑发已断为两截。四儿一见，一下蹦了起来，转身冲向了草庵，草庵内一片明亮。

老者早已等候在那里，见四儿冲了进来，他知昆吾神刀已经磨成。他什么话也没说，把手伸向了四儿。四儿见状，把手中的昆吾神刀双手捧献给老者。老者接刀在手，并摆手让四儿往后站。四儿见势，往后退了两步。老者提刀挥手向铁砧的一角砍去，刷地一道寒光，"咔嚓！"一声，火星四溅。四儿忙瞅向铁砧，只见铁砧的一角，齐齐地如快刀削西瓜般的被砍去了一角。

因这把刀四儿刚试过,并不感到稀奇,只是想:这把刀快得连铁也能削。

老者告诉四儿:"昆吾神刀,削铁如泥,古人因得昆吾神刀,才能把玉琢磨得如此精美。但有昆吾神刀还不成,剖玉时还得加入解玉神砂,用精用神去琢,才能留下流芳百世的绝品。尤其战国、两汉玉器琢工之精良,造型之美观,令今人嗟叹。今人琢玉大凡用手用心,所琢之玉无法与古人相提并论……"

"老爹,叫您这么说,古人琢玉,工具大凡都是用昆吾铁打造而成的吗?"四儿插话。

"不全是,最早是用解玉砂碾琢而成,后来有了青铜工具,古时人们还普遍使用南鲛之牙来攻玉。"

"南鲛之牙为何物?"四儿问。

"南鲛是生活在南海深水中的一种极其凶猛的鲨鱼。它狂怒发力时,可咬断渔船上的铁锚。它的牙齿尖且硬又极富韧性,结合剖玉神砂和昆吾神刀就可琢制玉器了。"

从小就好奇的四儿不管什么事都想一探究竟,如今被师傅引领,对玉已经痴迷,听老爹讲与玉有关的事,更是一发而不可收,紧着问:"老爹,解玉神砂是什么?什么样?到哪里去寻?"

"时候不早了,歇息去吧!明天我领你去看。"老爹说完转身走出草庵。

正在兴头上的四儿,一听老爹不愿讲了,也只好做罢。愣愣地目送老爹出了草庵,少待了一会儿,四儿想起了什么,他急忙追了出去。

院外银光一片。

天上一轮明月高悬。

老爹已无踪无影。

回到草庵内的四儿觉的有些孤单,他想起了玲儿送他的白鸽——雄喜。这几天来只顾打昆吾神刀,却遗忘了雄喜,不知它现在在何处?他心想雄喜,再次跨出了草庵,面对那苍茫的夜空,对着那轮明月,深深地吸了口气,慢慢地把那口气压向丹田,又慢慢地提起,他把左手食指与拇指伸到嘴里,少顷,一仰脖,一声长而低沉的呼啸"呜——啊——啊——"的声音从四儿的嘴中发出。

"呼啦啦",在昆吾巨石旁的古松上歇息的一群鸟儿被四儿的呼哨声惊醒,"吱吱喳喳"地叫着,四散蹿向夜空。呼哨声也惊动了林中的兔儿、鹿儿,它们惊恐地伸颈瞪目,不知发生了什么事儿。

呼哨声刺人耳鼓,声波飞扬,去追寻他心爱的玲儿、他的雄喜。

"呜——啊——啊——"的呼哨声传得很远很远,但他的玲儿并没能听到,他几天不见的雄喜也没能听到。原来他的雄喜见主人为打昆吾刀如此较劲,还不知何时能较完,它干脆飞向蓝天,辨明方向,向它的主人——玲儿家飞去。

四儿一夜没能入眠,他一会儿想明天老爹领他看解玉神砂,一会儿又想他的雄喜，不知它在哪里。以前只要他的口哨发出，雄喜无论飞到哪里，都会应声而至。这一次这么长时候了，也不见雄喜的面。即而又想到了玲姑娘和娥子姐，自他走后，也不知她们怎么样了？又想到了姥姥和娘，师傅告诉他，二月初九前必须回家，现在也不知是何时日？为了追寻那奇妙的玉的奥秘，他几乎是忘了姥姥，忘了娘。四儿想着想着困意上来了，他闭眼进入了梦乡……

梦中四儿看到了他的雄喜，它正站在玲儿家的窗台上，低头哈腰地咕咕叫着，玲儿手捧着半只玉璧向他走来，笑容满面，喜滋滋的。他又看到了他的娥子姐，娥子姐满面憔悴，病恹恹的，四儿怎么叫，她都不理，满头长发披散。四儿无奈，便上前抱住了娥子，使劲摇晃，娥子被摇得无法，最后对四儿说了一句："以后你就看不到我的长发了。"四儿听后，刚想问为什么？就见娥子反身摇起了自己，并且越摇越厉害，口说永远不见自己了，并转身跑去。四儿刚想去追，就听见一个声音由远而近地在叫自己。

"醒醒！醒醒！该起来了！"是老爹的声音，并觉得老爹用手在摇自己的肩膀。

是老爹，并非是娥子姐。四儿睁开了眼，望望天已大亮，是老爹在叫自己。

吃饱喝足，四儿跟随老爹沿着小溪向深谷中走去。

第十二章　穿越时空走近远古

　　小溪无声地流淌，曲里拐弯无尽头地伸向深谷，它穿过草地，穿过树林。
　　老爹领着四儿走啊走。四儿几次觉得肚饥口渴，但老爹什么也不给四儿吃，渴了喝口溪水，饿了还是喝溪水。这样几次下来四儿反倒没了饥渴感，他催问老爹，还得走多久才能看到解玉神砂？老爹总是说：快了，转过前边那个山坳就到了。可是，转过这座山坳又连着山峰的另一处山坳，总也无尽头，四儿有些泄气了，索性坐下来不走了。
　　老爹看四儿的样子，也起了怜悯之心，不过他还是引逗着四儿："后生，我这次领你看解玉神砂只是其一，到了那里，你还可以看到如何剖玉，如何琢玉，那是大师们的琢玉坊，是琢玉艺人们劳作的地方，外人万不可侵。没有我给你领路，你就是修了八辈子的大德，也休想近前一步，你想不想去？"
　　四儿一听说跟随老爹能看到师傅所说的琢玉坊，便来了精神，"噌"一声站了起来，手伸向老爹，抓住老爹的衣襟不放手了。
　　"孩子，别急！"老爹换了称呼。
　　"为啥？"好奇心上来的四儿急问。
　　"你还得辟谷七日，方能去得。"
　　"如何辟谷？"
　　"就是不食五谷杂粮，一连七日。"
　　"那还不得饿死啊！不干，不干！"四儿紧摇着头。
　　"饿死？你饿死了吗？"听到四儿说到这里，老爹一脸的不高兴，他反问四儿。
　　"我又没辟谷。"四儿听老爹说自己，就回了一句。
　　"那么，你几天没吃饭了？"老爹问。
　　是啊！听老爹这么一说，四儿似乎觉得也是，跟老爹走了这么远的路，也不知什么时日？老爹什么也没给吃，饿了渴了就叫自己喝溪水。
　　四儿摇了摇头。
　　"我领你走的那天早晨。"老爹见四儿摇头，就明白地告诉四儿，"那时你就开始辟谷了，你渴了、饿了就是一天过去了，你渴了几次、饿了几次，你还记得吗？"
　　"不记得！"四儿回答老爹的问话，但他有一点是最清楚不过的，就是刚开始，他饿得不行，老爹叫他喝溪水，那时他听老爹的吩咐，蹲在溪边伸出双

手掬了一捧清澈的溪水送入口中，那溪水甘甜甜的，禁不住他连喝了几口。喝后不久，他肚疼难忍，饿是不饿了，但那几口溪水进到肚里后，他就觉得肚中似有几团圆圆的东西在东窜西顶，五脏六腑如散了般在肚中稀里哗啦乱响，他疼得喊老爹，老爹理也不理。"哎呀，娘！疼死了！"他喊娘，娘听不见，在这深山老林中，任凭你喊断了舌头也没人救你。渐渐地四儿不喊了，他的肚子也不疼了，他能感觉到那几个圆圆的东西在下坠，他憋不住了，他忙跑向林中，找了个野草矮少处，脱裤蹲了下来，"扑哧哧"一通，肚中秽物一杆儿地喷了出来。秽物一出，四儿的肚子一点儿也不疼了，顿时觉得身轻脑健，四肢飘轻。

四儿正在疑惑间就听见老者又道："其实你已辟谷六日多了，今夜你就辟满七日了，午夜我就领你看琢玉坊，这几日你不是挺好的嘛！"

"是啊！"四儿应了一声点了点头，他笑了。老爹叫他稍歇会儿，好带他走。四儿一听马上就要到他猎奇的地方，反倒歇不了了，缠着老爹马上走，四儿兴奋不已。

老爹见缠不过四儿，抬手向四儿的面门拍了过去，只一掌，四儿两腿一软，眼一黑，昏昏欲睡，恍恍惚惚。老者见状，蹲下身来，让四儿趴在自己的背上，两手往后一兜揽住了四儿的屁股，抬腿快步向深谷中走去。

夜色中，老者健步如飞。恍恍惚惚中四儿觉得耳边风声呼呼作响，觉得空气湿漉漉的，老者背着自己似穿过浓雾，向前急进。四儿想说话，却怎么也张不了嘴发不出声，想用手拍拍老者，可胳膊抬不起来，双臂耷拉在老者的双肩，双手无力地垂在老者的胸前，四儿什么也干不了啦。手也动不了，嘴也喊不出，他索性闭上了那昏昏欲睡的双眼，睡在老者背上算了。

不知过了多长时间，四儿觉得耳朵疼，四儿睁开了眼睛，明明睡在老者的背上，怎么现在躺在了一棵倒伏的粗大树干上？树虽倒伏，但仍生机勃勃。老者正用手扯自己的耳朵。四儿坐了起来，眼前的这棵树太大了，太粗了，横横地挡在山谷中。

老者见四儿醒了，自己先从树干上跳了下来后又招呼四儿跳下来。老者什么也没说，领着四儿向前走了一段后，但见前边一片开阔，溪水也渐渐地变宽了，渐渐地变成了一条河，河的一边是一片木屋，木屋中传出了断断续续地"咯吱咯吱"声。

四儿正向木屋方向窥视着，不知从哪里来了一队军士，身披铠甲，手持长戟向前盘问老者，见老者从怀中掏出个什么东西递给了领头的配剑军士，那人看后点头放行了老者与四儿。

走过几步四儿问老者："老爹，你领我到了什么地方？怎么还有穿束这么怪异的军士？"

"你不是要看解玉神砂吗？"

"是啊！"四儿肯定地回答。

"要看解玉神砂，就要到这里来。"

"这是什么地方？"四儿问。

"这就是琢制绝世玉器的琢玉坊。"老者告诉四儿。

"当真？"

"你听，从那木屋传出的咯吱咯吱声，就是大师们在琢玉剖玉。"老者指点着四儿。

"怎么，还有士兵在这里？"四儿不解。

"唉！"听了四儿的话，老者叹了一声，他告诉四儿，"精美的玉石从被人们发现到琢制成形形色色的玉器、玉饰，它就充满了辛酸与血泪。可以说玉文化史得以延续，制玉、琢玉的工匠们功不可没。可是玉始终与神权和王权是分不开的，紧紧相连。这里的琢玉匠，终年生活在这里，吃、穿、用，都是由王者供给。他们外出必须经严格的搜身，如将王者用玉带入民间，将满门抄斩，格杀勿论。"说到这里，老者回头手指刚才和四儿还坐过的那棵倒伏的大树，"你看见那棵大树旁的木牌了吗？"

四儿顺着老者手指的方向望去，在那棵倒伏的大树旁，确有一个大大的木牌，上面草书一个大大的"禁"字。四儿刚才只顾看那队军士了，并没注意到这个大木牌。现在看到，觉得这个大大的"禁"字森森的阴冷可怕，四儿紧紧地向老者的身旁靠了靠。

老者说："外人不得入内。外人进来，无信物或令牌，无有通报，没过'禁'字牌就被射杀了。玉从和田运到这里，逐个地要从重量、颜色、块度上一一登记造册，要与产地相符，如果有假，将被砍头。"

"真砍吗？"四儿歪着头看着老者。

"你认为我说的话是儿戏？！我讲一个故事你听听。玉自古就被赋予了神权和王权，平民百姓是不能享用和占有的。从我国古代第一个朝代夏朝时，玉就被紧紧地握在王的手中。夏王朝统治近五百年，共传十四世、十七王。待到传到十四王孔甲时，夏王朝已经开始'孔甲乱夏，四世而陨'了。那时夏王朝为了得到和田玉，组织了庞大的采玉、运玉的驮队。当时夏王朝的都城在中岳嵩山及伊、洛、济、汝水流域，到万里之遥的新疆和田取玉，可想是多么的艰辛。驮队由三百多匹马和三百多匹骆驼组成，每年的春天出发，第二年的秋天才能返回。每个人负责一马一驼，还得配有士兵保护，沿途怕抢。出发时鞭炮齐鸣，队伍浩浩荡荡，待到回来时，个个衣衫褴褛，长发披肩，全然没了出发时的雄壮与精神，能够一个不少的如数回来，那就谢天谢地了。你知为何？原来从中原到和田沿途要经过雪山大漠和艰难险阻的戈壁滩。其他的不说，单就那荒无人烟的茫茫大漠，就令你望而生畏。太阳出来，捉只活鸡放在一个地方不让它动，

少许工夫就能被那滚烫的热沙烤熟。深更半夜又是冷的出奇,要是哪匹马没喂饱走不动了,早起你看到的是一个活活的雕像,你向那直立的马腿上踹一脚,保准你听到的是'喀嚓'一声,冻硬的马腿就被你踹断了。这里就是有名的百里无走兽,千里无飞鸟的塔克拉玛干大沙漠,自古人称'死亡之海'。凡是到过这里的人,一听到要穿越它,大白天都会浑身起鸡皮疙瘩,毛骨悚然,恐怖万分。出发时那长长的队伍回来一半就不错了,可是不管你人回来多少,要运回的玉却不能少,装十驮必须回来十驮,否则将全被斩首活埋祭祀。

"有一年的春天,夏王孔甲在宫中大摆筵席,席间他令歌舞伎们唱歌跳舞。其中有一个歌舞伎,貌若天仙,不但歌唱得好,跳起舞来更能使人舍魂丢魄,听她的歌能使人忘却不夜天。夏王对她十分地骄纵偏爱,真是宠爱有加。这天,孔甲大王看她使出了浑身解数,轻歌曼舞使宫中的大臣们各个瞠目结舌,头随着这位歌舞伎的舞袖和裙摆上下左右的摆动,乐得大王当场赏酒嘉奖庆贺。歌舞伎撒娇地坐在大王的腿上,手搂着大王的脖子,被孔甲连赏了三杯。这三杯御酒下肚,歌舞伎全然没了方向,再下场跳舞时已是晕头转向,随着音乐的起落旋转,她的衣袖甩起,身体转动,音乐急舞步快,转着转着突然她的身子一歪,扑向大王孔甲……只听'噗——啪!'一声传来,接着'叮叮当当!咔咔嚓嚓!'的一阵乱。待到大臣们醒过神来,只见这位美丽的歌舞伎扑倒在临近大王的一个大臣前的酒案上。

"原来,她跳着跳着渐渐地晕了起来,她本想扑向大王的怀里,可是她的眼前,她的四周,出现了大王和大臣们的影子并一起围着她转了起来。越转她越迷糊,她明明是冲着大王扑去,不知怎地大王变成了酒案。这下可好,每次撒娇时大王赠予的玉佩饰,被她串成了组佩,时时地戴在胸前,这次随着她身体的扑倒,通通地摔压在硬硬的案面上。侍者赶忙去扶,可是被惊的大王已先侍者扶起了这位歌舞伎。歌舞伎被扶起的瞬间,她低头一看,整组的玉佩无一幸免,有的碎成一块,有的碎成两块,她心疼地'啊!'的一声,头一歪,昏厥在大王孔甲的怀里。

"歌舞伎因玉而昏厥于大王的怀中,让孔甲好生感动。救醒这位天仙后,大王孔甲命用上好的和田玉再复琢出一套玉佩饰,赠予这位他宠爱的歌舞伎。

"但大臣禀报说内府已无和田玉料可供。

"玉组佩是皇后才能享用的玉饰,能歌善舞的歌舞伎竟敢私自串缀使用,可想而知,她在大王眼中的地位。

"玉组佩磕碎后,美若天仙的歌舞伎一病不起。一是被惊吓所致,大王赏赐的宝物,被自己摔倒弄碎,而且是当着孔甲大王的面,那是要犯死罪的。一个歌舞伎能获得大王的如此爱怜、赏赐,那是常人无法想象的。大王跟前美女如云,王后、嫔妃、佳人,哪一个站出来都是万里挑一,个顶个的美丽漂亮,她们都有着沉鱼落雁之貌。一个小小的歌舞伎只因她舞跳得曼妙，歌唱得动人而且动情，才博得了大王的欢心。她深知伴君如伴虎，更何况那些王后、嫔妃也时时在盯着她，因她抢去了大王的心，她们恨她、嫉妒她，她们要找借口杀死她，她每时每刻都心惊肉跳。二是那串玉饰碎了她心疼，那是喜欢她的大王，她喜欢而且敬畏的人送她的。这串玉饰由玉璜、玉勒子、玉环和玉珠子、玉片组成，用红红的丝绳串缀而成，戴在她的脖颈上直达腰际。这组玉佩饰每时、每刻都随着她的走动、挪步、甩袖和舒展那纤纤细腰而发出籽玉在水中浸润几千年来所特有的叮当作响的水音。那种优质和田玉发出的声音，使听者心旷神怡，心里发甜，加上她那无与伦比的舞姿和歌喉，才能使她脱颖而出，倾倒大王与众臣。如今玉组佩碎了，她的心也碎了，她要随玉而去，这样她才能对得起大王，才能让后宫里的王后、嫔妃们放心。

"内府无玉料，心爱人的玉饰不能复琢。

"大王立即下令，为了他心爱的歌舞伎，用江山也要换回和田宝玉。她在大王的眼里真是五百粉黛无颜色，三千宠爱于一身。不到十日，一支驮队组成了，他们要穿越雪山、草地、戈壁、沙漠，他们要穿越死亡之海，到新疆、到和田。

"这支队伍，除了沿途保护的士兵外，大部分由奴隶组成。带队的是一个体格健壮如牛的小伙子，他是看了城门墙上贴的告示而来。告示上说：愿替大王到北地取玉者，家中赠米十担，如数运回，士升三级，奴返为平民，并可分得百丈土地一块。如不能如数运回，中途丢失者，轻者刖刑，重者杀无赦。

"告示上所列条件是那么优厚，如果能把宝玉从和田如数驮运回来，士兵可升为军官，军官还可往上升三级做大官。身为奴隶可重返平民永不为奴，并可得到百丈多长的土地一块。多么诱人的奖励，尤其是对那些永不出头的士兵和奴隶们，简直是太诱人了。但就那十担粮，要知道在饥荒之年，一担就可换回一个奴隶，大户人家饥年抛粮换奴，集聚势力。可是奖励的背后，是拿生命做赌注，轻者受刖刑，刖刑就是砍去左脚或右脚，是极其残酷的。

"再说那天，一群奴隶在城外做田归来，望见城门口的城墙边围了一帮人在议论。走近前听告示前的军士讲大王要玉，愿去者，条件如何如何。壮如牛的小伙子一听竟有如此好事，也不管三七二十一，一步跨前，按下了手印。有识字的人提醒他，弄不好要杀头的，小伙子无可奈何地点了点头：'终身为奴也是死，而且是累死，永无出头之日，倒不如借这一次为大王去驮玉的机会还有翻身出头的一天，大不了也是死，到不如一搏。'

"众奴隶听小伙的一席话后，纷纷按手印加入。被人治死不如拼死，拼个不死，还有活好的希望。

"壮小伙被指定为这次到北地驮玉的领队，他的号牌为无名氏。他的祖上原为一个部落的首领，因战争整个部落被打败而沦为奴隶，整个部落也被瓜分了，

连姓氏都被取消了,他不知道他自己姓甚名谁,但他骨子里流淌着王者的血液。

"日渐消瘦的歌舞伎听大王能为她而组织庞大的驼玉队伍,甚为感动,她被人搀扶着跪在大王的跟前,叩头谢恩,并乞求道:'奴受大王如此爱怜,真是上天赐予,三生有幸。此次为大王献舞不慎弄坏了大王赐玉,为奴罪该万死!大王非但没有治罪,反令人寻玉复琢,实乃大王网开一面,更显大王之英明,愿大王万寿无疆!万寿无疆!瑞玉虽为我挡去大灾,免于一死,为奴的心也早已随玉而去,死一万次也无法回报大王的知遇之恩,只有亲自去运回和田宝玉,献于大王面前,方能表白我碎玉悔过之心。叫我如此煎熬至死,不如放我戴罪立功,以谢王恩,更能体会到宝玉之珍之贵。'歌舞伎情真真意切切,泪流满面,泣跪于地。孔甲大王见爱伎日渐憔悴的面容早已心碎,又听心上人对自己的表白,那情那景,已王泪挂于脸上,想王后思王妃,哪一个都没有像这位歌舞伎这样真心真情对自己,她们为权为钱哪有情?只有这位歌舞伎懂得我的情,为玉而知我的心,为王的一生有知己一二足矣:'罢!罢!罢!为王的准你随驼队而行!留下你的人,留不住你的心,我留下你的情,足以了却我这颗为你而活的心,你去吧!一路上多保重,我等你回来的那一天,愿你和宝玉一样光彩重现。'

"王因情而赠玉于民。

"民因玉而重情于王。

"驼队出发了,孔甲大王以酒送行。并派出王宫的侍卫和宫女一路随行。并下诏:宫廷用玉,王威所覆之处,沿途官府,须迎送车队十里,所需粮草,官库核销。违抗者削官仗刑九族为奴。就凭这一纸诏书,大夏的地盘,驼队车马所经之处,哪个还敢怠慢!

"这位歌舞伎自从离开深宫,随驼队车马而行,简直受到了王后般的待遇。那个无名氏的壮小伙沿途也是好生地伺候这位大王的要人。

"歌舞伎离宫如雀离了樊笼,精神气渐渐地好了起来,一路上和伺候她的宫女们也是有说有笑。

"车队骡马追星赶月,随着向导口夜兼程,直奔和田。他们穿越了几处险地,终于来到了大漠边。无名氏壮小伙让大家在临近大漠时好好休息休息,恢复体力,备足粮草,准备越过到和田宝玉之地的最后一道关。

"一天傍晚,无名氏整理了骡马车队,看看眼前,来时人马车数已十之去三,剩下的还有染疾抱病数人,这可怎么是好?这些人如带进大漠,肯定必死无疑……他正坐在一个浅浅的水潭边饮马思量。歌舞伎下车来到了这么多天一直伺候她的领头人面前,轻轻地递上了一把凉扇。

"西天一片余霞,五彩缤纷。几缕阳光照在远远连绵不断的滚滚的沙山上,是那么的金光灿灿,十分诱人。殊不知,茫茫大漠里杀机四伏。

"一把小小的凉扇,虽没扇风无名氏也觉得凉意丝丝。他把它接在手中,抬眼看这立于面前的美人，四目相对，美人儿嫣然一笑，笑去了无名氏多日来的烦恼和惆怅。他手拿凉扇看着白里透黄的象牙扇柄上拴挂的一个黄黄的玉坠儿，坠儿下是一扎多长的五彩线穗头。这个黄玉坠配了个彩穗，煞是好看。他并没有用凉扇扇去大漠边带给他的热气，而是左手持扇，右手握住了这枚黄玉扇坠。他觉得遇到了知己，他有话要对她说。

"'明天就要进大漠了，你能行？'第一次面对面地说话，他们却心仪日久。

"'你要能带我，我就行。'她把自己交给了他，她早已从宫女们的口中知道了他的根底，但不知如何称呼这位一路上照顾自己的大哥哥，他没名没姓。

'我想把有病之人和宫女们留在这里，前途险恶，把他们带进去，生死难卜，留在这里还有一线生路，大王也不可能法到这里，只是他们有家不能回了。'无名氏把他的想法和盘托给了歌舞伎。

"提到家，歌舞伎也是满脸的伤感，她用手把长裙捋顺，顺势把裙摆垫在了腚下，挨着无名氏坐了下来。她告诉他：'我也是有家不能回，原来出身官宦人家，从小颖悟过人，能歌善舞。不知何时，是爷爷也不知是爹爹得罪了大王，全家被削为平民，后我也被征入宫。孔甲大王父死，孔甲继位后，我才得以有今天的荣耀。本想借大王之宠，复我家族之尊荣，不成想跌碎了大王的赏玉，给想置我于死地的后宫们找到了极好的借口，思前想后，我还是借玉之灵气，逃出王宫，还有生的希望。对于大王的知遇之恩，我将永藏心间。'

"无名氏听了歌舞伎的讲述，对她有了新的认识，心生同情。一对天涯沦落苦命人，因玉而相识、相知、相遇。

"'敢问姑娘芳名？'无名氏开口。

"'我叫百灵，因我歌唱得好，爹爹后来给改的名。'歌舞伎回答完无名氏的问话后又接着问道，'你呢？你叫什么名字？'

"一听百灵姑娘问自己叫什么名，无名氏不禁泪如雨下，泣道：'人生天地间，哪有不知父母者，我枉为人了！'他一五一十地把自己的身世告诉了百灵姑娘，末了说道：'我姓甚名谁，至今都不知道，只是我十多岁时，一个老奴告诉我，我才知道了自己的身世。他原是我家的家奴，舍命把我救了出来，隐姓埋名。我问我姓什么时，老奴说等我长大了再告诉我。可待我长大一点时，去找他问我姓什么？爹爹是干什么的？可老奴已病得不能说话，不久就离开了人世。'说到这里，无名氏已泣不成声。

"百灵姑娘伸手用长袖抹去了无名氏哥哥脸上的泪珠儿，边擦拭边安慰：'既然事已如此，咱不知祖上姓名也无妨。你是领这些人去驮玉的头领，你就姓第一吧，这样也好叫，都知道你在这里是干什么的。'

"无名氏听百灵姑娘这样说，也停止了抽泣，看着百灵姑娘说：'我听说有姓东姓西的，哪有姓第一的？'

"'怎么没有,从现在起你就姓第一。'百灵姑娘的口气不容别人有一丁点的置疑,'你是第一个敢领我们去北地驮玉的,第一个敢领我们走进大漠的,也是我出宫后遇到的第一个好哥哥,你是第一个不向命运低头、敢拼敢搏的人,我就叫你第一哥。'

"无名氏听了百灵姑娘的一番说道,在大漠边,在浅滩旁,在夕阳西照的茫茫黄沙跟前,他点了点头,心想:就这么叫吧,还不知道进去能不能出来,别伤了百灵姑娘的一片好心。

"在百灵姑娘叫的第一哥的心里,第一哥想的也不是没有道理。自从王宫出发到现在,开始队伍整整齐齐,待翻雪山过戈壁后,人员就开始大量的减员,有死、有伤、有逃跑的,队伍已参差不齐,过雪山时车辆已用不上了,这一次进大漠只有靠骆驼行进。他们剩下的这一群人,不单单是那些优厚的奖励条件让他们心动,他们一是为了命,二是为了奇。他们剩下的这些人,要拼死到北地去看一看,见识见识那些让王公贵族们心动的石头,好在哪里?那里遍地都是玉石宝藏吗?怎么神都在争着享用?他们要随着第一去探索玉石之路。

"第一站了起来,顺手搂起了百灵姑娘,他现在需要知己,需要百灵姑娘在踏进塔克拉玛干大沙漠时出个主意。她既然愿意,他将带她闯进这座'死亡之海',千万别像维吾尔语意所言:进去出不来。

"第一和剩下的军士们商量,把有病疾之人和那些伺候百灵姑娘的宫女们遣散了,让他们逃条生路。把一些不行了的骡马杀死,把肉煮熟并备足了水,进入沙漠一律改乘骆驼。一切准备停当。第二天启明星刚刚升起时,这一支由第一率领的驮队向茫茫大漠进发了。

"百灵姑娘换乘了一头雄壮的双峰雄驼,第一这时一只手牵着双峰骆驼的缰绳,边走边与百灵姑娘说着话,另一只手握着百灵姑娘送他扇风的凉扇的那个黄玉儿扇坠。他边用大拇指和其他四指反过来倒过去的搓摸,边寻思着。这黄黄的扇坠儿在他的脑海里渐渐地荡起了涟漪,涟漪一圈圈地扩大,他尽力地向涟漪的中心走去,渐渐地,渐渐地……

"他想起来了!这是他奶奶的东西,连这把凉扇也是!他还在襁褓中时,奶奶去看他,时不时地用这把凉扇掠过他的脸。对了,那黄玉坠儿有几次曾碰到他鲜嫩的脸蛋儿,每碰一次,他都冲着奶奶"咯!咯!咯!"地笑出声来。对了,娘的声音好像在自己的记忆深处往外涌现:'黄玉坠儿,通天地儿,摸摸小儿,小脸蛋儿,冰冰凉凉,开开窍儿,通通神儿……'奶奶似曾念叨过:'古玉坠儿摸摸没过百天的孩儿的脸,孩子长大了头聪脑明,英武过人,日后必能成大事。玉坠儿如能传给孩子,孩子能记起儿时的一切,甚至他的过去……玉这个神物是谁的就是谁的,哪怕经过千百年,它也会传到他(她)的后人手里。'

"想到奶奶的这句话,第一在晨露未晞时脑中一个激灵:这难道真是奶奶的物件，怎么跑到百灵姑娘的手中？

"其实第一只是脑中一闪，他的嘴里还正和百灵说着话呢。这时他抬头看着两只驼峰中坐着的百灵，问道：'百灵姑娘，你这只扇坠从哪儿来？为什么要送我？'

"正说着话，在两驼峰间随着骆驼的脚步正一左一右前后晃悠的百灵姑娘一听第一怎么说着说着跑了话题，稍愣了一会儿，回过神来作答：'有一次大王作寿，我与众姊妹唱歌跳舞助兴，酒席筵中，大王从王后手中夺下赏赐于我。'

"'那……'第一听后那字刚出口。

"'你听我说，'百灵没让第一说下去，接着道，'当时，王后掩面起身离席，泪如珠涌跑回后宫，我不敢不接，跪地叩头谢恩。从得到这把凉扇起，王后更加视我为眼中钉。我一闭上眼就想起王后转身离席时看我的那一瞬间，汪汪的泪眼中射出一种怨恨的光，一种杀气，常常使我不寒而栗。从那一刻起，我就想能有一天逃出王宫。'

"'大王告诉你这把凉扇从哪儿来的吗？'

"'后来我问过大王，因那扇坠太使人喜欢了，我每时每刻都不愿放手。我问大王，这个宝贝从哪儿得到的？大王说是从王后的手里夺下的，你难道没看到吗？听了大王的话，大王的那种口气，吓得我大气不敢出，又小心翼翼地问大王，王后是从哪里得到的？大王一听哈哈大笑说：'先王打仗得到的。'自从见到你后，我不知为什么，我就觉得你是我所依靠的人，所以我就把这把凉扇拿了过来，送给你。你比我更应该拥有她，也不知为啥。'

听百灵姑娘所言，一手牵骆驼一手握凉扇玩黄玉扇坠的第一，这时把这块黄玉扇坠紧紧地攥在手中，手上青筋凸起，手指骨节咔咔地响。他什么也没说，仰头大踏步地向大漠深处走去。"

"原来运玉是这么的艰难！这不是拿命做赌注嘛！"听得聚精会神的四儿被老者所讲的故事惊得心惊肉跳，不禁插话。

正讲运玉的老者也深深地被卷进了故事的旋涡之中，听四儿插话，长长地叹了口气，接着说道："玉自从上天赐予人的那天起，就被尊玉为神的人们赋予了神圣的特权，它一直是部落的首领，皇宫王室祭祀、大典的必需之物，也是王宫贵族表明身份、玩赏、馈赠、珍藏须臾不可离开的珍宝重器，为王者尊。从发现玉到运玉、剖玉、碾玉到后来的琢玉，无数英雄豪杰都为之折腰。第一和百灵姑娘所走的玉石之路，就充满了血与泪。"

"他们运回来了吗？"四儿也进入了故事之中。

"他们踏进了大漠。大漠里沙山连绵，风吹石飞，眼望处本是十几座沙丘，一夜大风，十几座沙丘，待天亮日出时，已变成了一望无际的如犁趟过的一垄一垄的沙的平原，这时就能时不时地看见累累白骨一直向前延伸。第一和百灵

姑娘沿着白骨向前寻路，只有找得到白骨，才能走出茫茫沙海。这也是几代人为寻玉而走过的路。寻玉人沿途因干渴奇寒而命丧沙海，陪同他们的牲畜、猎狗和主人一起永远地躺在了沙漠里。为了玉，为了帝王们用玉，大漠孤烟，白骨连连。都说，大漠孤烟直，白骨三千冤，权贵享美玉，百姓泪涟涟……

"现在第一和百灵的驮队，急需的是找到喝的水。进大漠时带的水，只够喝两天的了，这意味着两天内如果找不到水，整个驮队将渴死大漠。生的欲望，笼罩着整个驮队，尤其面对张着大嘴、惨白阴森的骷髅头，骷髅头上那两个黑洞洞的眼眶里冒出阴森森的冷气，顿然使人觉得地狱之门就在眼前或身后。整个驮队静寂无声。素有沙漠之舟的骆驼，这时也雀无声息。人们把希望全寄托于第一和百灵。

"据百灵在宫中听说：运玉的路上，有一处水草丰美的世外桃源，很多运玉人因无法交差而留在了那里。那里是官兵到不了的地方，王权无法施展。那里生长着一种叫胡杨的树，只要找到它，就能找到水。

"第一这时也无计可施，他根据白骨引伸的方向和太阳的出没，认为他们所走的路是对的，只是不知为何，走到现在还没能走出大漠，茫茫沙海，边在哪里？真的要像眼前的白骨一样，两天后真的会躺在这里和阴森恐怖的骷髅对话，互相诉说着相同的命运和结果。他心不甘，他要活着，他要领着百灵走出大漠，他要把玉驮回来，他要和百灵一起驮回人间珍宝，他要和百灵一起寻找百灵所说的世外桃源，他不能让如此美貌如玉的百灵姑娘渴死沙漠，面对大漠，面对命运，他要抗争。

"第一把头驼连接整个驼队的缰绳解开了，他手挽着百灵姑娘，紧紧地跟在头驼的后边，任凭头驼在大漠中自由前行。整个驮队紧随着第一和百灵步履艰难地在白天如蒸笼、夜间如冰窟的大漠中一点一点地向前移动着。

"太阳出来又落下，落下又出来，可怕的两天过去了。分到每个人那点金贵如血的淡水，已被干裂的嘴唇一小口一小口地吸干咂净了。每个人都目光呆滞地望着手中干瘪的羊皮水囊和沙漠上那湛蓝湛蓝的天空。

"死，近在咫尺。人们似乎已看到和听到了死亡之神那狰狞的面孔和笑声……"

四儿听得浑身发冷，头发直竖。

"这时的百灵姑娘已精疲力尽，她把分给她的那点水，留下了几口，给了第一。她说：只有第一活着，剩下的人才有生的希望。第一则说：如果百灵姑娘去了，他将追她而去，今生不行，还有来世。那几口金贵的水，他没喝，其实他也为百灵留下了一点水。人在生死关头，几口水，互相看到了对方的心。

"他命人杀死了因渴而生命将息、驮着行囊的三匹马。那流淌的红红的血，缓慢而滞涩地被收集在盛水的空皮囊里。三匹马没有丁点儿的挣扎与反抗，一点点因干渴而受罪的死亡，倒不如快刀迅疾而断气，它们眼睁睁地看着人们拿刀抹向自己的脖子。它们走了，眼睛没有闭上，它们像大漠中的其他白骨一样，在玉石路上，千年不朽。

"活着的人，每人分到了一些猩红的马血，就着热气喝到肚中。那热热的生马血，燃起了人们生的希望。

"那只高大而健壮的雄驼，当把连接它与其他骆驼的缰绳一松开时，它就明白了，整个驼队的生与死全在它身上了。

"第一把百灵留给自己的水和他留给百灵的水，统统给了头驼。可那点水怎够头驼喝的，但头驼非常感激，它喝后，向天、向地各低鸣了三声，向远方瞅了瞅，奋力向前大步跑去。

"第一和百灵搀扶着走在后边，又过了两天，第三天的黎明时分在远远的前方，首先是百灵发现了几个影影绰绰的黑影，头驼直奔黑影而去。人们也觉得脚下似乎也来了劲，待走到近前一看，是两人合抱粗的大树，却没枝没叶没了皮。

"百灵说：这可能就是人们说的胡杨树，他们素有千年不死，死后千年不倒，倒后千年不枯之说。只要找到千年胡杨，绿洲定然不远了！果其不然，再见那只头驼，抬头向天大声吼叫，而后向前狂奔……"

"第一和百灵他们一定是找到了绿洲！"四儿憋不住了，插了一句。

"是的，他们追随着头驼，找到了绿洲。原来这只头驼跟它的母亲走过这条路，那还是老母驼刚怀上这只头驼的时候，它在娘的肚子里跟着驼队，一起闯过这茫茫的沙海。后来它渐渐地长大，雄壮而强悍，它打败了其他对手，雄居上百峰骆驼的首领。这一次它凭着在娘胎中的记忆和它超凡的鼻子，把这一群冒险运玉的人从地狱之门拉了回来。"

"这回可好了，他们运回玉了吗？"四儿着急地问道。

"他们在那片绿洲里休息了二十多天，而后又上路了。离开绿洲后不久，第一和百灵就驮回了各色和田美玉。但在他们返回的路上，遇到了极其恶劣的天气和沙尘暴，人、美玉和骆驼也都断断续续地留在了这条后来被称为玉石之路上，他们永远地躺在了那里，回来的极少。至今，大风过后人们在这条路上还能捡到大块的美玉和整坨的玉石。"

"第一和百灵姑娘回来了吗？"四儿进入了故事之中，关切地问道。

"他们也遭到了特大的风暴，风起石飞，飞沙走石。他们俩紧紧地拥抱在一起，飞起的沙砾，如刀般割扯着他们的衣衫，脚下的沙粒如水一样的涨漫，渐渐地沙子埋到了膝盖。风不停，沙子也一个劲地往上涨。照这样下去，用不了多久，第一和百灵就会被那黄沙埋葬掉。

"第一望着天、望着地、望着那漫天飞舞的黄沙，搂抱着浑身瑟瑟发抖的

百灵,大声地叫喊:'同为人子,都在一个天地间,我的命怎么会是这样?苍天啊!为了玉我才来到这里,我的命真的该绝吗?'百灵紧紧地偎在第一的怀里,嘤嘤地哭泣,一只手臂紧紧地搂着第一的腰,眼瞅着漫上的黄沙,嘴里唱着一首凄婉而哀伤的歌:

大漠风起兮沙飞扬

地暗天昏旋风狂

为迎美玉兮

百灵与哥哥同握死神之缰

大漠孤烟冤魂兮

从古至今有多少

无人知兮

黄沙渐渐漫上兮

为美玉

我与哥哥将被葬送沙丘下兮

天当被兮地当床

大漠是坟场

君与我双双长睡兮

美玉伴我旁

有美玉与君相伴兮

死而笑声扬……

"狂孽的风沙,呜呜作响,鬼哭狼嚎,淹没了第一发出的呼号。只有那百灵的歌,在鬼哭狼嚎般的风声里,随风飘扬,传遍四周,传遍大漠,传遍玉石之路。

"不信,你听!就是今天你走进大漠,风起风落时,你还能听到百灵那相隔了几千年的凄婉而催人泪下的歌声。"

四儿听到这里,已泪流满面。

"突然,就在黄沙随风即将埋上第一和白灵时,那只头驼迎风挡在了第一和百灵的面前。当狂风骤起时,天色暗的吓人,人驼都分不清了方向,头驼走在了头里,只几步之遥,第一和百灵已看不见它。这只雄壮的头驼极富人性,它完全靠它的嗅觉往回寻找它的伙伴,并把能找见的人一一叼在了壮一些的骆驼身旁。这时它听到了百灵的歌声,它急忙跑了回来,一看它的主人已黄沙齐胸,忙用它那壮如墙一般的身体和它背上那一驼玉石,挡在了上风口。

"搂抱在一起的第一和百灵,看看沙已齐胸,漫上的黄沙已压憋的他们俩喘不过气来。第一搂抱着百灵使劲地往上挣脱,可怎么使劲,双脚怎么用力,就是蹚不上来,双脚下的沙子似棉花,如旋涡,越挣四周的沙子越往下旋。渐渐地第一浑身没了力气,只有眼睁睁地看着怀中的百灵和自己一起等死了。

"这时第一突然觉得风小了,一个黑影高高地挡住了风头,他一看是那只带队的雄驼。生的欲望让他不自觉地伸出了双手,头驼见状忙低下了头,把长长的脖颈伸了过去,第一双手抱住了雄驼的脖子,雄驼往上一使劲,把个第一连同搂着第一腰的百灵姑娘一起从黄沙中拔了出来。

"风渐渐地小了,茫茫的大漠,又形成了一个个连绵不断的新的沙山。在那座最高的沙山上,老远就能看见第一和百灵,只是他们衣衫褴褛,裸露出第一那古铜色的胸背和百灵那洁白如玉的乳房、玉肩、玉臂、玉腿。还看见卧着的雄驼和驼背上那一驮美玉。头驼背上那一驮美玉极其珍贵,它是羊脂白玉中的上品——羊脂朱斑,在光下瞧红色透露,如朝霞般令人心旷神怡,可惜只此一驮,今已不见。今人有幸运者,重走玉石路,狂风过后谁能在最高沙山上望见第一和百灵,谁就能捡到美玉,谁就能在沙海中寻到如奶一样的甘泉。"

四儿听得如痴如醉,他完全进入到了故事之中,他冷、他寒、他伤心、他落泪。他从老者的故事里,深知珍贵的美玉来之不易。他被老者讲的运玉路上的艰辛所感染而不能自拔。

老者见状,知道了四儿的心路,他所讲故事的目的已经达到。他用手扯了扯四儿的耳朵,把四儿从故事中拽了回来。

四儿觉得耳朵有些疼,忙用手去捂右耳,才知是老者在扯自己的耳朵。

四儿从第一和百灵的故事里跳了出来。这时就见老者一伸右胳膊,"噌"的一声把四儿挟在了胳膊下,又"噌!噌!噌!"地过了河面,如踩在平地上一般,鞋和裤角水珠儿没沾。

过了河,老者放下了四儿,在一溜木屋前停了下来。从木屋中传出来的"吱嘎吱嘎"的声音。

被老者放下的四儿甚觉好奇,老者竟有如此大的臂力,并且在水上快步如飞,四儿挠了挠头。这时他注意到山谷里北、南、西、东的山头上似云似物有个东西在晃动。他定了定神,又仔细地前、后、左、右地远望着这四个方向的远山后确定,山顶上确切地说是山头上方的云中,的确有个东西在动。

四儿揉了揉眼,定睛向前望去,四儿看清了,一只巨大的龟,四肢划动,摇头摆尾,龟身上缠绕着一条巨蛇,龟头似龙头与蛇头相向。"啊"的一声,四儿明白了,师傅向他讲过:北方水也,其星玄武也。这是玄武,镇北方。

四儿急忙转身向南望去,在远远的南方天际,如北方一样,远山上方的云层里,一只大鸟如凤,在上下翻飞。以朱雀礼南方。对了,这是朱雀,镇南方。

四儿又向西方望去,果不其然,西方云层里,一只白虎,只是这只白虎长着一对双翼,在仰头吼叫,勇猛雄霸。以白虎礼西方,这是白虎,镇西方。

那么东方就应是青龙了,以青龙礼东方,青龙是镇东方的。四儿向东看去,东方天际,果真是一条和白虎一样长着双翼的青龙,在云层里上下左右地翻飞。

四儿听师傅讲过,也在师傅那里看过用玉雕琢的今天看见的四神。今天在这条山谷中所见,令四儿觉得:这条山谷极其神秘。

四儿完全忘了回家的事,他要跟着这位老者去探秘这条山谷和眼前看见的一溜木屋。他曾听师傅在讲玉时说过有一条玉石谷,难道眼前的这条顺河而上曲里拐弯的无尽头的山谷就是玉石谷吗?

突然师傅的话又在四儿的耳际震响:昆吾山中玉石谷,玉石谷中玉石坊,坊间流血又流泪,匠人泣血掩宝玉。

难道宝玉是匠人用血和泪掩就琢成的吗?到玉石坊一看究竟,四儿心想。

他随着老者走进了第一间木屋。木屋里有几个人正在低头忙碌着,屋里比较昏暗,但能看清他们在干什么。这几个人头不抬眼不睁,像没看见老者和四儿。穿戴也是怪怪的,长衣长袖长发,衣袖高高地挽起,带大襟的衣服腰间用一条布带扎起,赤脚弯腰用葫芦瓢在淘洗一堆亮晶晶的砂子。靠木屋的墙边有一溜褐红色的陶罐,陶罐里盛放着一些东西。

老者叫四儿到陶罐里去摸摸看,四儿到墙边伸手去摸。四儿一连摸了几个,里面都盛着大半罐如面般细的砂子。四儿用手指捏了捏,有的细如粉,有的粗如面,还有的比娘在家做饭用的苞米面还粗。

四儿抬头双眼疑惑地看着老者,心里想:他们用水淘的就是罐子里装的细砂吗?细砂干什么用?想到这里,四儿一个激灵:哎呀!我怎么这么笨,玉石谷里淘的砂,还能是什么,这肯定是解玉神砂了。

四儿脸上露出了笑容,他看到了解玉神砂。

老者见状心喜:四儿还是聪明,待我告诉他。

"这就是解玉神砂,出在朱雀镇守的南方。那里一片大海,望不到尽头,海水湛蓝湛蓝,清澈见底。只是这里的海非同一般,无风三尺浪,有风浪九丈。海岸边有一座石山,石山上的石头坚硬无比。人们用它敲击取火,用一团棉花或木炭,手拿两块石头对着击打,喷出的火星溅到棉花或木炭上,用嘴一吹,立马冒烟火起。人们都管这种能打出火的石头叫火石,把这座石山叫火石山。

火石山在海浪如此凶猛的摔打敲击下,日复一日,年复一年,经过了亿万年丈把高海浪的冲击啃食,渐渐地,火石山靠海的那一面,大块的岩石被前仆后继的海浪咬碎,变小,最后被摔打成细砂。

我们的祖先,不知何人在剖玉时找到了它。祖先们认为:是上天之神赋予人的神物,它能帮人取火,能帮人剖解神圣的美玉,因此给它取名——解玉神沙。"

"噢!"四儿听明白了神沙的出处,点了点头。

老者领四儿又走进了第二个木屋。那断断续续的"咯吱咯吱"声正是从这间木屋传出来的。木屋里,几个人在忙碌着,他们的衣着和前边木屋里的人一样,甚至表情都一样。老者领四儿进去时,他们也是像没看见一样,旁若无人。

四儿出于礼貌，向其中的一个人笑了笑，可是那个人面无表情，一点反映也没有，只顾自地干着自己的活儿。

四儿觉得有些尴尬，他扯了扯老者手道："老爹，这些人怎么连话也不说，我跟他们笑，他们好像没看见一样，怎么表情都那么木然？"

"孩子，"老者听后说道："自从跨过谷口那棵倒伏的大树，时间已倒流了几千年。领你到这里，是让你看看，去了解古人琢玉之艰辛。你与古人无法对话，只有古玉身上才保留着大师们的琢玉信息，你握古玉在手，那精美的纹饰，那温润的玉质，那美轮美奂的沁色，可撼五脏震六腑，你才可以和古玉对话。夜深人静时，手握古玉，它的通灵之气可直达心肺，实觉五内震荡。"

听老者这一番话，四儿想起了辟谷之事，原来已跨越时空，走进了古时的玉石谷，时间已越几千年。此时的四儿十分地感激师傅，如无师傅点化，他不接触古玉，决无今天之幸运和机缘。想到这里，四儿跨出了木屋，对着东、西、南、北四方跪地磕头。

师傅在哪里？他不知道。

他只知道师傅云游四方。

他也不知道是哪个方向。

他听到了师傅的笑声和话语："快进屋看玉吧！"

四儿急忙爬了起来，声音像是来自脑后，四儿回头不见师傅，声音又好像来自木屋，他急忙跑向木屋。

木屋内一切依旧。

老者还在屋里，满面笑容地看着四儿。

木屋靠墙堆了一些大小不一的各色卵石。四儿知道这些卵石非同一般的石子，它们都是和田籽料，在等着这些不言不语的工匠们按料剖解，因为四儿看到了他们在用绳子一样的东西在玉料上反复地拉扯，并不时地加入粘糊糊、湿漉漉的东西。被拉扯的一块大籽料，被一寸多宽的两条带子分两头固定在一个木架子上。一个人手不停地往籽料中间已被绳子拉扯成沟的地方挤那粘粘的东西。

四儿看了甚觉好奇，这粘粘的东西怎么像邻居家从山东来的奶奶摊煎饼时往鏊子中摊的面糊糊。

四儿抬眼看老者，嘴里没说什么，可心里想的老者全知道。

老者说："后生，我告诉你吧！这一间屋子是专门用来剖玉的。先按用玉的大小、厚薄、颜色选出玉料，然后用兽皮条将其固定在木架子上，划线剖料。"

"绳子怎么能剖开那坚硬的玉石？"四儿问。

"你知道以柔克刚的道理吗？硬与硬碰必伤，以软克硬顺畅。剖玉用的是你看到的解玉神砂，并且用的是慢工。你听说过'绳锯木断，水滴石穿'这句

古谚吗？它说的也是以柔克刚的道理。"

"这我知道，娘向我讲过。"四儿说。他记得在家时，有一年家里的风匣坏了，往外推拉的那根风匣杆，经过年长日久的一推一拉，竟把风匣杆下的木板拉了个深深的口子，那两根本是方形的木杆，也变成了锥形，一拉风匣竟没了风力。四儿听娘说那两根木杆是用硬硬的梨木做的，他就到木匠家找了两小块柞木板给被那木杆拉开的口子钉上了。开始两天还行，可后来四儿一看，那两根木杆下的锥形渐渐地平了，照这样下去，用不了几天，那木杆将被磨断。四儿问娘，这是怎么回事？娘也看到了，只是没说。待四儿问起时，娘给四儿讲了这个道理。四儿听后，他到木匠家要了两小块比梨木略软一点的桦木给换上了，再抹上点大油，这回可好了，娘做饭四儿拉风匣时，既顺畅又有风力，那一推一拉风匣的"呼哒！呼哒！"声，四儿至今闭眼都似能听到。但那是木头对木头，可我今天看到的是绳子对石头，这怎么可能？

"怎么不可能！"老者说。

"啊！我心里想的，这老爹怎么也能知道？"四儿心里想嘴里却没说。

"世上很多不可能发生的事，往往都在可能中发生。"老者接着说道，"这种你看到的拉解玉石的绳子，并非普通棉麻之物，而是用老鹿筋所做。这种鹿生长在东北长白山原始森林之中，为十年以上生的梅花雄鹿。你知这是为何？因为在原始森林中生命越长的梅花鹿，它吃的东西越丰富，最有可能吃到灵芝仙草和老山参的叶子和果实，吃到这两种东西的梅花鹿，皮厚、肉实、筋坚。其皮可用做玉器抛光之用，其筋在活鹿猎杀时趁热抽出，顺其自然筋络分出粗细，再在光滑的青石板上摔打至鹿筋发胀发软后用炼好的十年生母鹿的鹿油浸泡，泡到锃亮透明时为好。泡好后的鹿筋用手押长搓成细长的鹿筋绳，在月光下晾九九八十一天即可使用。

这种鹿筋绳其韧无比，柔软而结实。你看到的解玉绳，正是这种鹿筋绳。现在他们往绳子上涂抹的湿漉漉的粘东西，就是用鹿油和好的解玉神砂。鹿油既粘又滑，这样在剖玉的过程中，粘附了解玉神砂的鹿筋绳，既有了润度又有了摩擦。在一拉一扯的过程中再往剖开的口子上注入冰水，这样做可降低剖玉时的温度，增加鹿筋绳的使用寿命。"

"哎呀！太费事了。单单剖玉就费这么大的劲儿！"四儿听老者讲到这里，嘴里嘟囔着，手拽着老者的手向另一间木屋走去。

在这一间木屋里，四儿看到的是，已经剖开的大小不一、厚薄不等的各色玉片，几个人低头在磨石上磨制玉片，只听屋内一片"嚓嚓"声。

"这不是磨刀石吗？"四儿抬头看着老者。

"正是，只不过这是在磨玉。剖开的玉片不平，用这种细砂磨石找平，再用生鹿皮抛第一遍光。这种磨刀石和你磨昆吾刀时用过的磨石一样，同出一山，油性极好。它是盘古开天辟地时留给后人之物，名曰：盘古油砂石。"

听到这里，四儿眼前不觉放亮，昆吾神刀他磨过，他深知这种磨石所磨之物能呈现出的效果。他没有再往下问，又急拽老者到下一个木屋，去一探琢玉之究竟。

四儿被眼前所出现的情景深深地吸引了，他已不能自拔，全然忘了回家的事。但嘴里还在叨咕着："照这样干，剖一片玉片得几时、几天、几月才能割开？太费劲了。再没有别的方法了吗？"

"没有，"见四儿叨咕，老者接着道，"那是我们的先人，创造出的最好、最理想的剖解玉石的方法。剖开一片玉，不是几个时辰的事，而是昼夜不停地干，几天、几十天、几个月的事。美玉上天赐予，已充满了灵性，再加上解玉神砂、昆吾神刀、盘古油砂石和这些大师工匠们的心血、智慧，神琢与心刻，已注入了强大的信息，加之琢制成形后又被巫权、神权和皇权赋予了极其特殊的功用，信息在玉中不断地积累，能量在玉中浓缩，所以今人拥有古玉，可忘却世间之烦恼，辟邪祈福，保一生平安。尤其是巫玉时代的古玉，得玉者的一生将会平安地度过，巫玉内里的信息将会护佑其一生，因其玉已被大巫师灌输了辟邪、祈福、平安之咒语，十分灵验。追寻过去之光明，看到将来之希望。"

"老爹讲玉，怎么似师傅？"四儿心想。

四儿对玉有了更深入心灵的感应。

四儿走了一个木屋又一个木屋，他看到了古人琢玉之艰辛，感到了今人得到一块古玉之幸运。他在一个琢玉工匠的身旁站了下来，这个工匠看来已有了一把年纪，正在一个玉佩饰上琢刻钻眼。四儿看着看着笑了：这位匠人手持的玩意儿，特像自己在家时看到的锔锅匠用的工具。

那还是搬到仙人岛以后的事，一天吃饭时，姥姥常用来盛饭的一只大海碗不小心被打碎了，确切的是姥姥没捧住，掉到地上摔碎的。那只大海碗十分艳丽，姥姥平时都用它当小盆使，盛上一海碗稀饭，可装满三小碗，姥姥很是喜欢它。在仙人岛租住的房子，地是泥地，从门外一进屋门，不小心感觉似掉进了深坑一般，屋里的地比院子矮，加上年长日久的踩踏，地面凹凸不平，形成了如桃核般大小不一的小疙瘩。姥姥是小脚，平时站立时都不稳，得前后不停地挪动双脚。这一次手捧盛满了饭的海碗，刚一迈步，那桃核般不平的地面就硌疼了姥姥的脚掌，姥姥一不留神，手一松，那只大海碗连同满碗稀饭一起被重重地摔在了地上，青花海碗被摔成了几块，所幸的是那热热的稀饭没烫着姥姥。娘听到响声后，急忙从屋外跑了进来，直埋怨姥姥："出去抱把柴禾的工夫就出了事……"每次吃饭都是娘把饭送到饭桌上，今天不知怎么了，姥姥偏偏来盛饭。

海碗碎了，姥姥十分心痛和惋惜。那大海碗还是娘的爷爷弄回来的，胎质细洁，胎体轻薄，迎光而视，通体透亮，釉面滋润光亮，色如鸭蛋青，幽青可爱。满碗外绘莲花莲叶水波纹，九条小鲤鱼穿梭于莲叶间，内绘一大莲叶，叶下两条大鲤鱼首尾相咬嬉戏，鱼尾溅起的水花形成点点水滴，溅满碗内。真可惜碗被摔碎了。四儿帮姥姥拾起碎碗片，姥姥嘱咐四儿："听到街上有铜锅、铜碗的师傅给叫进来，把这只碎碗铜上，好留个念想。"

过了没几天，街上真来了个一路吆喝的："铜锅、铜碗、铜大缸吆！金、银、铜铜我都有啊！铜锅、铜碗、铜罐罐吆！给你铜个聚宝盆啊！你喜、我乐传万年吆！有铜缸、铜碗、铜盆的吗？铜缸、铜碗、铜盆的来了！"

四儿听到后，赶忙把铜锅匠叫回了家。铜锅匠的手艺也确实高超，他把碎碗碴三下五除二麻利地拼了起来，放在膝上一块发黑了的白布，然后用双膝夹住，拿出一根直直的一尺多长的黑黑的木杆，一条皮绳缠绕木杆几圈，两头拴在如弓的竹竿上。只见这位匠人，对着木杆头上如铁钉的钻头吐了口唾沫，对准碎碗的碎边稍里一点，左手握杆头，右手拉竹弓，一左一右如拉胡琴一般，只听"吱吱嘎嘎"的一阵响声，一排小眼整齐地顺着碎边一溜儿排开，匠人不断地取出钻头，往钻头上吐着唾沫，待把碎片应钻的小眼钻完后，匠人取出小铜巴锔，一阵"叮叮当当"过后，被姥姥摔碎的大海碗竟神奇地被锔了起来。铜锅匠用水和了点白粉状的东西，往小铜巴锔两头一抹，再往锔好的碗里倒满水，"嘿！"竟滴水不漏！把个四儿看的是满脸放红，他问铜锅匠，那个铁钻是什么？

铜锅匠告诉四儿："这叫金刚钻，'没有金刚钻，揽不了瓷器活儿'。"这件事使四儿记忆犹深。只是到现在他也没弄明白，当时铜锅匠用的白面面是什么东西。有的说是石膏粉，有的说是生石灰，究竟是什么，四儿还没有问清楚。

当时铜锅匠是把碎碗碴放在两膝间铺的白布上，而这位琢玉匠人似乎更聪明，他把这件玉按形挖了个槽，而挖槽的木板确像一张高脚饭桌的桌面，而他使用的钻眼工具太像铜锅匠所用的东西。桌面上摆放了大小不一、粗细不等的东西，细如针、粗如钉，一寸多长，还摆放了几个小陶碗，里面盛着粘糊糊的玩意儿。四儿知道那陶碗里装的肯定是用鹿油调和好的解玉神砂，但那些细长条他不知是什么。他拽了下站在旁边老者的袖子，老者已知四儿要问什么了，他说："这些长条的东西是琢玉时必用的，你刚才不是想到了铜锅匠告诉你的，'没有金刚钻，不能揽瓷器活儿'吗？这些东西类似金刚钻，但它是用来琢玉的。它们有的是用昆吾神铁制成，有的是用盘古油砂石做的，还有的是西方佛国所生长的观音竹。"

"何为观音竹？"四儿听到这儿，不禁好奇地问道。

"这种竹子产在遥远的西方佛国，生长在菩提树旁，是救苦救难、普渡众生的观世音菩萨带回来的，所以得名——观音竹。观音竹最高不足二尺，翠绿的叶子半寸来长，细细的韭菜叶宽窄，竹节寸半长短，竹竿细的如针、粗的如纳鞋底的锥子一般，中空皮坚。观音竹经年历月翠绿欲滴，不枯不黄，挺拔直立。

原本是供奉佛堂盆景之材，后来先人们发现，此竹竿坚硬耐磨，经佛堂灯油泡透，坚硬如铁。它和解玉神砂一起使用，可穿透美玉。"

"他们现在用的就是经油泡透的观音竹吗？"四儿向正在做活儿的琢玉匠人努了下嘴，眼看着老者。

老者点了点头没有说话，四儿从老者的点头，得到了肯定的答复。在这间屋子的靠北的墙边，是一个四儿上学堂时用过的桌子一样的家什，只是桌子底下是两块一尺多长，一扎多宽的长方形木板，木板的前头拴着绳子通向桌面，木板的后头被一根轴横穿，两块木板并排在一起，桌面上一个大木轮的中间也被一根木轴穿过，木轴被两个"丫"形的木头分别支撑在桌子的两头。四儿看明白了，原来拴着桌底下的木板上的绳子通过桌面上的洞洞，在连接木轮中间的木轴上缠绕了三四圈。四儿走到桌前看了看，又绕到了桌后，顺势坐在了高脚凳子上。

这个凳子不高不矮，四儿坐在上边觉得很舒服，只是两只脚有点悬空，他把两脚往前探了探，正好探到了那两块木板，四儿把两脚稳稳地放在了那两块木板上，四儿并没觉得用力，可那两块木板竟动了起来并发出了"吱吱嘎嘎"的声音，随着"吱吱嘎嘎"声起，四儿的两脚也上下踏动起来。"啊！"四儿一声惊呼，桌面上被"丫"形木支撑的大木轮也"呼呼悠悠"地一前一后地转了起来。四儿心想：这多么像给姥姥锔碗的锔锅匠所用的工具，只不过那个小并是竖着用的，这个大是躺着的，原理是一样的，尤其是那缠绕在木轴上的绳子太像锔锅匠锔碗时一左一右拉动的弓绳了。

老者见四儿在木凳上踏动，微笑着说："你知道这是什么吗？这叫神凳木砣，也叫砣机，以它来带动无齿昆吾锯和管钻等工具来治玉，但绝不能少了解玉神砂。这里的琢玉匠人能够熟练地运用各种治玉工具来完成钻孔、透雕和高超的浮雕技术来琢玉、雕玉，并已经普遍地使用各种砣具。在玉器琢之成型后，他们还需用产自云南和西藏的红宝石碾磨成粉调兑南海产珍珠磨成的粉，选用上好的獾油调匀给玉抛光。这种獾油必得生活在深山老林中雄獾的脂肪，在青石板上经烈日暴晒后所得，不得用任何铁器、陶器经火炼之油。"

"哎呀！太麻烦了。"听到这里，坐在木凳上的四儿不禁插了一句。

"麻烦？"老者听四儿的插话，接道，"岂有他哉！他们正是凭着这种坚韧不拔的毅力和无限的聪明智慧，利用这些原始工具，琢磨出如此精美绝伦的玉器，真是人间之奇迹，时至今日，古人如何完成精美玉器的雕琢，始终是个难解之谜。事实上巧夺天工的精美古玉器，不是雕刻出来的，而是利用硬度高于玉的解玉神砂、盘古油砂石并辅以水来琢磨玉石，琢制成所设计的样品，最后使用昆吾神刀和各种砣具来完成。被称为治玉、碾玉、碾琢玉。琢玉的技巧是高超的，而治玉工具却是十分的简陋。有句至理名言，叫：'他山之石，可

以攻玉',这真真切切地道出了琢玉的真谛,在碾琢玉器成型的过程中,盘古油砂石起到了人力无法起到的神奇魔力。有句古话道出了玉石谷里玉石匠人的艰辛劳作:'手托玉石千斤重,日行千里不动身。'他们不但琢玉艰辛,自从来到玉石谷后,就休想再迈出玉石谷一步,他们的技艺并非世代相传,大多是师徒传承,绝大部分琢玉大师他们的家就在玉石谷里,有的甚至是终身不娶,孤身一人。"

"那么那些年轻的艺人从何而来?"四儿问道。

"那些学艺的年轻人,大多来自玉石谷外,是一些穷家的聪慧少年,荒乱年间,饥不裹腹,为寻条生路,讨口饭吃,征召而来,只有那些技艺不精者才会被淘汰,琢玉大师们年老后才能走出玉石谷。"

"怪不得这些人都面无表情,原来他们都是些没有剃度的和尚。"四儿道了一句。

"嗯!"老者严肃的"嗯"了一声。

四儿见状,伸了下舌头,知道自己言过了。

"至于那些出家人,"老者接着说道,"他们是一种信仰的追求,是对佛法和道家学说的宏扬,是脱离苦海,远离红尘的表现,是思想和精神世界的历练,以追求达到佛家和道家的最高境界,普渡众生,行善积德,忘却自我。"

"噢!"四儿应了一声,此时听老者讲出家人的最高境界,四儿似乎明白了,原来佛家和道家最终要达到的是:普渡众生,行善积德,忘却自我。

老者见四儿已知自己言过,并理解和明白了出家人的最终目的,就没有再往下去说。他走到坐在神凳上的四儿跟前道:"走,到另一个屋子看玉去。"

四儿一听看玉,又来了精神头,一个高儿从神凳上蹦了下来,紧随着老者向门外走去。

他们来到了另一个屋子,刚跨进门槛,四儿就被眼前的情景惊呆了。这里的一切,四儿似曾相识,这怎么跟师傅家里的摆设一样?满屋的玉器,宝光闪闪,满屋的玉香。只不过这里的玉器比师傅家的多多了,何以见得?四儿自进门后,就自顾自地东张西望地看开了,如入无人之境,也全然不顾老者的存在,边走边看一直往前走去。看了一会儿,他想起了老者,回头寻找,老者不见,但见玉器。这时他才有所察觉,本是三五步就可到达墙边,可走了这么一会儿,还没有到墙边,自从进了这扇门,这里似变成了一条长廊,任你观看。四儿这才醒悟:这里才是真正的玉石谷。都说不撞南墙不回头,玉石谷里的南墙,四儿怕撞不到头了。

四儿在这里真是大开眼界,眼界大开。他见到了师傅讲的:以"璧礼天"的大青玉璧。青青的玉璧,青青的颜色与浩瀚的苍天相对应,大的如面盆,小的如饼,璧面上减地阳雕纵横排列有序的饱满谷纹,生动而传神,刀刀有力。

看着看着，四儿突然转身向门外走去，他来到了头前那个屋子，寻到了一桶水，他手提木桶，又回到了大青玉璧面前，他怎么看怎么觉得玉璧上的谷纹如有生命般饱满胀鼓。四儿手提木桶向玉璧泼去，桶中的清水"唰"的一声浇了个玉璧满身水，四儿给玉璧泼上水后，弯腰伸头瞅着玉璧在呆看。玉璧上的谷纹一层清水，谷粒如活了一般，似瞬间就能破壳伸出那嫩嫩的青芽。他被琢玉大师们那精绝的技艺所折服，那琢玉的刀工，今人是无法接近和超越的。那神韵真是粗中见细，细中见真，真中见神。难怪天子用璧礼天，以祈求上天给个风调雨顺、五谷丰登的好年景。又呆看了一会儿，谷纹依旧，四儿这才起身又去看别的玉了。

四儿边转边看，他在一个玉琮前站住了，师傅给他讲过：古人以"黄琮礼地"。玉琮是王公贵族和有地位的人的身份象征，也是地位和权利的表现，传至汉朝就基本不见了。这只玉琮四方形柱体，中心通孔，阴线和浅浮雕刻就饕餮神面纹。师傅曾说：玉琮能够通天地，沟通天地四面八方。但见神人头戴宽大的羽冠，脸面呈倒梯形，重圈眼，鼻子扁宽，大嘴，微张的嘴里露出两排平齐的牙齿，上肢内弯，下肢作盘腿状。神人的胸前又以浅浮雕琢出兽面，面部狰狞，异兽口露两对獠牙，四儿看了望而生畏，心生寒意：真是鬼斧神工之作。四儿不敢多看，忙转头向东，正好有一件玉器映入四儿的眼帘，这是一个下端平直，不足一尺的长方形，上端为三角形的白玉制成的东西。四儿看了下方向，他立马知道了这件器物，这是只白玉圭，师傅所讲："青圭礼东方"的话在脑中瞬息而过，同时内心又悄然升起师傅的玉圭说：圭分为镇圭、琬圭、琰圭、大圭、谷圭……是祭祀东方位神的礼器，同时也是王玉时代等级爵位的标志，素有"王执镇圭，公执桓圭，侯执信圭，伯执躬圭"之说。圭身大多两面雕刻神人纹，神兽面纹和神鹰纹……圭为瑞玉也，以封诸侯，汉以后罕见实物，明清两朝多以汉式复制也。

执圭有严格的制章规定，按品级和礼仪场合划分：大圭，只有天子才能执握，上端锐角或插在衣带间，又称"廷"，以符合《礼》"天子晋廷"之制。镇圭，也为天子执握，上端锐角饰四山纹，取安定四方之意。信圭，为侯爵执握，上端呈钝角，肩部两角琢成直立人身状，纹饰粗细，取忠勇正直意。躬圭，为伯爵执握，上端为圆形，纹样粗犷，取恭顺之意。桓圭，为公爵执握，上端为方齐形，取桓楹架屋，栋梁柱石之意。琬圭，上端为圆形，圭身染色，为天子派遣的使臣所执，使臣持此信节执行任务，被称为"护送琬圭"。琰圭，上端为锐角，取锐不可挡之意，为太子派使臣征讨平叛时执用，当作信物，起上方宝剑的作用，有见琰如见君之意。

四儿从见到玉圭，到师傅在此前的玉圭说，使他再一次体悟到美玉在古代非一般百姓所能享用，使用美玉和拥有美玉有着严格的等级规定和绝对的财富。

　　四儿体悟到此忙转头向南,他要寻找师傅所讲的古代礼玉之一,璋的方位。这间屋子,看似不大,可进到里面,却是个偌大的空间,只是没山没水,却有天有地。果然在居南的方向,墙上挂着叫璋的玉器,似由玉圭从中间纵劈而成,是上端为一斜边的长方形玉器,在穿孔处附近两侧有比较复杂的齿棱,由如金貂须般的墨玉雕琢而成。

　　四儿又找到了玉璜,"璜,半璧也,"一种似半璧的薄片体,还有一种较窄的弧形带状体,都在靠北方向的桌子上,有大有小,有的为素面,有的用阴线剔地雕琢出卷云纹、兽面纹和鸟纹等,并在两边钻有小孔,还有的中间靠上边处也钻有一孔,有"以玄璜礼北方"之说,是祭祀北方之神的礼器。师傅曾说过周朝玉器的雕琢手法,四儿细观玉璜,看纹饰和刀功,知眼前的青玉璜为周朝之物。

　　突然,正看玉璜的四儿耳内翁翁作响,什么也听不见了,四儿晃了晃头,少许,从远至近慢慢地听到了声音,怎么好像师傅在说,"我给你讲一个玉璜的故事:'大约在公元前十一世纪,那时正值周朝的周武王执政,当时有一能上知天文,下知地理的能人——吕尚,也就是后人称之为太公望的姜子牙。当年在还没辅佐周武王时,一天在碧波荡漾的渭水河边垂钓。一连三天,毫无收获,连一寸长的小鱼都没能钓到。吕尚不禁有些沮丧,他知这是天意,并非渭河没鱼,而是鱼虾成群,只是没有愿者。第四天头晌,吕尚早早地来到渭河边,干脆把鱼钩捋直,不用钓饵,把一条拴着直钩的鱼线抛向了那清清的渭河,而后,手持鱼杆,静静地坐在了骄阳下的渭河边。临近黄昏后,他低吟:'渭水清清,渭水深深。水中鱼儿肥不肥?水中鱼儿精不精?抛出个直钩钩钓愿者,愿者来咬直钩钩。太公连吟三遍后,起身提竿收线。随着姜太公鱼竿的后甩,一条活蹦乱跳的金色大鲤鱼跃出了水面,随即被太公拖上岸来。'嘿!'好大的一个家伙,足足有三尺多长,金翅金鳞金须,在渭河边那绿绿的矮草丛中摇头摆尾,口吐白沫,圆瞪双眼。太公毫不迟疑,取出腰刀剖向鱼腹,血流肚开,金色大鲤扭动了几下身后不动了。太公手掏鱼肚,从中摸出了玉璜,玉璜上刻着九个篆字:姬受命吕佐之报于齐。'"

　　"真的吗?"四儿听到这里,禁不住望空问道。

　　还是那个声音:"只可信其有,不可信其无。至少可以说,玉璜在周朝是盛行的。"

　　"直钩能钓上鱼吗?"四儿家搬到仙人岛后,四儿学会了钓鱼,他不明白,直钩怎么能钓上鱼?

　　那个声音又起:"姜太公名为钓鱼,实在等明君,为社稷为民生。"

　　"钓鱼怎么又连到了社稷民生?"四儿糊涂了,"且不管他。我要找的六瑞中的玉琥在哪里?找到了玉琥,六瑞就齐了。古人崇拜的六种祥瑞之器:璧、琮、圭、璋、璜，就差琥了。师傅说：'以白琥礼西方。'这么说琥也是一种礼玉，它应该在西的方向。"四儿面转向西，果然在西边的桌子上，放有一只黄玉琢制而成的玉琥。师傅说："在古代，称为虎符，是发兵的凭证。琥，是一种带有虎纹或伏虎形的玉器，后来演变成饰物。"看这只玉琥呈蹲伏状，口大张，似前扑如大吼。虎爪深阴线刻出，凶猛锋利，周身饰剔的浅浮雕卷云纹，双头云纹，规整饱满，整齐若一。虎尾下垂，尾尖上卷，挺直如棍，刚劲有力。四儿正看得出神，觉得有人扯他的耳朵，并隐隐作痛，他回头一看，扯他的人正是老者。老者见四儿回过神来，递给四儿一摞纸，什么也没说只是微笑。四儿一见：这不是我临离开师傅时，师傅送的宝纸吗？今天怎么到了老者的手里？四儿没往下想，忙接住这一小摞纸张，并低头辨认是不是师傅送他的那些纸。

这时一个声音又起："不用细辨，正是你的宝纸，今进玉石谷，人生难得，快用宝纸，神印美玉，以传后世，出谷时辰，马上就要到了，若不按时出谷，今生你就见不到你要见的人了。"

四儿转头寻找那个声音的来源，什么也没寻到，连扯他耳朵送纸的老者也不见了。满屋的玉，此时一桌连一桌，往前延伸。四儿往前边走边看，看似马上就要到墙边了，可是就是到不了，四儿往前，墙往前，四儿退后，墙退后。奇怪的玉石谷，奇怪的木屋，奇怪的老者，四儿想。

"快印吧！"一个声音在催促。

"不想他了，怪就怪吧！"四儿拿出了一张纸，铺在了靠近自己的那张桌子的玉器上。这是一件佩饰，和田白玉质地，极其缜密温润，光泽幽然，包浆厚实，并伴有星星点点的朱砂沁，有玻璃光泽。它看似如一长尾鸟，鸟头小而秃，圆眼、勾喙，双翅并拢，上刻减地突起勾云纹，背颈有喇叭形对穿浅孔，可做佩饰之用，椭圆形胸腹，双爪并拢而下勾，胸阴刻勾连云纹，双翅下半部阴刻羽纹，长尾琢刻上下并行多排短阴线表示绒毛，使人感觉层层覆盖，形象而逼真，四儿低头用嘴吹了一下，恍若迎气而动，工艺极奇叫绝。

四儿如在师傅处，放慢心跳，静心静气，右手手掌压在了铺盖了宝纸的玉器上。手心盖压着这只玉鸟，稍一用力，四儿就觉得一股真气从丹田发出，直冲右掌心劳宫穴，一种热麻之感随即而出直溢向宝纸，四儿一左一右地拧了一下掌心，此时虽没有师傅的锁雾还魂茶热汤泼手，但已得师傅真传。少许，四儿抬手，拿起宝纸，一只栩栩如生的鸟形佩饰已清清楚楚地印到了宝纸上，四儿轻轻地把它放到了桌子上，生怕自己的手因激动而抖动，这只玉鸟似有因抖动一下宝纸欲飞之感。四儿端详着这只玉鸟，看着看着，他想到了他的雄喜：哎呀！这么长时间了，也不知雄喜怎么样了？它飞到了哪里？快把这些精美的玉饰印完，去找雄喜！想到了雄喜，四儿又想到了玲儿，还有娥子，还有……该回家了。

想到家，四儿加快了印玉的速度，他认为好的他就印。这里的玉，太多太多了，从师傅教他看玉断玉，他知道这条玉石谷里的玉，包括了玉石文化的各个阶段和琢玉特点。师傅讲的七孔玉刀，四儿在这里都看到了，那上面的刻纹是双线勾勒的琢玉技法，很明显是夏朝的玉器，但又明显地体现了商朝玉器的特点。四儿朝前看去，他发现了另一张桌子上摆了一些玉器，有玉熊、玉象、玉燕……个个为圆雕，雕琢的非常精美而传神，上面的纹饰均为阴刻线条，并有意识地将一条阳纹留于两条阴线中间，这样就给人一种阴阳线同时刚劲而有力的感觉，并使整器图案变得曲尽其妙，既消除了只使用阴线的单调感，又增强了图案花纹整图线条的立体感。

四儿看后觉得特别的好看，但他并不感兴趣，这些玉器什么玉都有。他拿起一件玉饰看了看浮雕加透雕，技艺精湛，是一面孔钻。他又拿起一件，看钻眼是两面孔，他又放下了。四儿手拿宝纸向前走去。在前边不远的一张桌子上放了几件玉器，有一只片状雕琢的玉鹿跳入了四儿的眼帘。这只玉鹿虽是片状，却给人一种饱满劲道之感，雕琢的姿态十分优美，而且生动逼真，雕艺精美细腻，整个玉鹿大角分叉，如树杈立于头顶，鹿角多而不对称，刻线委婉流畅，阴线斜刻。四儿越看越爱，赶紧抽出一张宝纸，把它印了下来。

四儿印完玉鹿后一转头，在旁边的一张桌子上放了十几件玉器。四儿不看则已，只这一看，把个四儿惊得浑身一颤。这一桌玉器，精美异常，均为和田玉质，晶莹细腻并宝光莹润，纹饰排列十分规整，佩饰居多。四儿赶紧把手里那一摞宝纸放下，拿起了一个玉佩，整个身子前倾，眼珠如掉了一般地反反复复地看了起来。把这一个玉佩反复看了几遍，恋恋不舍地才放下，又拿起了另一个，只见它们纹饰华丽，雕琢精细圆润。有的玉饰上琢有隐起的谷纹，颗颗晶莹，圆滑如珠；有的附以镂空技法，底子上施以单阴线勾连纹或双勾阴线叶纹，显得十分饱和而和谐一致；有的玉饰上琢隐起兽面纹，威严而凝重；有的在主题纹饰上衬托数组龙纹和勾云纹，纹饰繁而缜密，整器格局对称，雕琢精细，设计极富想象力；有的纹饰繁而不乱，疏而不空，繁密空疏之处给人一种感觉：多一刀万万要不得，少一刀万万使不得。

这些玉饰让四儿喜欢，让四儿感动，更让四儿佩服的五体投地，顶礼膜拜。你看他拿起了一个"弓"形龙，龙身上琢以谷纹，龙角如耳成鸟冠，无足长身，龙头上唇长而大，下唇短小，饰马头，而且这件玉饰上有师傅说的"游丝毛雕"刀法，细如毫发，刻线细而利，走势扭曲委婉。四儿手拿这只玉龙欣赏，眼睛又瞄上了放在这条龙形佩饰旁边的另一只"S"形玉龙，只见它龙身卷曲回首，龙身细长，首尾比例匀称，足尾分明，龙身琢满云纹，头形长而张口，下唇呈斧钺状，椭圆眼，极富神韵，大有吞云吐雾在天飞动之势。

四儿一伸手又把这只"S"龙握在了手中，一手一只玉龙。四儿低头微闭二目，双手持龙形玉佩于前额，少许，又挪向头顶，一刹那两只玉龙佩在手中滚烫，只听"喀嚓！"一声，四儿觉得有股热流直冲向自己的头皮，热热的，头皮有些发疼。他似乎闻到了一股头发烧焦的味道，两手也如火烫般痛了起来，情不自禁地双手一松，双眼张开，只见两只玉龙直直地冲向地面，四儿不觉大惊：这要是摔坏了玉龙，那还了得！他急忙弯腰企图要在玉龙还没落地之前捞回来，可是已经晚了，只听"啪——啪——"两声，两只玉龙已落了下来，四儿急忙闭了眼睛，他不忍看到两只玉龙在他的手中摔碎。

正在四儿闭目间，那个声音又由远及近的响起："你不是喜欢玉佩饰吗？怎么还不快印，这是春秋战国玉龙，你不能双手同时握春秋战国之龙，龙能如雷之潜入地下，动于云中，二龙相碰，震也。震为雷，雷能震动万物，惊起万物。玉石谷已惊雷滚滚，万物归位，留给你的时辰不多了，错过了这次机遇，你再能见到这么多的玉器，已不可能了，就是有，那还要看你的缘分了。"

四儿忙睁开眼，脚下的地面上并没有那两只春秋和战国玉龙，可是耳畔却传来了那隆隆的雷声。

四儿听到雷声，顾不了那么多了，急忙拿起了宝纸，专挑他喜爱的玉佩饰印了起来。四儿印了这块，又印那块，似有人在暗中帮助他，刚印好一块玉佩，才把宝纸掀起，宝纸下的玉佩就不翼而飞，待他拿出一张新的宝纸，再低头细看，又一式样的玉佩静静地躺在了桌子上，好像有人给他把印完的玉佩拿走，换上个没印的玉佩并把它放在桌子上，就等四儿换宝纸印就行了。

四儿也顾不了那些了，反正省了自己的功夫，就只顾取纸低头狂印起来。说来也怪，每一件玉佩饰都是四儿喜欢的，如自己挑选的一样。

这真是：玉石谷内雷声响，四儿赶印玉佩忙。

自从四儿走了以后，玲儿整天牵肠挂肚，茶饭不香，日见消瘦，她担心四儿哥在路上的吃、住、行，没人照料，是不是饥一顿饱一顿？晚上是不是有住的地方？给四儿哥的那点零用钱也不知道他舍不舍得用？总之，细心的玲儿把没有考虑的地方都考虑到了。

一天傍晌午时，玲儿给爹爹做好了饭菜，就等爹爹回来吃饭。在等爹爹时，玲儿倚坐在院里的那棵梧桐树下，手拿绣线，在给四儿哥，也是给自己绣二人用的枕头顶。玲儿在默默地准备着自己出嫁时的嫁妆。想到那美好的未来，玲儿的脸上涌上了一抹淡淡的红晕，少女那特有的娇羞如一块红布，遮盖了玲儿的脸庞。也那怪，想到情深处，心如小鹿般跳动，似有无数只眼睛在窥看着自己，好像在指责自己——没羞，谁家的大姑娘大白天的想夫，又不是夜深人静处……

"唉——"玲儿长出了一口气，最难熬的是那长长的夜，情到最深处，是否能与四儿哥共享那长夜花烛？玲儿想到这里，放下了手中的绣品，双掌合十，对天，对着自己倚靠的梧桐树祈祷："上天啊！大树！玲儿诚心诚意，真心真意爱我的四儿哥，快帮我接缘吧！下壁呀，你在哪里？师傅啊，快帮帮我！"玲儿连连祈祷了三遍后又恭恭敬敬地向着那浩瀚的长空，向着那粗粗的梧桐树叩头。玲儿才叩头毕，只听的梧桐树枝一阵"哗哗"的响，定睛看去，粗大的梧桐树似乎在抖动，树枝的"哗哗"声瞬间即逝，一切又恢复了平静。

玲儿见状心想：梧桐树啊！梧桐树！你难道懂得我的心？

玲儿想的，并非偶然。近来，尤其四儿走后，玲儿想四儿哥，想到情深处就搬出古琴，弹曲向着长夜倾诉，那悠扬的琴声，就着月光，就着微风，四散开来，飘向远方。玲儿坚信：她用心弹出的琴音，远行的四儿哥一定能听到。既当爹又当娘的玲儿爹，眼瞅着闺女的消瘦，又着急又上火，每当夜深人静听到女儿房中传出的琴声，爹的心就不平静：闺女大了，不能长留家中。四儿这孩子看来跟玲儿挺般配，玲儿好像已看好了四儿，这么长此下去也不是事儿，倒不如当初叫玲儿跟四儿一起回去认认门，如果四儿娘看好了玲儿，咱就订下这门亲。明天我就找人帮着把这棵梧桐树伐倒，破出木板来好给玲儿做一对板箱，再给玲儿把那个琴修一修或给她再做一张新琴……玲儿爹在玲儿的琴声中睡着了，带着那甜甜地笑，他梦见了自己抱上了外孙孙。

琴声夜夜不断，玲儿爹的梦也一夜夜地做下去。

这一天早晨，玲儿爹吃完了饭，出去找人，就要把夜中的梦想变为现实。

可是爹从早晨走了到现在还没回来，玲儿不免有些着急。玲儿等爹爹，一边绣着枕头顶，一边想着四儿哥。正想间，忽然大梧桐树抖动了几下，玲儿觉得奇了，正在独自嘟囔着，忽然觉得从房脊上方一团黑影斜斜地飞向梧桐树，玲儿忙抬头寻找那团东西，玲儿的眼睛还没定准，一阵她好长时间没听到的"咕——咕——"声传入她的耳朵里。

"小雄喜！"玲儿惊喜地叫了起来。

"咕咕——咕咕——"雄喜在梧桐树上点头应着。

玲儿忙放下手中的活儿，双手掌心向上并在一起，向前伸去。

雄喜"嗖"的一声，稳稳地落在了玲儿的双掌上，尾朝外头冲着玲儿，瞪着一对滴溜圆的眼睛，看着它的主人——玲儿。

"想死我了！"玲儿低头亲了雄喜一下。

"咕咕——"雄喜叫着。

"四儿哥呢？"玲儿问雄喜。

"咕咕——咕咕——"

"我问你呢！"玲儿冲着雄喜又追了一句。

"咕咕咕！"雄喜作答。

可惜玲儿听不懂鸟语。

玲儿醒悟：我的话雄喜能听的懂吗？管它懂不懂，玲儿我今天可找到主了，一肚子的话向着她喜爱的小鸽子倾诉："自从你们走后,我就没吃过一顿囫囵饭,喝过一口顺畅水,也不知白天走到哪儿?晚上睡在哪儿?四儿哥瘦没瘦?荒郊野岭的可千万别碰见什么!二月初九前能赶到家吗?四儿哥晚上睡觉时也不知肚子上盖不盖件东西?四儿哥肚子怕凉,自从四儿哥迈出我家,我就没睡过一次好觉。你瞧瞧我,我真是日思夜想人憔悴,你看看我的脸都瘦成啥样了……"玲儿对着小雄喜数落着。

雄喜偏着头瞪着眼,嘴里也不咕咕了:这哪是想我?这分明是想你的四儿哥,没出嫁的大闺女,日想夫夜想郎,没羞!雄喜一蹬腿,飞向房脊,稳稳地落在了上面:我才不听你以我为借口想男人,不怪你瘦,大闺女夜深人静想男人夜难熬,劳心、费神、熬心血,还能不瘦?雄喜又飞了下来,这一次它落在了玲儿的肩头,用嘴轻轻地啄了两下玲儿的脸又飞向房脊。

玲儿见雄喜又飞向房脊,脸"唰"的一下飞红,忙用手捂那滚烫的脸,嘴里骂道:"你这个小东西,成精了!"话音刚落,那热脸蛋又被雄喜啄了两下,这下可好,大晌午的借鸟想夫,脸往哪儿搁?玲儿弯腰拾了个泥块,向房上的雄喜抛去,嘴里念叨:"我叫你羞我!"

正这时,玲儿爹推门进院,见状问玲儿:"谁羞俺闺女啦?告诉爹,爹揍他!"

玲儿一见爹,又听爹问自己,刚刚才消的红晕又泛于脸上,撒娇地跑向爹,把头倚在爹的胸前:"是雄喜,爹——"话一出口,串泪珠的线儿断了,眼泪"刷!刷!刷!"地往下掉,像受了多么大的委屈似的,倚在爹的怀里任相思的泪儿尽情地流。

"甭哭,甭哭,爹打它!"玲儿爹抚着玲儿的头,泪也流了下来。只从玲儿娘过世后,玲儿爹既当爹又当娘,虽然家里并不富裕,但靠自己的手艺,养活玲儿还是过得去的,乡亲邻里看他拖个孩子过日子,又得做饭又得洗衣不容易,就撺掇着想给他再娶个女人,可玲儿爹说什么也不同意,他就怕后娘来了给玲儿气受。

每一次媒人说合,玲儿爹总是一句话:"等玲儿长大了,有了婆家再说。"就这样一拖再拖,可也真的把玲儿拖大了,自己的事是小,玲儿的终身大事可是大事。每次外出做工他都把玲儿的终身挂于心上,给玲儿寻觅个好人家、俊后生。可这次偏偏来了个四儿,看长相、品人品,四儿都不错,听四儿介绍自己的身世,觉得和玲儿也算门当户对。察言观色,闺女对四儿也是相中了,可闺女大了,有些话不便对爹说,要是玲儿娘在就好了。闺女对娘掏心窝,什么话都能说,当爹的就不行了,当爹的心粗啊!这不,四儿才走了几天,心肝宝贝闺女就瘦了,照这么下去,可怎么得了?想到这儿,老泪也不免流了下来,玲儿长这么大,他总觉得没照顾好玲儿,当爹的内心总是感到愧疚。

这不,玲儿一哭,直揪当爹的心。玲儿爹一手抚摸着玲儿的黑发,一手擦着玲儿脸上的泪，嘴里直说："莫哭莫哭，爹找人伐树破木，给你做箱做琴，雄喜在哪儿？它不是跟四儿走了吗？"

哭着的玲儿，听爹这么一说，手一指房脊："雄喜在那儿！"可马上想到，爹说的也是，雄喜怎么自己回来了，爹不提醒，我还忘了呢！

"爹，快吃饭吧！都凉了，我去热一热。"爹爹的提醒，打断了玲儿的情思和那委屈的泪水，她哈腰拾起了针线笸箩，一手端着，另一只手搀着爹爹的胳膊往屋里走，边走边埋怨道："饭早就做好了，您也不回来吃，饿过劲了怎么办？到老了没个好身板，我可不伺候您……"

玲儿爹一听乐了，伸出右手食指一屈，轻轻地刮了下玲儿的鼻子，笑道："反正闺女大了，该去伺候应伺候的人了，爹自有后路，不行了找你娘去，叫你娘伺候爹。"

玲儿一听忙伸手掩住了爹的嘴，嗔怪道："爹——"

玲儿的话没等说完，玲儿爹看玲儿的举动和表情，心里那个乐啊，忙应道："好！好！好！爹叫你伺候一辈子，给你当个老嫁妆，一起嫁到四儿家！"

爹的话一出口，玲儿满脸飞红："爹——"

父女俩各自心中甜蜜蜜地进了屋。

第二天，爹找的人都到了，并扛来了一张大拉锯。爹郑重其事地让玲儿在大梧桐树下摆上了平时吃饭的那张饭桌，饭桌上一只香炉，一碗老酒，待帮忙的人到齐后，辰时中刻的时候一到，玲儿爹焚香三柱，恭恭敬敬地插于香炉中，口中念念有词。面对着一搂多粗的梧桐树，他道："当年为了玲儿，栽下了你，年盼月盼，盼你长大长粗，今年看你已到了可用的时候了，做东西够料了，把你伐了，来年春，你再发一棵，我再好生侍养，永不动你，让你永享阳光雨露。"言毕，恭恭敬敬地磕了三个响头。

你道玲儿爹为何在树前又念叨又磕头？原来这棵梧桐树已长得够材料了，玲儿爹就想把它伐了，他找人算了算，那个懂阴阳八卦的人告诉他，某月、某日、辰时可伐此树。辰时正是群龙行雨的时候，伐倒大树，借群龙行雨时，得甘露天雨，伐倒的大树根旁，来春定能再发一枝，一年可遮阳，二年可遮雨，切不可过了时辰。

玲儿爹照着那个人说的做了，学着那个人教他的话，说了一遍。看三柱香渐渐燃尽，便指挥两个帮忙的邻居，手持大拉锯，在树根处比量开来。两个邻居，都是膀大腰粗的四十年纪的壮汉，一左一右地蹲在了树旁。那张拉锯，一尺半长短，薄薄的钢板上，利齿个个如刃，极其锋利。那两个壮汉听玲儿爹的吩咐，把那锯上的利齿对准树根离地半尺处，"哧"的一声拉了下去。随着两壮汉一扯一拽间，钢锯上的利齿已入木三分。

突然间，梧桐树枝哗哗作响，玲儿爹和其他的几人都愣愣地看着这棵将被伐倒的大树，两壮汉也丢下了手中的锯也站了起来，跑到院中央，加入了其他人中间,望着大梧桐树在发愣。大梧桐树枝响了一会儿后,就见树干前后左右地摇晃开来,摇着晃着,就听"喀嚓!"一声,梧桐树齐刷刷地从根折断向院门口倒去。

玲儿爹一见不妙,忙向众人喊:"快向院外跑!"

待到众人跑出院外,回头看时,就听"咕——咚——"一声闷响,那棵大梧桐树头冲向院门口,已平平稳稳地躺在了院子里,细枝绿叶铺满了整个院子。

玲儿给爹在院中摆上饭桌后,就进屋为来帮忙的邻居准备饭菜去了。梧桐树发出的哗哗声,也惊动了玲儿,待玲儿跑向屋门外向外望时,那棵大树已躺在了院子里。看着已倒的大树,玲儿不免有些伤感,毕竟是她一手伺弄大的。爹要伐树时曾跟玲儿说过,玲儿不同意,玲儿宁愿不要板箱不要琴,也不让爹砍这棵大梧桐树。

有天晚上,玲儿翻来覆去睡不着,她就索性把古琴搬到了树下,弹奏一曲。在玲儿的指尖下那婉转悠扬的琴音,袅袅缭绕飞升,化作一个个伤感的音符飘进人们的耳中,让听者无不为情女而感动饮泣。弹着弹着,玲儿又想到了那只下璧,没有下璧,就是思断了肠,也决难与四儿哥结缘、成亲。

"鸳鸯佩的下璧啊!你在哪里?"想四儿哥到深处,玲儿手下一用劲,"当——"的一声,一根琴弦断为两截,随着"当啷啷"一阵琴弦的余音过后,院内一片寂静。

玲儿双手抚于琴上,泪珠儿掉了下来,正当玲儿的泪珠儿成串掉落时,玲儿好像听到身后有一个声音:"姑娘,你找的鸳鸯佩下璧在我怀中,听爹的话,来年我还是我。"玲儿忙扭头向后看去,什么人也没有,只有那棵高高的梧桐树。

玲儿"唉"地叹了一声,心想可能想四儿哥想的,想鸳鸯佩下璧心有所至,出现了幻听。深更半夜的,哪里有人?玲儿抱琴向屋里走去,正在她一脚门里,一脚门外时,那个声音又在身后响起:"怀中揣下璧,伐树就在即,一切命中定,姑娘莫叹息!"玲儿忙转身向后望去,什么也没有,漆黑一片。这一次玲儿听得清清楚楚,她知道之前并非幻听,是真的,真有一个声音在告诉自己,难道鸳鸯佩下璧跟伐树有关……玲儿回屋后,一直没睡,她一直在琢磨:下璧在谁的怀中?叫听爹的话,可我什么都听爹的,只是爹要伐这棵大树,我不同意,难道鸳鸯佩下璧和大树有关?就听爹的吧!一切都是命中注定。从那晚以后,在伐树的事情上,玲儿服从了爹爹。

邻居和玲儿爹见大树倒了以后,愣了一会儿,愣归愣,可没用大家动手,大树倒地,也省了大家不少力气。玲儿爹和来的几人都说是神助,忙对着倒在地上的大梧桐树,磕头谢礼,礼毕踏着碎枝绿叶向屋内走去。

少顷,玲儿做好了几个菜,爹和来帮忙的人坐下吃菜喝酒,碰杯换盏,商量着余下的事儿。

正在众人喝酒吃菜间，晴空万里，忽从东北方飘来一团乌云，乌云没到雷声响起，隆隆的雷声渐远渐近。这雷声正是从玉石谷方向传来，是四儿惊动了春秋战国之龙，雷起云涌。远隔千万里的玲儿爹恰在此时拉锯伐树，辰时群龙行雨时，借雷而起，雷声渐弱大雨起，随着乌云遮上空，豆粒大的雨滴劈头盖脸地"哗哗"下了起来。

辰时已过，突如其来的大雨渐渐地停了下来。突然一道闪电如在玲儿家的地下蹿起，直刺长空，接着"喀嚓！"一声响雷，随着那闪电的余光，又轰轰隆隆地向东北方向滚去。

正手持酒杯向众人敬酒的玲儿爹，听雷声看雨滴，半天没回过神来，他心里清楚，真叫那个看卦的人说中了。玲儿看爹爹时，只见爹爹张着个嘴，像要说话，手持酒杯的胳膊在半空中，似木头人一样地钉在了那里，吓得玲儿忙不迭地直叫："爹——爹——爹——"半天玲儿爹才回过神来。

第二天，天清气爽，玲儿早早地就起来了，她把摔掉在院子里的断树枝、绿树叶都收拾在了一起，堆在了院外的墙边，整整一大堆。待到玲儿再拿起扫帚想把大梧桐树干跟前的地儿扫一扫时，似乎觉得有些异样，玲儿又顺手拿扫帚把躺在那儿的大梧桐树干扫了一遍，不扫则已，只这一扫，扫帚刚抬起，玲儿就听"咯吱咯吱"一阵响，躺在玲儿脚前的大树干已一分为二，齐刷刷地从中间劈开了。玲儿眼看着这棵树干的变化，已不知所措，待她稍稍地回过神来，只见裂开的树干中心处，一样亮晶晶的东西抓住了玲儿的眼神。太阳已经升起，阳光洒满大地，院内一片光明。也许是阳光照的吧，玲儿揉了揉眼睛，手抬起，那个东西却更加明亮耀眼，直刺玲儿的双目。玲儿丢掉扫帚，弯腰伸手去拿这个刺她眼睛的东西。

玲儿爹因昨天伐树的事，多喝了几杯，今天早晨本是在那儿酣睡，不曾想一阵"咯吱咯吱"的声音把他搅醒，他爬起身从窗向外望去，什么也没看见，他喊了两声玲儿，没有玲儿的应声，便披了件褂子，趿拉着一双玲儿给做的布鞋，紧忙向外走去。

爹喊玲儿时，玲儿在那棵树干前还没回过神来，任凭你喊破了嗓子，她也听不到半点声音。

爹出来一看玲儿站在那儿，心也放了下来，看看院子里扫得干干净净，又看玲儿弯腰去拿什么，也不由得顺玲儿的手瞄了瞄，只这一瞄，玲儿爹也不由地急步上前，这是个什么东西？在那儿发光？好好的大树，怎么平空裂成了两半？

玲儿伸手拿起了这件玩意，刺眼的光顿时没了，手里凉凉的。玲儿爹也恰在这时站在了玲儿的旁边，急问："玲儿，是个啥东西？"

"爹，您看！"玲儿一伸手把才抓住的这件发光的东西递给了爹。

玲儿爹忙双手接住，捧在手掌里端详，这是个啥东西？凉凉的？

"啊！"玲儿爹正看间突然发了一声。

"爹，怎么啦？"玲儿听爹"啊"了一声，忙把头转向了爹爹。刚才玲儿姑娘还没看清手里抓了个什么东西，就顺手递给了爹，完后，她又把目光在抓过的树干上搜寻着，低头又在刚才抓东西的地方，拾起了一件东西。

"你快看，怎么像四儿身上带的那块玉。"玲儿爹招呼着玲儿。

"爹，您看！"玲儿把刚才拾到的东西递给爹看，顺手接过了爹手里的那个物件。

正如玲儿爹所说，这个物件像四儿身上所带之玉。玲儿拿在手中，浑身已经颤软无力，一腚坐在了地上，泪流满面口中喃喃着："爹，是四儿哥的，是他的！"

其实，这块玉并非是四儿身上带的那块，因为太像了，玲儿爹根本分辨不出来，而玲儿心里最清楚：这就是她日思夜想的那个玉璧的下璧，原来她竟藏在树中。她刚才拾起的那个东西，就是师傅借她包玉的白绸子鸳鸯戏水荷叶手帕。那时她只见师傅从玉海中抓了件玉包在了手帕里，并不知是什么东西。玲儿要想得到自己心仪已久的四儿哥，必须得到鸳鸯佩的下璧，才能有缘和四儿哥成亲。如今玲儿得到了，她喜极而泣，并直白地告诉爹：是四儿哥的，是他的，她说出了自己的心声。玲儿爹还以为闺女在说玉，岂不知，养大的女儿自己在说自己，闺女大了外向啊！玲儿爹却不知。

聪明的玲儿记起了那天半夜她听到的声音：怀中揣下璧，伐树就在即，一切命中定，姑娘莫叹息！这不是树神在告诉自己吗？可自己还不知。

玲儿爹手拿闺女递过来的手帕，看着玲儿在自语："这不是你绣的手帕吗？给我干啥？"

玲儿爹不懂，也不明白这天定之妙，他只是望树在想：是那道闪电，是那个炸雷，把树劈成了两半，我倒要看看来年这棵大树旁边是不是还能发出一棵？

玲儿得到的这块玉，正是四儿在师傅处，被师傅作法，碰碎的那块鸳鸯佩的战国时期镂雕蟠龙谷纹玉璧的下璧。鸳鸯佩的上璧正拴挂在四儿的脖子上。两个含苞待放美丽如花的闺女，都想得到四儿，但都听四儿讲：师傅说过，日后如有人持鸳鸯佩的下璧与你的鸳鸯佩的上璧相合，持璧之人方可娶其为妻。

你道玲儿为何瘫倒在地，得到了鸳鸯佩的下璧而大哭不止？自己日日想得到的东西，无缘不得，而真正得到时，原来就在眼前，是缘到也，她大哭；她与从小在一起要好的娥子姐，为了个四儿，两个知己，心已分离，都想得到鸳鸯佩的下璧，而自己得到了，没得到鸳鸯佩下璧的娥子姐会怎样？她大哭；她要持鸳鸯佩的下璧去找四儿哥，对上心爱人的鸳鸯佩上璧，相思已久，相聚在即，那情，那景，她要深吻她的四儿哥；她很久没有叫娘了，她又有了娘，她大哭。

雄喜在哪里？我要找雄喜！哭着的玲儿站了起来。

是啊！雄喜不是跟四儿哥走的吗？它怎么回来了？四儿哥到家了吗？她要写信让雄喜捎给四儿哥，她要告诉四儿哥，原来师傅用自己的手帕包的就是四儿定亲的信物，是师傅让黄玉凤把玲儿日思夜想、定四儿终身的蟠龙谷纹玉璧，藏于梧桐树干中。天天看日日瞅的梧桐树啊！玲儿想煞了个信物，却在其中而不知，今日缘到物显。四儿哥，我要侍奉娘，侍侯你一辈子。快让雄喜把信捎来，我要找寻你，我要到你家里去，我要去看娘……

梧桐树倒地时，雄喜被吓飞了，紧接着那雷、那雨、那闪电，雄喜又被震醒了，它要飞到四儿跟前，完成它还没完成的事情。这不，雄喜听到了玲儿唤鸽子的咕咕声，它要向它的女主人告别，去追女主人称呼的四儿哥。

玲儿正抬头张望，不知雄喜从什么地方"嗖"的一声飞了过来。玲儿双手并拢向前一伸，雄喜稳稳地落在了她的双掌上，玲儿伸嘴亲了下雄喜，嘴里道："你个小精灵！"

"咕咕——咕咕——"雄喜圆瞪双眼点头致谢。

玲儿手擎着雄喜回到了屋里，磨墨提笔给四儿哥写信一封。信中把对四儿的思念、牵挂，爹要伐树，如何得到鸳鸯佩的下璧……总之，把四儿离开她后，自己所思、所想和所发生的一切都记于信中。末了嘱咐四儿，见信后请雄喜快些捎回回信，她要急于见四儿哥，见到娘和姥姥。最后玲儿连写了三个"切！切！切！"落款添上：玲儿向娘、姥姥跪拜叩首。

写完信后，玲儿把信纸折叠好，用绣花的绿丝线绑在了雄喜的腿上，并给雄喜喂饱喝足，向四儿走的方向撒手抛去。只见雄喜借玲儿上抛之力，"咕咕"两声，蹿向蓝天向远方飞去。

邻居们是要过来帮忙的，因还没等伐树树就倒了，这也就罢了，偏偏在吃饭喝酒时，晴空万里，偏就来了乌云下起了大雨，晴空、霹雷、闪电从地起。帮忙的人齐呼，神明在暗中助玲儿家。邻人的话一传十，十传百，男人传婆娘，婆娘传妯娌，好家伙，只十二个时辰，就传遍了全村。

第二天吃过了早饭，玲儿家已被堵得严严实实，里三层外三层的都是乡里乡亲。梧桐树干被劈，里边还藏了块玉，那简直就神了。凡是来看热闹的人都争着拥着要看已被玲儿拴在脖子上的那块玉。

来看热闹的人说什么的都有，有的说是真的，玲姑娘有福，天赐宝玉；有的说是玲儿爹栽树时放进去的，他是个木匠，什么活儿不能做；还有的说，谁亲眼见了，那是在编故事。只有那几个帮忙伐树的邻人，认为是真的。从玲儿爹叫他们来伐树起所发生的一些事，令人不可思议，叫人费解。单从那劈开的树干，一晚上玲儿爹一个人是干不了的，再加上树干里留下的玉佩的痕迹，就像七月七牛郎织女在天河上相会，人们用果卡子搕面果果一样，那模子里没丁点儿刀凿斧剁的印儿，那树干上留下的印和玲儿带的玉佩一模一样。

有人问玲儿是真的吗？从不说谎的玲儿只笑不答。问急了，玲儿笑曰："你认为是真就是真，你认为是假就是假。"

娥子当然也听说了，她吃完了早饭也想到玲儿家去看看，但又不想去，她的内心是矛盾的。自从四儿来道别，被她一盆凉水泼于其身起，她的内心受着深深地煎熬：好端端的四儿被玲儿抢跑了。自己真心实意地对待着四儿，偏偏四儿心变了，还编出什么鸳鸯佩的故事来，还说非得有鸳鸯佩的下璧才能有缘和他成亲。明明是心变了，跟玉佩有什么关系？强词夺理，净蒙人编瞎话，我都看到了，还胡说八道……

恨归恨，娥子也常常牵挂着四儿，不知他现在到了哪儿？风餐露宿不容易，他还能不能回来？真的有下璧吗？她又记起了四儿临走时跟她说的话：师言不可违，为师之言，我不能不听。娥子姐，你只有找到鸳鸯佩对璧的下璧与我戴的上璧相合，我俩才能结姻缘，不然难成夫妻。想到这儿，娥子"唉"地长叹一声，难道这是命中注定？四儿不是编瞎话，说的是真的？四儿的师傅并非一般凡人，听四儿讲他要见都很难，要是能亲自见到四儿的师傅，就问一问，这是真的，还是四儿变了心……

娥子想不去，可又忍不住，但发生在玲儿家的事被传得神乎其神。一个小山村，平日里也没什么稀罕事，无非张家长，李家短。村东头谁家娶媳妇，村里没有不随礼的；村西头谁家添孙子，全村都去讨喜蛋吃。几乎谁家的事也瞒不了谁家，更何况玲儿家的事，可以说是全村人的大事，上了年纪的人，也没曾听说过：大树没伐自倒。

内心矛盾的娥子梳洗完后，也径直向玲儿家走去，看看玲儿家院子里那么多人，就站在门口往里瞧。她本想是看看那棵树，却听人说什么树里劈出个玉佩来，是戴的，事儿越发稀奇了。娥子探头往里瞧，果不其然，玉佩戴在玲儿的脖子上，玲儿正向人们说着什么。人多话多，娥子没听清，她使劲地往里挤了挤，她想看清戴在玲儿脖子上的玉佩是个什么样的东西。

玲儿正和好奇的邻居们讲着，唠着，一抬头，她看到了往里挤的娥子，忙迎上去，甜甜地叫了声："娥子姐，你也来瞧热闹啊！"

娥子"嗯"了一声，"人家都说你家出了稀罕事，我才过来看看。"心里话没有说出口：要不，我才不来呢！

话是这么说，娥子禁不住盯着玲儿胸前戴的那块玉佩。这块玉佩太熟悉了，跟四儿戴的太像了。只不过四儿戴的大半圆玉佩的中下部似有一个张嘴抬爪的动物，听四儿说那是古代的龙，玉佩上是粒粒饱满凸凸的东西，整个玉佩晶莹中透着油脂的光，体态滋润，精光内蕴，并带有道道血红的颜色，如鸡血洒在了洁白的雪里般红白分明，令人清新刮目。看着看着，娥子禁不住伸手托起了玲儿戴的玉佩，她仔细地端详起来。戴在玲儿脖子上的这块，从颜色到玉佩上

那粒粒凸起的东西上看,跟四儿戴的是一样的,白玉里也有道道红色,只不过在大半圆玉佩的中上部雕了个没头的动物,大半个身子上带着一半尾巴两只脚,也是透亮的。其实那是战国玉佩中的高超琢玉技法,名为镂空雕,只是娥子不知道而已。

玲儿见娥子托起了自己胸前的玉佩,她什么也没说,本是不想叫娥子知道,谁知她今天也跑了过来。自从四儿走后,玲儿到娥子家两趟,娥子都说身子不舒服,躺在炕上没怎么搭理玲儿。玲儿心里明白,娥子姐是因四儿而假称有病不理自己。去过两趟之后,玲儿也觉得有些尴尬,因四儿哥的事,两人从小结成的姊妹情没法处理,也就不去了。今天娥子的到来,出乎玲儿的预料。

娥子手托玉佩,突然间两眼恍惚起来。娥子在恍惚间,好像看到了从外飞进来一个黑影,这个黑影径直飞向她托的玉佩,娥子使劲摇了摇头,眨了眨眼,"啊!"这竟是四儿戴的那块,两块玉佩就在娥子的眼前、手中并为一体。

娥子自从看到玲儿亲四儿一直到四儿走后,她就像没魂的人一样,干活儿丢三落四,吃不好睡不好,一会儿想这,一会儿想那,但更让他挂心的还是四儿和四儿说的下璧,她整个人消瘦得脸上没一点血色。

她明白了,她跟四儿无缘,四儿说的是真的。但她心不甘,有气无力地问玲儿:"妹子,你跟姐说实话,这块玉佩真是从树里劈出来的吗?"

玲儿扶着娥子,点了点头,没有说话。

"妹子,你看我手托的这个玉佩是整的吗?"娥子问玲儿。

玲儿摇了摇头,说道:"娥子姐,你可别……"玲儿的话说不下去了。

玲儿不忍告诉从小一起长大的邻家姐姐,但为了自己的终身大事,又不能不说,为了同一个爱着的男人,玲儿哭了,她哽咽道:"娥子姐,这是下璧呀!"确实,戴在玲儿脖子上的并非整个的鸳鸯玉佩,只是一半,而娥子此时此刻看到的,的确是整的,完好无损的鸳鸯佩战国白玉谷纹镂雕蟠龙璧。

"好妹妹,那再替姐看仔细,是一半吗?"娥子此时已觉双腿无力,倚靠在玲儿身上。

玲儿已泣不成声,断续地说道:"好姐姐,真的是一半啊!"

此时的娥子怎么看都把这块半璧看成了整的了。看着看着,她忽然心中一动,她明白了,这是天定物显,自己和四儿真的无缘。

突然,娥子的脑中出现了一个声音,像似自己的声音,但又觉得有些陌生,仔细听来确实是自己的:"不!我非你不嫁,我等着那一天,要是真有什么鸳鸯佩的下璧出现的那一天,不是我的,我要出家为尼,与你永不相见!"而且声音越来越大。

"老天爷啊!"娥子声出,人已昏了过去。

"娥子姐!娥子姐!你醒醒,醒醒!"玲儿扶抱着娥子,哭声悲切地和众人把昏过去的娥子抬到屋里玲儿睡的炕上。

娥子被人送回了家，从玲儿家的炕上被抬到自己家的炕上，娥子一直没醒，整整昏睡了三天，可把家里人吓坏了。在这三天里，娥子做了个长长的梦。

梦中，娥子似到了一个什么地方，好像一座庙宇，又好像一个尼姑庵。娥子环顾四周，此庵坐落在一片绿树香花之中，娥子径直来到庵前，正想问问此为何地？这时庵内传出叮咚作响，轻轻而又婉转悠扬的绵绵之音，其中间伴着"咚咚"轻敲的木鱼声和叮叮作响的铜佛铃发出的清脆悦耳的袅袅仙音。这声音令娥子那烦躁焦虑的心一下子平静了下来。娥子不由地站定了下来，倾耳细听，这声音似山泉，如流水沁入她的心田，娥子深深地吸了口气，她要把这声音吞入肚中，永留体内。慢慢地，她觉得浑身极度的舒畅，自从四儿走后，那紧绷的神经和肌肉，此时此刻一下子放松了，松到娥子如入仙境，身体慢慢地飘升，忘掉自己忘掉自我，甚至忘掉了病痛和生与死。

她想进庵看看，这是些什么人？能奏出如此美妙的音乐，使人留连往返，忘掉烦恼，身心轻松，令她追寻。她想如果能到这里来，这将是自己的人生之幸，什么四儿不四儿的，让他走自己的路吧！

正要推门进入庵内，庵门却不推自开，内里走出一慈祥的老尼，左手持拂尘，右手竖于胸前，头微低道："姑娘，你到了。"

娥子大惊，老尼似乎知道自己要来，忙弯腰施以玲儿教的礼法，低声道："敢问师傅，这是什么地方？内里为何传出如此美妙之音？"

老尼答道："此乃梵静山清虚庵，这里将是你的归宿，你听的仙乐福音，是你的师姐妹们做功课时所奏。"

"我能进去吗？"娥子听后问。

"你还得几日，到时我会去领你的。"老尼告诉娥子。

"我现在就要进去见见我的师姐妹。"娥子径直向门里闯去。

老尼见状，伸右手推向娥子："万事大半天早定，何必三更费心肠，缘到、心到、人自到。"

娥子只觉得老尼的手力奇大，又用力顶了一下，这时只见一道如冬寒之时的冷气直逼向自己，"啊"的一声，娥子跌倒在地，头上豆大的汗珠如水滴。

守护在娥子跟前的家人见娥子睡了整整三天，任凭你喊你摇就是不醒，这可急坏了家里人。正当家里人商量到哪里请郎中来看看娥子得的是啥病时，却听睡觉的娥子"啊"了一声，待家里人定睛看时，却见娥子爬了起来，多日不见的笑容挂在了脸上。

家里人长吁了一口气，娥子如无事般地坐在炕上嬉嬉笑。少许，有人说了一句："娥子怕是得了什么病吧？"其实，娥子心里清楚：自己得没得病心里明，她要等梦中老尼的到来。

再说被玲儿放飞的雄喜，带着玲儿的心与牵挂，向玉石谷飞去。

在玉石谷中，玉石作坊里，美玉连连，美不胜收，简直把个四儿看花了眼。这里有夏朝的七孔大玉刀、商朝的俏色玉鳖、西周的一面坡粗细阴线镂雕玉器和春秋战国玉舞人的精美绝伦的铜镶玉。秦汉玉器的自由奔放，尤其是汉朝极其高超的高浮雕和圆雕，以及著名的汉八刀玉蝉和玉佩饰上的细阴线游丝毛雕手法，令四儿叹服和崇敬。四儿瞬间脑中都曾闪现过：我要是生在那个时代该多好，我就去学玉琢玉，虽然身死，但被琢之玉永留人间，这就是人生之大幸。想归想，但不是现实。四儿明白，能遇见师傅，能到玉石谷来，已非常人所能，四儿知足了。

四儿看隋唐时期的玉器，那刀刀宽而有力的阴线刻和浅浮雕，那栩栩如生的花、鸟、人物，那动感非常的飞天，无不充满着浓郁的生活气息和无限生机。师傅给他讲的三国两晋南北朝却没有什么特别的玉器让四儿欣赏，四儿感到些许的遗憾。那时战争连年，社会动荡，民不聊生，琢玉处于最低潮，战争严重影响了琢玉业，以至于师傅讲玉讲到这里，四儿感叹道："人来到世上不容易，为何起战争？百年之后都作古，留下的是骂名和笑谈，天还是那个天，地还是那个地，江河依旧，太阳照出，人们啊！为何这般？"

四儿感叹归感叹，他永远不懂人们的占有欲，人们的内心世界并非一般，不怪师傅说四儿生了副软肠子，以玉看世人。

那宋元时期高超的线刻、浮雕、镂空、圆雕的玉器和那个渎山大玉海太让四儿感动了。还有乾隆爷亲自督造的大禹治水玉山子和本朝的一些玉器简直是集精、美、神于一体，明朝的陆子冈，雕琢的玉器更是精美异常，美轮美奂，难怪万人之上的乾隆皇帝竟也爱玉成癖，赐诗作赋，咏玉赏玉。

那远古之玉器的古朴雅拙到秦汉时的粗犷豪放之神韵和唐、宋、元、明、清时的精巧玲珑，琢玉之手法可以说千姿百态，集万般工艺于一体，千般神韵于一身，亘古永恒的玉器制作登峰造极。那高超的技艺，令四儿热泪横流。这是发自内心、情不自禁的泪，四儿控制不住。四儿滴滴泪珠谢古人，谢大师，以至于忘了他在玉石谷里干什么了。

一个声音在不停地催促他，爱玉的四儿，才猛然想起，他紧忙又印了起来，他尽挑他喜欢的印。时间在一点点地前进，四儿已忙得满头大汗，他看了看那渐渐撂起来的已印好了的玉谱，心里那个乐劲，直冲头顶。他放下了已拿起的玉佩，这只玉佩太好了，只是没纸了，不能印了。四儿心想，这么一撂纸，怎么一会儿工夫就印完了，我得数数有多少张，他就一五一十地数了起来。

四儿整整数了两遍，一、二、三、四、五……八十八、八十九……九十八、九十九，怎么是九十九张，师傅不是给了一百张吗？加上自己画的玉舞人和与玲儿一起手叠手印的子辰佩正好一百张。四儿记得清清楚楚，他从师傅处取回时，玲儿数过，应该是九十九张空白纸，可怎么就差一张？唉！这只玉佩太好了，四儿环顾四周，好玉器无数，怎奈手中无剩纸。

"唉！"要是有更多的宝纸该多好，把它们统统都印下来，留传给世人。"啊！"的一声，四儿想起来了，是自己内急时用了一张。那天老爹领四儿进玉石谷看琢玉坊，辟谷辟的四儿肚子疼，喝溪水后，肚中秽物急出，四儿慌急中打开包袱取出一张宝纸就直奔那林中野草矮少处，一阵方便之后，肚子是舒服了，只可惜了那张宝纸。

又说了，四儿放下那只玉佩，是诸多精美玉佩中的极品，四儿说她太好了，你道为何？原来那是只生于亿万年，成于春秋战国早期的一只上等和田黄玉籽料雕琢而成的龙凤玉佩饰。这只玉佩黄艳浓烈，为黄玉中之上品，油脂感极强，用手一拿油渍渍的，似稍一用力就能捏出黄油一般，真是体如凝脂，油油的如软似酥，滑滑的如蜡似糯，原来她是黄玉中最为名贵的品种——鸡油黄中的黄中王。

黄中王玉，据传自古至今在周代只发现一块，体重如鸡，后世再不得见。当时所说的鸡，究竟有多重？是家养百天的公鸡仔所长之重，还是一年长的公鸡的体重，后人不得而知。总之她是世间唯一的一块黄玉之王，少又少，可以说是黄玉之孤品。

这块宝玉来自遥远的昆仑山北麓"西王母"的领地，当年西周穆王带着大批兵勇来到西域，寻找宫廷用玉。那是一个母系氏族社会的王国，统领这个王国的是赫赫有名的"西王母"。周穆王的到来，令西王母大喜，她陪周穆王游览打猎，观看采玉、琢玉部落，遍识和田玉，并盛情款待周穆王和他的部属。临行时，西王母赠送周穆王八车和田美玉，当地的一些部落头领出于敬重，也纷纷拿出最好的镇宅和田玉敬献给周穆王。

其中，有一个捞玉部落的头领，把自己亲自打捞到的这块黄中王宝玉也献给了周穆王。

关于这块奇珍异宝，还有一段故事。原来这个部落一直从事于捞玉，无论大人小孩，男人女人都极善水性。部落头领更不用说了，简直是龙之再生，入水中如平地。每当山洪暴发，河水泛滥时，他好在那河流转弯处和卵石堆积之地，听急流带动石与石的"稀里哗啦"的撞击声，在那如千军万马嘶鸣的"哗啦啦"的卵石撞击声里，他能分辨出哪个湾或哪个滩里有玉石，水声、石声、玉声，他立马能分辨出来。待山洪退，河水平时，他的部落在他的指点下，都能捞到好玉大玉，总是有好的收获。他的名字叫珍。

有一年的春天，昆仑山雪融冰化，山洪暴发，滚滚的冰水夹杂着石块玉石，顺河而下，洪水急流一泻千里之势向下游冲去，它不禁带动了大量的泥石流，也把累积在河床下的千万年的玉石冲刷滚起，浩浩荡荡一路欢歌顺河流淌。

一天半夜，整个部落在静静地熟睡，部落头领珍在酣睡中突然惊醒，珍侧耳细听，他听到了那来自远方洪流翻滚带起的卵石冲撞声。他急忙跑到屋外，一切在漆黑的夜里静悄悄，什么声音也没有，连机警的狗儿都在熟睡。珍又跑向河边，河水依旧，静静地流淌。珍脱掉衣裤，跳向齐腰深的河水里，河水异常冰冷，珍觉得比平时又凉了几分。珍又长吸了一口气，潜入河底，像条鲶鱼一样紧紧地把整个身子匍匐在河底那密密麻麻大小不一的卵石上，头冲上游，待了足足半个时辰，而后一头蹿起，平躺在河面上，顺河而下，少顷一个鲤鱼打挺，"噌"的一声翻上了十余丈远的河岸上，向他的部落跑去。

部落首领珍大喜，他通过水流和在河底下听到的声音，他感觉到了，黎明时分上游的洪水就要到达他的领地。在纷杂的涛声流石里，他听到了那清脆悦耳的玉石碰撞声。玉音传千里，被他捕捉到了，这次洪水的到来，他的部落将有一个大的收获。

木梆声敲起，熊熊的篝火燃起，"呜——呜——"的犀牛号角声响起，整个熟睡的部落沸腾起来，人们欢歌跳跃，他们尊敬并相信他们的首领，也极为崇拜。每一次，珍的预测都是那么的准确，珍能与天地沟通，并知未来祸福。

果不其然，天蒙蒙亮时，本是平静的河面，泛起了泡泡，瞬间，泡泡形成了小的旋涡，旋涡急速地向下游漩去，越漩越大，河水也浑浊起来，并渐渐地上涨。站在河边的人们也隐隐地听到了从远方传来的隆隆声。

珍命人抬来了部落里最大的一头肥猪，说是抬，到不如说是赶最为合适，它是被人赶来的，足足有八九百斤重。按照古老的习俗，人们宰杀了一只芦花大公鸡，并把公鸡背上那金灿灿的羽毛，用那鲜红的鸡血三五一支粘贴在肥猪的脑门、背上。赶猪的壮汉们用剩下的公鸡血，往自己的脸上或额头抹，都抹上了一道红红的血印，说这样祭祀河神时，不会被河神拉去，再有，是对河伯的尊重，乞求河神保佑部落的人们得到更多的美玉。

隆隆声渐近，人们做好了准备，随着那近了的隆隆声，人们看清了那几丈高的浪头，如排山倒海，似万马奔腾，白花花地顺流而下。待到那小山般的浪头来到人们的面前，部落首领一声令下，那"呜——呜——"的犀牛号角声起，十几个壮汉听到低沉且震人耳鼓的号音，一齐用力，只听"嘿——咳——"的一声众人呐喊，粘着公鸡毛的那头大肥猪被掀到了翻滚的波涛汹涌中，虔诚的人们把部落最好的牲猪敬献给了河神，让河伯笑纳。

十余日后，河水渐渐地平静了下来，部落大小人等都被分成了几拨，指定到首领看好了的滩湾处，跳进了冰水中踩玉捞玉。

一天明月高悬时，珍来到河边，他径直向祭祀河神的地方走去，他怎么看怎么觉得牲猪下河的地方，在波光闪闪的水里似乎有道黄黄的光，随着水流似隐似现。根据他以往的经验，月光倍明处必得美玉。可那都是洁白润滑的籽玉，还没见到发出黄光的。

在黄光又一次时隐时现时，捞玉部落的首领珍脱掉衣裤，赤身裸体一个猛子扎入水中，向那发光处潜去。在水里那道黄光不见了，珍又返回了岸边，岸边的月光下，黄光又出现了。他再一次地下水，探摸，什么也没有。他再一次上岸后又下水，反反复复了多少次，他已记不清了。如此这般的一番折腾，他始终没能在河里发现，自己在岸边看到的那黄光是什么东西？不经意间，天放亮了，那水中的黄光，随着太阳的升起，渐渐地没了踪影。

第二天，部落首领珍在月光最明时又来到了河边，那道神奇的黄光又出现了，在水波粼粼下显得那么的神秘而又诱人。首领立即回去叫人，这一次他挑选了部落里最美丽的七个少女，命她们脱掉衣裤，赤身裸体地向河中发出黄光的地方围去。珍则在岸上向南、向北、向东、向西地指挥着七个一丝不挂的姑娘。发出黄光的地方被七个翘臀凸胸的少女围住了，她们手拉着手，脚下不停地踩着水，形成了一个大圆圈，黄光被围在了中间。水里的姑娘们看不见黄光，任凭首领珍的指点而做。珍在岸上却看见那道黄光不那么时隐时现了，直直地钉在了赤身裸体的女人围成的圆圈中。

捞玉部落首领珍这次采用的是古老的"阴人招玉"之术。古人认为：玉聚敛了太阳之光，是聚阴之光，如有阴气相召，则易于捞玉。于是就有了月光下美人捞玉之说。

珍看黄光钉在了那里，也赤身裸体地钻入水中，潜进了女人围成的圆圈里，伸手在河床里摸了起来。少女们在水中踩动的水花，在珍的四周涌动。珍摸来摸去，什么也没有，只有细砂和鹅卵般大小的石子。他钻出了水面，环顾四周，皎洁的月光下，微波荡漾的河水中，七女一男，七阴一阳，在这样的布阵下，珍知道有宝毕现，只是自己没有找到。珍定下了方位，负阴而抱阳，这是大吉，他又重新潜了下去，这一次他仔仔细细地一小块一小块地摸着，还是没有。他又一次钻出了水面，珍告诉七个女人，听他的号令，一起潜入水中，他在中间，七个女人成圆圈形地从外往里探摸，一块石子也别放过。

七个赤身如玉的美丽少女，看他们的首领光裸的身子，那雄壮的肌肉，那风里来雨里去铸就的颜色，如山如岩，不免心中升起了无限的敬仰。她们愿意为珍献出一切……少女们正在遐想中，只见珍"嘿"的一声头一摆，一头钻了下去。七位姑娘见状，齐刷刷地如七条白鲢，头一低，腚一抬，纤细的长腿往空一竖，"嗖！嗖！嗖！"地河面上已没了踪影，只有那卷起的水泡顺流而下。

七女在河底从外往里摸去，圆圈在逐渐缩小，她们看到了首领，他十指插于河底，身子倒竖，两脚在水中不停地摆动。她们向中间摸去，近了，近了，七双手同时在河底与珍的双手相碰。瞬间只见一道黄光，从珍插入河沙中的双手发出直冲河面，接着一声"咔嚓"响，如沉闷的雷声从河底滚出，就听首领

珍"啊"的一声,七阴碰阳,他就势从河沙中挖出了一个东西,顺声蹿出了水面,返身上岸。水中的几位少女,见首领抱了个东西,蹿了出去,也顺势身子在水下一蹲,双脚着地,一用力,也"嗖!嗖!嗖!"离水而去,纷纷回岸向珍靠拢。珍抱着那块东西,正担心他的七位姑娘时,就见水中"噌!噌!噌!"接连着蹿出了七位女郎,并向他靠了过来,见七个姑娘上岸,珍放下了心。在月光下,他低头看手中挖出的这个东西。

原来,他命这些姑娘们下河底探摸时,自己先潜了下去,并且在河沙下摸到了圆圆的、滑滑的一块石头,凭手感他知道这肯定是块好玉,可就是搬不动它。这块石头如生了根一样,生生地钉在了那里。珍索性就双手插在了那里,等他的七位少女下来,在七位少女的手碰他的霎那间,他忽然觉得手下的那块石头动了,他使劲摇了摇,随着那道亮光和炸雷般的响声,他挖出了那块滑滑的石头。

正在他低头观看时,一位姑娘的脚下一滑,一个趔趄扑向了他,珍一松手,那块滑滑的石头摔向了地面,珍急忙张开双臂,一把搂住了冲向自己将要摔倒的美丽少女。

首领珍,抱住了少女。姑娘没有摔倒,可珍手中的石头摔到地上时摔掉了一角。珍松开了少女,弯腰捡起了那块石头。月光下,看那摔破了的地方,黄黄的,如油似蜡,晶莹细腻,珍见此大喜,他知道这是一块千年难遇的和田玉极品,上天有幸赐给了他的部落。月光下,部落首领珍,用部落的最高礼节——地亲吻了七位少女的额头。

这块美玉,就是黄中王,献玉给周穆王的那个捞玉的部落头领就是珍。

周穆王得到这块和田玉中的黄玉极品——黄中王后,十分高兴,非常喜爱,每天放于身边,闲时常观那破角之处,晚上放于枕边。每当夜深人静月明时,穆王就得一梦:一美貌黄衣女子从帐后走出,来到穆王跟前,温情脉脉,低头不语。一连几夜,夜夜如此。穆王不觉诧异,晨起问卫士:"夜半何人入我宫寝,到我床前?"

卫士跪地叩头:"回大王,内卫夜不眨眼,蚊虫难以靠近,何况人等。没有大王召唤,任何人休想靠近半步,兵刃伺候。"

穆王低头沉思,少许抬头说道:"传,内宫所有女子,我要一一过目。"

大王令出,内宫所有女人一阵忙活,包括王后、王妃、丫鬟人等顷刻来到宫门外排队等候。内宫的女人们不知出了何事,大气不敢出一声,在宫门外静静地候着,平日里生怕风吹日晒的王后、王妃这时也得在太阳下熬着时辰。

女人们被一一带进,到大王跟前时,平日里不敢抬头看大王一眼的女人们,这时也被喝令抬头挺胸,接受穆王的审视。

周穆王端坐宝座之上,在他眼前走过的美貌女人们没有一个赶得上夜间所见女子。王后、王妃可以说个个都是沉鱼落雁之姿、闭月羞花之貌,连那些下人丫鬟也是民间众女子中挑出的美人胚。

穆王一直摇着头，看来夜梦之女是真的，是在梦中，并非是他后宫的女人。在接下来的日子里，每当月明时，那黄衣女子夜夜进入穆王的梦中。

这一夜，穆王早早地躺了下来，在月光最明时，穆王起来了，他倒要看看这梦中之女为人还是为神？银盘似的明月渐渐西沉，皎洁的月光就要暗了下来，看来黄衣女子今夜不能来了。穆王站了起来，向门外踱着方步，心想：要见黄衣女子，还得明夜熟睡时。

突然，身后传来了窸窣之声，几乎是同时，从小习武跟父辈征战的周穆王抽身挪步，宝剑已握于手中，回身定睛看时，帐边黄衣女子又出现了，百媚婀娜站在床前，穆王刚刚站起的地方，满面笑容地看着穆王。

穆王右手一抬，剑锋直指黄衣女子咽喉，并断喝道："何方人士夜闯我宫？是人是神快快报来，否则利剑取你魂魄。"

黄衣女子没有半点的害怕，反倒莞尔一笑曰："大王，有缘我才来到您的身旁，平时您爱我抚我。我伺候您多日，您怎么一点情面不讲，反倒利刃相向，我与您那些王后王妃相比差了哪点？"言罢，黄衣女子轻抬玉手，伸出纤纤玉指，把那剑锋一拨："大王，别这样，吓煞了侬家。"

穆王糊涂了，他提剑在手：这个女子确实美丽无比，王后王妃的确赶不上眼前这位女子，可她们我是看得见摸得着。这位女子却只是梦中相见，今夜你从何而来我都不知，怎么能说伺候本王多日，还说我爱你抚你，尽管你有倾城倾国之色，我也不能留你，太有辱本王了。

"大王舍不得我。"黄衣女子似看透了穆王的心，穆王心想之事，黄衣女子好像全知。言罢，黄衣女子转身向穆王床上走去，并丢下了一句话："我还要陪您，别遮遮掩掩的，我要脱掉外衣，露出肌肤，面见大王的群臣。"

穆王一听，大怒："天下百姓，大王在上，有何可掩之处，你竟要脱衣露肤面见群臣，如此羞我，大胆妖神，看剑！"

穆王语出，宝剑已刺向黄衣女子后背，只听黄衣女子"哎呦"一声并道，"大王，您就如此爱我吗？"随着"喀嚓"一声，剑锋刺中处，火星直冒。

周穆王火气未消，定睛一看，目瞪口呆，原来刺中的正是夜夜放于枕边的那块黄中王和田玉。

穆王连想数日之事，真是又神又奇。黄衣女子原为黄中王之玉，她要陪我并脱掉外衣，露出肌肤，面见群臣，看来我日夜爱不释手的这块宝玉是要现真容了。

周穆王待天亮时，召宫中玉工，并把连日发生的事和近臣们说出。大臣们这才恍然大悟，怪不得大王召集宫中女人一一审视，原为查明黄衣女子。

周穆王宫中玉工，大多为商代宫中的琢玉高手，并系上下传承的手艺，对

于制玉琢玉有着极其高超的技艺,当下接玉在手,反复琢磨,画出图样送于宫中,其中有一双角雄鹿图,穆王非常喜欢,还有一鸟纹璧图穆王也看中了。穆王命玉工在黄中王玉石上取料琢制,剩下的玉料,仍放于宫内,他的枕旁。

一年多过去了,穆王天天派人督促玉工们的进展。这些琢玉工匠们不敢有丝毫的马虎和懈怠,玉连着他们的生命,谁敢拿自己的手玩自己的命,一但把大王喜爱的玉琢废了,那将是满门抄斩、兵刃侍候的命运在等待着他们。工匠们每天都在小心翼翼、心惊胆战中度过。

黄中王玉刚拿到琢玉坊时,从那磕破的一角玉工们就知其非同一般,因从众多的皇家玉中从没见到如此之好的黄玉。待按料剖开后,抹去解玉砂和剖料时留下的粉末,在场的人都惊呆了,这块玉料,在光下微透明,并有一层黄光笼罩,黄黄的如鸡油,真正是色正、颜正、娇艳润如脂,使劲一捏如能捏出油似的。

正是用这稀世之黄中王宝玉,琢玉大师们为周穆王琢出了一对玉鹿和鸟纹玉璧。

但见那玉鹿,花角上竖,对称分叉,叉弯曲蜿蜒向上,内角下弯并对称而呈心型,边角弧形上翘,顶角弯曲并朝向两边,尖角处打磨尖锐而细致。臣字眼,人字型头,顶上琢有一孔。额及下颌均内凹,嘴端钝平呈四方型,上以阴线刻出嘴唇及鼻孔。鹿耳呈曲线水平后翘,上琢阴线以示耳洞。整鹿呈曲颈、撅臀形,前腿直立,后腿微蹲,腿下端均琢蹄形,蹄下有阴线分出双趾。鹿颈及身均用阴线坡刀之法琢出复杂的卷云纹及勾连云纹,短尾紧贴臀部。整器雕琢精湛,形态逼真可爱,抛光精细,并且成双成对,是人见人爱的旷世珍品。再说那只玉璧,掌心般大小,极适宜把玩和佩带,双面以阴线坡刀法琢变体形鸟纹,较抽象。

玉器完工后,送穆王。穆王大喜,选吉日良辰,佩玉于身,并以御酒赏这些琢玉大师。

琢成玉鹿玉璧后,剩下的玉料,周穆王也爱惜有加,视为珍宝。后来这块黄中王玉料为春秋战国时郑国所得,郑国国君从未见过如此艳丽的黄玉,视其为宝,不舍得全用,取其一块,与周穆王一样,命最好的玉工绘出龙凤呈祥佩饰图选用。宫廷画师也受命加入了绘图的行列。半月有余,上千张图样送到了郑国国君的面前,经过千挑万选,一张绘有龙凤纹饰的图样被国君看中,只见这张图上绘就的是:一玉璧作环形,上琢粒粒饱满的谷纹,内孔镂雕一腾飞的螭龙,螭龙舞动的前爪之上蹲立一只羽翎长飘的凤鸟,凤鸟回首与龙对视。一螭一凤显得是那么的和谐,线条是那么的优美。璧上缘琢一回首螭龙,螭龙头上后飘一尾端上卷的风翎。璧的一左一右外缘上各琢一附着的凤鸟,羽翎飘飘。纵观整图,上缘回首的螭龙和两旁攀附的凤鸟与内孔镂雕的龙凤相映成趣,组成了一个完美的龙凤呈祥大吉祥图。

郑国国君发话:按此图琢制,不得有误,期限一年,宫廷内府须日夜监管,违者罪连九族，杀无赦！

转眼，一年的期限到了，无论是内府还是玉工，哪个都不敢怠慢，在那个等级森严的王玉时代，无论玉的拥有者还是琢制者，谁都不准也不敢越雷池半步，用玉有严格的规章制度。

当用黄中王玉琢制而成的龙凤呈祥佩饰献于君王面前时，满朝文武大臣百官们都被这块龙凤呈祥黄玉佩所震服。那绝妙的纹饰组合，那精巧的镂雕技艺和那黄黄的颜色，令文武百官惊叹：自有玉饰以来，没见过如此精美的龙凤呈祥玉佩，更没见过如此美颜的黄玉……

郑国国君在群臣一片赞玉之声中把这块龙凤佩戴在了胸前。霎时，那宝玉泛出的油脂般的黄光，如纱如雾似在玉佩上罩了一层光环，龙凤如活了一般在云蒸霞蔚中飞腾嬉戏，整个玉佩给人一种精光内蕴的感觉，没有丁点的杂质和杂色，显得那么的黄，又那么的纯。国君踱了两步，胸前的玉佩在烛光下一晃，似透非透，含蓄万千，如云海奔腾，似浓雾迷蒙，内在变幻无穷……

大臣们见状，齐刷刷地跪伏于地，叩头齐呼：吾王万岁！万岁！万万岁！

这块黄中王玉佩，就是四儿在玉石谷中见到的那块精美的龙凤吉祥玉佩。也是天意，偏偏在没有宝纸时，最后发现了她。宝纸白白地让四儿浪费了一张，一是该着，这块精美的黄中王玉龙凤纹吉祥玉佩的芳容没能通过四儿的手流传人间，真真是遗憾千年。

据说，这块玉佩被定为郑国传国之宝。郑国被韩国灭掉后，又为韩国所得。秦统一六国，这块黄中王玉佩和那块剩下的黄中王玉料一并成为秦王朝的国宝之一，最终为秦始皇所拥有。

四儿正在懊恼间，一个声音在催促着四儿："快！快！时辰就要到了，快点收拾，不然你就回不去了，你就出不了玉石谷！"

四儿听罢，手脚已由不得四儿啦，似有人在暗中帮助，一会儿工夫就把四儿所印的玉谱和一切四儿带的东西包好，并像有人推他似的向外走去。

四儿还有些舍不得，不时地往后看，那远处时隐时现的隆隆雷声似乎离四儿越来越近了。四儿抬头望望天，要下雨吗？怎么天阴的这么可怕，简直令人窒息。

突然一道亮光，就见一条如龙般的闪电接天通地，少顷，一声炸雷"咔嚓！"一声巨响，随着响声，雨流如鞭，抽向大地。

"还不快跑！"一个熟悉的声音在催四儿，"跑慢了，你的宝纸全湿了，你就白来一趟玉石谷了！"

四儿听罢，把那个包裹紧紧地抱在了怀里，向着雨幕中冲去。往哪儿跑？四儿全没了方向。

突然，一人在奔跑中的四儿面前出现了，弯腰哈背，四儿眼睛全叫雨水打

湿了,朦胧中就见前面一个人作背他的样子,也不管三七二十一,趴在那个人背上再说。四儿一趴到那个人背上,那个人"呼"的一声起来了,背着四儿一阵紧跑,就听耳畔风声呼呼,雨滴往脸上直打,四儿索性闭上了眼,心想:管你往哪儿背,我先在你身上歇歇再说。明明知道天阴了要下雨,却偏偏往外赶。

四儿也不知在埋怨谁,也不知背他的人是谁,不一会儿工夫雨停了,四儿被"咕咚"一声放在了地上,四儿的腚被蹾的有点疼。

"快起来吧!到了!"还是那个声音。四儿不见人,只听声。

四儿站了起来,揉了揉被蹾疼了的腚,抬眼一看,原来自己站在了一如门的大石旁。石上至上而下地篆刻着三个大字:昆吾山。四儿再看,那如伞般粗大的古松就在大石旁。

这不是黄牛驮我来时所见的昆吾山大石吗?这棵古松也对,怎么没有了那个草庵?你道是哪个草庵?就是燃烧着一旺炉火的那个草庵,这时已无影无踪。

"快回家吧!你姥姥和你娘都在盼你,你姥姥成天念叨你,晚了你就后悔了。"又是那个声音。

四儿环顾四周,什么人也没有,可他看见了驮他的那头老牛,在悠闲地啃着青草。

"咕咕——咕咕——"这是雄喜在叫,它在哪儿!四儿顺声望去,他发现了雄喜。雄喜不知何时已飞落在那个粗大的古松枝上。

自从四儿进到玉石谷后,对他的小鸽子雄喜不闻不问。四儿从小做事就很认真,只要是他感兴趣的事,他做起来总是忘了亲爹和亲娘。这不,多次提醒他回家,可遇见的事总让四儿探究下去,每次都回家不成,这一次又被送到这头老牛面前,该骑牛回家了。

想到这里,四儿唤下了雄喜,雄喜多日不见四儿,显得异常的亲切,在四儿的掌上点头哈腰咕咕地叫。

四儿也被雄喜相见的情绪所感染,低头亲吻了下雄喜那沽白的胸羽,只这一吻,他发现雄喜的腿上绑了一样东西,他仔细一看,绿绿的丝线,捆绑着叠了几层的一个长纸条。四儿知道,定是雄喜看我不理它,它飞了回去,这绿丝线是玲儿绣花用的,肯定是玲儿让雄喜捎信来了。

四儿急忙从雄喜的腿上解下那个长纸条,手一扬让雄喜飞去,急速打开叠了几层的纸条。一行秀丽的蝇头小楷跳入了四儿的眼帘。玲儿信中"四儿哥长四儿哥短"地称呼,让多日离家的四儿好一阵感动。玲儿说她得到了下璧,并告诉四儿得下璧之事如何如何。四儿心想这真是缘分,看来只有相信缘分了,好端端地下璧藏于树中,叫个娥子姐上哪儿去找?古玉与人有千年之缘能相见,人和人的姻缘看来也得是千年修得共枕眠。

四儿看信,心里直发感叹,看来真叫师傅说准了,我和娥子姐无缘成夫妻。

四儿看罢信,"哎"了一声,又对着信说了句,"玲儿你真是个令人感动的好女子。"

四儿把信小心地叠好揣于怀中,心想:玲儿,待见到你时我倒要看看你得的下壁是真是假,你先别叫娘。

四儿收拾好一切,向嘴里啃着青草的那头牛走去,正在吃草的老牛见四儿向它走来,低头叫了一声,前腿跪地趴了下来,四儿见状一步跨上牛背,伸出左手食指与拇指捏在了一起,压在了口中的舌尖上。

"呜——啊——啊!"一声长啸从四儿的口中发出,在昆吾山中震荡,飘散。

雄喜一听到四儿的哨音,急忙从古松枝上飞了下来,稳稳地飞落在四儿的肩头。

随着四儿的那声长啸,那头老牛"呼"的一声站了起来,并用力向前蹿去。

四儿回家心切,一个劲地拍打着牛脖子。从没见过娘的玲儿都想快点见娘,何况吃娘奶长大的孩子。四儿被玲儿信中的词语所打动,更想快点见娘和姥姥了。

这牛能把我送回家吗?四儿心想,他又拍了下老牛的脖子并对着呼呼飞跑的老牛大声说道:"你能把我送到刚见到你时的大车店门口吗?"老牛似听懂了四儿的话,"哞——哞——"长长地叫了两声。

老牛那飞跑的速度,快得令四儿闭上了眼睛,紧紧地趴在了牛背上。

老黄牛不知跑了多长时间,反正在玉石谷中忙活疲倦的四儿在快跑如风的牛背上睡了一个长觉,稳稳的如睡在自家的炕上。睡醒了的四儿觉得牛好像慢了下来,四儿睁开了眼睛,发现快跑的老牛确实放慢了步子,四儿抬头望去,前边是他来时熟悉的地方,那个大场子,那个挑着灯笼的大车店。

老黄牛又往前走了几步,停下不动了。四儿定睛一看:"嘀!你还真认得道,多一步也不走。"原来,老黄牛稳稳地站在来时的那棵树下。

四儿跳下了牛背,伸手向肩上摸去,雄喜稳稳地站在他的肩上。

四儿伸了下腰,刚要转身,就听身后传来了一声:"你还不快走,前边有往你家走的马车。"四儿急回头,刚才还是光光的牛背上已坐上了一个人,四儿一看,是接自己到师傅处去的那位小哥。

四儿急道:"小哥,你好,师傅呢?师傅好吗?"这么长时间没见到师傅了,见到小哥忙问。

"师傅很好,常记挂着你。"骑在牛背的小哥答完后,扬起手中的鞭子,老黄牛跑了起来。

"师傅在哪儿?我想师傅,我要见师傅!"四儿冲老牛和小哥跑去。

只听"啪"的一声,一个响鞭,老黄牛和那位小哥已没了踪影。

在四儿的身后留下了一句话:"你姥姥病重,快点回家!"

四儿一听,姥姥有病了,并且很重,四儿的心一颤,一溜烟地向大车店跑去。

还真叫那位小哥言中了,大车店里还真有辆双套大马车要在天亮鸡鸣时出

行。四儿一问,马车路过四儿的家,四儿央求人家捎他一程,车老板答应了。

这个大车店,是南来北往客商打站喂马休息的地方,有吃、有玩、有喝、有睡之所。你如累了,想多休息几天,自有客栈伺候。驴骡马匹你一撒手,车店伙计自然应酬,待你起程时,驴骡马匹保管给你喂饱拴好在大车上,就等你一声吆喝扬鞭了。所以这里一应俱全,小百货铺里卖什么的都有,它也是大马车店老板所开。

四儿听老板说能捎自己了,紧溜地吃了点饭,跑到院子旁边的小铺子里给娘和姥姥买点东西。

四儿拿出了玲儿给的钱,选了样姥姥最爱吃的反茂月饼,这种月饼内里是什锦馅,外面裹着薄薄的多层酥皮,香甜酥软,就是这么好吃的月饼,四儿家也是每年的八月十五,姥姥用平常积攒的零钱买上一斤,分发给四儿和哥哥姐姐。当孩子们吃着分给的那一小块月饼时,姥姥总是含着笑说:"等有钱了,姥姥给你们买一大包,一人分两块。"可四儿从没见娘和姥姥吃,问姥姥为何不吃?姥姥总是说刚刚吃过,问急了,姥姥就说:"等你们长大挣了钱买给姥姥吃,那个月饼才叫甜呢!"今天四儿买到了姥姥最爱吃而又舍不得吃的反茂月饼,给娘买了块白花蓝地的麻花布头巾,好为娘干活时遮风挡雨。

一切都收拾好了,四儿全然没有睡意,竖着个耳朵盼鸡叫,生怕错过了时辰,误了回家。

第十三章　归根

　　经过一段颠簸的路，半头晌时四儿终于看到了那熟悉的北山和北山根的白龙观，他兴奋地从正前行的马车上跳了下来，付了车钱谢过车把式，径直向家里跑去。

　　那熟悉的房屋，那熟悉的院子静静的没有一点声，院门大开。

　　"娘，姥姥，我回来了！"一头扎进院子里的四儿大喊。

　　没见姥姥和娘，也没有她们的回应声。

　　屋门大开，或许是听到了喊声或是看见了四儿，姐姐从屋里走了出来迎向四儿。

　　"姐，你怎么了？"四儿看着满脸流泪的姐姐问道。

　　"你怎么才回来！"已泣不成声的姐姐没有回答四儿反而问了一句，显然姐姐在责怪四儿。

　　四儿也没有回答姐姐的话，而是把右手提的点心一扬，说道："姐，我给姥姥买了她最爱吃的反茂月饼。"

　　四儿的话一出口，姐姐哭出了声，她一把拉住四儿，把他领进了姥姥住的那间屋。

　　"姥姥！娘！"四儿见姥姥躺在炕上，娘盘腿坐在姥姥旁边，四儿又叫了一声："娘，我回来了！"

　　娘没有回答，好像没有听到站在炕前的四儿的叫声。

　　"娘！"四儿又叫了一声，"娘！我是四儿，我回来了！"这一声四儿压低了声音，他怕吵醒躺在炕上的姥姥。

　　"娘知道你是四儿。"娘木然地回答。

　　"娘，我给俺姥姥捎回了她老人家最爱吃的反茂月饼。"四儿把月饼捧给娘看。

　　"唉！你姥没福吃你买的月饼了。"娘叹了一声说。

　　四儿没听懂娘的话，又重复道："娘，月饼在这儿，甜着呢！"

　　"你姥姥走了。"娘说。

　　"姥姥走了？姥姥不是在睡觉吗？"四儿还没明白过来。

　　"你姥是二月初九的晚上走的，今天是初十。娘早上起来叫你姥姥吃饭，还以为你姥在睡觉，推了几下才知道，你姥昨晚走了。"娘说完这话后，拾起了扫炕笤帚，握着笤帚苗把个笤帚疙瘩举了起来。

"二月初九!"四儿一听心一惊:难道姥姥她老人家已驾鹤西去,并非在那儿睡觉?师傅嘱咐过二月初九前必须回家,难道……四儿想到师傅的叮嘱,听到姐姐的哭泣声,四儿"扑通"一声跪在了炕前的地上,手中的反茂月饼撒落炕前。

"姥姥!"四儿泪如泉涌,放声大喊,"不孝的四儿回来了,回来看您了!"

娘举起的笤帚疙瘩本想打向四儿,可举在手中没有打下来,四儿娘又轻轻地把笤帚放在了炕上,娘没有过多地埋怨离家多日初归的四儿。娘从四儿姥姥枕头旁边的小笆斗里捧出了一捧烧好了的白果,递给了跪在炕前的四儿:"这是邻居家那棵大白果树上结的,本是送给你姥姥治咳嗽用的,你姥姥没舍得吃,一粒一粒在火盆里烧好,留给你吃。"

跪在炕前的四儿听完娘的诉说,已如姐姐一样泣不成声,他跪在地上,没有接娘递过来的白果,而是用双手拾起了撒落的反茂月饼,手中捧了两块举于头顶,哭道:"姥姥,这是您最爱吃的反茂月饼,每年的八月十五中秋节,您都舍不得吃。我在外面遇到了一个好闺女,她叫玲儿。我买月饼的钱,就是她省下来给我的,她让我回家时给您老人家和娘捎点东西。如果有缘,本想领回家给您老看看,没成想姥姥您已离我们而去,都怪四儿在外贪玩没能见上您老人家最后一面,哪怕您尝上一口我买的月饼,我也不后悔了,姥姥!"

躺在炕上永远睡过去的姥姥似乎听到了四儿的话,姥姥的脸上露出了笑容,闭上了那半睁的双眼。

听娘说:自从四儿离家后,每天吃饭睡觉前,姥姥总是记挂着四儿,念叨着四儿这时不知吃没吃,睡没睡……

听娘说:姥姥临走的前几天得的病,也不知啥病?吃了几副药也没好,初八早上得了几天的病全好了,自己又能梳头又能洗脸,衣服换得干干净净,就这么走了。

听娘说:姥姥最记挂的是四儿,前天晚上还念叨着。

四儿在姥姥的炕前长跪,泪流不止。

四儿用学过的木匠手艺为仙逝的姥姥改做了一副寿材。

寿材用的是姥姥娘家陪嫁的大躺箱。大躺箱改成的棺材,姥姥安详地躺在了里面。姥姥走过了风风雨雨的九十四个春、夏、秋、冬,姥姥的离去,四儿娘没有哭,她只是念叨着一句话:你姥再不用受累了。

是啊!四儿的姥姥为了帮四儿娘拉扯四儿姊妹,一生付出了太多太多。四儿爹走后,四儿姊妹如嗷嗷待哺的乳燕,全靠姥姥帮衬,他们才得以活了下来。姥姥的为人一生积善,还嫌善犹不足。粗茶淡饭,长存随缘之想,从不怨天忧人。轻言细语,须顾他人身心,处处为人着想。姥姥常说:做人不易,茫茫轮回,人身难得,今生做人,机缘难逢。她老人家常教导四儿姊妹:人生在世,要有一颗善良心，做善良事，一生无亏心事。平常日子要有平常心，做平常事，你白天晚上就会日夜安宁。姥姥平时做事做人就是这样，所以走得很从容。

其实，四儿姥姥要离开时，四儿正在往家赶的路上，在颠簸的马车上，四儿手拿着挂在脖子上的上璧，心想：玲儿信上所说之事难道这事是真？如果下璧真的能合上我的上璧，那我就得娶玲儿了，娥子姐怎么办？回家后看看姥姥看看娘，完后，我得回去找娥子姐，把事儿跟她说明了，要不……

四儿正想间，突然手中托的上璧一阵颤动并一下子坠了下来，失去了挂在脖子上的根基，直直地躺在四儿的手中。四儿好生奇怪，上璧好好地挂在自己的脖子上，这会儿怎么了？怎么还会动？是马车颠的吗？四儿直直地盯着躺在手中的上璧，原来挂在四儿脖子上的上璧的红绳没割没剪竟齐刷刷地断了！

四儿愣愣地看着那齐刷刷断了的红绳，正在此时，远在家中的姥姥已半睁着双目离开了人世。她老人家惦着出门在外的外孙——四儿，没能闭上双眼。

四儿帮娘料理完姥姥的后事，才想起小鸽子雄喜，忙出门呼唤。他站在院中，又打起了那长长的口哨，那低沉婉转的哨声向远方传去。

四儿的哨声传到了在村子里飞翔转悠的雄喜的耳朵里，它知道主人在叫它，便一侧身向四儿家的院子里飞去。这几天，因姥姥的离去，四儿也没心思管它，几乎忘掉了雄喜。从四儿一进院门，雄喜就知道四儿家出事了。四儿姐姐的泣哭，马上惊飞了站在四儿肩上的雄喜，它向四儿家的枣树飞去。起初雄喜在枣树上过夜，后来它干脆在村前村后转悠开来，饿了捡点吃的，渴了喝点村里人在井台上打水时洒在井台石板凹处的那点积水。几天来也难为了雄喜，听到主人的呼唤，雄喜立马飞向四儿。

四儿唤回了雄喜，人鸟欢喜了一阵，四儿把雄喜抱到了沉浸在哀思中的娘的跟前，向娘诉说离家后的事情。四儿娘在静静地听，偶尔插话问四儿几句，当听到娥子与玲儿时，娘发话了，她问儿子："这俩闺女你相中了哪一个？"

儿子如实地回答了娘的问话："娘，两个闺女都不错，只是玲儿脾气好，还会说话，又能识字断文。"

"这么说你相中了玲儿？"四儿娘说。

"嗯！"四儿向娘说出了真心话。

"这事你没问一问你师傅？"四儿娘知道四儿有个师傅，但始终没见过。

"师傅说和我有缘才能娶她。"四儿向娘讲了上下璧的事。

"那么你相中的玲儿有下璧吗？"娘问。

"她捎信来说她有。"四儿回娘的问话。

"你见过吗？"娘听了四儿的回话又问。

"没有。"

"快捎信叫玲姑娘来，娘也想瞧瞧。"

四儿娘听完儿子对未来儿媳的描述,也想尽快地见到玲儿。娘告诉四儿,姥姥在世时和她讲过:给四儿娶媳妇,不能娶那人高马大的,将来两口子吵起嘴来,动起手来,可别给咱四儿打了,可见姥姥对四儿是多么的疼爱。娘对四儿也是极其关心,没人说媒,自己在外面相中,能保准吗?叫她来家看看,一来是看是不是像儿子所说的那样;二是看看玲姑娘真有下壁吗?天下能有如此巧事,叫自己的儿子摊上了!四儿娘知道儿子的师傅是位高人,教儿子学玉做人,但一直没能见到,想向人家道谢都没有做到。四儿娘问四儿,四儿说:师傅的真容到现在自己也没能看清,要把师傅请到家里来吃顿饭聊表心意,那是难上加难。也罢,四儿的终身大事,是天定,有他师傅在,为娘的也少操心了。

四儿听娘的话,也想早日见到玲儿,顺便也打听打听娥子姐:娥子姐什么都好,就是太犟了,听不进别人的半点儿话,"唉!"四儿想到了他的娥子姐,不免叹了一声。

四儿喂饱了小鸽子雄喜,写了一封短信,绑在了雄喜的腿上,告诉雄喜路上小心,快去快回,接回他的玲儿。鸽子雄喜听后,咕咕直叫,似听懂了主人的叮咛,振翅向远方飞去。

再说自从四儿走后,玲儿日思夜挂,总算雄喜回来了一趟,可雄喜捎信走后,又没了踪影。玲儿天天盼雄喜,哪怕捎回来四儿哥的一点点音信,让她的心也能得到少许的安慰。

白天玲儿时不时地到院子里,远望雄喜飞走的方向,可什么也没有。

晚上玲儿在梦中多次被惊醒,好像是雄喜在窗外叫,可仔细一听,什么也没有。

玲儿爹见闺女那渐渐消瘦了的脸蛋儿和那神不守舍的样子,也是极其心疼,可又帮不了什么忙,只有私下里叨咕:"闺女长大了,不能留在家里啊!"

要说那雄喜也是鸽子中绝顶聪明的鸟,白天它专找那村屯人家吃食休息,以避开苍鹰野鹞。夜里它依靠北斗七星辨明方向,向玲儿家疾飞。一大后半夜,它终于落在了玲儿家的房顶上,雄喜也想尽早地见到它的主人,于是在房脊上咕咕地叫了起来。

梦中的玲儿听到了雄喜那熟悉的叫声,她睁开了眼睛,心想这次是真的吗?她又侧耳细听:"咕咕!咕咕!"玲儿爬了起来,披衣下地推开屋门,"咕咕!咕咕!"雄喜急切地叫着,玲儿快步来到院中央,顺声望去,就见一黑影向她扑来,玲儿急伸双手,接住了那团黑影。

在屋脊上的雄喜,听到主人的屋门响,又见玲儿来到院中,咕咕叫着冲了下来,稳稳地落在了玲儿的手掌中。

"雄喜,你可想死我了!"玲儿叫着雄喜的名字,亲吻着她的小鸽子,并急切地查看它的双腿。雄喜在玲儿的双手中挣脱开来,又冲向了屋顶。玲儿还没来得及看雄喜腿上绑的回信，雄喜又飞走了，玲儿怎么唤它也不下来，急得玲儿直顿脚抹泪。

　　房顶上的雄喜歪着头，瞅着院子中抹泪的主人，咕咕地叫着就是不下来。玲儿猛然间想起，这个小精灵又挑礼了，她忙进屋舀了瓢清水端了出来，向房上唤道："小雄喜你飞了这么远的路，快下来喝口水歇一歇，我想四儿哥，但更想你是不是捎回了四儿哥给我的信，快下来，急死我了！"

　　房上的雄喜听了玲儿这一番话，"咕咕"叫了两声，飞了下来，站在玲儿端的水瓢沿上喝了几口水又落在了玲儿的肩上。玲儿急忙进屋放下水瓢点起了油灯，屋里顿时亮了起来，雄喜从玲儿肩上飞了下来，落在了炕沿上并伸出绑着信的右腿。

　　玲儿见状伸手做了个要打的动作道："你个小精灵，看我不打你！"说后急去解开绑着的信。

　　信已到玲儿的手中，雄喜扇着翅膀，蹦跳到玲儿的窗台上歇息去了。

　　玲儿在灯下展开了四儿的信，信写得很简短，聊聊数行。四儿在信中告诉玲儿，回家途中到了昆吾山后经玉石谷，回家晚了，没能跟姥姥说上最后一句话。我娘想见到你，见信后请速来。末了问玲儿，娥子姐可好？

　　玲儿把信读了三遍，每读到最后都努了下嘴，心想：也真难为了四儿哥，可恨、可爱、又多情的四儿哥！

　　玲儿很快就收拾好行装，把路上吃的用的备好，就准备上路了，临行前她去看了趟娥子姐。在去看还是不看娥子姐的事上，玲儿犯难了。不告诉她吧，怕娥子姐知道了更不好说话。告诉她吧，又怕娥子姐怪她，但更怕刺痛娥子的心。唉！做女人真难，为了一个男人，为了一个情字，真真苦煞了多少女子。为难时玲儿甚至想：自己要是个男的多好，那样就能成全了娥子姐。又一想自己得到了下璧，上天都这样安排了，还推脱它干啥？！四儿哥是我的。唉！世上最难情字缘，如丝如麻，理不清剪不断，理还难。村子太小了，走这么多日子，村里人能不知道吗……

　　玲儿想来想去，还是去看看为好，要不四儿哥该挑我理了。玲儿在锅里摊了两张鸡蛋饼，薄薄的，金黄金黄，在香油里煎得喷香，玲儿包好鸡蛋饼跟爹打了声招呼就向娥子家奔去。

　　自从娥子见到玲儿胸前的那半块璧，就知自己与四儿无缘，空爱四儿一场。她曾向四儿说过：非四儿不嫁，要不就出家为尼。以前就以为四儿有玲儿后，编故事骗她，没成想还真有其事，古玉真神了，难怪四儿学它。再说了，自己和玲儿比，确实不如玲儿。

　　几天来，她已想开了，在她昏睡时那种清脆悦耳婉转悠扬的袅袅仙音，时常在她的耳畔响起，每当这种声音响起时，她就感到浑身舒坦，忘掉了一切烦恼之事，真是看破红尘眼前无事，世间事三千一笑皆了之。她在等那老尼能快些领她到梵静山清虚庵，摆脱尘世，一心修炼。正当她闭目静思追寻那仙音时，

"娥子姐！"一个甜甜的声音出现在她的面前。

"是玲儿。"闭目的娥子听出了玲儿在叫她，她慢慢地睁开了双目。

"给，这是我刚烙的鸡蛋饼，香着哪！"玲儿手捧香喷喷的鸡蛋饼，就站在自己的炕前。

"你来了，坐吧！"娥子一指炕沿，全然没了以往的热情。

"快吃吧！还热热的。"玲儿手捧鸡蛋饼往前送了送。

"你放那儿吧，我不想吃。"坐在炕上的娥子没伸手接，只是努了下嘴，示意玲儿把鸡蛋饼放在炕边上，而后说道，"有事吗，妹子？"

玲儿坐在了炕沿上，扭着身子面对着娥子："好点了吗？娥子姐。"

娥子点了点头，没有说话。

玲儿见此情景，觉得也没什么话可说，静静地呆了少许，说道："娥子姐，我要出趟远门，今天过来看看你。"

"去看四儿吗？"娥子捅破了挡在二人心间的那层薄薄的纸。

玲儿点了点头。

"也好，"娥子听后说道，"去看看吧！省得挂念。"娥子这话不知是说玲儿还是说自己。

"雄喜回来了，捎信说四儿他娘……"玲儿顿了顿，没把话说完。

"别说了，妹子。"娥子听到这儿，不想让玲儿把话说下去，忙说，"妹子，你有福，你去吧，帮我好好照顾四儿哥，姐这一辈子是没这个命了。"

玲儿听娥子说这话，心里也不是个滋味，酸酸地说："娥子姐，四儿哥记挂着你，问你好。"

娥子听后点了点头："好，好，难得他还有这个心。"

少许娥子问道："你多会儿走？"

"后天爹送我到县城，再找到去那边的马车。"玲儿说。

"路上多加小心，自己照顾好自己，多保重，姐不能送你了，你帮姐捎样东西给四儿。"

"嗯！"玲儿点头答应。

娥子说完这话，背过身去，从身后摸出了一把剪子，右手持剪，左手捋下了自己的一缕头发。

坐在炕沿上的玲儿正等着娥子拿东西，忽见娥子手持剪刀伸向自己的青丝，玲儿一个激灵，忙欠身去夺娥子手上的剪子，嘴里直叫："姐，你别这样，千万别，姐！"

"咔嚓！"一声，玲儿没来得及夺下娥子手中的剪子，娥子的一缕青丝已

从离头皮一寸处齐刷刷地断了下来。

"姐，你怎么能这样？"玲儿哭了起来。

"你把这个捎给四儿。"娥子手捧自己的头发，不禁泪如泉涌，伸手递给玲儿。

"姐！"

"妹子！"

两个姑娘紧紧地抱在一起，两个从小一起长大的姐妹，哭在了一起。两个纯真少女的眼泪能捋开那情丝万缕吗？

告别了娥子，玲儿在家又把爹吃穿用的东西备好，告诉爹油盐放在哪个地方，换洗的衣裳在箱子里哪个包袱里，都一一嘱咐爹记好别忘了，又给爹烙了几张大面饼。玲儿爹被玲儿叮嘱得有些不耐烦了，就说："我的好闺女，不放心爹，爹就跟你一起走，看看我女婿家是个什么样的人家。"

"爹！"玲儿听爹一说这话，娇嗔地叫着爹，面庞立马飞上了一层红晕。

第二天爹就要送玲儿起程了，玲儿早早地做好了饭，和爹爹吃完饭后，收拾收拾就睡了。这一晚也真怪，玲儿的头一落在枕头上，就悄无声息地睡着了，平时可倒好，躺下来辗转反侧不能入睡，满脑子都是她的四儿哥。

玲儿正酣睡间，就觉得炕前站了个美丽的女子，身穿绿色的长衣裙，身披薄纱，长袖飘曳，正在用那纤纤玉手推拍着自己露出的肩膀，边推边告诉她："明天晌午我在城南门等你，我们结伴而行。"而后腾然不见。天将亮时，熟睡的玲儿又觉得有人在推自己，朦胧中玲儿睁开了眼睛，一看又是那长衣长裙的女子："明天晌午我在城南门等你，咱们顺路。"

玲儿睡眼朦胧地问道："刚才我睡沉了，我觉得你好像告诉过我，怎么又来嘱咐我一遍？"

"玲姑娘别见怪，听说你要出门，我们也要出门串亲戚，亲戚就住在你要去的四儿家村西头，咱们正好一路，所以就告诉你一声，出门互相好有个照应。先前那个姑娘是我妹妹，一奶同胞，我怕她没说明了，就又来告诉你一声。"说完，长衣女子转身离去。

"怪不得长这么像，原来是双棒，谁家的爹娘这么有福，一胎生了两个这么俊的闺女。"玲儿心想，也是想早点看到四儿心切，正好顺路有个伴，自己又不认道，就凭四儿没走时告诉过往他家怎么走，就能找到了？人家亲戚正好和四儿哥住在一个村，上哪找这么好的伴，自己送上门来。

聪明的玲儿都没往细处想：深更半夜，黑灯瞎火，两个年轻美貌的女子来家告诉自己愿结伴而行，事情蹊跷处，自有原因。都是想夫心切，忘掉了其他。

晨起，父女俩吃完了饭就直奔县城而去。玲儿爹到了县城就去找马车店，他想在马车店里有南来北往的客商，谁有往四儿家方面去的给闺女捎个脚，多付点车钱，省心省事。

当玲儿知道爹的心事后，她告诉爹，自己约好了同路的两个姐妹，她们在城南门等她。玲儿爹听后，心想：这个鬼丫头，长大了，有事背着爹，什么时候约了伴我都不知道。但当爹的嘴上没说，紧忙打听往南城门走的道。

经路人指点，父女俩很快到了城南门，玲儿老远就见两个穿绿衣的女子在向玲儿招手。

"爹，在那儿！"玲儿抬手指给爹看。

"在哪儿？"玲儿爹问。

玲儿再一次抬手告诉爹："在那儿，爹！"

玲儿爹顺闺女的手望去，在城门边，一辆遮棚马车，车老板坐在车辕上，悠闲地晃动着手中的马鞭，两个女子站在车旁，正向这边招手。

玲儿爹的心放了下来。

父女俩来到车旁，打完招呼，玲儿被那两个女子搀扶着坐进了马车棚里，俩女子也随着玲儿坐了进去。车老板见状，一个响鞭，一声吆喝，就见那驾辕的高头大马，一声长啸小跑向前奔去。坐在车棚里的玲儿见状，探出身子，向爹扬了下手："您回吧，爹！"

站在原地的玲儿爹，看着远去的马车，嘴里嘀咕："玲儿真能找，找了这么一模一样的两个俊闺女为伴。看那马车，还有那匹大马，一定是个大户人家。"在城门上飞绕的雄喜一看主人坐进了马车，它一头飞下来，围着玲儿爹飞了几圈后，"咕咕"叫了两声向着远去的马车追了过去。

一路上，第一次出远门的玲儿一点也不觉得寂寞和孤独，两个俊女子陪着玲儿说话唠嗑，使得玲儿好不惬意。一路上看着光景，唠着家常，只是有一点使玲儿不解，就是吃饭时，玲儿拿出东西分给俩姐妹，二人总是笑而不接，玲儿让急了两人就说："你睡了的时候，俺俩已经吃过了，俺饭量小，也不出力也不干活，吃一点就能扛大半晌。"玲儿一听也是，但饭不吃，水总是要喝的，可从没见过俩女子喝一口水，因搭人家的车，玲姑娘也不好再让，知礼就行了。可玲儿看俩女子就觉得眼熟，不知在哪儿见过，一时半会儿也想不起来，尤其是俩女子腰上佩的一模一样的玉饰，玲儿就觉得在哪儿见过。

玲儿好奇地盯着她们腰际上系的玉佩饰发呆：一个小玉璜，玉璜下并排拴着三个小玉冲牙。俩女子一挪身，一直腰，那腰上的玉饰就发出"叮叮当当"脆生生的碰撞声，使听者心旷神怡，舒坦至极，全然没了疲倦感。玲儿那直勾勾的眼神，盯得俩女子不好意思起来，笑着说："玲姑娘，你自己有，还看俺的做啥？"

玲儿听后，也觉得失礼，脸不觉红了起来，哪能这么看人家的东西，我自己有？我上哪儿有这么好的玉佩饰，玲儿心想。

俩女子看玲儿不语，脸色发红，不觉咯咯地笑了起来，齐声道："玲姑娘，我俩都是你的，你咋没有？！俺是被人送给你的。"

玲儿一听不由得满脸再一次羞红："多丢人，看人家的东西，叫人羞了一顿，连自己怎么想的，人家都猜到了。"

玲儿忙施礼道："二位姐姐莫怪，只因你俩佩的玉饰精巧，吸引了我，多看了一眼，别无它意，望二位姐姐多多包涵。"说完这话后，玲儿心想：真是有教养的女子，咱白搭人家的车，人家还怕咱发闷，一路上照顾前后，还逗咱，连她俩都是咱的，咱哪能有这个福。如果将来我能和四儿哥成亲，生个……玲儿想不下去了，自觉羞死了，满脸通红地低下了头。

俩女子见状，咯咯地笑个不停，笑声在车棚里弥漫开来。

俩女子越笑，玲儿越羞得紧紧地把头伏在曲坐着的双膝上。

马车上一路笑声，一路奔波，直向四儿的家。

一天，天傍黑时，马车停在了一个院落前，两个美丽的女子摇醒了似睡非睡的玲儿："玲姑娘，快醒醒，你的夫君家到啦！"

玲儿在朦胧中醒了过来，睡眼惺忪道："到了？到哪儿啦？"

"你不是来找四儿吗？"俩女子齐声反问玲儿。

"是啊！"玲儿作答。

"到他的家了。"俩女子告诉玲儿。

"是吗？"一听四儿到家了，玲儿有些不敢相信，又问。

"对啊！快下车吧！"俩女子扶着玲儿下了马车，又咯咯地笑了起来并逗着玲儿，"快去见你的夫君吧！想死了吧！"

"姐姐！"玲儿甜甜地叫了一声，满脸飞红。

"快去吧！四儿在家等你，俺俩受人之托已把你送来了，事已办成俺该走了。"

受人之托？玲儿有些糊涂了，难道我来四儿家是有人安排两位姑娘专门来送的？心想着话已出口，"敢问二位姐姐，是哪位好心人安排姐姐一路照顾玲儿，如此辛苦，请二位姐姐替玲儿谢谢人家。"

"不用谢，是你夫君的师傅安排的。"二位姑娘说完后转身上了马车，咯咯的笑声里留给了玲儿一句话，"快去会你的夫君，待以后生个胖小子、俊闺女。"

玲儿一听二位姑娘的话，脸再一次羞红并低下了头，待玲儿抬起头时，二位姑娘和马车已没了踪影。

玲儿心里好生感激四儿师傅和一路上照顾自己的两位姐姐，向马车远去的方向恋恋不舍地望着。

"快进屋吧！俺娘在等你。"玲儿身后传来了四儿的声音，"怎么进院不进屋，又出来干啥？"

"四儿哥！"玲儿听四儿的声音，一转身直扑进四儿怀中，但四儿的话使

玲儿丈二和尚摸不着头脑。

玲儿抬眼望着四儿:"我院门还没进,怎么能进屋?"

"给,你没进院,她怎么能挂在门上?"四儿顺手递给玲儿一件东西,并推开了玲儿,"叫娘看见多不好。"

玲儿顺从地离开了四儿哥的怀中,她是多么想让四儿搂抱她一会儿,向他倾诉多日相思之苦。可第一次进四儿哥的家门,让四儿娘瞧见了也是不好,别让四儿娘认为玲儿多么张狂,轻浮的人。大白天的,不,已经傍晚了,可自己又抑制不住对四儿哥的情感,才有了刚才的冲动,哎,忍忍吧!

玲儿定了定神,展开四儿给的物件:"啊!它怎么会在你手里?"玲儿惊奇不已地问四儿。

"雄喜在窗前叫,我就知道你来了,"四儿说,"我出来接你,一推门发现了她,不知你什么时候把她挂在了门上?"

玲儿见物再听四儿这么说,她想起了师傅赠此物件时所说的话,她急忙伸手摸向胸前,胸前挂的是那半块玉璧。原来和半块玉璧一起挂的战国玉舞人不见了,看看四儿递过来的,正是那件玉舞人,想想自己出门到现在,聪明的玲儿这才醒悟。一路相随,照顾自己的两姐妹正是那战国玉舞人所幻化而成。她向院外施了一礼,并说道:"谢谢师傅!"

"师傅在哪儿?"四儿忙问。

"我不知师傅在哪儿,反正师傅能听到。"玲儿说。

师傅的话在玲儿的心中,她牢记着:"玲姑娘,师傅送你的是件战国玉舞人,你要好生珍惜,她会给你带来好运。将来她会带你到你要去的人家,双璧合一。那家人家就是你的婆家,持璧之人就是你的男人,你将与他白头偕老。你要尽好妇道,做一个贤妻良母,相夫教子,孝敬老人。"

四儿还没明白过来,他和玲儿所说的她,就是师傅赠给玲儿的战国玉舞人。原来玲儿一直挂于胸前,自从玲儿得到下璧后,她是日日夜夜手摸心捂,全然忘了也挂在胸前的玉舞人,玉舞人什么时间离开她,她都不知道。四儿递给她时,她才想了起来,忙把玉舞人重又挂在了胸前,并同时把那块下璧摘了下来,递给了四儿。

玲儿闭上了眼睛,双手在胸前合十,她祈愿她的下璧对合上四儿哥的上璧。她想古玉的如此玄奥,灵玉通人性,只有进入玉的王国里,玉才能相合、相通、相佑,玉舞人才能一路护送,难怪战国玉舞人懂我的心。

"四儿,怎么不把客人领家来?"四儿娘在屋里喊四儿。

"娘叫了,快进屋。"四儿拽了一下玲儿。

娘?四儿哥把我认下了,让我叫娘了!玲儿心里一热,随四儿进了屋。

"大姨!"玲儿一见四儿娘就脱口而出,她没有喊娘,她不能这样莽撞,还不知四儿的娘相没相中自己。那边自己的下璧不知能不能合上四儿哥的上璧？就是合上了，四儿娘相中了自己，没过门也不能先喊娘。

玲儿的一声"大姨"，叫出了自己的泪水，玲儿从小没娘，一见四儿的娘，她就觉得异常亲切，这让她想起了自己的娘。姨是娘的姐妹，现在叫四儿的娘为姨是最恰当不过了。

"哎！"四儿娘应道，"我早就听四儿念叨过你，快别哭，上炕来坐。"

玲儿点了点头，一抬腿上了炕，稳稳地盘腿，落落大方地坐在了四儿娘的旁边，就像上了自家的炕上一样。

"别哭了！"四儿娘用手抹去玲儿脸上的泪珠儿，"走了这么远的道，可苦了你，要不家里有事，也该叫四儿去接你。"

"姨！"四儿娘的一番话，勾起了玲儿对娘的思念，在这儿她找到了那远去的母爱。四儿娘那慈母的手只轻轻地一抹，掀翻了玲儿常年思娘的心闸，泪珠儿扑簌簌地直往下掉，看来一时半会儿止不下来，她索性趴在了四儿娘那盘坐的腿上。

四儿娘深明玲儿的心，她听四儿讲过玲儿的身世，她用手轻拍玲儿那因哭泣而抽动的肩，如拍小时候的四儿一样。

那边屋里，四儿坐在姥姥屋的炕沿上，急急地从胸前掏出那戴着的鸳鸯佩的上璧，此时的四儿一手拿鸳鸯佩的上璧，一手拿玲儿给的鸳鸯佩的下璧，屏住呼吸，两只手向内一点点地靠近，眼睛直直地盯着。近了，近了，突然一道亮光，四儿只听"啪"的一声，只觉得手中一阵发热，瞬间手中拿的鸳鸯佩上下璧灼热烫手，四儿的手一哆嗦不由地松开了。四儿更是惊出了一身冷汗，忙伸手去接掉下的上下璧，已经来不及了，四儿只觉得右手腕处一坠，待定睛看时，一条红绳绕着手腕整整缠了两圈。四儿惊魂的心定了下来，一块被红绳系住的完整无缺的鸳鸯佩镂雕蟠龙谷纹玉璧在晃动。白白的鸳鸯佩玉璧上是满布血色的鸡血红沁，沁色随着玉璧的晃动一闪一闪，柔和而迷人。

"啊！"四儿忙用双手捧住这块鸳鸯佩玉璧，口中不觉"啊"出了声。这正是自己用古玉蝉碰过的那只对璧，现在又完完整整地黏接在了一起：看来我是玲儿的人了，四儿心想。

此时的四儿好像听到了师傅的话语："……日后，如有人持鸳鸯佩下璧与你的鸳鸯佩上璧相合，持璧之人，你可娶其为妻。"

"唉！看来我和娥子姐真是没缘了，娥子姐怎么办？"一想到娥子姐，四儿一腚蹦下了地，急急地来到娘的屋里，他要问玲儿：娥子姐在家可好？

趴在四儿娘腿上哭泣的玲儿渐渐地平静了下来，她觉得有点困了，她想在四儿娘的腿上就这么趴着睡上一觉，就如趴在自己亲娘的腿上一样，这是她久违了的享受，她想在四儿娘身上找回来。

突然，对面屋内一声响，也惊起了玲儿和四儿娘，四儿娘轻拍玲儿的手，还直直地放在玲儿的身上。俩人还愣着时，就见四儿手持玉璧跨了进来。

玲儿一见，急忙下炕，鞋也顾不得穿就迎向四儿："四儿哥！"玲儿甜甜地叫了一声。

"给！"四儿把这块完整的鸳鸯佩螭龙谷纹玉璧递给了玲儿，又急急问道，"你来时，娥子姐在家可好？"

玲儿见四儿递给她的玉璧，忙双手接住，心怦怦直跳，仔细一瞅，白白的玉璧，红红的沁，中间镂雕抬爪、张口、仰首、尾后卷，身体呈"S"状的一条螭龙，似咆哮，似飞腾。璧的周身实处满雕粒粒饱满的谷纹，如龙在丰收的大地，金黄的五谷上翻飞，一派五谷丰登、风调雨顺之气。细观此璧，有一种极强的生命力在涌动。她觉得奇了。

四儿问玲儿的话，玲儿早已听到，她没有回答，只是点了点头，她此时最关心的是她的鸳鸯佩下璧能否合上四儿哥的鸳鸯佩上璧，这是她的一生，这是她的命。

那涌动着生命的鸳鸯佩玉璧，展现在玲儿的手中，上下璧严丝合缝地合在一起，没有半点留痕。玲儿那颗狂跳的心醉了，才停的泪珠，又一次滚落，玲儿哭了，这是因喜而泣。玲儿转身上炕，一头扑入四儿娘的怀中，甜甜地叫了一声："娘！"

"哎！"四儿娘爽声地应道。

四儿一听玲儿那一声甜甜的"娘"和四儿娘那发自内心的应答，四儿心想：玲儿，娘认你了！

"娥子姐好吗？"四儿又问玲儿。

"好，我来时去看了娥子姐。"玲儿应道，她没有马上把娥子的一切和捎给四儿的那一缕青丝告诉四儿哥，而是和才认下的婆母说着话。唠了一会儿话后，玲儿下地帮才改口叫娘的婆母烧火做饭，她想吃过了饭再把娥子的事向四儿哥诉说。

可四儿有些等不急了，他想立马知道娥子的事，玲儿偏偏不说，她怕四儿知道后上火，吃不好饭，她心疼四儿哥。玲儿说这说那，岔开娥子的话题。待吃过饭后，帮婆母把一切收拾停当，重新坐于炕上，玲儿当着婆母，一一述说如何发现的下璧，娥子姐到玲儿家瞧热闹，又病倒，至玲儿去告别，剪断青丝捎给四儿，并发誓出家为尼等等。

说完后，玲儿打开包袱，取出娥子那一缕长发，慢慢地递给坐在炕沿上的四儿。

灯下，一缕乌黑的青丝，静静地摆放在一块发白的浅粉色布片上，青丝被两道红红的线绳困扎着，显得那么的无奈而忧怨。

四儿娘见状,"唉"了一声,对着未过门的媳妇玲儿说道,"你当时没拦着?"
　　"待我拦时已经晚了,不知什么时候她把剪子藏在了身下。"玲儿解释着。
　　"唉!这闺女的脾气有点烈,也是和四儿没缘,天底下比四儿强的多得是,何必走这条道呢?受那清灯之苦?"四儿娘听没过门的媳妇玲儿解释后说道。她说完这话,稍作停顿又道,"娥子这闺女虽然我没见着,从她能做出这样的事,这闺女是个烈性子,这样的人都有一手好活,甭说和四儿没缘,就是有缘,四儿和她也不见得能过到一起。这孩子也是,偏偏走出家的道。"稍停,四儿娘冲四儿说道,"娥子是因你而出家,你在家少待些日子,能不能回去一趟,好好劝劝人家闺女,要不然娥子后半生冷月孤灯不易啊!"
　　听了娘的话,四儿看那一缕黑发,慢慢地伸手拿了起来,连同那发白的布片,转身来到了姥姥的住屋,一腚坐到了炕沿上。黑暗中,四儿手捧娥子的那一缕黑发和包黑发的布片,心里酸酸的,泪往上涌。四儿想不让泪水流出,可怎么也控制不住,尤其那包黑发的布片,透出一股只有四儿能体会到的娥子那身上淡淡的体香。娥子那少女特有的体香,曾令四儿陶醉过,享受过。那种初恋至高无上的境界和情景使他终生难忘。麦草垛上,那个夜晚,娥子穿的正是浅粉色小褂。这包青丝黑发的,也正是从那浅粉色小褂上撕下的一片。那夜的初吻,那夜的拥抱,如果没有这些,怎么能害得人家好好地就要出家为尼?正像娘所说,冷月孤灯,娥子姐能行吗?远离红尘,寂寞与孤独相伴,这是心与意的历练。唉!娥子姐,我得去劝劝你,我就那么好吗?看来姻缘是天定,既然不能做夫妻,咱们就以姐弟相拜,我也会照顾好你的……
　　正如四儿所想的一样,娥子就是把那晚穿的小褂撕下了一片,包着剪下的头发让玲儿捎给四儿。玲儿有所不知,她就认为娥子姐随手拿个旧布片包头发,岂不知其中的情意所在。娥子那晚所穿的浅粉色小褂本已洗好叠匀,稳稳地放于箱中,本想留个长久的念想,不曾想会冒出个下璧来,偏偏自己又没能得到,看来是天意,自己与四儿无缘。因此,娥子一气之下,翻出那晚所穿之衣,撕成布条条,留下一片,包发捎给四儿,以表出家之决心。
　　四儿手捧娥子的布片黑发,倚坐在炕头上,一会儿沉思,一会儿朦胧,一会儿酸楚,一会儿自责。那晚的夜,四儿觉得特别的漫长。
　　玲儿在四儿娘的屋里,陪四儿娘说话,家长里短,很有分寸,她没有过来打搅四儿,她深知,人世情,男女爱,怎能一剪了断,让她的四儿哥慢慢地梳理吧,也许能理出个头绪来。

第十四章 其修远兮

四儿和娘商量后，决定到娥子家一趟，规劝娥子，最好不要出家。玲儿留在四儿家，陪着四儿娘，四儿姥姥刚走，娘一时半会儿的还放不下来，眼前还需要个人，玲儿手巧嘴甜，也讨娘的欢心。

娘虽没见过娥子，听四儿和玲儿讲娥子也是个好闺女。四儿娘自从见到娥子的头发，就很着急，恨不能马上打发自己的儿子去规劝娥子。四儿比娘更急，他要亲自去劝他的娥子姐，实在劝不了，他也不想和玲儿成亲了，以阻断娥子出家的念头。

四儿临出门时，娘把四儿叫到跟前，不知从哪里掏出个红包包，左一层右一层地打了开来。四儿一见，是一件玉观音佩饰，一寸来高，绿莹莹的，观音面部端庄慈祥。看质地，四儿知它是来自外邦的翡翠。四儿听师傅讲过：和田玉为软玉，翡翠为硬玉。原来翡翠为俩鸟名，它们的羽毛很美，翡即赤羽雀，翠即绿羽雀。通常翡翠的颜色有白、灰、粉、淡褐、绿、翠绿、黄绿、紫红等。按颜色和质地来分的话，可谓五花八门，有宝石绿、艳绿、黄阳绿、阳俏绿、玻璃绿、鹦哥绿、菠菜绿、浅水绿、浅阳绿、蛙绿、瓜皮绿、梅花绿、蓝绿、灰绿、油绿以及紫罗兰和藕粉等等不下二十种，还有红翡和黄翡等，尤其以玻璃地纯绿色为上品。

四儿娘给四儿的这件翡翠玉观音，算不上极品，可也不赖。四儿见状问娘："娘，您在哪儿弄的这件翡翠？"

四儿娘没有直接回答儿子的问话，而是叫四儿把头低下："你过来，把头低下，娘给你戴上。"

四儿伸手扶住炕沿，把头伸给了坐在炕上的娘的胸前。

四儿娘把拴在玉观音上的红绳套在了四儿的脖子上，并爱抚地用双手摸了摸儿子的头，说道："四儿，你又要走了，娘把这件玉观音送给你，这是你姥姥的意思。你走后，你姥姥每时每刻都记挂着你，刮风下雨，吃饭睡觉都念叨你，怕你淋了冻了，不知你吃没吃好，睡没睡着。唉，你姥姥记挂着你，做娘的都深感不如。这件玉观音，是你姥姥顶着太阳，熬着月亮给人家织网挣下的工钱，托人从县城里请回来的。你姥姥说，等你回来给你戴上，求观音菩萨保佑你平平安安。可惜，你姥姥没能等你回来给你亲自戴上，只有娘给你戴上了。你姥姥临走的前两天还提醒：你回来时，给她提个醒别忘了给你戴玉观音，唉……"

听了娘的述说，四儿和玲儿泪如泉涌，同声喊姥姥和娘，并把头双双地拱

在娘的怀里,四儿娘嘴里"哎!哎!"地答应着,一手抚摸着一个孩子的头,泪水刷刷地流了下来。自从四儿的姥姥走后,四儿娘第一次当着孩子的面,当着四儿和未来的儿媳,让泪,让思娘的泪,就这么尽情地流淌。

陪玲儿没待上几天,四儿就急急地上路直奔娥子家,晓行夜宿,整整走了两月有余,方才望见那个村庄,那个令他难忘而又留恋的地方。

这七十多天走的是十分的艰难,遇桥桥断,遇路路险。心里越急越遇事,桥断处一小孩落水,四儿仗着那好水性,救起了这孩童。孩童全家感激不尽,好饭好菜伺候着四儿,好床好被供着四儿。心急如焚的四儿说破了嘴皮子解释着,被救孩童的家人全当耳旁风,门前房后人看着,要好好地多让救命恩人多住几日。

路险处,为挣谁先通过,两帮商家运货的伙计打了起来,互不相让,以致打伤多人,惊动了官府,作为旁观者,四儿是唯一的见证,在衙门没做出判决之前,作为证人也不得随意离开。好一个四儿,就这么三折腾两颠簸,把个好好的行程就这么拉长了时日。

当四儿来到娥子家抬手敲门问娥子时,被告知娥子已离家多时。

自从断发捎给四儿起,娥子出家为尼的心意已决,但凡心没了,却时时盼四儿能回来见上一面,以抒情愫。可偏偏四儿在来的路上,遇到了诸多麻烦,耽误了和娥子见面的机会,成为四儿的终生遗憾,这也是天意所定,前世的安排。

在玲儿离开娥子没几天的一个傍晚,一位老态龙钟的老婆婆,头包蓝巾,一手持拐杖,一手拿破碗,行乞到娥子的家门口。说来这位老婆婆也怪,早上人们起来就见这位老人挨家挨户的行乞,给水喝不喝,给饭吃不吃,只说来找十九年前她走丢的干孙女,走走停停,停停歇歇,累了困了,蜷曲个身子在墙边院旁困上一觉,任凭村童在身边嬉戏玩耍。

来到娥子家门口时,娥子家的院门已经关上了,老婆婆坐在大门口,右手持杖,紧一下慢一下地敲打着院门,嘴里不知嘟囔些啥。

吃完了饭,守着一盏孤灯的娥了,本想了断凡尘一心出家,岂不知红尘如此难脱,无论走、坐、站立,夜不能眠,一闭眼一凝神,四儿的音容笑貌,时刻在她的眼前出现。她想那麦垛上的幸福时光,她憧憬着和四儿的未来,到四儿家后做个好媳妇,好好地孝敬婆婆,伺候男人,将来……唉——姻缘看来是天定,要不怎么就出来个下璧?她甚至想到还是自己命苦,做个女人,出家就不能为人母,那岂不枉来世上一遭……自己剪断了头发,送走玲儿后,伏枕大哭不止,连她自己都想到,自己也太犟了,世上男人有的是,可偏偏被四儿勾了魂,不该一气之下剪头发……

娥子正在红尘未断挣扎时,就听门外似有人敲门,断断续续、敲敲停停。"咚!咚!咚!咚!咚!咚!咚!"稍停,那咚咚声又起,是谁?怎么这么敲门?娥子披了件衣服下了炕,走到大门外,随口问道:"谁啊?"话落双手推开了大门。

"谁？是我。"老婆婆应道，随手抬起了拐杖。

"啪！"的一声，娥子还没看清门外何人，头上就被重重地打了一下。

"哎呦！"娥子叫了一声，双手捂住了头，顿时娥子的额头上起了个鸡蛋大的包。

按娥子的脾气，早就火冒三丈了，可她仔细一看，眼前是位要饭的老人，火就压了下去。用手揉着头上的大包，跨出了大门，用另一只手扶住了颤颤巍巍站起的老婆婆。

"对不住了老奶奶，我没听见你敲门，让你在外等了不知多久。"娥子忙对老婆婆说道。

"净想那男女之事，怎能听到我敲门？"老婆婆应道。

娥子听了老婆婆的回话，满脸羞红，忙拿话搪塞道："请老奶奶快来家吃饭。"

"哎！"老婆婆应道，"我千里迢迢来寻你，水米没沾牙，找到了门口敲了半天，愣是不出来，在家里想这想那。不来领你，你凡尘难了，今晚我要和你好生念叨念叨。"

"来领我？"娥子纳闷了，接着问道，"老奶奶，你是谁？怎么认得我？领我干啥？"

"我自梵净山而来，领你到清虚庵出家。"老婆婆慈眉善目地答道。

"噢？"娥子想起了那个晚上，那个梦：当时自己已站在了清虚庵门口，从院墙里传出的那令人身心愉悦，置身于佛国的袅袅佛音之前，使她多么的向往，至今那婉转而悠扬的美妙之音还时不时地在她耳畔奏响。她多么想那老尼能快快地领她到每时每刻都能听到仙音的地方。每当她的耳畔有那佛音萦绕时，她都想能尽快跨进那座庵门，尽快见到那位老尼。

如今老尼就站在她的眼前，她却没能认出，看来自己还是肉眼凡胎，娥子叹道："老奶奶莫怪，快来家。"娥子搀着老婆婆来到家中，把老婆婆让于炕上坐下，自己站在炕前地中央，"扑通"一声跪了下来，口中连声道，"师傅，快些领我到清虚庵。"

坐于炕上的老尼看着跪着的娥子道："姑娘，你虽与佛有缘，但你年纪轻轻，清虚庵里冷清虚无，一令蒲团，盘腿一坐，看孤灯熬明月，漫漫长夜，靠的是心和意。一心参禅，你行吗？"

"师傅，有你调教我能行。"跪着的娥子斩钉截铁地回答。

"好！你起来，坐到炕沿上。"

青灯一盏，老尼与娥子面对面而坐。整整三个晚上，青灯不灭。

第四天头响，从娥子的家门口走出一老一少两个行乞的人，衣衫破旧，手持拐杖向南而去。只是那个年轻的女人时不时地回头看那才走出的院子、房子和自己从小长大的村庄。

四儿从娥子的家人口中得知，娥子随一个要饭的老婆婆走了，说是到梵净山清虚庵出家，并留下了话：你如能来一趟就行，她就知足了。让你不要去找她，你就是找到了她也不会再见你。

四儿听娥子家人的话，越发懊恼不已，都是路上出了这事那事，要不然就能和娥子见上面了，兴许劝劝她，她能回心转意。既然没见上一面，我就去追，一直追到梵净山什么清虚庵，你越不见我，我越要去见你。四儿的犟脾气也上来了，非把她劝回来不可。

四儿一路打听一路追寻，用他学会的手艺沿途干活吃饭。东家干几天，攒了几个钱再走，西家干几日，攒够了路费再上路，一路辛苦，直追到梵净山下。

开始四儿不知，他想娥子出家可能就在眼前不远的什么地方，可他一打听，方圆几十里没有什么叫梵净山的。他就沿途问路人看没看见一个老婆婆领着一个年轻女子乞讨？人们告诉他，看见过一老一少往前边走了，那还是好几天前的事，四儿认定路人所说肯定是老尼和他的娥子姐，他就往前直追。

有一天四儿追到一尼姑庵前，一打听才知道：原来梵净山远在千里之外的黔地，远在要荒之处。就是说四儿只有走到贵州，才能找到梵净山。四儿还听说，梵净山开发于明万历年间，是继峨眉山、五台山、普陀山、九华山之后的又一座佛教朝拜的圣地。既然是佛教圣地，我更要去看看、去朝拜，沾一沾佛家之气。

四儿是一路走来，一路看，全当游山玩水，木工活泥水匠什么都干，可谓是吃百家饭追千里路，直寻到那路人所说就在前边不远处的一老一少乞讨人。

一日，四儿晌午时分来到了一个集镇，肚饥便寻了镇中的一个饭馆子坐了下来，他坐的地方靠墙能望见门外街景的位子。因是到了中午正当饭口，馆子内吃客满屋，十几张桌子已满满当当。跑堂的送上一杯热茶递于四儿，让他先喝茶，再等饭。四儿慢慢地喝着那散发着浓郁香气的茶水，抬眼看门外的街景。这是一个非常热闹的集镇，车水马龙，四方商贾云集，你买我卖，公平交易。

原来它是离杭州不远的一个货物集散地，在多日的追寻中，过桥趟河，绕山过岭已在不知不觉中来到了杭州地界。俗话都说上有天堂，下有苏杭。这里的美女与丝绸天下闻名，坐在饭桌旁的四儿眼望着门外，心想：待吃过了饭，到街上转悠转悠，选个好看的丝绸，扯上一块，回去捎给玲儿……正想间，就见门外来了个红光满面，五六十岁身披袈裟，右手持禅杖，左手持一铜钵的和尚。说来也怪，四儿眼瞅着这位和尚进了门，只见他绕过了几张饭桌，径直来到了四儿跟前，伸出了持钵的左手，稳稳地立在了四儿的眼前，两眼含笑，满脸慈祥，看着四儿一声不语。四儿看立在眼前的身披的袈裟和手持的禅杖的和尚，没有什么反应。少顷，只见这位和尚持钵的手往四儿的眼前伸了伸，正看袈裟和禅杖的四儿见状，抬起了右手拂了一下。四儿只这一拂，和尚含笑点了下头，转身绕过众人跨门而去，四儿见此立马也站了起来。这时坐在同桌和邻桌的几位

244

上了年纪的人，也七嘴八舌地开了腔："孩子，和尚进门俺都看见了，他绕过众人直奔你，是向你化缘，你没有多还有少，怎么能一点也不给，拂了出家人，你与佛有缘，和尚才向你化缘，这屋里多少人，为什么单单相中了你？还不快追！"

四儿一听众人言，十分懊悔，跨步追向门外，身后跑堂的刚把四儿要的饭菜从厨房中端出，见四儿疾步向门外走去忙喊："客官，你的饭菜！"四儿睬也没睬，跨步向门外。

门外是一条南北直通的大道，大道两旁店铺林立，行人熙熙攘攘，和尚早没了踪影。四儿站在街上南瞅北望：嗯？只一句话的工夫，脚前脚后，和尚怎么走得如此之快？四儿忙向南追去，在人群中打听，都说没见过身披袈裟、手持禅杖的和尚。四儿又返身向北寻找，向路人打听，人们压根就没见过什么五六十岁、红光满面的和尚。四儿见寻不到化缘的和尚，就在路边小贩处买了两个馒头，边吃边打听。小贩告诉四儿：往下十里就是杭州府，那里佛寺很多，你说的和尚可能就是那里的，出来化缘碰上了你。你去杭州打听打听，杭州府最出名的是灵隐寺，那里有僧人三千余，他可能就在其中。四儿一听，直奔杭州府，找那化缘的和尚去了。

傍晚时，四儿来到了灵隐寺。灵隐寺是江南最著名的古刹之一，它建于东晋咸和元年，为杭州府最早的名刹。有九楼、十八阁、七十二殿堂，整座雄伟寺宇深隐在西湖群峰里，灵隐寺是在密林包裹清泉环绕的一片浓绿之中。它太大了，四儿来到了灵隐寺，却不知所措，偌大个寺院，佛徒几千，要找一个只见过一面的化缘和尚，谈何容易？

四儿转寻了几个殿堂，看这些出家人，有的打坐念经，有的清扫院落，有烧香的，有担水的。看过几个，几十个，要寻找的那化缘的和尚的面容，在四儿的脑子里早没了印象，看看这个是，再看看那个又像。

天晚了，累了的四儿找到了当家和尚，把自己为何来到灵隐寺，寻找向他化缘的和尚之事向这位当家和尚一一道出。那位当家师傅立刻安排四儿吃住，并笑道："施主，心到缘到，你的心已经到了，还要见他作甚？老僧送你一句话：人生在世要懂'舍得'二字的真谛，并非施出钱财就是舍，你明白吗？你的抬手一拂，连笑一笑都舍不得，你还能舍得什么？你又能得到什么？"

四儿一听老僧的话，立在了那里"哦"了一声，似有所悟。

老僧说完这话，手持拂尘转身走去，口中吟道："一钵千家饭，孤身万里游。他们都是大智者，如白云像清风，化得一文钱财，并非己用，全为向佛之人，修庙建寺，弘扬佛法，善哉！善哉！"

四儿听了老僧的吟咏后，对出家人更加敬重几分。

晚上四儿在寺里吃了斋饭，就被一年轻的和尚领到睡觉的地方安顿了下来。

睡到下半夜，领四儿睡觉的和尚又来到了四儿的睡屋，他叫醒四儿，领着就走。睡眼惺忪的四儿，迷迷瞪瞪地跟着这位僧人七拐八拐地来到了一个屋子跟前。四儿虽是惺忪，但沿路的景致、房屋，甚至那假山、喷泉，还能在月光下分辨出个七八，他好像在哪里见过。四儿跟着僧人，边走边想，他想起来了！这是在追娥子的途中，夜宿客栈，梦里的情景和这里一模一样，那个假山、假山旁的那棵树都一样，他记得那是棵上百年的黄杨树。在今夜，假山旁黄杨树依旧，只是在梦中他没能走进那个屋子，他被一泡尿憋醒了。

在那个屋门前，领四儿的僧人站住了，只见他轻咳了一声，抬起右手，抓住了一个铺首下吊着的铜环，向着那厚重的木门"叭！叭！叭！"敲了三下。

只这"叭！叭！叭！"三响，似敲进了四儿的心，四儿一激灵，眼睛立马来了神。他顺声一看，这个屋子的门，黑红色泛着黝黝的光，你只要看它一眼，就知其年代之久远，再看那两扇门上镶着的一对铺首，四儿知道，这间屋子非同一般，内里若无宝物，必有高人。

你知那对铺首是什么？原来是晶莹通透、玉感极强的和田白玉高浮雕，雕琢而成的螭龙配阴刻的卷云纹组合的一神兽头像，雕琢刀法简洁而精细，打磨光滑，外镶铜边，下吊一铜环，被镶在两扇门的上方，既威武又庄严，使人望而生畏，令一般人不敢轻易触碰。四儿一看它的风格和神韵，就知是汉代之雕琢手法。他在玉石谷里看过这种风格的玉器，四儿见此大气不敢出，蹑手蹑脚，紧紧地跟在僧人的身后。

三声敲门声响过，门内传出了一声："进来吧！"

领四儿的僧人听到说话声，轻轻地用双手推开了两扇厚重的屋门，两扇看似那么厚重的屋门，却悄无声息。四儿随僧人跨过了高高的门槛，进到了屋内。

屋内两支硕大的蜡烛在滋滋地燃烧，照得屋内一片明亮，看那蜡烛上的烛泪，就知这支蜡并非今夜点燃，屋内的主人看来经常光顾此屋。

在明亮的烛光下，四儿看清了屋内的摆设，靠墙不远处是一个半人高的木架，木架的横梁上挂了一件器物，器物的正下方的地上，放了一个木盆，木盆旁立着一个木桶，木桶里是一桶清水。在屋内地中间是一张席子，用芦苇编成的，四儿太熟悉它了，老家的炕上铺的就是这种席子，几年也舍不得换，边角破了，娘就用碎布补上，经过几年的盘坐摩擦，苇皮已变成了褐红色，亮亮的、滑滑的。

现在看到的这张席子，也是那种腚磨手搓的那种浸透了汗油的颜色。席子正中放着一张六尺多长的木桌。这张席子比自己家炕上铺的大了许多，木桌摆在席子中间，并不显得怎么大。木桌的一侧盘腿坐着一个老僧。

看见四儿进了屋，老僧手捻佛珠抬起了头，四儿一看，坐着的正是四儿傍晚时见到的灵隐寺长老，那位当家的老和尚。

四儿有些纳闷，深更半夜，领我到此干啥？四儿忙问："师傅，叫我到这里干什么？"

老僧道："什么也不叫你干，叫你来看样东西。"老僧说完这话，又道，"你坐下。"

老僧的话，容不得四儿半点回话之余，他顺从地在席子边脱掉鞋子，也像老僧一样，盘腿坐在了桌子的另一侧，老僧的对面。

"你还要找向你化缘的那个师傅吗？"

"不找了。"四儿摇了摇头。

"为什么？"

"听了您说的话。"

"不，你从出了那个吃饭的地方，追出第一步，你已经悟到了。你能够追那和尚直到灵隐寺，并非要见他一面，你是要随缘。随缘处处有，不必到寺院，对一草一木，一山一石，对生灵，对弱者，对需要你帮助的人，你都要善行待之。"

四儿听了老僧的话，似懂非懂地点了点头。四儿猛然间又细看了老僧一眼，急问："师傅，您就是我追的那位师傅吗？"

老僧笑了笑，摇了摇头："我不是，我什么也不是，我只知道种瓜得瓜，种豆得豆。"老僧说过这充满无限禅机的话之后，双目微闭，双手捻起了佛珠，口中念念有词。四儿听不清老僧口中念的什么经，但他注意到了这位老和尚手中捻动的这串一百零八颗的佛串。

佛珠本是佛门高僧和与佛有缘的人念佛的工具，为修行佛道，念佛时以佛珠颗数为记数，通常用于念诵经文、法语和佛与菩萨的圣号、咒语时使用，它是佛家子弟和信佛的人的一种随身法器，可利己可护身，可集中思念，消除烦恼，可祈求宁静，求佛保佑。

佛珠通常分作三种：一是持珠——以手持捻掐的佛珠；二是戴珠——戴在手腕或臂上的佛珠；三是挂珠——挂在颈上的佛珠。出家人，尤其是大德高僧在法会上时，都要穿法袍，悬挂珠。那传承下来的老佛珠在其特定的颗数和相通的佛经之间，已被历代高僧大德之士修行念佛时贯通交融过，是难得一见的宝物，轻易不肯示人。

那每串佛珠都由一定颗粒的珠子串成，其特定的数目都有源由，都被赋予了一定的含义，材料也各不相同，多以珍宝玉石、奇异果实、琥珀蜜蜡、菩提珊瑚……串成。数目源由各不相同，在《金刚顶瑜伽念佛经》和《数珠功德经》及《文殊仪轨经》、《陀罗尼集经》中都有详细的记叙。壹仟零捌拾颗，表示十界各有壹佰零捌种烦恼，合成壹仟零捌拾种烦恼；壹佰零捌颗，表示求正百八三昧，而断除壹佰零捌种烦恼；伍拾肆颗，表示菩萨修行过程的伍拾肆阶位；肆拾贰颗，表示菩萨修行过程的肆拾贰阶位；叁拾陆颗，为壹佰零捌的三分之一，其含义以小见大；贰拾柒颗，表示小乘修行肆向肆果的贰拾柒贤位；贰拾壹颗，

表示拾地拾波罗密、佛果等贰拾壹位；拾捌颗表示拾捌界，即陆根、陆尘、陆识；拾肆颗，表示观音菩萨的拾肆种无畏。

四儿一看老僧手中那快速捻动的佛珠，可不得了，只见在烛光下，五彩飞动，如一条五彩金蛇在老僧双手间上下蹿动。那串佛珠随着老僧口中经语的吟诵，声音抑扬顿挫，时快时慢，渐渐地佛珠发出了道道光芒，在老僧的周身形成了一圈五彩光环，老僧被罩在了光环里。

四儿一见那佛珠发出的光，他知道今夜遇到了佛家宝物，那串佛珠就是师傅曾向他说过的五彩玉。老僧手中的佛珠，如成人小拇指肚般大小，鼓形，周身浅浮雕琢刻减地卷云纹，白玉质地，共壹佰零捌颗。

老僧手中的这串佛珠，原是一居士家传宝物，于东晋咸和元年印度国僧人慧理禅师传入的。本来这串佛珠只有三色沁，后经灵隐寺住持代代相传，念经、捻动，慢慢地变成了如今四儿看到的五色沁。五色沁价值连城。五彩即是玉的五种沁色，十分难得。古语云：玉得五色沁，胜得十万金。沁色并以盘"透"为贵也，单就沁色而然，有十几种或几十种之多，称谓多矣。唐人仲之元在所作名篇《玉赋》中，对黑、红、白、黄孩儿面等沁色描写道："五色相宜，千名竞出。振鹤羽以益鲜，耸鸡冠而增焕。匪蒸栗之足侔，何纯漆之能乱，或见女以青衣，腾虹于白气。山林孕之而含郁，川渎育之而涟漪。"可谓佳句，画龙点睛之笔。

这串佛珠为灵隐寺镇寺之宝，常人如能够见到，那是有极深的佛缘和莫大的荣幸。就连在灵隐寺出家十几年的和尚，达不到一定的修行都难得一见此串佛珠。五色沁玉是极其珍贵的护法护身玉，有五星聚奎，万福攸同，群仙上寿之说。

四儿一见那五彩光环笼罩下的老僧，原是坐着的四儿忙跪了下来，双手撑地，低下了头。就在四儿低头的瞬间，他偏头瞥了一眼，只见铺在地上的席子的一角，压着一个比大人拳头还大的玉器。

跪在席子上的四儿，抬头看了 眼对面的老僧，老僧双目微闭，双手十指仍在捻动着那串五色沁的白玉佛珠，口中念念有词。四儿看老僧的双手，只觉得他在捻到隔珠时略有停顿，而后又快速地捻动起来。看看老僧旁若无人地捻珠念经，四儿就向席角那个玉器爬了过去，就着烛光，四儿看清了：那是个白玉雕琢而成的如秤砣样的东西，四儿双手把它捧了起来，足有三四斤重。细看上面雕着朵朵祥云，浅浮雕减地琢刻着一龙一凤，龙凤全身缠绕着全器，穿于云中，螭龙头望着凤，凤眼观螭龙，大有吞云吐雾之感，如活了一般。

四儿看后，规规矩矩地把这件手捧的玉器又放回了原处。他听师傅讲过：这种玉器为席镇，是镇压席子的四角，以防席角卷起。他又往后往右看了看，铺在地上席子的另三个角上，也各压着一个玉制的席镇，只是颜色不同，分别为黄、碧、墨色玉质，在烛光下发着奇异的光。四儿转头又看了看刚才手捧过的那个白玉席镇，此时也是奇光闪闪。四儿不知，那四色玉镇代表着天地神灵，镇压四方。

　　四儿见状，规规矩矩地又爬回了老僧的对面，他知道，今夜此地非同一般。

　　四儿恭恭敬敬地向老僧磕了三个响头，双手扶地，轻声道："老师傅，敢问您老今夜引我来此，为何？"

　　五彩佛珠停止了捻动，老僧经声停，睁开了双目，少顷抬起了持珠的右手一指靠墙木架上挂着的器物，说道："今夜叫你来，帮我把那个器物装满水。"

　　四儿一进来时就看见了这件挂着的器物，这时又听老僧说叫他来帮助装水，内心感到十分的好笑：区区此物，容不下几斤水，更何况木架下还有一大桶清水，现成的水，装现成的瓶，那还不容易？

　　四儿爬了起来，没走几步就到了木桶旁，低头看那木桶，木桶里漂着个竹提子。那个东西四儿晓得，搬到仙人岛后，后街上有个小杂货铺，杂货铺里卖酒、卖醋用的就是这种竹提子，今晚在这里又看到了，四儿觉得很亲切，一下子拉近了家与寺的距离。寺与家在心中的距离虽近，要想离家进寺却没有一定的恒心，那是相当的不易，这点四儿却不甚懂得。

　　四儿手拿竹提子，往桶中的清水里一伸，往上一提，一提子水满满地打了上来，足足有一斤。他右手持那提子，左手扶住了挂在木架上的那个瓶，把一提子水对准那瓶的瓶口，"咕咚！咕咚！"一滴不漏地灌了进去。灌完了一提子水，四儿又舀起了第二提子水，照旧要往那个瓶里灌。

　　这时老僧又发话了："左手不要扶那个欹器，只用右手往里装水！"老僧的话不容半点质疑，并带有命令的口吻。

　　装水还不让用手扶，这是个什么玩意儿？老僧的话语，勾起了四儿的好奇，他只心里想，话却没出口。只是在装水时，细细地看了这个叫什么欹的东西。这一看，四儿吓了一跳，刚开始四儿被老僧手中五色沁的佛珠所吸引，后又看到了那四色玉质的席镇，而忽略了这架子上挂的东西。

　　这个叫欹的器物，如瓶似罐，底部尖尖，在瓶身上部一边一只系耳，瓶口如吃饭的小碗大小。两个系耳是爬着的螭龙形状，螭龙头朝上，微微仰起，如想爬到瓶口观看。那弓起的腰身正是那麻绳穿系处，四爪紧紧地趴在瓶身上坚而有力，有咬定青山不放松之感。整器莹润如脂，滋润而泽，有酥糯之神韵，吹弹掐捏，如淌脂流油之状，是羊脂白玉中的最上品。在烛光下，闪着萤火虫般的光芒，周身显现斑状松香沁，沁色萧散秀逸，沁层深入肌理，水倒进去，外观可见隐隐的水平线，极其洁白通透。

　　四儿观瓶一番，知是非同一般人家所有，定是一件古器，并为皇家所有，立刻放提子于桶中，匍匐于老僧前，低声道："老师傅，你说这个叫欹的是什么器物？为什么叫我往里装水？"

老僧似没听见一般，问非所答："你给我把它装满。"

四儿听罢，只得起来又满满地打了一提水，"咕咚咕咚"地又给那个器物灌了进去。四儿瞅瞅这个欹内的水线，又打了一提子清水灌了下去，本来是端端正正的欹器，四儿第五提子水下去后，这个吊着的欹器的口慢慢地往下倾斜，水眼看着淌了下来，四儿赶紧把个空提子对准那淌下来的水流。屋内静极了，只有那流淌下来的水声"哗哗——哗哗！"

静夜、静屋，那流淌下来的水声，显得那么的大，那么的响，尤其从那欹器中流出的，震人耳鼓，使人心颤。

接水的提子，慢慢地被从倾斜的欹器中流淌下来的水装满了，整整一提子。两耳吊着的欹器又恢复了端端正正的姿态，稳稳地正正地吊在木架上。里面正好是四提子水，重量四斤。

"咦！怪了！"装四提子稳稳当当，装五提子满了，它却斜斜地全给倒了出来，多一点也不留。

四儿又将提子中的水倒了回去，依旧，欹器倾斜了，把才装进去的水又给倒了出来。

"这是个什么器物？就这么给它装进去，它又给吐了出来，这么倒来倒去，何时能把它装满？"四儿疑惑了。

四儿装了几次，总也装不满，四儿泄气了，一腚坐在了苇席上，把个竹提子"嘭"的一声扔回了那个木桶中，水花四溅。

一直在看四儿的老僧，这时发话了："你能给它装满吗？"

四儿规规矩矩地又重跪在老僧的面前，听到老僧的问话，没有做声，只是摇了摇头。

"你知道为什么吗？"

"不知道，还望高僧指点。"四儿改口称老师傅为高僧。

"我告诉你吧，今夜叫你来，教你怎么做人的道理。"

做人与这件东西有什么关系？四儿心想。

"这件东西它起源于尧舜时代，原是人们打水的工具……"老僧向跪在面前的四儿娓娓道来，"叫欹器，用陶土烧制而成。这个欹物奇异之处就是当你把水装满时，它就倾斜了。把多余的水一点不留地倒了出来。你如果把水装到与系耳平肩时，它端端正正。如果一点水不装，你仔细看，看似正实少倾。春秋时，孔子在鲁国为官，被后人尊为'至圣先师'，是当时天下最博学的人，有弟子三千，更有身通六艺登堂入室者七十二贤。他常带他的学生周游列国讲学传儒。

"一次他在讲学，他的弟子言偃，手持陶欹打水往众学子砚台内注水研墨，而每次言偃持欹从井中打水并从孔子身旁经过时，欹器口中总往下淌水，到学子座位旁时，欹器提在言偃的手中，中中正正，滴水不漏。孔子命言偃打一盆水，往欹器中装水试之，于是孔子看到了欹器的奇异现象。论道：虚而欹，中而正，满而覆，并总结为做人的大道'满而覆，谦受益，满招损。'人在得意时要学会收敛、自制，谦虚而受益，骄傲之满而招损。损之古释为减少和失去，自满将减少和失去你要得到的东西。

"这件欹器为上好的羊脂玉雕琢而成，据传为越王勾践卧薪尝胆时命玉工依欹而琢，支架吊挂于坐旁，坐上悬胆，坐旁立欹，以便坐卧时都能看到，时时警醒勉励自己。越王勾践尝胆卧薪，他也读懂了孔子论欹之道，如是苦心经营几十年，终成江淮一带霸主。

"后来这件玉欹器流出宫外，只有有大德明君时它才出现于宫内。朝廷衰败昏君无德时，这只玉欹器又不知所踪。久而久之，当它在皇宫内出现时，帝王们都倍加珍惜，好生供奉，检点自己，因此帝王们视其如传国玉玺一般。汉武帝时，流传宫外的这件玉欹器被一大臣从民间一孩童手中所得，进献于武帝。武帝一见大喜，命进献大臣带孩童进宫领赏，大臣却遍寻不见这个孩童，问之，村人皆不知。寻遍方圆几十里，无一家有如此这般相貌的孩童。大臣空手而复命，武帝知后，率众臣于发现孩童处，以牺羊、牺牛、牺猪、三牲而祭，顶礼膜拜。

"回宫后武帝命宫内玉工选用最好的籽玉，仿琢一只一模一样的欹器。欹器琢好后，装水试之，不是淌得多，就是留得少，与这只流传下来的玉欹器装水量总不一样，歪歪斜斜。武帝大怒，命人再仿，依然如故，连仿三只，只只如此。汉武帝命人把琢欹玉工打入大牢，并下旨，永不得仿之，至此后代均视其为神物。要说越王勾践所做的这件羊脂白玉欹器，也真叫绝，整整装四斤水，不差分毫，谓之四平。半斤的提子打八下，谓之八满，其实欹器并没满，只是在一斤提子打四下的水平线上，中而正。"

"后来呢？"跪着的四儿听到这里，他明白了孔圣人以欹论道的深刻内涵，并好奇地问了一句。

正讲的老僧听了四儿的问话，并没有马上回答，而是反问了一句："今夜叫你来，你知道了做人之道吗？"

领悟了欹之大道，四儿忙向老僧叩头："谢谢大师点化。"四儿这一次又把对老僧的称呼由高僧而改为大师啦。

"哈！哈！哈！"老僧听后大笑，笑声在静夜中由屋内传向屋外。

灵隐寺那晚没人入睡，打坐念经的和尚们凡听到老僧的笑声，都有同感，如沐浴一般。

伴随着老僧的笑声，燃烧的蜡烛，那烛花也"啪！啪！"的连连爆响。

"后来嘛，"老僧接着四儿的问话道，"这只玉欹器为唐太宗李世民所得，太宗文治武功，重用魏征等名相良将，使大唐成为天下第一强国，是有史以来

有名的盛世，史称'贞观之治'。"

"'贞观之治'最被人称道的是他的开明，太宗兼听纳谏，终使大唐昌盛繁荣。《贞观政要》中记述：商旅野次，无复盗贼，囹圄常空；马牛布野，外户不闭，又频至丰捻，米斗三四钱，行旅自京师至于岭表，自山东至于沧海，皆不赍粮，取给于路。入山东村落，行客经过者，必厚加供侍，或发时有赠遗。此皆古昔未有也。

"太宗在其宝座旁，左悬铜镜，右悬玉欹器。他常对大臣们说：'以铜为镜，可以正衣冠；以古为镜，可以知兴亡；以人为镜，可以明得失。玉欹器是我的座右铭，它时刻提醒我：满而覆，谦受益，满招损。'"

"座右铭也由此而来吗？"四儿问。

"是的。"老僧答。

"再往后呢？"四儿觉得好奇之事，总是愚叨起来没完，好问个究竟。姥姥在时，就跟四儿的娘说过四儿什么都好，就是这愚叨病不好，这时他就又盯上了老僧。

"以后玉欹器到了清乾隆帝手中，乾隆一生好玉如痴，成天把玩不止。上朝时他就命人把这件宝物悬挂于宝座右侧，忙完朝政，乾隆帝都要往欹器里装水把玩几次，完后带回他的书房。"

"再以后？"四儿又往下问。

"再以后，你就该走了。"

"我该走了？"跪在席子上的四儿听了老僧的这句话后，自语自答，"是啊，该走了！"

说完这话后，跪着的四儿又向他尊敬的高僧大师叩头致谢，完后站了起来。稍停，四儿又想起了什么，他想问问眼前的这位高僧大师，可容不得四儿发问，四儿就觉得大师好像站在了他的身后，用手推向自己，四儿还没来得及穿鞋，脚下已趔趔趄趄，四儿已不知怎么跨过了那高高的门槛，脚下不稳，"扑通"一声，一腚坐在了门外，又听"啪"的一声，一个物件落在了自己跟前。就着月光，四儿用手摸去，一摸，"咿！"原来是自己进门时脱下的那双布鞋。四儿赶紧把鞋套在了自己的脚上，一挺身站了起来，他跨前一步，伸手抓住了白玉螭龙雕神兽铺首的铜环，"啪！啪！啪！"地敲了起来。

屋内静寂无声，四儿又"啪！啪！啪！"地敲了三下。

静静的夜，静静的寺院，那铜铺首磕门声显得那么的响，"呼！呼！呼！"地传出好远。

"别敲了！"门内传出老僧的声音，"天亮吃完了饭，你就走吧！别忘了，到南普陀寺去一趟。"

"去那儿干啥？"门外的四儿高声问道。

"你与那儿有一段佛缘。"

"真的吗？"门外的四儿问。

"去了你就知道了。"

"大师，你现在能告诉我吗？"

门内无声无息。

四儿又想敲门，再问。就觉得有一股力推向自己，"扑通"一声，四儿被推出丈外，摔在了地上，疼得四儿"哎呦！哎呦！"的直揉腚。

早上吃过早饭，问寺里的和尚得知，那普陀寺在福建厦门东南，建于唐朝末年，宋改名普照寺，明初寺院荒芜，到清康熙年间才得以重建。从此香火兴盛，名僧辈出，成为宏大的闽南名刹，寺内主要供奉观世音菩萨。灵隐寺的和尚告诉四儿，南普陀供奉的观世音菩萨，进香许愿，极其灵验，真可谓大慈大悲救苦救难。四儿一听，越发心急，背起行囊急急地离开了灵隐寺，恨不能一步到普陀寺。

四儿一路不辞辛苦，终于来到了厦门，厦门有普陀，普陀而兴厦门，这里一片歌舞升平。四儿找到了一个客栈住了下来，他打算好好地歇息一下，第二天到南普陀寺去。

晚上吃饭时，店老板瞧四儿是个外乡人，就跟四儿攀谈起来。一聊得知四儿为何来到这里，店老板告诉四儿："普陀寺在东南，你站在高处，看那金光闪闪处就是普陀寺。看来你是有缘，明天早起你最好是吃素，并到那集市上购得一生灵，放生于普陀寺山门前的放生池。看来你也不是富家子弟，你的吃住我就全免了，省下来的钱你好捐个香火钱。"

四儿听后那个感动，南普陀寺座落之地，人都这么行善。四儿知道什么叫吃素，因四儿的姥姥是个信佛之人，初一、十五吃素。第二天早晨，他问清了在什么地方能吃到素食，集市在什么地方后就直奔那集市而去。

集市上人头攒动，熙熙攘攘，四儿挤了进去，从这头挤到那头，卖什么的都有，可就是没一个卖活物的。四儿又挤了个来回，仍然没有。四儿站在了集市口上东张西望，看看能不能碰上个赶集晚了的，卖个什么活鱼活龟之类的，他好买了去放生。等了半天，仍然没有，四儿的肚子也饿了，索性先吃了饭再说，他就向那南普陀北的素食一条街奔去。

四儿本不知素食一条街在什么地方，行人告诉他素食街在普陀寺跟前，客栈老板也这么说。于是四儿东瞅西瞧，他看到了集市不远处有一棵大树，他直奔那大树而去，到了树下，他才发现这棵大树好大好大。这棵大树占地近一亩，分不出哪是主干？哪是分支？就看那树根大部裸露在外，苍劲而有力，就像四儿家搬到仙人岛后，退大潮赶海抓到的大巴梢鱼，根根树根如大巴梢那长长的带有吸盘的长腿，紧紧地抓向地面，伸向地下。

四儿一问才知，原来这种树叫榕树，气候潮湿，树干上生有气生根，气生根长到能够到地面时，抓地生长及成干，素有"独木成林"之美称。这棵大榕树没有千岁也有个七八百岁，四儿哪能分出个主干侧枝。只见那油油的叶子，苍翠欲滴，遮了好大好大一片阴凉，简直就是一小片树林。

四儿搂住一个不知是干还是根的柱子，"噌噌噌"如猫一般地蹿上了树。树上的枝叶太茂密了，四儿腾出右手拨拉一下挡住眼睛的枝叶，向东南方向望去，只见那东南不远处，偌大的一个寺院，寺院内巨大岩石上金光闪闪，四儿细看，那金光闪闪处原是一个巨大的贴金"佛"字。远望那闪闪的"佛"字金光笼罩了整个寺院。

四儿看到了金光，知道了普陀寺的位置所在，一出溜下了树，大步走向普陀寺，少许便找到了素食一条街。这里的饭馆一律出售供佛之人和到普陀寺进香、许愿、还愿等佛家弟子和居士们吃的斋食。

普陀寺的素斋，在闽南佛界久负盛名，久而久之普陀寺的素食秘方流出寺外。因到普陀寺的香客众多，又有个不成文的规定，凡到普陀寺的信众当天必食素，寺内又招待不了这么多人，寺外吃斋念佛的人就开起了素食馆，也是寺内的和尚有意把素食秘方传于他们，以积功德，所以这里的生意异常兴旺。

素食街的饭馆，做出的素食与普陀寺内的一样，用料极其讲究，有面筋、粉干、豆腐、豆皮、素鸡，各种蔬菜、蘑菇、木耳等，还配以闽南特产荔枝、龙眼、竹笋等等，做出的素斋，色、香、味、形俱佳。吃上一顿，回味无穷，终生难忘。尤其信佛之人，都能发出一声感叹：吃肉杀生是罪过。

四儿选了一家饭馆，要了两菜一汤，一碗米饭，便吃了起来，只一会儿工夫就胃饱肠满，手一抹嘴，付完钱跨出饭馆，直奔普陀寺正门而去。

走到正门前，只见放生池四周站满了人，有把桶里盆里的鱼、龟、虾、鳖放入池中，并口中念念有词；有人手提鸟笼，拆笼放鸟；也有大人领着孩童，边看边释说给自己的儿孙，放生人的放生之缘，放生之因。

看得四儿心中直想：信佛之人怜悯众生，只是到现在，自己也没寻到放生之物，待到寺中后再说。四儿看了会儿那些放生之鱼、虾、龟、鳖，只见它们一入水中，鱼儿都连跳三下，跃出水面二三尺；龟、鳖抬头游池三圈；虾儿"噌！噌！噌！"蹦出水面打出三圈水花，人们都说是这些生灵在向人们致谢。还有的说这些生灵谢完后，潜入池底归入江、河、湖、海，要不池中的鱼、虾、龟、鳖，任你怎么放也是那么多，九万九千九百九十九，一只不多一只不少，不信你数。

再说那些鸟儿，放出笼后都直奔普陀而去，穿过金光绕寺一周后才能直奔东、西、南、北林中，人们都说它们是谢南无大慈大悲观世音菩萨的。

四儿看后，心中直谢灵隐寺那位高僧大师，是他叫四儿来到普陀，不来普陀哪能见到放生之景，哪能见到生灵都如此这般有情。

四儿抬头向台阶的山门望去，最高的台阶之上有一僧人抬手向下指。四儿不知那位僧人指什么？四儿像那才放生的小鸟一样急切地踏上台阶，向那金光笼罩的普陀寺奔去。

通向普陀寺山门前那长长的台阶上，敬香、许愿、还愿的善男信女，拥拥挤挤，四儿也挤在了其中。当四儿和众香客挤走在中间台阶时，四儿抬眼往上看了一眼，就见那台阶上，山门前的僧人又抬起了右手，向四儿方向指了一下。四儿见状，向走在自己前后左右的香客瞟了一眼，心想：是不是这位僧人向熟悉的香客打招呼？可看了看四周，也不对，周围的人都没什么反应，只顾低头看脚下踏台而上。难道是指我吗？也不对，我并不认识这位僧人。又往上踏了几步的四儿，抬眼看了一下，就见这位僧人又抬起了手，并再一次指向四儿。

这时的四儿已走到了台阶的中上部，再踏个十几阶就到山门了，噢！四儿想：可能这位僧人是指我的。四儿心想手起，忙整理一下自己的衣襟，并把自己的领子用手捋了捋、竖了竖。他再左右看了看，人们仍没有什么反应，急急地踏步而上。僧人肯定是让进香的人整理好衣冠才能进寺，可这些香客瞧也不瞧，理也不理。且不管他们，我整理好了再上，以表自己对观世音菩萨的敬仰！四儿站定，又重新整理了一下自己的衣着，然后随着众香客向上迈去。

四儿踏上了最后的台阶，向普陀寺那正门看去，只见那高墙上正门里，香烟飘渺一片金光。四儿正要大踏步迈向山门时，就见那一直用手指向自己的那位僧人已立在了自己跟前，只见这位僧人白眉白须，右手持一白白的拂尘，满面红光，慈眉善目，脸带微笑抬起左手伸向自己的脖颈处。四儿好生纳闷，这位僧人似曾在哪儿见过，他要干什么？只少许，僧人之手已从四儿那严严的衣领里掏出了一个物件，手一抬从四儿头上一掠，转身迈进了山门向大殿走去。

四儿猛然清醒了过来，刚才还在那儿想，这时脑中清醒异常，这位僧人从自己的脖子上摘走了翡翠观音佩。这还是出门时娘给自己戴上的姥姥给四儿的翡翠观音佩，以保四儿一生平安。可四儿戴的日子长了，全然没有娘刚给戴上的那种感觉，就连刚才整理衣领时，都没能想起胸前戴了块翡翠观音佩。再说了自己的衣领严严实实，这位僧人怎能知道？外面连那拴着的红绳都丁点儿看不到，他怎么能……四儿没有继续往下想，急步追上了那位僧人，紧紧地跟在后面。

那位白眉僧人看似上了年纪，可在四儿前面行走，轻步带风，十分矫健。四儿在后，可以说是一溜小跑，生怕僧人甩掉自己。

僧人来到了供奉观世音菩萨的正殿，这里的空气一片清香。殿前殿内偌大的香炉里，正燃着那支支的供香，香烟渺渺，香气缕缕。那不紧不慢的木鱼"咚！咚！"声，悦耳的"叮叮！当当！"的佛铃声和那悠然如流水、沁人心脾如沐浴的诵经声，令人忘却烦恼，一心向善，如入仙界之感。四儿立在僧人的旁边，

　　慢慢地闭上了眼睛，正要好好地品味享受这普陀寺的佛国至上的美妙音乐，突然，"咚！咚！咚！"三响木鱼声后，大殿内一片寂静。

　　四儿睁开了眼睛，只见刚才在殿内跪拜磕头的香客和殿内左右手持木鱼诵经的众和尚，纷纷站了起来，香客退出了殿外，颂经的众和尚在观世音菩萨那高大的金身坐像前，分左右坐了几排，那香客居士上香磕头的空场，也盘腿坐上了三排面向观音的和尚。

　　四儿不知这是干什么，愣愣地立在白须僧人旁，傻傻地看着。只见那位僧人把拂尘搭在了左手臂上，双手把四儿脖子上摘下的翡翠观音佩，恭恭敬敬地挂在了观世音菩萨莲花座的莲花瓣上，完后抓起了一个如桃般大的带有长柄的木锤，敲向一个如盆般的大木鱼。顿时，大木鱼发出了"咚！咚！咚！"冗长的响声。响声向四周传送，普陀寺的空气似乎也被振动，如琴弦嗡嗡作响。

　　大木鱼声响过，接着那悦耳婉转如长溪流水、沁人心脾、如飘如仙的乐声响起，那众僧夹杂在"叮当"的铜佛铃声和轻轻地手持木鱼的"咚！咚！"响声里的吟诵经声，使此时的四儿慢慢地闭上了眼睛，多日里追寻娥子姐的一切疲劳顿消，整个人立在白眉僧人的身边，却如腾云驾雾，飞升了一般在静静地、全身心地享受普陀寺人间天上的佛国仙音。

　　四儿是有缘的，四儿是幸运的。

　　如此大的开光仪式被四儿遇到了，并且单单为了四儿。

　　四儿因玉，因缘才能如此幸运。

　　普陀寺的僧众香客，一切生灵都受到了仙音佛乐的沐浴。

　　颂经木鱼仙乐止，大殿内外一片寂静，四儿一身轻松，慢慢地睁开了眼睛，只见大殿外，密密麻麻地站了好多好多的人。这时只见白眉僧人从莲花瓣上取下那件翡翠观音玉佩，重给四儿戴上，就像四儿娘给四儿戴时一样，贴在胸前，在衣领处连那拴着的红线绳也不得见。可这一刻，却大不一样，四儿就在白眉僧人给自己戴玉观音佩的瞬间，身子前后打了个趔趄，晃了一晃，并且全身热热的，那戴在胸前的玉佩，似有着强大的信息场，发着阵阵的热量，使他身心震撼。

　　四儿晃了几晃，站稳了身子。白眉僧人取下了供桌上的一只白瓷净瓶，不知何时那柄拂尘变成了绿绿的柳枝。白眉僧人把柳枝柳叶倒插进净瓶中，蘸出了内里的水，洒向四儿的全身。那冰凉的水滴，令四儿从头、从脸、从全身，感觉到那沁入身心的凉意快感，四儿胸前的玉佩渐渐地凉了下来。

　　白眉僧人的嘴里念念有词，可四儿一句也没听懂。四儿两手垂立，微微低下了头，他只听懂、听清了僧人最后那句话：永保身体康健。

　　白眉僧人说完后，用拂尘轻轻地一拂，转身迈向殿后。何时柳枝变成了拂尘？四儿没有见到，那围着的人们也没能看到，只见那绿绿的柳枝，稳稳地插在白瓷净瓶中，那柳叶上还带着晶莹的水珠。

白眉僧人走了，四儿还立在那儿。

"孩子，你真有福！"一个声音传了过来。

四儿抬起了头，只见说话的是一个上了年纪的老奶奶："我活了这么大年纪，每月的初一、十五都来烧香，还是第一次看到普陀寺的僧人和尚为你这么大的孩子所佩之玉开光，并且这么隆重。我是开了眼界了，我活了八十有六，也算跟你沾了光，你还立在那儿干啥？还不去烧炷香、许个愿！"

四儿听了老奶奶的指点，请了炷香，恭恭敬敬地点燃，把那燃着的香，插在了那个偌大的香炉里，并掏出了衣袋里的钱，留下所需的盘缠，把剩下的钱都投进了功德箱中。

老奶奶告诉四儿："孩子，你往功德箱中所捐之钱，你投一文，佛不嫌少，你投一百，佛不嫌多。你投的是你敬佛的心，修你的来世福、今生缘。"

听着老奶奶的指点，四儿做完了这一切。看着老奶奶，他想到了领娥子姐走的那个老尼。他谢过了老奶奶，转身出了普陀寺，他要到梵净山，寻他的娥子姐。

四儿下了山门前的台阶，路过放生池。心想：我来普陀一次，怎能不放生？待我去寻寻看，找它一找。

四儿边走、边寻、边琢磨：老奶奶的指点好像在哪儿听到过，但一时又想不起来。

临近傍晚，四儿已离开普陀寺很远了，可还没寻到什么。看看前边不远处是一个村庄，四儿心想：天色将晚，到村庄找一人家借住一宿再说。

心想间，脚步加快，不觉来到村头一户农家，推开院门，嗬！好生热闹，这家人家正在院内搭棚砌灶，院内一角放了几张桌子，桌子上堆满了鱼、肉、菜、蔬。

院内的人自顾忙碌，全然没见进院的四儿。四儿见状，径直走到砌灶的一人身旁，低声问道："叔叔好！"

砌灶的人停下手中的活计，抬起了头，见一年轻的小伙站在面前向自己问好，忙不迭地应道："好！好！好！"又不解地问道，"客人，你是？"

"我到普陀寺后，天色已晚走到这里，想借宿一晚，明早赶路，不知是否方便？"

砌灶之人听了四儿的话，好像明白了什么，点了点头说："方便！方便！"

原来这户人家主人四十多岁才得一子，正是四儿问话的砌灶之人，明天是这家小主人过百岁之日。中年得子，又逢儿子百日，正在准备明日孩童百岁宴，欢喜异常，请帖发出了很多，这家主人误把找宿的四儿当成了没见面提前来随礼的亲戚了。

"我再垒上几块砖，就给你安置，有地方睡。"砌灶的汉子说道。

257

四儿听了这位汉子的回话，忙道："谢谢叔叔，不忙！"便好奇地向院内那放着的几张堆满了鱼、肉、菜蔬的桌子走去。

桌子上鲜活的鲤鱼十几条已开膛剖肚，改好了刀，就等明日熏、蒸、烹、炸。两只猪后肘，鲜嫩血红，内里夹杂着少许白脂。还有几只已褪毛开肚的白条鸡鸭，瞪着死眼，无神地望着。其他时令蔬菜，鲜绿鲜绿。

四儿往前凑了凑，看着那几只鸡鸭，这时就觉得裤腿被什么东西拽了一下，四儿往后退了一步，没成想沉沉的裤腿拽出个东西。

四儿低头一看，拽出的是一只大公鸡。公鸡的嘴，紧紧地叼着自己的裤腿，原来是一只绑了双腿的芦花大公鸡。

四儿低下身子，刚想用手抚摸芦花公鸡那鲜红欲滴、颤颤的鸡冠，就见芦花公鸡松开了叼着自己裤腿的嘴，并发出低低地哀鸣。

看桌上那瞪着一双死眼，浑身光秃秃的白条鸡鸭，再看桌下被捆绑的双腿，"咯！咯！"哀鸣即将赴死的芦花大公鸡，四儿的心颤动了：我要向主人讨得此鸡一命。

四儿哈腰抱起了这只芦花公鸡，你道怎样？这鸡似通人性，一抱入怀，它竟如孩童般把个鸡头直往四儿的胸前拱。四儿越发下定了决心，要救这只即死的公鸡去放生。

他径直抱着这鸡来到了那垒灶的主人前。这家的主人恰好已把那几块砖砌好，正抬腰起身。看到投宿的客人抱着要杀的公鸡来到面前，不解地问道："客人，你要……"

"叔叔，看来你家要办什么喜事？"四儿并没有直接回答主人的问话，却反问起了主人。

"是啊，我家小儿明日百岁，你看宴席的东西都准备好了，我怕贺喜的客多，锅灶不够用，就在院子里再砌一个。正好你来赶上了，我这就给你安置住的地方。"主人告诉四儿家中事。

"叔叔，既然小侄过百岁，这只鸡你就别杀了，我买下去普陀寺放生，你看如何？"四儿直截了当地为鸡向主人求生。

"也罢，你抱走就是，还提什么买不买的。"主人是个爽快人，一听来客要买去放生，就毫不犹豫地答应了。

四儿心里别提多乐了，心里直谢这家主人，嘴里也禁不住说出了口："多谢叔叔，你是个好人，感谢你家小主人，祝他长命百岁！"乖巧的四儿顺情说出了奉承话。

主人一听四儿的话连声道："谢谢！谢谢！借你吉言。"

他告诉四儿："这只鸡我养了两年，待它长大会打鸣时，每天天即亮时，它都打鸣报晓。就在你来的前几天，它不吃不喝也不打鸣了，我就准备把它杀了好待客。可是昨天，我磨好了刀，正要拔它的脖毛下刀时，家中的小儿突然狂哭不止，我寻思家里的孩子出了什么事，只好丢下要杀的鸡，跑向屋里，孩子看到我，非但止住了哭声，还在他娘的怀里冲我'咯！咯！'地笑。我看孩子没什么事，就出屋又要杀这只鸡，可当我正要拔毛下刀时，家中的孩子又大哭不止。我又跑到屋里，孩子什么事也没有，还是冲我'咯！咯！'地笑。我待了会儿，逗了会儿小儿，就又出来了，待我提刀要杀鸡时，屋里的小儿又大哭。我只好丢下这只鸡，待今天忙过后再杀。这不就遇到了你来到我家，不然砌完了锅灶我就准备杀这只鸡了，也是它命不该绝，你拿去放生吧！"

听了主人的讲述，四儿想：什么事，看来都有定数。

四儿一看主人放话，立马放下怀抱的公鸡，为它解下了捆绑的绳索。这鸡也忒懂人性，四儿把它绳索一解，就见它一抖双翅，一个扑棱，立马站在了院中，高高地仰起了头"响——响——响——"一声长鸣。

随着傍晚芦花公鸡的一声长鸣，喧嚣了一天的小村庄里，人们又开始议论纷纷：公鸡傍晚打鸣可能有什么事，这是谁家的公鸡打这么长、这么响的鸣？

鸡鸣声响过，从屋内传出了刚要过百岁孩子"咯！咯！咯！"的笑声，这只才放开的芦花公鸡围着四儿也"咯！咯！咯！"地叫个不停。

男主人看那几天不吃不喝不叫的公鸡，此时围着来客活蹦乱跳，又听屋内小儿传出的"咯！咯！咯！"的笑声，好生奇怪，如此小儿怎能笑得这么响、这么亮，他稍一打愣，立马转身向屋内跑去。

院里的四儿一见主人跑向屋内，也急急地向外跨出院门，直奔普陀寺而去。芦花公鸡，披着绿中透红的长翎，拖着近二尺的紫红碧绿的长尾，展开双翼，连飞带蹦也紧随着四儿。

在明月初上时，四儿返回了普陀寺，只是这一次，四儿又带回了一个生灵。四儿路过放生池登上了山门前的台阶，回头一看不见了芦花公鸡。待他张眼寻找时，只见一只黑影从放生池上空飞过，掠过自己的头顶直奔山门而去，四儿往上紧追了几步，见那立在台阶上的正是才飞过放生池的那只黑影。四儿又往上跑，待到达黑影处时，在月光下正是那高抬红冠的芦花公鸡。

四儿上前，手抚芦花公鸡的红冠道："你就留在这儿吧！我要到梵净山清虚庵去寻我的娥子姐。第一次放生遇到你，也算咱们有缘分，你去吧！这里的僧人们会善待每一个生灵。"

芦花公鸡似听懂了四儿的话，"咯！咯！"了两声，从那滴溜圆、炯炯有神的双眼里流出了泪珠并低头张嘴鸪住了四儿的衣襟。抚摸那红嘟嘟、颤悠悠鸡冠的四儿见状，好一阵感动："哎！畜牲都如此多情！你留下吧，这里晨钟暮鼓，仙音佛乐，诵经不断，你听常了，也会升华得道。我走了，这里多好，我如果没事，也会和你留在这里的。"

芦花公鸡听完救命恩人的话后，张嘴松开了鸽住的衣襟，抬头仰脖"呴——呴——呴——"地又一声长鸣。鸡鸣声在月夜里是那么地脆，那么地响，传出老远、老远。

四儿恋恋不舍地挥手与芦花大公鸡作别，随着那响亮的鸡鸣声，转身迈下台阶，离开普陀寺向贵州，向梵净山走去。他要寻找梵净山清虚庵，去找他的娥子姐。

从此以后，普陀寺里，伴随着那晨钟暮鼓，每天清晨，方圆十几里都能听到这只芦花大公鸡那清脆响亮的报晓声。

四儿经过了千辛万苦，总算到了梵净山地界，这里农、桑、渔、耕，五谷丰登，一派喜气洋洋。四儿遇到路人就打听，是否见到一老一少两个行乞之人。路人告诉四儿：前天还看见了，一个老婆婆领了个年轻的女子，只是，不是来要饭而是来化缘的，她们的装束完全是一老一少的两个尼姑。

四儿一听：坏了！娥子姐已经削发为尼了，我来晚了一步，她还能还俗吗？

四儿想到这儿忙问路人，那个年轻的尼姑长得啥样？路人一一地告诉四儿，最后还扔给四儿一句话：那个年轻的尼姑，一定是有什么事？面带忧伤，不然怎么能出家？你看那高挑个，俊俏劲儿，那黑发不剃掉，可是个顶顶的大美人，唉——

四儿听罢，已经确定，那个年轻的尼姑就是他的娥子姐。四儿最难过和最受不了的是路人留给自己的那句话和那一声长长的惋惜、唉叹声。

这声从路人嘴里发出的"唉"字，如利刃似长剑，深深地刺向四儿。四儿"啊"的一声大叫，双手捂向胸膛，问清了尼姑所去方向，向前追去。

梵净山位于印江、江口、松桃三县交界处，方圆五六百公里，是武陵山脉的主峰，为苗人居住之地。它的秀丽风光集峨眉、黄山、华山、泰山之秀，奇、险、威为一体，是历史悠久的佛教名山，素有"天下众名岳之宗"之美称。梵净山亦是中国五大佛教圣地。

自古以来，弥勒道场梵净山与文殊道场五台山、地藏王道场九华山、普贤道场峨眉山、观音道场普陀山齐名。它最早始于唐宋，兴旺于明清，修建梵刹庙宇，开凿朝山便道。梵净山富有盛名的四大皇庵、四十八脚庵，是我国唯一的弥勒道场，并成为驰名的五大佛教朝圣名山之一。

梵净山历代所修寺庙甚多，大小寺庙数百座，其中四大皇庵、四十八脚庵最为著名。金顶之上于明代修建了释迦殿、弥勒殿。左为释迦殿，右为弥勒殿，中为金刀峡。一石拱天桥横跨峡上沟通两殿，凌空千尺，极为壮观，甚为险要。庙前后各有一巨石，一名为晒经台，一名为说法台。它们均建在梵净山之绝顶，下临千丈深谷。举目四眺，百里风云尽收眼底，甚为壮观。加之梵净山古松怪柏，奇花异草满山遍野，尤为出名的是那鸽子树，开花如雪白的飞鸽站满枝头，更为奇异的是，别处鸽子树开花分季节，这里的鸽子树一年四季常开不败。这里的景色，真应了王维那句古诗：万壑树参天，千山响杜鹃。山中一夜雨，树杪百重泉。

更有那镇山之宝——敕赐碑。碑为古排楼式碑帽，镶碑石坊及鼓形护脚，敦厚的台基均为上好的石料，碑身为汉白玉，那也是一等一的好货色。碑额镌"敕赐"二字，碑左右腾龙拱护，上罩云朵，碑文四周缀以卷叶吉祥花边，碑文以楷书镌刻壹仟叁佰肆拾玖字，对梵净山的来龙去脉，名胜风光，都一一记述。

梵净山这尊镇山玉碑真是名不虚传，它是用汉白玉中的极品，取之于河北房山，不远万里之遥，可谓是遇河架桥、遇山修道，开山劈石，艰难万千。光拖拉玉料用的大车之大，一齐上阵的青牛就用了九十九条。

玉碑是皇家最好的玉工于梵净山下雕琢而成。磨制汉白玉碑身，镌刻碑文后，碑身正好九百九十九斤九两九钱九分，多刻一字，白玉坚硬无比，少刻一字，刀刃好端端的直冒火星，刀刃卷崩。镌刻碑文前，请当朝最好的书家书写碑文，其中有一错别字，写了三遍，汉白玉碑身愣是不着墨，后来究其原因，才知字写错了，改之，再写，白玉如纸，墨附其上，黝黑铮亮，书家连连称奇。

玉碑在梵净山下雕琢完后，却因如何运到山上，难坏了众人。满山的奇松怪柏还有鸽子树，就连那桫椤也有万年之多，谁也不忍心因修路上山而对其动一刀一斧，这可难住了山上的住持。

连日来，住持为玉碑如何上山冥思苦索。这日中午时分，他倚着一棵古柏，想着想着，古柏发出了阵阵奇香，他不由得吸了一口气，古柏发出的这种香味直往他的鼻子里钻，他又深深地吸了几下，只这深深地一吸，他眼皮睁不开了，就倚着这棵千年古柏睡着了。

睡梦中，有一个声音告诉他："你在此住持庙宇，操劳佛事，为佛点灯烧香，甚是辛苦。为玉碑上山之事，你不必多虑，此事也是佛家盛事，弘扬佛法，自有天助。况且此碑记称梵净山为'天下众名岳之宗'，我生于此山，甚是容之大幸，梵净山佛教名山'自开辟迄今，海内信奉而奔趋，不啻若云而若水；王公大人之钦谒，恒见月盛而日新。'"

住持睡梦中听到玉碑所记之事，甚觉诧异，连忙问道："敢问您是何方神灵，如此告我？"

又是那个声音，似脑后如头上："我是你倚坐的老柏树，来梵净山已有千年，今见你为弘扬佛法一片诚心，愿助你一臂之力。你去告诉那些运碑人，夜里子时一过，尽管往山上运碑，车到山前自有路，到时必有百丈通途，夜夜如此，至玉碑运到山上止，你去吧！"

这时，睡着的住持就觉得似被人推了几下，他醒了，睁开双眼，眼前什么都没有，只有那中午的阳光透过那树枝缝隙洒向大地，一片金色的斑驳。他忙

站了起来，倒转身子后退了几步，对着那棵刚才还倚坐的巨大古柏，拜了三拜。

夜里子时一过，住持指挥着那些运碑人，想着那些密林怪石，古松桫椤，一声号令，那些青牛拽着运碑的大车，向前冲去。前冲处，那些千万年的生物顽石，齐刷刷地倒向两边。古树"嘎吱吱"，顽石"咔嘣嘣"地旁移，一条百丈大道已在眼前。运碑的人们见状，齐声欢呼，紧忙向前推车赶牛。百丈大道，瞬即到头，再想向前，已无路可走，往后看，才走过的路已不见，黑压压的一片。只见那些密林古松怪石桫椤如前，众人被包围在密林之中。住持见状，只好作罢，指挥众人，睡觉休息，待第二天夜里子时一过再干。

第二天，众人吃饱睡好，青牛草料已足。子时一过，住持如前夜一样，对着那密林指挥众人，一声断喝，青牛一听，猛往前冲。众人在旁，推车助力，前方又是一条即平又直的百丈大道……夜夜如此，整好用了九九八十一天，汉白玉碑终于运到了山上。

立碑之日，四方众僧，佛家弟子，善男信女云集梵净山。住持见此盛况，对天、对阳连声高喝："庙宇因舍利而兴。美玉为碑，您是天地间的舍利，一切因您而兴，因您而旺。"梵净山自此香烟缭绕，佛音飘渺，佛光显现，一片祥和。

就是这么一个佛教圣地，弥勒道场，四儿追寻着他的娥子姐，来到了梵净山地界。这里古刹庙宇众多，还有久负盛名的四大皇庵，四十八脚庵，单单就这些也让四儿找上个把月，也不见得能找到娥子出家之处。你知她在哪个庙中？哪个庵内？

四儿只得向路边歇息一打柴人打听梵净山有个清虚庵在哪里？打柴人告诉四儿："我家就在前边不远处，昨天傍晚，家中来了两位尼姑，一老一少来化缘。她们一进门就说是清虚庵的，专门到我家化缘，并告诉我：'如有人要到清虚庵，就给指引一下。'你说这事巧不巧？昨天尼姑化缘指点，今天就遇到你来打听道！"

打柴人说完后，又连声道："缘啊！什么都是缘，要不怎么这么巧？"他连声感叹后，告诉四儿到清虚庵怎么走。他在此地已居住几代，都以打柴为生，哪个山有哪座庙，哪个坳有哪座庵，都了如指掌。这位打柴人也是好心人，他领四儿到自己家住了一宿，清晨他招待完四儿后，指引着四儿上了路。四儿连声感谢，心中直念：佛教圣地善人多啊！

依照那位好心人的指引，四儿没费多大劲儿就找到了清虚庵。

清虚庵坐落在一个僻静的山坳里，绿树古松环绕，几进几出的庙宇，尼姑已有百人。有看破红尘而来此修行的；有家贫而被父母送来的；有有病多灾还愿出家的；有负气而来，消气后而不甘寂寞还俗而去的，总之这里的香火很旺。庙里有庙产，有林有地，尼姑们除了修行念经化缘外，就是到地里种蔬摘菽，伺弄果树。可谓：远离红尘无烦恼、一身修行去尘根。

娥子就在这座清虚庵内，跟随着清虚师太。清虚师太就是领娥子的那位老尼，她几岁高寿谁也不知，清虚庵何时何人所建谁也不晓。只是山下的老人们讲，从他们记事起，就知道这里有座清虚庵，庵里有位老尼姑，主持庵内一切大小事情，都称她为清虚师太。问自己的爷爷奶奶时，他们也这么说。

自从娥子决心出家为尼并剪断青丝的那天起，娥子的心看似已定，可是她的凡心并没灭，她时不时地记挂着四儿。她相信，她的四儿会和他再见上一面的，这一天她终于等到了。

四儿来到梵净山地界的那一天，清虚师太领着娥子出门化缘。多日以来，清虚师太领着娥子总出现在四儿的路途前，忽来忽去，直把个四儿领到了梵净山。

清虚师太心里清楚，娥子虽是庵中人，但她来到世上一遭，与四儿有了一段情缘，她的尘缘未净，还不能为她剃去青丝黑发，必须等四儿来后，见上最后一面，才能为她剃度。

这天早起，娥子庵前庵后地扫了一遍尘土落叶，做完了早课，伺候着清虚师太吃过早饭，待她收拾碗筷要离开时，清虚师太叫住了娥子："今天庵里要来一人，他已追我们多时。"清虚师太告诉娥子。

"她要出家吗？"娥子问。

"不，他要来见一个人。"清虚师太说。

"是男是女？"娥子又问，但她的脸有些发红了，这一切，清虚师太看得真真切切。

"是个男人，他要见你。"清虚师太明明白白地告诉娥子。

"是四儿哥！"娥子手一抖，眼泪扑簌簌地掉了下来，端着的碗筷掉到了地上，只听"咔嚓"一声响，碗碎筷折，她猜到了，他肯定会来。

随着那声清脆的响声，清虚师太闭上了眼睛，双手合十，低声道："你如果后悔出家，还可以跟他回去，现在为时不晚。如在佛前发誓剃掉青发，如碗碎筷折，那就晚了。"

"不！"娥子一听此话，"扑通"一声跪到了地上，"我出家心已定，只不过想见他一面，有些话要跟他说。"

"说完后，你出家的心就定了吗？"清虚师太问娥子。

"那要靠师傅的调教和我的修行。"娥子跪地磕头。

"阿弥陀佛！"清虚师太口中念道。

傍午时分，四儿迈上了清虚庵的台阶，一位小尼姑在敞开的庙门旁，双手合十，面无表情地对着四儿道："清虚师太请你到庵堂用斋喝茶。"

小尼说罢，转身在前引路，四儿忙问清虚师太为何人？为何请我？小尼似没听见一般，只自顾自地往前走。四儿见小尼不答，也不再问，只得自随其后。

转过了大殿，来到了殿后的一个房间，小尼低头道："施主，请！师太在屋内等你。"

四儿见敞开的门上，挂着一个浅灰色的门帘，四儿一伸手撩起了门帘，跨进了室内。

室内还算明亮，一张陈旧的木床，木床上一铺叠得整整齐齐的薄薄的被子。木床上铺了一领草席，一位老尼盘腿坐在床上。老尼的旁边是一个油黑发亮的如西瓜大小的一个木鱼，一个一尺多长核桃般大小的木锤，也是油油的发亮。室内的地上是一张旧的八仙桌，桌子一左一右两把木椅，陈旧的可怜，胖人坐上都能坐散了架。

桌子上的饭菜已经摆好，一碗米饭，一盘炒豆芽，一盘豆腐，一壶清茶。

四儿正满屋子观看，就听老尼说道："早起赶路，现在也到晌午了，你饿了吧？饭还热着，快吃吧！"

四儿一听老尼的话语，心里暖暖的，如到了家一样。他一腚坐到了椅子上，拿起了筷子问道："您是……"

老尼没等四儿把话说完，就答："老身就是清虚。"

四儿一听忙站了起来，他知道眼前就是小尼所说的清虚师太，又问，"师太，您怎么知道我要来？"

"娥子姑娘告诉我的。"清虚师太道。

"娥子姐在哪儿？我要见她。"四儿急急地说。

"凡尘未断，脚前脚后，千丝万缕情未了，我怎能不知？你快吃饭吧，吃完饭后，我叫你去见一见你的娥子姐。"

饭后，清虚师太领四儿来到庵后的一个屋子里。

四儿一进屋，就见木床上坐着一个年轻的尼姑。年轻的尼姑听到来人的脚步声，她抬起了头。瞬间，她眼前一亮，立马下床，她一把扑向了来人："四儿哥！"年轻的尼姑叫道。

"娥子姐！"四儿认出了刚抬起头的尼姑。

原来娥子正双腿盘坐于床上，闭目做她的午间功课，听到来了人，她才睁眼抬头。没成想，出现在眼前的却是她多日挂念的四儿。

"娥子姐，你可好吗？"四儿控制不住自己的感情，哽咽着问道。

"好！好！"娥子连声答道，"好"字里也带着哭音和思念。

"善哉！善哉！"清虚师太见状，口中念道，"四儿大老远的来，你也不知倒杯茶？"

四儿与娥子两双相拥的手臂，依依不舍地离开了，这时两人才感到清虚师太的存在。

娥子紧忙倒了杯茶，递给了四儿，四儿手持热茶，环顾四周。这间屋子如清虚师太的屋子一样，家具简单得不能再简单了，只是床上的枕旁多了个蓝花布的小包袱，四儿认得，这是娥子姐的。他放下茶杯，走到床前，一把抓过那蓝花布包袱，一手拽住娥子："娥子姐，跟我回家！"

娥子努力挣脱四儿的拽扯道："不，四儿哥，我不能回去。"

"为什么？"四儿问。

"你已有人照顾了，了却了我的一份心思。我盼你来，就是想嘱咐你好好地对待玲儿，她是一个好闺女，比我强，我脾气赶不上她，懂的又没有她多。你对我好，我知道，你能这么远来找我，我知足了。远路还真情，人生能遇到像你这样的人，我已在人间没白来一场。姻缘是天定，我将跟随清虚师太左右，修学佛法。"娥子开始向四儿诉说时还有些伤感，但到最后却把心渐渐地放平了。面对的不是她曾经爱过的人，而是她的哥哥与弟弟。

四儿听后，觉得眼前的娥子姐变了，她跟随清虚师太没有多长时日，说话竟如大家闺秀，语气也变得那么柔肠而平缓，不用说脾气也变了。难道皈依佛门，就能脱胎换骨？四儿心想。

"不，你还是跟我回去吧！我谁也不找，你、我、玲儿，咱们在一起，拜个干姐弟。你是姐，玲儿是妹，咱们一块玩，谁也不跟谁。"四儿说完这话，伸手一把掀掉了娥子头上的僧帽。娥子头上戴的帽子掉了下来，一头黑发如瀑般的一泻而下，直达腰际。

四儿一见乐了："姐，你还没落发，快跟我回家。我说怎么一进门，我就觉得你戴的帽子那么高那么大，原来你把头发都盘在里面了。"说完，四儿拽着娥子就往外走。

"娥子姑娘，你如果现在跟四儿回去，还可以，老尼不强留你。你虽是庵中人，但还没有落发，皈依佛门，靠自愿修三生和来世。"坐在床上的清虚师太发了话。

"不！"娥子听了清虚师太的话，连忙说道，"我诚心诚意皈依佛门，随你修行。"说完，娥子跪了下来，并发自内心的又道，"我知道为什么进庵时师太您没有给我落发剃度，看来是等着这一天。四儿今天的到来，已了却了我的心愿。今天今时就请师太为我落发，随师太在清虚庵内度过一生，一心修行。"

"阿弥陀佛！善哉！善哉！"清虚师太口中道，"娥子姑娘，你今天可要想好了，庵内清苦，孤灯明月，木鱼青菜。这里没有儿女情长，洞房花烛，更是踏进庵内，就再也见不到肉鲜、鱼腥，更谈不上伺候你父母二老，尽忠尽孝了。姑娘，你想好了，我立马为你剃度落发，以前的话就算我白说了，单单那份寂寞你受得了吗？"

"我一切都想好了，即请师太落发剃度。"娥子平淡而恳切地说道。

"姐，你不能！我不娶玲儿了，咱们回家！"四儿跪了下来，跪向娥子，叫她回心转意。

"四儿哥，我心已决。难道你还要害玲儿妹妹一辈子吗？玲儿还在家等你，

还有你娘,不!咱娘和玲儿她们都盼你回去。你告诉她们我在这里一切都好,咱娘和玲儿就放心了。"说完这话,娥子两行热泪已滚滚而下。在千里之外的梵净山清虚庵内,决心已定就要落发的娥子,在了断红尘纠葛前也认下了与自己亲吻的心爱男人的娘为娘了。

这时就见娥子一甩头,用手撩起了一缕甩向面门的黑发,用手抓住送到了嘴里,那白白的牙齿,狠狠地咬住了黑发。黑发在娥子的嘴里沙沙的、软软的,带着那淡淡的发香。它毕竟长在自己的头上,跟随自己这么多年,即刻就要落下,娥子不免有些伤感,但她很快就止住了流下的泪水。

四儿听了娥子的话,心里一动:是啊!家里还有玲儿和娘,难道为我出家一个,还要另一个再出家?娘怎么办?四儿心这么想,却还抱着一丝希望:"姐,难道你非要出家?再没有别的路可走了吗?娘和玲儿在家等你,姐!"

听了四儿的话,娥子心里暖暖的,她回道:"回去告诉娘和玲妹,清虚庵是我的归宿,下半生我将追随清虚师太修行佛法,无法为娘尽孝了……"而后只是使劲地点了点头,泪流如雨。

清虚师太见状,从怀中掏出个黑布小包,走到桌前,把那个黑布小包放到了桌子上。跪着的四儿这时也站了起来,他看到清虚师太面向西南,双手合十,双目微闭口中念念有词。少许,就见师太慢慢地打开了那个黑布小包。小包打开,四儿见到的是一把寒光闪闪的木柄剃刀。这柄剃刀,也不知清虚师太用了多少年,乌木柄油红发亮,大白天四儿见那刀刃都觉得冷冷的,寒气逼人。

清虚师太右手持剃刀,走到跪着的娥子跟前,左手扶了下娥子微低的头。这时的娥子抬眼望了下师太,师太从娥子的眼神中明白了娥子的用意:在四儿面前剃度落发,以绝红尘,断了四儿对自己的那份情、那份心。一心皈依佛门,何能再度染红尘。娥子该是庵中人,清虚师太也等四儿来时再为娥子落发,皈依佛门有时辰,决意了断时,皈心真不真?

四儿 见清虚师太右手持的剃刀伸向娥了的那头黑发,连忙跪了下来,面对娥子,泪流满面:"娥子姐,你……"四儿说不下去了,他把头埋在了娥子跪的双膝上。

娥子的那头黑发在剃刀寒光的威逼下,只听"刷刷——刷刷"一阵轻响,顿时娥子那一头黑发落下,露出了青青的头皮。清虚师太收起剃刀,用手轻轻地拍了娥子头皮三下,转身向外走去。

清虚师太的这把剃刀,割断了多少凡间的情与仇和那红尘纠葛,续上了多少佛家行善积德缘。

落发的娥子此时心静如水,刚才被四儿说的心起心落,发落下时如沐浴一般。心平了,心静了。她伸手把落在四儿头上、身上的头发收拾了一下,松了口,拿着嘴里叼着的那缕黑发,伸手扶起了四儿,自己也撩起僧衣,站了起来,替泣不成声的四儿抹去了眼泪，说道："好弟弟，别哭了，这又不是生离死别，只不过姐姐皈依佛门，修行佛法。你快回去吧，替我向玲儿和娘问好。"说完娥子转身跨出了房门向房后走去。

四儿还没有回过神来，娥子已走了。待他回过神，追出门外，早已不见了娥子的踪影，他急忙向清虚师太的房间走去。

清虚师太的房间里传出"咚！咚！咚！"的木鱼声，四儿一步跨了进来。四儿还没有站稳，就听清虚师太问道："施主，你怎么还不走？"

"我找娥子姐。"四儿答。

"清虚庵里，没有你的娥子姐，她已走了，这里全是吃斋念佛的出家人。"

"不！我要见她！"四儿又道。

"你要见你的娥子姐，你还记得她吗？有什么记号吗？"清虚师太问。

"她的左手腕处有一颗红痣，还有她的脸，我一辈子都记得。"四儿强调道。

"你一辈子都记着，真好，那是人之常情，可你还非要探个究竟。也罢！告诉你，你不信，那么你就认一认吧！"清虚师太停止了木鱼的敲打声，向门外咳嗽了一下。

随着清虚师太的咳嗽声，清虚庵内的众尼姑已排队依次进入师太的房间。

"施主，你看好，这里有你的娥子姐吗？如果你认出你的娥子姐，你就领走吧！如你领走了你的娥子姐，那就是她的尘缘还没有了断……"清虚师太向四儿讲道。

进来的这些尼姑，个个笑容满面，看脸面，论高矮，每一个都似娥子姐。那眉眼，那鼻子，可是左手腕处都没有那颗绿豆大的小红痣。尼姑们排队进来，四儿看后又排队出去，进来了一拨又一拨，就是没有带红痣的。

四儿急了："娥子姐，你在哪里？"

"施主，我不是告诉你，你的娥子姐已经走了嘛！你怎么还不醒悟？她与你尘缘已断，施主请回吧！"清虚师太有些生气了。

"那我……"四儿听后，茫然地问。

"你还没有醒悟吗？"清虚师太又道，"这里只有吃斋念佛的人，没你的什么娥子姐，她走了，她全身心地走了。人生在世，能凭自己的意愿有一个好的归宿，是她的造化，那是修了几辈子的德。我说这话你该明白了吧！你放心地回家吧，走你该走的路。告诉你娘和玲儿，这里虽是清苦，却能荡涤灵魂，修得正身。人生在世走一遭，不如到佛门瞧一瞧。天高云淡风一缕，江河湖海可见沙，看破红尘靠自己，强拽硬拉也白搭。

"我这里有些盘缠，是我和才剃度落发的小徒几日化缘所得，你拿去用吧！这也是小徒还你最后的情。钱了情断，你就再也不要想她了，快回吧！别叫你娘和玲姑娘为你担心了。"清虚师太说完这话，又敲起了木鱼，顿时木鱼那"梆——

梆——"的响声，响彻整个庵堂。

四儿听了师太这一番话，心中一热：别叫玲儿和娘担心，别叫她们担心。这里都好，这里是娥子的归宿……他口中重复着清虚师太的话，收起了桌上的一小包回家的盘缠，待他转身要离开时，心中不免又起了伤感，他又转回身，规规矩矩地给清虚师太跪了下来，重重地磕了三个响头，口中道："师太，我明白了，既然娥子姐心意已决，我就是强拽硬拉拖走了她这个人，也领不回她皈依佛门之心，到头来也是白费。既然这样，还望师太照顾好娥子姐。"四儿说着说着又流下了眼泪。

"放心去吧！施主，我佛慈悲。"清虚师太道。

四儿听完清虚师太这话，站了起来。忽然他用手捂住了胸口，他觉得胸口一震，原来是姥姥为保四儿平安，给四儿请的这尊翡翠观音挂坠，在四儿胸口震了一下。只这一震，四儿完全醒悟了。清虚师太的这一番话，有着无限禅机：是啊！娥子姐最好的归宿在清虚庵，在清虚师太身边，了断尘缘修行佛法。

四儿转身大步跨了出去，用袖子擦干了脸上的泪水，一步三回头地离开了清虚庵，离开了已出家的娥子姐，踏上了回家的路。

这时一个声音在四儿的耳边响起："这就对了，快回去吧！你还有大事要做，你玉还没有读透读懂，你还要继续读下去，你这么儿女情长，什么时候能把玉读明白？"

"师傅！"四儿叫道，这是师傅的声音，"师傅，您在哪里？"四儿环顾四周。

"我在你身旁，在你心中，在玉里。"

啊！四儿明白了。他伸手握住了胸口这尊翡翠观音挂坠，回头最后望了一眼清虚庵，大步地向前走去。

四儿一路辛苦，走一段路，坐一段顺道的马车。累了，找个地儿休息休息，吃饱喝足睡上一觉，养足了精神，继续赶路。他一路前行，追寻着八千年的玉文化……

他要即早地回到离别多日的家，见到盼他的娘，还有依在院门框上日夜思念他的玲儿姑娘……

后 记

四儿的娥子姐走了,她曾深深地爱过他,为此四儿大老远地追寻到梵净山清虚庵,但没有能够劝回曾使他感动的初恋娥子姐。娥子已看破红尘出家为尼,追随清虚师太皈依佛门,去进行她以后多半生的佛法修行,这是一个壮举。四儿做不到,很多事他舍不得放不下,记挂着娘,还有爱他的玲儿妹……也许是听了师傅的话,继续追寻八千年的玉文化,但他向往着佛门净地……

四儿从在玉龙河边捡到蛙形奇石——羊脂美玉后,又经历了诸多变故,离开了玉龙河畔,随娘搬到仙人岛又夜遇师傅点化收其为徒学玉、识玉、辨玉、又让其出游学艺等等。他所经历的一切,都源于他喜爱的出产在玉泰山上的一种美石,后经暴风骤雨山洪冲击到玉龙河下游河床中经过了亿万年的冲刷而形成了卵石,它就是被称为籽玉的这种美石。四儿因爱石喜玉,他又生在玉龙河畔,他所追寻的玉文化,正是中华民族之象征和弘扬的玉之美德。

为此,我写下了《缘石物语》一书,旨在为中华的玉文化填上一块砖瓦,使更多喜爱玉的朋友们能够很快地在阅读故事情节中,掌握古玉的有关常识和如何辨识古玉(和田玉),如何盘玉……

《缘石物语》一书中有关的佛学禅意,对主人公四儿获益非浅,那些深奥的禅意,四儿没能完全弄懂,但他会去追寻、探索,像追寻八千年的玉文化一样,倾其毕生。此篇如实地描写了一些流传于民间的关于玉的神秘传说并加以故事化,这些流传于民间关于玉的传说太多太多,只选择了点滴和一些片断,以增加《缘石物语》的故事性,使爱玉人能更进一步地去探秘、去倾听、去追寻、去弘扬与发展中华玉文化。千万别像主人公四儿那样,为了故事中的情,止不住眼泪,而替当时人哀伤。

本篇断断续续,由梦境而记录成文字,并由海燕女士一一整理。她也被《缘石物语》的传奇故事所吸引,因她是我的第一位读者,每整理打印完一部分文稿时,她就很想知道故事中人物的命运如何发展?玉又讲到了哪里?于是就催我把余下的文稿能及早地摆在她的面前。还有我的春节小妹,她在工作之余,为我重又打印全稿和校对,并与我探讨故事中的人物描写和一些细节及故事发展。是海燕女士与春节小妹的辛勤劳作,使《缘石物语》能尽快地和诸位与玉有缘人见面。她们有玉一样的品格,不谢是大谢!在以后的日子里,愿古玉护佑其一生,吉祥如意!身体康健!

缘·石·物·语

  后因无灵感之因，停笔两年一心追玉。两年后，在梦中再一次被貌美如仙的美玉姑娘唤醒，重赋灵感，再拾拙笔，写下了余下的关于古玉美石的神秘传说……又是我的春节小妹，为我改字与校对，春节小妹啊！再谢您……

  此《缘石物语》断断续续，历经七年，终于在农历辛卯年申月寅时完稿。谨以此篇献于喜玉、爱玉、藏玉人，献于行善积德人！

  待过些日子，我还会重拾拙笔，与美玉姑娘月夜对话，去追寻四儿的足迹，去探寻博大精深的玉文化，看看四儿回家后又干了些啥？在与玉有缘的四儿身上又发生了些什么……

  在此宝泰鞠躬致谢出版社的有关老师对我的关心与指导，使我的文稿能付梓成书。谢谢！再谢！

宝泰于清溪古松老柳旁